U0566137

大唐悬疑录1

兰亭序密码

唐隐 著

人民文学出版社

图书在版编目（CIP）数据

大唐悬疑录 . 1, 兰亭序密码 / 唐隐著 . -- 北京：
人民文学出版社，2020

ISBN 978-7-02-013426-7

Ⅰ . ①大… Ⅱ . ①唐… Ⅲ . ①长篇小说—中国—当代
Ⅳ . ① I247.5

中国版本图书馆 CIP 数据核字 (2019) 第 137799 号

责任编辑　朱卫净　张玉贞

出版发行　**人民文学出版社**
社　　址　北京市朝内大街 166 号
邮政编码　100705
网　　址　http://www.rw-cn.com

印　　刷　山东德州新华印务有限责任公司
经　　销　全国新华书店等

开　　本　890 毫米 ×1240 毫米　1/32
印　　张　12
字　　数　312 千字
版　　次　2020 年 6 月北京第 1 版
印　　次　2020 年 6 月第 1 次印刷

书　　号　978-7-02-013426-7
定　　价　49.00 元

如有印装质量问题，请与本社图书销售中心调换。电话：010-65233595

关于《兰亭序》的历史事实

永和九年（公元 353 年）三月初三，王羲之邀请当时最显赫的几大家族，聚会于会稽郡山阴城的兰亭，曲水流觞，饮酒赋诗。王羲之为此次盛会写下一篇《兰亭序》，通篇 324 字，凡字有复重者，皆变化不一，精美绝伦。

《兰亭序》诞生后二百余年，并未大放异彩，真正让《兰亭序》名声显赫的却是唐太宗李世民。李世民酷爱王羲之的书法，尤为推崇《兰亭序》，并辗转得到了《兰亭序》真迹。他亲自编写《晋书》中关于王羲之的部分，将王羲之捧上"书圣"的位置，并将《兰亭序》捧为"千古一帖"，更鼓励全民学书法。

历史的吊诡之处在于：《兰亭序》在李世民手里成了"千古一帖"，更成了"千古一谜"。

李世民在遗诏中要求将《兰亭序》枕在脑袋下边，因而世人多以为《兰亭序》就埋在李世民的昭陵之中。五代时期的耀州刺史温韬盗取昭陵，悉数取得墓中所藏前世图书、纸墨，传入民间，却独独不见《兰亭序》的身影。有人认为《兰亭序》真迹可能依旧藏在昭陵的某一个角落，也有人认为《兰亭序》真迹并不在昭陵，而是成了女皇武则天的陪葬品。

《兰亭序》真迹藏在哪里成了一个谜，而《兰亭序》真伪之辨更是绵延千年，其中不乏惊人之论。

清末碑学名家李文田经考证发现：南朝刘孝标所注的《世说新语》中首次提到了《兰亭序》，而当时的名字叫《临河序》，全文只有153字，跟世传的324字版本大有出入。再加上其对《兰亭序》体式、书写风格的质疑，认定《兰亭序》并非王羲之所作。这一说法石破天惊，被后世研究者记取，影响深远。

1965年，郭沫若在《文物》杂志上发表文章，认为《兰亭序》系后人伪作，伪作者是王羲之的七世孙智永，更是引发了学术界的一场大辩论。

如果《兰亭序》是真作，那么为何会引起如此之多的争议？如果《兰亭序》是伪作，伪造之人又是出于什么样的目的，将辛苦创作的"千古一帖"，拱手让给王羲之？

直到今天，《兰亭序》真迹到底在哪里，甚至到底有没有真迹，依然是难解的谜题。

附《兰亭序》全文：

永和九年，岁在癸丑，暮春之初，会于会稽山阴之兰亭，修禊事也。群贤毕至，少长咸集。此地有崇山峻岭，茂林修竹，又有清流激湍，映带左右。引以为流觞曲水，列坐其次，虽无丝竹管弦之盛，一觞一咏，亦足以畅叙幽情。是日也，天朗气清，惠风和畅。仰观宇宙之大，俯察品类之盛，所以游目骋怀，足以极视听之娱，信可乐也。

夫人之相与，俯仰一世。或取诸怀抱，悟言一室之内；或因寄所托，放浪形骸之外。虽趣舍万殊，静躁不同，当其欣于所遇，暂得于己，快然自足，不知老之将至；及其所之既倦，情随事迁，感慨系之矣。向之所欣，俯仰之间，已为陈迹，犹不能不以之兴怀，况修短随化，终期于尽！古人云："死生亦大矣。"岂不痛哉！每览昔人兴感之由，若合一契，未尝不临文嗟悼，不能喻之于怀。固知一死生为虚诞，齐彭殇为妄作。后之视今，亦犹今之视昔。悲夫！故列叙时人，录其所述。虽世殊事异，所以兴怀，其致一也。后之览者，亦将有感于斯文。

《兰亭序密码》人物表

裴玄静：女神探，女道士。大唐宰相裴度的侄女，唐朝著名诗人李贺的未婚妻。

崔淼：行事诡秘的江湖郎中，医术精湛，其真实身份却始终隐没在迷雾之中。

李纯：唐宪宗，唐朝第十一位皇帝。在位期间成功削藩，巩固了中央集权，实现"元和中兴"。

武元衡：宰相，诗人，女皇武则天的曾侄孙。一生致力于削弱藩镇势力，重振大唐，是唐宪宗李纯削藩最得力的助手。

聂隐娘：魏博藩镇大将聂锋之女，身怀绝技的女刺客。

李贺（长吉）：著名诗人，字长吉，裴玄静未婚夫。有"诗鬼"之称，与"诗仙"李白、"诗圣"杜甫、"诗佛"王维齐名。

李弥（自虚）：诗人李贺的弟弟，智力低下，但记忆力惊人。

裴度：宰相，文学家，裴玄静叔父。继武元衡之后辅助唐宪宗李纯削藩，功业卓著。

韩湘：唐朝文学家韩愈的侄孙，在叔公韩愈的安排下，作为送亲人护送裴玄静出嫁。

吐突承璀：神策军中尉，唐宪宗最宠信的宦官，心机颇重，权势极大。

贾昌：唐玄宗的驯鸡人，身历唐朝六代皇帝，年近百岁。

郭念云：唐宪宗的贵妃，唐朝大将郭子仪的孙女。因郭家背景显赫而遭到唐宪宗的忌惮。

李忠言：唐宪宗之父唐顺宗最信任的内侍，顺宗死后成为其丰陵的守陵人。

柳宗元：字子厚，又称河东先生，唐宋八大家之一。因参与唐顺宗时期的"永贞革新"而遭到贬谪。

王义：大唐名臣裴度的家仆兼护卫。

禾娘：王义的女儿，女刺客聂隐娘的徒弟。

李素：波斯人，唐宪宗的司天台监。

目录

楔 子

大唐贞观十七年，深秋的一个傍晚。

夕阳余晖还没来得及从永欣寺的屋脊上褪尽。突然，响起一声凄厉的呼喊，打破了古刹绵延数百年的宁静。

晚课的僧人们纷纷向外张望，只见一位老僧边喊边跑，跌跌撞撞地冲出禅房，一头栽倒在洗砚池边。

"是辩才？"

"他怎么了？"

"出什么事了吗？"

僧人们面面相觑。

服侍辩才的童僧阿尘跟着跑出来，冲上去搀扶辩才："师父，您起来呀！"

"不见了！不见了！"辩才却只顾声嘶力竭地叫喊着。

"什么不见了？"

辩才突然瞪圆两只血红的眼睛吼道："是他！一定是他！一定是他偷走的！"

他？阿尘好像明白过来了——三天前有个姓萧的穷酸书生来到

永欣寺借宿，不知怎么就和辩才老和尚打得火热。辩才七十多岁了，性格孤僻，平常和寺里众僧都谈不到一块儿，偏偏与这个萧生一见如故，两人聊起琴棋书画来似乎很有共同语言。就在昨夜，辩才还邀那萧生在自己的禅房谈了个通宵。阿尘在旁边烹茶服侍，听二人又是对诗，又是比试书法，还谈到了什么王羲之的真迹……师父说的"他"莫非就是萧生？

此时此刻，辩才也在回想昨夜，却已五内俱焚——

那萧生究竟是如何令自己卸下心防的？也许是他写的诗，"谁怜失群雁，长苦业风飘"，深深打动了辩才。于是辩才用真心和道："非君有秘术，谁照不然灰"。就在这一来一去之间，辩才以为结识了一位平生难得的知己。所以当萧生拿出几幅王羲之的真迹炫耀时，辩才才会自豪地说："你这几纸虽真，却非上佳。真正的佳品在我这里。"

萧生反驳："世上不会有比我这些更佳的了。"

辩才含笑："我就有。"

"你有？"

辩才无法再回忆下去了。为保住师父智永，也就是王羲之的七世孙传下的这件稀世珍宝，辩才将它藏在禅房的房梁之上，世上再无第二人知晓。可偏偏在昨夜，如鬼使神差一般，就在萧生的蛊惑下，他亲自爬上房梁，从密洞中取出这件传家宝，展示在萧生面前！

是了。如今辩才想来，当时萧生面色大变，原非亲眼看见珍宝时的震撼，而是奸计即将得逞的兴奋！

"天哪！我怎么这样蠢！"辩才和尚捶胸顿足。

今天一早萧生不告而别。辩才整日心神不宁，晚课到一半再也忍耐不住，偷偷返回禅房。刚踏进门，便看到了房梁上那个被凿开的密洞。

传家宝不翼而飞了！

"阿尘！快，扶我起来，跟我走！"

"你要去哪儿啊，师父？"

"去找那个姓萧的畜生啊！"

阿尘不动。

"师父，"他的语调既困惑又恐惧，"那个人……他又回来了。"

永欣寺前确有一队人马徐徐而来。辩才半跪着抬起头，昏花的老眼辨识不清为首者的面容——是萧生吗？可他何以通体火红，似沐血色残阳？

那人终于来到辩才跟前。老和尚看清了，确实是萧生，只是原先的褴褛布衣换成了一身绛色衣冠。官服。

辩才激越的心情突然冷下来。

萧翼尽量不去看辩才的脸，而是紧盯手中的黄绫，朗声宣道："大唐皇帝诏曰，僧人辩才藏匿国宝，屡以虚言犯上，已属欺君之罪。现命监察御史萧翼取获。朕念辩才护宝心切，不予追究其罪。另赐帛三千缎，谷三千石。"顿了顿，方压低声音道，"辩才，谢恩吧。"

辩才和尚匍匐于地，许久一动不动。

惭愧和内疚使萧翼无法立即拂袖而去。他想，手段的确卑鄙了些，但若非老和尚不知好歹，自己又何必出此下策？奉旨而行，哪怕烧杀劫掠亦为正道！

皇帝的喜悦和嘉奖，以及由此带来的许许多多荣华富贵的想象，战胜了最后一丝良心的谴责。萧翼拂袖而去，永欣寺陷入死一般的寂静。

阿尘带着哭音叫："师父！"从地上扳起辩才的身子，一缕鲜血顺着老和尚的嘴角淌了下来……

一年很快就过去了。

永欣寺后，一座小小的砖塔伫立起来，那是辩才和尚用皇帝赐下的钱粮建造的，而他自己却已病入膏肓。

"师父，吃一点粥吧。"阿尘轻声唤着。自前天开始，辩才水米不进，气息越来越微弱，俨然下世的光景了。

被监察御史萧翼骗走祖传的宝贝之后，辩才就病了，一年来时好时坏，却在半个多月前突然恶化。

原因竟是一幅名为《萧翼赚兰亭》的画。

此画由本朝第一大画家、宰相阎立本奉当今圣上之命所作，画的正是一年前萧翼来到永欣寺，与辩才彻夜长谈骗取信任，最终盗走王羲之真迹《兰亭序》的经过。

画成之后，辩才受骗的故事也随之传开，渐渐变得尽人皆知。半个多月前，流言终于传到辩才的耳朵里，老和尚气愧交加，一头倒下便再也起不来了。

"兰亭……兰亭……"辩才躺在榻上双目紧闭，嘴里仍然不停地念叨着。

寺中再无人来探望，就只有阿尘一人守在辩才的身边。

看着辩才死气沉沉的脸，阿尘又气又怕地想，皇帝这么做，是要把师父逼死呀。人皆称颂当今圣上是旷古少有的明君，可他明明卑鄙地骗走了师父的传家宝，还把经过画成画让天下人知道，难道他就不觉得羞耻吗？就冲皇帝夺取《兰亭序》的下作手段，他也不配被称为明君！

阿尘只能徒劳地劝解："师父，您想开点吧，《兰亭序》没了就没了，命还是得要啊！"

"不！"辩才突然睁开眼睛，声嘶力竭地喊道，"不！那不是！"

阿尘吓了一大跳："您说什么？什么不是？"

"那不是……不是真的……"辩才伸出一只枯瘦如柴的手，将阿尘的手死死攥住。可他的声音微弱得听不见了，阿尘心跳如鼓，只得俯下身去，把耳朵贴在师父的嘴边……当他抬起头时，辩才咽下了最后一口气，双目依旧睁得大大的，空洞地仰望着上方的黑暗。

阿尘用颤抖的声音诵起经来。这些自小就有口无心地背过无数遍的经文，仿佛突然从他的心里长了出来，源源不断地涌向唇齿之间。

生平第一次，阿尘理解了佛所说的——虚妄。

第一章
迷离夜

1

大唐元和十年，五月末。

好大的一场雨。

雷声隆隆，闪电一道接着一道，将长安城外的一座小小砖塔照得雪亮，仿佛竖立在无边黑暗中的一支细烛。

塔下的小屋里却十分昏暗。贾昌抖抖索索地数着墙上的大字："一、二、三……一百、一百〇一……二百五十六、二百五十七、二百五十八！"

没错，仍然是二百五十八个字，不多，也不少。他快一百岁了，已经老得看不清墙上那些笔走龙蛇、酣畅淋漓的行书大字。但是依靠数数，贾昌就能够确定自己用生命守护的东西，还在。

那是圣上的嘱托，也是贾昌的命。

多年以前，他对贾昌说："从今以后你就守在这里，绝不能让外人走进这间屋子，看到这些字。你永远别想搞清这些字的含义，你的责任是守护它们，所以什么都不要问。"

他说话的时候，脸上有一种平和而又坚忍的力量，这种力量他们李家一脉相承，可以让全天下的人顺服。贾昌当真什么都没问。

这是皇家的秘密，贾昌不能也不敢参透，只尽心守护，每日默诵。但如今他的生命即将枯竭，他想把这个秘密传承下去，却又不知该如何说起。

"爷爷！爷爷！"

贾昌颤巍巍地转过身："闪儿？"

"我来帮您点蜡烛。外面下大雨了，您不嫌暗吗？"郎闪儿端着一支蜡烛走进来，屋里顿时变得明亮。郎闪儿将蜡烛放在北墙下的供桌上，又看了看香炉，大声说："香也熄了。"

贾昌问："下雨了吗？"

"嗯！电闪雷鸣，好吓人的。"郎闪儿瞥了眼贾昌，心想，老丈的耳朵背得不行了。

贾昌朝郎闪儿伸出手去："闪儿，我有话要对你说。非常非常重要的话……"

"爷爷！"郎闪儿倒退一步，脸色有些发白，"外面好像有人在叫门，我得出去看看。"

"闪儿，你别走。爷爷真的有很重要的事告诉你……"

"呃，好，那等我回来再说。"郎闪儿慌里慌张地把香炉里的香点燃，逃也似的溜了出去。

郎闪儿躲在门口的布帘后，窥视着贾昌的背影。老人家坐在蒲团上，身躯佝偻成一团，白苍苍的脑袋垂到肩膀下面，几乎看不见了。他最近经常这么睡过去。郎闪儿能清晰地感觉到，有一只无形的手正在将贾老丈往另一个世界拉扯，说不定哪一次拉过去，就再也回不来了。

香炉里的香越烧越旺，郎闪儿的心也越跳越快，"爷爷，您好好睡吧。对不起……"

雷声轰鸣，闪电从门外直劈进来。郎闪儿吓得扭头便跑。

他没有看见，就在雪亮的闪电中，贾昌突然从蒲团上一跃而起，仿佛邪魔附身一般，手舞足蹈，如痴似狂！

从傍晚开始下起的大雷雨，入夜后雨势有增无减。长安城东春明门外的这所小院里，雨水几乎在地上淌成了一条湍急的小河。

郎闪儿沿着廊檐一路小跑，斜打过来的雨还是湿透了半边身子。"来了，来了。"他嘟囔着去开院门，一不留神踩进水塘里，气得嚷："真晦气！嗳，你找谁啊？"

"这位小郎君，打扰了。"

摇曳的气死风灯下，一张清丽的鹅蛋脸略显苍白，帷帽的蒙纱已高高撩起，用簪子别在脑后，几缕发丝湿答答地粘在光洁的额头上。身上的夏衣都被大雨浇透了。

她的样子虽然狼狈，却仍有一份艳光摄人心魄。

郎闪儿的脸腾地涨红起来，眼神不知该往哪里落。

女子说："请问小郎君，此处能否借宿一晚？"

郎闪儿回过神来："呃，不——行。"

她露出失望的表情。

"要不……你去前头的镇国寺试试吧。"郎闪儿打算关门。

"小郎君！雨太大，我们再无力去别处了，请无论如何收容一晚。"女子往旁边一闪身，郎闪儿这才看见，她身边的墙上还靠着一个满身血污的男人。

女子解释："我们的马惊了，他是车夫，从车上摔下来受了伤。"

郎闪儿为难地说："可是……这里的规矩不收女客。"

"那就请收下他。"女子喜道，"我可以去投镇国寺。"

"别去，他骗你的。"院中突然冒出一个白衣素巾的青年男子，自郎闪儿的背后向女子道出这么一句话。

郎闪儿猛回头，冲着他怒目而视。

男子当作没看见，冒着大雨出门挽住伤者，径直往院内搀去。女子略一迟疑，也跟了进去。郎闪儿气呼呼地在他们后面关上院门。

伤者被扶坐于廊檐之下。男子手脚麻利地替他检查伤情，上药并包扎。待他忙完，一直默守在旁的女子才低声道："多谢崔郎……中。"

"娘子真好眼色。"崔郎中笑着合上半新不旧的药箱，又特意将镌着"崔"字的一面转向她，"不才崔淼，江湖行医为生。"

"娘子真好眼色。"——自小到大，总有人如此评价裴玄静，却从没人告诉过她，这究竟是福还是祸。很久以后，当裴玄静回想起与崔淼初遇的这一幕，方才意识到他那洒脱笑容背后的迟疑。很可能当时他已经发觉自己犯了一个错误。不过像崔淼这样自傲的人，轻易是不肯认错的。

他只是问："敢问娘子怎么称呼？这是要进长安城呢，还是刚离开？"态度自然有礼。

她自称为蒲州永乐县原县令裴昇之长女玄静，是来长安投亲的。不承想今天到达城门外时暮鼓正好敲过，马车被堵在城外，又遇上了雷暴雨。

"蒲州？那么娘子应该从东北方向的通化门进长安，怎么又会来到这春明门外？"

"马匹受了雷惊，一路狂奔至此。"

崔郎中不以为然地说："行路之马都经过训练，寻常雷雨怎会惊吓到这个地步？况且就算受了点惊，车夫也该有手段束缚住马匹才是。否则谁敢坐他的车？"

负伤的车夫哼唧了几声，像要替自己辩解。不过他摔得头破血流的，连话音也含混虚弱。崔淼笑道："老兄莫急，没人怪你。"

郎闪儿在旁边重重地"哼"了一声。

崔淼说道："对了，给裴大娘子介绍，这位小哥是此地的护院大总管，姓郎名闪儿。叫他郎闪或者闪郎都行。成天东闪西闪的，人如其名。"

裴玄静不禁微翘起唇角。

崔淼又道："亏得娘子没去什么镇国寺。最近从淮西战场逃难来的人太多，那里早就人满为患了，而且也不容留女施主，除非娘子从宫里来。"

"皇宫？"

"就是公主、长公主什么的。如果是她们要寄宿寺院，那方丈巴结还来不及。"语气中带着明显的嘲讽。

裴玄静心想，这位崔郎中表面温文有礼，多半还是行医养成的习惯。实际上他口舌锐利，处处透着锋芒，内心应该有点愤世嫉俗吧。

郎闪儿愁眉苦脸地插嘴："不是我成心为难娘子，小的真的不敢留你啊！娘子看看这里的情形……"

其实，裴玄静早已发现此地别有洞天。

她平生头一次来长安，又被惊马带着狂奔，完全辨不得东西南北了。方才在漫天的电闪雷鸣中看到这所小院，便一头扎了过来，根本来不及多考虑。此刻她的身心略安，便习惯性地观察起周边的环境。

这是一所寻常的四合院落，沿墙一溜简易的房舍。房前有廊，茂密的松柏和翠竹自房后探出，在风雨中散发出沁人心脾的草木之香，分明已栽种了好些年。院子中央的空地上竖起数架凉棚，棚下横七竖八满是人，或躺或坐，因为闷热，所有的房舍均敞着门，可以隐约看见里面也躺满了人。连廊檐下都是人。

粗粗算来，这个院子里少说也有百来号人。男女老少全部衣衫褴褛，一望便知是穷苦百姓。夜渐深，绝大部分人都睡了，所以并无人声喧哗，只有雨声不绝于耳。

裴玄静算看明白了，郎闪儿必是因为院中人已经太多了，才不肯收留自己，便逗他："闪郎戏弄我，这里分明有不少女客。"

郎闪儿分辩："别人都是合家老小的。娘子你……是一个人。"

"一个人又怎样？况且我也不能算一个人，还有一位车夫呢。"

郎闪儿没词了，气鼓鼓地道："反正都让你进来了，娘子休要得了便宜再卖乖！"说罢起身便走。

"我哪里得罪闪郎了吗？"裴玄静哭笑不得。

崔淼直乐："娘子别多心，这闪郎忒小气的。他是估摸着收不到娘子的租金了，心里不痛快。"

租金？这一点裴玄静倒是没想到。她起初以为小院位居镇国寺后，看情形必是寺院收容穷苦人的积德行善之所，怎么还要收租呢？

雨又小了些，漆黑一片的后院方向影影绰绰地泛出微光，仿佛能看到一座白塔的影子。裴玄静越来越困惑了，这究竟是个什么所在？

崔淼不经意地道："我给娘子说说这地方的来历吧。"正合她的心意。

原来这所院子是由一个名叫贾昌的人建造的。贾昌本是皇宫中的驯鸡少年，当年玄宗皇帝特别喜欢斗鸡，贾昌因善于驯鸡备受皇帝的恩宠。安史之乱中长安城破，贾昌荣宠尽失，妻离子散，此后便看破红尘，遁入长安佛寺一心向佛。建中三年的时候，贾昌跟随多年的高僧运平和尚圆寂，贾昌就在镇国寺外的这个地点修建了一座灵骨塔，安放运平和尚的遗骨。又在塔下栽种松柏，并搭了一个小房子，自己住在里面，像师父生前一样侍奉。顺宗皇帝在东宫时，施舍了三十万钱给贾昌，替他重新建造了奉祀高僧遗像和读经斋戒的屋子，又建了外院搭棚给流浪的百姓住。这就是此座院落的来历。

顺宗皇帝？裴玄静暗暗寻思，那便是当今圣上的父皇了。十年前的永贞元年，顺宗皇帝带病登基，仅仅在位二百日便禅位给了当今圣上，并于次年的元和元年正月驾崩。去世时年仅四十六岁，是大唐已有诸帝中最短命的一位。十年里，关于这位先皇的内禅和驾崩，民间一直有各种各样的说法。当今圣上对此相当恼恨，却始终没办法堵住老百姓们的嘴。

还真没料到，这座简陋的小院会和大唐的数位皇帝有关联。

"院子具体的建造时间应在贞元七年前后，距今已有二十五年了。"崔淼继续说，"对容留的百姓收租金，据说也是顺宗皇帝当年定下的规矩。任何人在此借住，从第三天开始便需付租金。实在是老幼病弱无力付租的，也要记账，今后由其亲友负责偿还。"

裴玄静说："这样使人不可偷懒滞留，还能接济更多真正困苦之人。是个好法子。"

"对啊。先皇的规定多年来没人敢违背。收下的钱财除了供给百姓食宿之外，剩余的全都用来供佛。那贾昌还活着呢，快一百岁了，仍然住在后院塔下的屋中。每天只吃一杯粥，睡在草席上，穿的也是粗丝绵衣，但因年老体衰久不出屋了。闪郎是贾昌收养的一名孤儿，这些年都是他在服侍贾老丈，除了他再无人见过贾昌。"

"贾老丈是真正的有德之人，令人敬佩。"裴玄静叹道，"崔郎中谙熟内情，想必在此地很久了？"

"在下十天前才游至此，本来只是暂时借宿，但因时令不好，流浪百姓中常有中暑患疫者，就索性多待些时日，治病救人，也算积点功德吧。"崔淼一笑，"娘子累了，何不歇息一会儿？离天亮还有些时间。"

裴玄静确实非常疲倦了。假如几天前有人告诉她，今天她会在一个完全陌生的院子里，在一处滴着雨的廊檐下，在一个刚刚认识的男人的注视下睡去，她绝对不肯相信。可是此刻的她已无力抗拒汹涌而来的困意。她甚至想不起来这段旅程究竟始于何时何地，自己又将去往何方。她只是觉得，对面那人的神态中有着洞若观火般的透彻，令她在这个纯属意外的休憩之所里，感到一种奇妙的安全和松弛——将头倚在廊柱上，裴玄静睡着了。只睡了短短一瞬的工夫，便惊醒过来，头痛欲裂。

雨停了，反而更加闷热。空气里飘浮着一股令人窒息的怪味。

崔郎中不见了。

裴玄静一惊，仔细再看，发现他就蹲在前方不远处的廊檐下，身旁站着郎闪儿。

裴玄静走过去，看见崔淼的面前还躺着一个人，一动不动。"崔郎……"她刚刚开口，崔淼抬起头喝道："别过来！"

她吓得倒退半步。郎闪儿趁势向前一挡，遮住了她的视线。

又过了片刻，崔淼才站起来，对二人压低声音道："他死了。"

"真的是瘟疫吗？"郎闪儿喃喃地问。

崔淼神色凝重地说："不会错。唉，是我疏忽了。白天发现他有异状时，我只当是普通的时疫，没想到这么快就发作了。现在看来……应是相当凶险的疫病。"

郎闪儿的脸色变得煞白。

崔淼将语气稍微缓和了些："好在据我看，这种瘟疫不直接触碰就不会染上。此人是单独一人来借宿的，整日里也无人理睬过他，其他人应该还是安全的。咱们只要确保今夜无事，明日一早将尸体悄悄送出去就是了。总之先别声张，以免引起恐慌。"

听他这么一说，裴玄静不由自主地四下望了望。夜已很深了，满院的人都睡得香甜，似乎只有他们三个还醒着。

"那我也得去告诉贾老丈。"郎闪儿哭丧着脸说，"要不他会怪我的。"

"说得委婉些，别惊吓到老人家。"

郎闪儿匆匆往后院跑去。崔淼好像这才注意到裴玄静，歉然道："让娘子受惊了。"

郎闪儿走开后，地上的尸体就完全展露在裴玄静的眼前了。雨后的夜空泛着晦涩的光芒。裴玄静看见那张死人的脸白里透青，下巴上还有一道深深的疤痕。她不禁打了个寒战，湿透的衣裙牢牢贴在皮肤上，全身冰凉，胸中阵阵作呕。

崔淼说："娘子随我来，咱们离远点坐。"

两人还未转身，却听后院传来疾速的脚步声。转眼间，郎闪儿又跑回他们跟前。

裴玄静大惊。

郎闪儿的脸完全扭曲了，瞪圆的双眸中充满恐惧。假如说刚才他只是受了点惊吓，那么现在的郎闪儿已接近崩溃了。

崔淼一把抓住郎闪儿的肩膀："闪儿，出什么事了？"

郎闪儿咬着嘴唇，泪水夺眶而出。

"快带我去看！"崔淼喝道，郎闪儿拉着他便跑。裴玄静也不假思索地快步跟上。

后院并排两间小屋，彼此相连。白塔就竖立在右边那间屋子之后。左边的屋子敞开着门，屋里漆黑一片。

郎闪儿在门口停下："我什么都没说。贾老丈他、他就……"再不肯往前迈步了。

崔淼接过郎闪儿手中的灯笼，高高提起。裴玄静紧随着他，一前一后进到屋内。

屋子很小，对门的土榻上铺了一张草席，靠墙置一几，几旁扔着个蒲团。整间屋中再无其他家具摆设。泥地泥墙，四壁空空，几上唯一的蜡烛还在冒着青烟，似乎刚刚熄灭不久。屋子里飘着一股极淡的似甜非甜的怪味。

屋中央的泥地上合扑着一个人。灯笼的光刚好罩住他，使得他身上的灰袍和头上的白发都染了一层淡淡的红色，仿佛浸在血水之中。

裴玄静的心里咯噔一下……贾老丈。

崔淼将灯笼搁在旁边的泥地上，动手把那人翻了过来。

果然是位须发皆白的老人家，无疑就是贾昌本人了。崔淼探了探他的鼻息，轻声说："已然故去了。"

"真怪。"裴玄静说。

"是怪。"崔淼附和，"看起来不像中毒，也没有致命的外伤。"

一位百岁老人倒毙于自己的屋中，自然死亡本不足为奇。即使他的鼻翼下有几缕血迹，也可想见是倒地时面部着地磕破的血。怪异的是贾昌脸上的表情——

这是一张极尽夸张的笑脸，掉光了牙齿的嘴咧得像个黑洞。贾昌仿佛是在狂喜之中猝亡的。

他死前究竟看见了什么？有什么能让一位百岁老人笑到癫狂而死？

"你看这个。"裴玄静从地上捡起一样东西，递给崔淼。

那是一片薄薄的白玉，质地细腻，几乎能透过光线。"好玉。"崔淼赞道，"不过，这东西是干什么的呢？"

裴玄静也从未见过这样形状的玉片。中央微凸，两侧呈三角状，像鸟的翅翼一般微张。玉片并不大，正好可以搁在掌心里。

崔淼把玉片颠来倒去地看："咦，这里怎么缺了个角？好像是新敲破的……"

裴玄静闻言，又朝泥地上细细搜寻。突然，她扫到灯笼光环外的暗影中似有什么东西一晃。她猛抬起头："那里好像有人！"

崔淼惊问："哪里？"裴玄静已经朝右侧的屋子跑过去了。

两屋中间的墙上开有门洞，仅悬一块布帘隔断。这间屋子里没有点蜡烛，但是从隔壁透过来的亮光足够她看清楚周围。

此间的陈设比临屋还要简陋，只在北墙下靠边放置一张供桌，上有香炉。供桌后的墙上悬着一幅和尚的画像，想必就是贾昌供奉的师父运平和尚。

裴玄静朝供桌后望过去，画像似乎在微微掀动。不会是风。供桌上的蜡烛和隔壁的一模一样，同样熄灭不久。但香炉里的香还在冒着袅袅的青烟，烟气扶摇直上。这个闷热的夏夜连一丝风都没有。

裴玄静感到一阵混沌的恐惧，不觉轻声唤道："崔郎！"刚才她凭着一时冲动闯进来，现在想要找个人来壮胆了。可是隔壁毫无动静。崔淼既没有出现也没有答应。

裴玄静觉得头昏脑涨。她模糊地意识到，自己现在退出去还来得及。但是四肢根本动弹不得，仿佛被一种无形的力量锁在原地。她只能呆呆地瞪大眼睛，注视着东面的墙壁。

这间屋子的北墙挂画，南墙和西墙各开了门，所以只有东墙是完整的。

就在唯一完整的这面东墙上，以行云流水的笔墨写着：

夫人之相与，俯仰一世，或取诸怀抱，晤言一室之内；或因寄所托，放浪形骸之外。虽取舍万殊，静躁不同。秦望山上，洗砚一池水墨；会稽湖中，乘兴几度往来。仰观宇宙之大，俯察品类之盛。居足以品参悟之乐，游足以极视听之娱。

当其时也，余与欣安于所遇，暂得于己，快然自足，不知老之将至。及其所之既倦，情随事迁，感慨系之矣。

及弟欣先去，向之居游动静，于今水枯烟飞。俯仰之间，已为陈迹，犹不能不以之兴怀。况修短随化，终期于尽。古人云："死生亦大矣。"岂不痛哉！每览昔人兴感之由，若合一契，未尝不临文嗟悼，不能喻之于怀。固知一死生为虚诞，齐彭殇为妄作。后之视今，亦犹今之视昔。良可悲也！

虽世殊事异，所以兴怀，其致一也。后之览者，亦将有感于斯文。

裴玄静的头越来越晕，所有的字都在她的眼前跳舞。她一连读了好几遍，就是不明白文章写的是什么。却又觉得词句隽永，格调清雅，那挥洒自如的笔触也着实赏心悦目。

似曾相识的词句，似曾相识的书法……还有空气中沁人肺腑的甜香。一切都是那么美好，裴玄静"咯咯"地笑出了声。

"娘子，娘子！"有人在身后叫她。

裴玄静没有回头。天旋地转，现在她只要动一动就会晕倒，可是她坚持着，顽强地挺立在原地，等待那人来到自己面前。

"玄静……静娘。"

是他！

裴玄静轻轻唤出他的名字："长吉——"

黑暗降临，铺天盖地。

2

早上的朝会之后，按惯例皇帝将几位心腹大臣留下，在延英殿
里继续探讨削藩的战事。当今天子执意削藩，连年发动战争，虽然
也取得了一些战绩，但是国家的财力和兵力都已捉襟见肘。今岁以来，
讨伐淮西藩镇的战争进入胶着状态，战事向着旷日持久的局面发展。
朝中主和的声浪四起，不少朝臣纷纷劝谏皇帝停止劳民伤财的讨伐，
向淮西服软以求安宁。极力主战的皇帝陷入空前的压力之中。

皇帝性格刚烈，从内心来说是绝不肯向叛臣逆子妥协的。在这
种情形下，朝中不多的几名坚决主战的臣子就成了皇帝最仰赖的人，
被皇帝当成了心理支柱。御史中丞裴度便是其中之一。每日朝会后
的延英殿召对，裴度总是皇帝钦点必须参加的要臣。裴度也积极地
为皇帝出谋划策，分忧解困。

不过，裴度在今天的延英殿召对中却不像平时那么专心。召对
一直持续到申时才散，宰相武元衡和御史中丞裴度并肩而行，向南
走去中书省。夕阳下的大明宫处处金光闪耀，几乎使人睁不开眼睛。

行至半路时，武元衡才问裴度："中立是有心事吗？"他和裴度
的私交很深，所以有此一问。要知道武元衡相公向以孤傲著称，从
来不爱多管闲事。

宰相的关心裴度自然得领情，便细说起原委来：

大约在半个月前，裴度收到了兄长裴昇遗孀甄氏的书信，信中
称长女玄静将来长安探访叔父，并写明了出发的日子。

裴度计算好车程，从十天前起就安排家人每天守在长安城东北
面的通化门，迎候裴玄静。自蒲州来长安的通衢大道直对通化门，

正常情况下裴玄静不可能从其他城门进入长安。

可是等了一天又一天，裴玄静始终杳无音讯。

裴度心急如焚。他自责听信了甄氏的话，没有派人专程去永乐县把裴玄静接来。玄静一直是兄长裴昇最钟爱的女儿，假如侄女真出了什么事，裴度怎么向去世的兄长交代？空等了几天之后，从不假公济私的裴度专门去拜托了金吾卫，请他们帮忙在长安城内外留意裴玄静的下落。

他还派出最得力的家仆王义赶往永乐县，沿途搜寻裴玄静的踪迹。从长安到蒲州其实并不算远，王义骑马日夜兼程的话，三天便可打个来回。可是王义三天前出发至今，不仅没有任何消息传回，连他自己也下落不明了……

听到这里，武元衡思忖着问："永乐县的裴家娘子……我依稀记得，那里前些年出过一个'女神探'，好像就姓裴？"

裴度道："咳，那就是下官的侄女玄静。"

"果真是她？"武元衡的眼睛倒是一亮。裴度悻悻地点了点头："女神探之名只是玩笑而已，当不得真。"

武元衡笑道："诶，怎么能这么说。我倒觉得中立可以放宽心。女神探能有什么危险呢？说不定是碰上什么奇诡的案子了，正乐不思蜀地忙着破案呢。"

明知宰相是在宽解自己，裴度也不得不挤出一个苦笑。

他们刚好走到中书省前，却见金吾卫士领着一个家仆模样的人疾奔而来。

"王义！"

王义直冲到裴度面前，躬身道："阿郎，侄小姐找到了！现已送回府中。"

裴度大喜："太好了。"

"不过……侄小姐受了风寒，找到时正昏迷不醒。"

裴度忙问："请郎中了吗？"

"郎中来看过了，说并无大碍。"

裴度这才略略松了口气。

武元衡在旁边说："我说不会有事的吧？中立快回府去看看吧。"

裴度赶紧向武元衡致谢告辞。

武元衡微微颔首："我倒想一睹女神探的风采，不知今后有没有机会？"

"哎呀，鄙侄女怎能有此荣幸。"

宰相但笑不语。

裴度匆忙而去，武元衡独自一人踱入中书省，端坐案后。少顷，见四下无人，才从袖中褪出一个小小的纸卷来。

轻轻展开，原来是数张叠起的纸片。武元衡紧锁双眉，一张一张看过来。

其实他已经看过许多遍了，早就能倒背如流——每张纸上都写着一句恐吓的话，比如"汝命休矣"，或者"汝不予，吾来取"，等等。

这些恐吓信带给当朝宰相的与其说是恐惧，倒不如说是荒唐和悲哀的感觉。

又过了许久，武元衡取过蜡烛点燃纸片，看着它们在眼前烧成灰烬。

武元衡很清楚地知道威胁来自何方，所以并不畏惧。令他伤脑筋的是隐藏在威胁背后的企图——他们要的并不单单是他的命，还有……

武元衡的目光不自觉地移到墙上的《兰亭序》。这幅《兰亭序》是贞观十七年太宗皇帝取得王羲之真迹后，命弘文馆供奉拓书人冯承素临摹的，卷首还盖着高宗皇帝神龙年号的小印，挂在中书省政事堂已超过百年了。

他若有所思地凝视了许久。

武元衡迫切地需要一个帮手，一个才智出众善于解谜，又能够保守秘密的人。为此他已经烦恼了很长时间，事情越来越急迫，可是合适的人选却始终没有出现。

怎么办？

3

当意识再度恢复时，周围的一切都变得明亮了。阳光从竹帘的缝隙中透进来，一直照到裴玄静的眼睛上。

榻前一位慈眉善目的中年妇人惊喜地叫起来："哎呀玄静，你总算醒啦。"

见裴玄静满脸困惑地望着自己，她先念了声"阿弥陀佛"，又道："我是你的婶娘啊。"

裴玄静喝下一小盅参汤，又吃了碗白粥，脸上恢复了点血色，也有力气下地了。

她在榻前行礼，拜见了婶子杨氏。至于此宅的男主人，也就是裴玄静的叔父，官拜御史中丞的裴度，此刻正在大明宫里上朝呢。得等到他散朝回家，裴玄静才能见到他。

杨氏叹道："佛祖保佑，侄女儿这次总算是有惊无险。今天清晨王义把你接回来时，你烧得满脸通红，不停嘴地说着胡话。哎呀，把我吓得呀……"

"今天清晨？"

"可不是？玄静你昏迷了好久呢。"

杨氏颠来倒去地讲了好半天，裴玄静才算把过程听明白了。

原来家仆王义三天前被派往永乐县寻找裴玄静，却一无所获。今天清晨，当王义回到长安城外时，晨钟还没敲响。在等候开城门的工夫里，满腹心事的王义听到周围人聊起昨日傍晚的一场大雷雨。

原来，昨夜通化门前有辆马车受了惊，差点儿踩伤路人。那车上的女子拼命叫喊着驱赶行人，最后马匹带着车辆像疯了似的，向南面狂奔而去……

王义悚然一惊，连忙打听车上女子的样貌。

大家都说，事发突然怎么看得清啊，只隐约能辨出是个年轻姑娘，吓得声音都变调了。

王义觉得此事不简单，应该去查一查。晨钟响了，他没有进城，却径直往春明门而去。

他是在镇国寺外发现裴玄静的马车的。马匹早就不见了踪影。马车的车辙断裂，一个车轮没了，还有一个扭歪了。只有车厢尚且完整，里面倒卧着一名年轻女子。车夫垂头丧气地坐在马车旁的泥地上。

王义过去盘问，果然是裴玄静一行，当即大喜过望！

但是裴玄静昏迷不醒，王义也不便多加察看，只听那车夫说，前一日傍晚他们的马匹在通化门外因雷电受惊，狂奔到此处时，惊马才脱缰而去。马车彻底毁坏了，附近又找不到借宿的地方，他只好安排裴大娘子在马车里将就一夜，自己在车旁守护。谁知裴玄静连日赶路辛苦，受了惊吓再兼淋雨，当夜便发起烧来。清晨，车夫发现裴玄静已人事不知。车夫没了主意，又不敢离开去寻人帮忙，正在那里发愁，欲哭无泪呢。

王义亮出裴府的腰牌，车夫闻知终于有人来接了，才算如释重负。春明门外的官道上有不少兜生意的空马车，王义便去雇了一辆来，将裴玄静转移上去，赶紧进城回府了。

杨氏最后说："王义回到府门前，一转脸才发现，跟在旁边的车夫没了踪影。想是没能把侄女平安送到，他怕受责骂，连车钱都不要就溜走了。幸而你并未受到什么伤害，只是风湿寒热，现在看来也不打紧了。不然那车夫真是脱不了干系呢。"她迟疑了一下，又问裴玄静："侄女啊，你怎会在路上耽搁这么久？到底出什么事了？"

裴玄静苦笑，该怎么回答婶婶呢？

从蒲州到长安的道路宽阔平坦，路况在整个大唐数一数二。据说皇家御苑中饲养的神骏只需一天一夜，便能从骊山宫一径驰奔到蒲州的鹳雀楼下。裴玄静却在这条路上走了整整七天。

此番离家，是裴玄静人生中的第一次远行。出发时，庶母甄氏特为雇来一乘墨车，并在玄静父亲生前为官十多年的县衙外送她上路。

犹记得那天正午，前有高头骊马，旁侍锦衣车夫。油壁车篷顶在仲夏时节的艳阳下熠熠生辉。裴玄静着一身黑色吉服，汗水从最里面的薄纱中单，一直湿透外面的三层深衣和罗裙。隐在帷帽面纱后的面庞也热得绯红，好似涂了最浓郁的胭脂。

如今的永乐县令汪涛曾在裴玄静的父亲裴昇手下供职多年，向以裴老明府的门生自居。因此裴昇的嫡长女出嫁，汪县令郑重其事，特率合衙众人列队相送。

没错。裴玄静是以出嫁的名义上路的，绝非简简单单的投亲。

所以看热闹的百姓才会在街头巷尾围得里三层外三层。

裴昇老爷在世时为官清正，恩泽一方，颇受当地老百姓的爱戴。但是这么多人来围观裴玄静远嫁，却不仅仅因为裴老爷的官声隆誉。更多的，是对裴玄静本人的好奇。

在永乐县人的口口相传中，裴玄静可称得上是一位奇女子。

据说，这位裴大娘子自小聪慧绝顶，对人对事观察细致入微，屡有超乎常人的奇妙发现。裴昇老爷在县令任上多年，每每遇到悬疑案件，困顿难解时，竟多次由女儿玄静一针见血，一语点醒梦中人，才得以勘破隐秘内情，还公道于天下。尤其值得一提的是，裴玄静头一次显露出这类特殊才能时，刚才髫年。此后若干年中，裴玄静多谋善断的才华多次得到证明，年方十四五时便已声名鹊起，"女神探"的美誉传遍整个蒲州，甚至连蒲州刺史大人都听说了。裴昇老爷更是将这位长女视若掌上明珠。

可惜天有不测风云。三年多前的某一天，裴昇老爷正在府衙内好好地办着公，突然大叫一声倒地，未及郎中赶到便咽了气。死因据说乃中风导致的猝亡。

隆重的丧仪之后，裴家人便搬离县衙，去城南的老宅居住。"女神探"裴玄静也从此销声匿迹了。

甄氏夫人对外声称：裴玄静自幼好道，父亲猝然离世，玄静伤心之余，自愿舍身入道修行为亡父追福。裴玄静天赋异常，从小备受裴昇的宠爱。其亲生母亲，也就是裴昇的原配发妻王夫人在玄静五岁时便亡故了，所以她与父亲的感情特别深厚，因父亲离世而有此举动，尚属情理之中。

然而在永乐县的闲人口中，对此事还有些不一样的闲话。

说法之一：甄氏夫人是裴老爷的续弦，嫁给裴昇后为他连添两子，但裴昇始终最偏心长女玄静。对此，甄氏一直心怀不满，忧心将来裴玄静以嫡长女身份继承最大份的家产。裴昇为官清正廉洁，家底并不丰厚。甄氏所育的儿子尚且年幼，还得靠祖荫度日，可想而知，甄氏对裴玄静这个嫡女是相当忌惮的。裴昇老爷死得突然，未能留下只言片语。甄氏便想乘机拔除裴玄静这颗眼中钉，将她往道观内一送了事。

在这个说法中，甄氏扮演了恶继母的角色。

说法之二：裴玄静天赋异秉，多年来帮助其父惩治了不少恶人，也必然招来颇多怨恨。于是就有仇人设法向裴氏父女实施报复。他们使用了何种手段不得而知，可是威力却相当显著。裴昇老爷毫无先兆地中风猝死，恐怕就是仇人托鬼神所为。而裴玄静在父亲死后隐入道观，一则是为父亲之死感到内疚伤痛；二则也很可能是为了避祸，唯恐仇人再找到自己头上，指望着向道家诸神寻求庇护吧。

在第二种说法中，鬼神成了幕后元凶。

当事人保持缄默。所以不管哪一种说法，都得不到明证，终归只是以讹传讹。

渐渐地，曾经小有名气的裴大娘子被人们淡忘了。

三年很快过去。突然间永乐县的百姓听说，裴大娘子离开了道观，而且马上就要出嫁了。

很多人这才重新记起裴玄静的名字。大家恍然大悟，原来当初裴玄静入道观，只是为了替父亲服丧。如今三年的斩衰期已过，裴玄静当然要重返俗世人生。还有人恍惚记得，三年前裴大娘子入道观时，芳龄正值十九，那么说今年该有二十二岁了。

瞧瞧，这个岁数真不算小，确实得赶紧嫁人了。

不过大伙儿东打听西打听，就是没人能说出裴玄静所订亲事的详情。本来裴大娘子身上就有种种特殊之处，再加上进出道观的一番折腾，以及闻所未闻的神秘亲事，更使人对她生出无穷无尽的好奇心来。

于是，元和十年五月的一天，当裴玄静在县衙门前登上墨车时，满大街都是顶着烈日来观摩的路人。县令老爷亲自率队送行，甄氏夫人又夸张地当街洒泪话别，硬生生地在大夏天里营造出"昭君出塞"般的氛围来。

在众人的瞩目中，裴玄静的墨车晃悠悠向城外驶去。骄阳似火，车顶上仿佛升起丝丝缕缕的紫色烟雾。晒得头昏脑涨的人们在恍惚中发现某些异常——没有送亲者，也没有迎新人。连陪嫁婢女和装嫁妆的箱笼一概全无。仅仅是一辆孤单单的马车，由一名车夫赶着就上路了。

这也能算是出嫁吗？

其实，谁都不如裴玄静本人对这起不伦不类的出嫁体会更深，感触更多。

在登上墨车的一刹那，她就注意到车篷顶未干透的油漆，互不相配的车轮，车帘上积久未除的灰尘。高头骊马一走起来竟然东倒西歪的，也不知是马掌没钉妥当，还是它根本就徒有其表，实际是一匹未经训练的劣马。至于那名车夫，赶车的经验还不及裴玄静，也根本不怎么识路。

没花多少力气，裴玄静就套出了车夫的话。甄氏想把事情办得体面，又不肯多花一文钱，才找来这么一套廉价的车马，稍作装扮冒充如今婚嫁最时兴的骊马墨车。

甄氏倒是省了开销，裴玄静却吃足苦头。一上路车马就开始出各种状况，加之这几日酷热异常，每天太阳升起后不久，官道的路面就被晒得滚烫了。经过训练的马匹尚能忍耐，他们这匹马干脆就赖在树荫下不动了。

就这么走走停停，停停走走，直到第七天傍晚才像乌龟一样爬到了长安城外。本以为胜利在望了，偏偏暮鼓响起来，裴玄静这辈子头一次见识到京城宵禁的规矩，眼睁睁看着前方不远处的通化门徐徐合拢。

紧接着便是一声霹雳在头顶炸开。

裴玄静回想到这里，真心觉得此刻能安然无恙地坐在叔父家中，实属侥幸了。

但她不会因此怨恨庶母。就算甄氏的做法苛刻，她还是给了裴玄静一个隆重的出嫁仪式。甄氏这么做是为了向所有人宣布，裴昇家的嫡长女玄静将一去不复返了。嫁出去的女儿泼出去的水。从此裴玄静失去"在室女"的身份，再没有资格和弟弟们争家产了。

在这一点上，裴玄静和甄氏的想法完全一致。

裴玄静也不想回蒲州永乐县，那里已经没有她所眷恋的东西。

"玄静……"

裴玄静的思绪被打断。她抬起头，看见杨氏颇为复杂的表情。

杨氏欲言又止："侄女啊，你叔父还要过一会儿才能回到府中，有些话婶娘想先对你说一说。"

"婶娘请讲。"

杨氏又叹了口气，道："你在昏迷中曾经呼唤过一个名字……长吉。"

裴玄静的双手不由自主地揪住裙带。

杨氏端详着这个才刚认识的侄女。旅途劳顿、惊吓和寒热，使她看起来苍白娇弱，显得比实际年龄更小一些。而那副清秀五官中透出的聪明和倔强，倒是和她的叔父裴度有几分神似。

杨氏对裴玄静油然而生出几分亲切感来。她更留意到自己提到"长吉"二字时，裴玄静那掩饰不住的激动神情。唉！后面的话更加难以启齿了，可又不得不说。

杨氏狠了狠心，道："玄静，你的亲事怕是不成了。"

4

长安城中居住着胡汉混杂的近一百万人口。这座城市拥有当时世界上最先进的管理系统。

之前将裴玄静堵在城门外的"晨钟暮鼓"宵禁制度，是为了维护天子脚下的京城治安特别设计的。夜晚宵禁期间，不仅十二座城门全部关闭，城内共一百零九座里坊，外加东、西两个市场的坊门，以及皇城和宫城的城门也同时关闭。宵禁期间人们只允许在坊内活动，未经许可出坊的话，被巡夜的金吾卫发现是要遭到鞭笞的。

宵禁制度大大增加了刺客们的行动难度。要想在长安城内实施暗杀，事后的逃跑路线必须有精心的策划，否则根本不可能逃得出长安。即使出了城，城外密布的驿站也都有大量驻兵，仍然是一张极难突破的天罗地网。

安史之乱后，大唐天子及其臣下们为了能睡个好觉，真是费尽了心机。

当然，长安城内也有许多便民利民的制度与设计。比如城中所有主干道两侧所挖的排水沟渠，坊市间则在地下布暗沟，与主路旁的明沟相连，构成了一整套完备的排水体系，既确保了城市不会发生内涝，也便于及时疏导生活污水，保持环境的清洁和卫生。

主路旁的明渠又宽又深，所以要在两旁栽种槐树遮挡。长安城里的儿童们从会走路起就被大人教育，要小心路旁的水沟，万一跌进去的话可就爬不出来了。

就在这天的掌灯时分，御史中丞裴度却犯了无知小儿的错，一头栽进兴化坊中十字街东南隅的排水沟里。

侄女玄静进京的过程颇多周折，今天仆人王义总算把她接回来了，所以裴度赶紧回府探望。谁知到了兴化坊的裴府门外，他如常在路边的树荫下落马，却一脚踩空，整个人向路边的沟渠倒了下去。

王义惊呼着冲上前，勉强将主人从沟边扯住，御史中丞才算没在家门口的阴沟里"翻船"。可是裴度的右脚崴了，当即痛得沾不了地。王义只得把裴度负在背上，一径背回府中。

裴府还真是流年不利。侄女刚刚能下地，叔父又走不了路了。

杨氏见此情景，气得责问王义："你是怎么回事？竟将马牵到沟渠旁边，这不是成心害人吗？"

王义低头不语，裴度叹道："算了，也不能全怪王义，是我心中有事，未曾看清路边状况。"说罢，向杨氏使了个眼色。

杨氏不吭声了。毕竟王义刚找回裴玄静，立下大功一件，况且一直以来服侍主人任劳任怨，算是位不可多得的忠仆，偶一小错，怎忍严加苛责。

王义沉闷地告退。

杨氏见裴度的脚腕肿起来老高，心疼道："请个郎中来瞧瞧吧。"

裴度摇头："不必。你拿块凉的湿手巾来给我敷着。"心中却在想杨氏才才冲口而出的一句话——这不是成心害人吗？

说者无心，听者有意。

裴度的心中也有一丝困惑。王义为自己牵马坠镫很长时间了，一向都很小心。裴度政务繁忙，要操心的事太多，即使骑马上路脑子也不空闲，所以常会心不在焉。为此，王义总是选择在最安全方便的地方让主人上下马，确保裴度的安全，从未有过闪失。

今天发生的事情确实太不寻常了，不由得让人怀疑起王义的动机来。更奇怪的是，当杨氏脱口而出那句伤人的指责时，王义丝毫没有为自己辩解……

杨氏张罗了湿手巾来，裴度决定暂时搁下心中的疑问。他宁愿相信今天的事故纯属意外。所谓用人不疑，如无充分的证据，对下属的忠诚不可妄加怀疑。王义是值得信任的仆从，要不是他，侄女裴玄静至今还不知流落在何处呢。

裴度问杨氏："玄静怎么样了？"

"身子基本恢复了，到底年轻嘛。"杨氏回答，"至于那件事……"

"你都对她说了？"

杨氏点点头。

"她如何反应？"

杨氏摇摇头，又点点头。

裴度叹息一声："请侄女过来见面吧。"

裴度上一次见到玄静时，她才刚满七岁，就因为勘破一桩杀人案而名声大噪。裴度至今还记得其中的细节。

死的是一名烟花女子，被人用铁锤击破头颅而亡。所有的线索都指向一名与她有私情的书生。书生为她散尽钱财，还荒废了学业，耽搁了科考，被其父赶出家门，流落街头。烟花女子对书生本来就是逢场作戏，见他穷困潦倒了就将其一脚踢开，从此再也不让他进门了。书生怀恨在心，乘夜摸进女子房内，手起锤落要了她的性命。

案子告到了县令裴昇的案头。恰好当时裴度接到调令，将去西川节度使府任职，上任前告假来永乐县看望兄长裴昇，目睹了整个破案的经过。裴度记得，此案各项物证齐备，关于动机和作案过程的分析也很充分，所有人都认定书生是凶手，可他就是不肯认罪，裴昇不得已动了刑，书生仍然抵死不招。

因书生抗罪，裴昇出于人命关天的责任心，不肯轻率定案。那天他又去勘查现场，恰好仆人带着裴玄静玩耍路过，玄静认出爹爹的车驾和随从，吵嚷着要找爹爹。仆人也没多想，就带着裴玄静找过去了。

当时裴昇正对着院墙一筹莫展呢。本来据推断，案发时书生在烟花女子的院墙外窥伺房内动静，直等到下半夜，屋内人睡熟后才翻墙进去作案的。墙上有攀爬的脚印，铁证如山。书生也承认那夜他的确在墙下窥伺过，但没多久就离开了，之后发生的事情一概不知，更与他无关。

谁都没有想到，最后竟是小女童裴玄静发现了一条关键线索。她拉着爹爹看沿墙根爬出的一大队蚂蚁。那些蚂蚁全都聚集在几片枯叶周围。翻开枯叶，下面一股子臊臭，像是积聚了不少人的残溺。根据周围其他痕迹和时间推断，应该就是案发当天晚上留下的，像是书生等在墙下内急时所为。

可是蚂蚁为什么会聚集在残溺旁？

这个问题启发了裴昇的思路。他的原配夫人王氏是得消渴症而死的，所以知道患消渴症病人的尿液中有甜味，确实会引来蚂蚁。书生并未患此病，但是案件却找到了突破口。

裴昇收集来永乐县内最近因消渴症求医的病人名单。一番排摸后，很顺利地就锁定了烟花女子的一个恩客。此人乃一富商，多年来也在该女身上挥金如土，年老患病后遭她嫌弃，便欲杀人泄愤。恰好书生与该女反目，富商就设了个局，将杀人嫌疑转嫁到了书生身上。富商被捕到案后，对所犯罪行供认不讳。

裴度不久去了西川任上，该案中的诸多内情和曲折，他都是从兄长的书信中获知的。七岁女童裴玄静的发现，当初看来仅仅是个偶然，毕竟孩童的天性就喜欢和蚂蚁玩耍。但此事却成了一个开端，之后裴昇再遇上疑案时，有意无意地都会让玄静参与其中。而裴玄静的表现实在令人称奇，几乎每次都能见他所未见，想他人所不想，终于成就"女神探"的美名。

现在再回想当年，裴度莫名地感觉到，或许大家都把七岁的裴

24

玄静想简单了。母亲因消渴症去世时她确实还小，但未必对母亲的病症一无所知。换句话说，裴玄静能从小小的蚂蚁身上发现消渴症的线索，很可能并不完全是无意识的。

当然，今天裴度不会旧事重提。他端坐于榻上，眼看着裴玄静款款来到面前，行礼如仪拜见自己，心中陡然升起一丝感伤。仿佛只是一眨眼的工夫，当初的小女童就长成了大姑娘，而自己与兄长，业已天人两隔。

"飞光飞光，劝尔一杯酒。吾不识青天高，黄地厚，唯见月寒日暖，来煎人寿。"——脑海间掠过的这几句诗是裴度极喜爱的，触景生情间，差点随口吟出。话到嘴边又强咽回去，顿时，裴度对着侄女更不知从何谈起了。

叔侄二人寒暄几句，裴玄静就告退了。

离开裴度的房间，沿着穿廊而行时，裴玄静的脚步还有些虚浮。傍晚时暑气有所消退，凉风若有若无地吹拂在脸上。

她停下来，对紧跟在身旁的婢女阿灵说："那位救了我的家仆是叫王义吗？他现在何处？我想去面谢他。"

阿灵是杨氏派来临时侍候裴玄静的，连忙回答侄小姐："王义啊？他就住在前院的耳房里。不过……他刚犯了错，挨了主人的责骂，恐怕脾气不太好呢。"说着还吐了吐舌头，一副童心未泯的样子。

裴玄静已听说叔父扭伤脚踝是王义失误所致，便点头道："那我过去找他。"

"啊？去找他吗？"

"怎么了？"

阿灵噘着嘴说："王义凶巴巴的，平常从来不和我们说话。"

裴玄静笑了："我自己过去就行了，你不用陪着。"

"真的不用吗？"

"不用。"

阿灵回后院去了。裴玄静终于获得一份久违的清静。在道观里住满三年，她已习惯了独来独往。现在才发现，原来想要一个人待着都那么难。

裴玄静独自朝前院走去。裴度为官清廉，宅院和花园都很简朴，但占地面积还是相当大的。御史中丞的府邸总得有相称的气派。天还没有完全暗下来，院子四处的灯已经点起来。在苍茫的暮色中，远近错落、高低起伏的灯火和无处不在的暗影，使新客人裴玄静失去了方向感。

她的人生也在这一刻，彻底迷失了方向。

从十五岁订下亲事，裴玄静和未婚夫每年都会给对方写一封信，简单描述一下自己在这一年中的状况，根本谈不上是什么情信，却始终维系着双方的关联。三年前父亲猝然亡故，她被庶母逼着进了道观。正是在那段动荡时期里，裴玄静和未婚夫之间的书信往来中断了。她不知道究竟发生了什么，也无法追查，只能怀着一份执念在道观中默默等待。一直等到三年丧期过去，甄氏将她接出道观，并且立即安排她远嫁长安。

裴玄静毫不迟疑地上路了。未婚夫在长安做着一个不入流的小官，所以现在她只能到长安去寻他。甄氏还说，让裴玄静先住进叔父裴度的家中，正式举办婚礼时，就让新郎从裴府迎娶她，既方便又体面。裴玄静也没有任何质疑地全盘接受了。现在裴玄静知道了，甄氏完全是在欺骗她。事实是，父亲在去世前就已决心要退了这门亲事，并且专门写信给裴度，拜托他在长安代为操办。因此未婚夫才不再给裴玄静写信，而她还一厢情愿地认为，与他失去联络是自己入道和居丧造成的。甄氏明明知道，在长安根本就没有所谓的婚礼等着裴玄静，却还是大张旗鼓地以出嫁的方式送走她，目的无非是断了裴玄静的后路。

甄氏才不管裴玄静到长安后嫁不嫁得成，只要这个继女再也别回永乐县就行了。

裴度也完全了解侄女的处境，所以顺水推舟让裴玄静来长安投奔自己。那么，现在她到了长安，下一步该怎么办呢？

杨氏劝慰裴玄静，就在叔父婶娘这里安心住着。原先的亲事既已退了，叔父婶娘会做主为侄女另觅佳婿。以目前裴度在朝中的声望，受到皇帝器重的程度，每日里想巴结他的人不计其数。裴玄静的人品又这么出色，还怕求亲的人不踏破门槛吗？

杨氏满怀好意地宣称，长安城中聚集了全大唐的青年才俊，总能选出一个配得上裴玄静的。

裴玄静还能说什么呢？

严词拒绝？那会显得太不近人情。再说原来的亲事早在三年前就退了，现在她就是想坚持，也已无的放矢了。庶母和叔婶都知道内情，只是瞒着她而已。

听完杨氏的一番话，裴玄静愣了半晌，才问出一句："他……还在长安吗？"

杨氏心下恻然，也只能照实回答："我是听你叔父说的，他在三年前便辞去官职离开了长安。之后在潞州幕府待过一阵子，也不是很得志，便又辞官回家乡去了。"末了又加上一句，"想来已有家室了吧……"

当然，当然。

裴玄静心想，婶娘是把自己当成傻瓜了吧？裴玄静怎会看不出甄氏的企图？怎会猜不到长安之行前途难料？怎会感觉不到这门亲事将有波折？但是她别无选择，只有出发。

必须迈出第一步，才能得出结果。只是她也万万没想到，结果竟然是这样的。

长安。她花了整整七年憧憬这座城市，又花了足足七天才抵达。吸引她义无反顾而来的，并非大唐京城的荣耀与繁华，而仅仅是那一个人。

她所梦寐以求的，无非是和"他"站在同一片苍穹之下。

这座城，因为有他的存在，才对她具备了特别的意义。

可是现在，他不在这里了。

裴玄静的心尖锐地刺痛起来。她不由得停下脚步，仰望夜空，繁星刚刚开始闪烁，可是长吉——究竟发生了什么事？你我的缘分真的就此终结了吗？

"是大娘子吗？"

裴玄静一惊。原来不知不觉中已到前院，这里没有栽种花木，东西两侧都是长长的厢房，大部分供仆人居住，角落里便是耳房。

有一个人站在耳房前，正和她打招呼。

他肯定就是王义了。四十上下的壮年汉子，膀阔腰圆，浓眉豹眼，一身裴府家人的标准装束，在他的身上穿出了劲装的味道。

裴玄静虽由王义接入裴府，却是头一次在清醒状态下见到他，心道，难怪阿灵那么怕他，此人肯定是武夫出身，说不定在跟随叔父之前还从过军。

她微笑着问："你就是救了我的王义吧？"

王义瓮声瓮气地回答："小人正是王义。大娘子莫要说什么救不救的，小人实不敢当。"

客套是寻常的客套。不过裴玄静发现，王义的眉宇间阴云密布，像有许多化不开的愁闷。莫非他仍在为裴度受伤的事情自责？

裴玄静说："叔父吩咐我来道谢。"

王义耷拉下眼皮，再无任何表示。

裴玄静明白了。阿灵讨厌王义，并非因为他是个粗人，而是因为他沉默寡言，极难打交道。她更发现，在王义的沉闷中包含着相当的自尊。犯错不自辩，立功不自夸，作为一名家仆，王义也未免太矜持了。

耳房的门半开着，门内黑黢黢的。门前摆了一张胡床，想必是屋里太闷热，入夜后府门关闭，王义就坐到院子里来透透气。

裴玄静想，看样子他是独自一人在此为奴，难道他没有家人吗？她随意地说："真没想到长安的夏天这么热。"

"习惯了就好。"

"你来长安多久了？"

王义迟疑了一下，才答道："两年。"

"两年？"她原以为王义如此受信赖，必是跟随裴度多年的，没想到才两年，便接着寒暄道："妻女都留在北方家中了吗？"

王义悚然变色。即使暮色深沉，从那双饱经沧桑的眼睛中流露出的愤懑也能看得一清二楚。

裴玄静倒是一愣。本来她只是想闲聊几句，不料越聊越发觉此人可疑。王义像在刻意隐瞒着什么，并且相当不安。她想到叔父发生的意外，心中泛起一丝警觉。

裴玄静还在寻思，王义却愤愤地道："王义乃是阿郎出使魏博时带回的巡官，府中人人皆知，娘子何必对小人旁敲侧击？今天王义让阿郎受了伤，是王义的罪过。阿郎想怎么责罚就怎么责罚，王义绝无二话。就算阿郎要王义即刻离开……"顿了顿，他才斩钉截铁地收尾，"王义走便是了！"

裴玄静不由自主地将眼睛瞪大了。这番义愤填膺般的表白太夸张了，尤其是最后说到要离开时，更像是酝酿了许久的爆发。如果仅仅为了裴度落马的过失，他完全没必要这样过激，更没必要冲着毫不相干的裴玄静大动肝火。

于是她稍待片刻，方才平和地道："叔父并未对我谈及过你的来历，我纯是从你不耐暑热的样子推测出你来自北方的。并且，你的双颊上有常年戴范阳斗笠留下的印迹，也是来自北方的一个佐证。至于你曾当过魏博巡官，我确实一无所知。"她微笑着又添上一句，"难怪有勇有谋。"

王义面红耳赤地低下头。

裴玄静屈身致意："我确实只想来道个谢。"

王义双手抱拳，算作回礼。那么魁梧的身躯都有些佝偻起来，好似不堪重荷。

她看着他的样子，更柔和地说："就如那位车夫，其实我并无要怪他的意思。他自己害怕逃跑了，连车钱都没要，白白损失了一匹马，车也坏了。当时你见到他，他的伤可好些了？"

"伤？"王义愈加惶惑，"哦，是是，他……全好了。"

"为勒住惊马挫伤的右臂也好了？"

"嗯，好了。"

裴玄静的心又沉了沉。她清楚地记得，车夫摔伤的是头部和脸面，而不是手臂。王义不会记错了吧？或者就是……他在说谎？

"听婶娘说，你是在镇国寺外找到我们的？"

"是。"

"旁边是不是贾昌老丈的院子呢？"

王义直勾勾地看着裴玄静，却不回答。

春明门外那一夜的记忆像潮水回流一般，瞬间涌入裴玄静的脑际，她情不自禁地追问："贾昌老人他……"

"大娘子！"王义打断她，"我不知道什么贾昌的院子。我什么都不知道！"

裴玄静愣了愣说："那么就不打扰了。"正欲转身，王义突然又道："大娘子方才提到王义的妻女。你怎会知道我有女儿？"

裴玄静朝耳房前的胡床指了指："那上面搁着的金簪是你的吧？这种式样的簪子是女子十五岁及笄时所用。我家那里的风俗就是由父亲送给女儿，以示女儿长大成人了。女儿要一直戴着这金簪，直到出嫁时才能用夫君赠送的簪子换下它。所以我猜想……你一定有个女儿，并且很快就要满十五岁了。"

一直走出好远，她还能感受到王义的目光，执着地盯在她的背上。

5

长安城中溽暑难耐，闷热使人们夜不成寐。

大明宫位于长安东北部高起的龙首原上，相对城中的其他地方要凉爽许多。皇帝李纯依旧难以入眠。

他在为削藩的战况而烦恼。从登上皇位的第一天起，藩镇的烦恼就伴随着他。整整十年过去了，皇帝发觉这桩烦恼已经与自己融为一体，成了自己作为大唐第十一位君主最大的特征。

既然一生功过必将与削藩密不可分，那么对于皇帝而言，此事只许成功不许失败。实际上从登基之日起，他就是抱着"虽千万人吾往矣"的决心开始削藩的。

许多人反对他，少数人支持他。可是，从没有一个人真正理解他。

臣子们总以为，为君者没必要将自己逼到绝境，只有皇帝心里明白，自己从一开始就没有准备后路。皇帝是天下唯一一个没有退路的人，要不怎么叫"孤家寡人"呢？

在当了十年皇帝，也削了十年藩之后，李纯发觉自己的决心没有动摇，性格中的暴戾却变得越来越剧烈，对周围人的忠诚与奸佞也愈加敏感。

十年过去了，他仍然对最终的胜负没有必然把握，甚至连战事还要持续多久都无法预测。越来越多的主和派臣子将"十年"这个词挂在嘴边，威胁他，试图摧毁皇帝坚持下去的决心。

他恐惧地发现，与任何一个具体的敌人相比，更难以战胜的是时间。

天子可以藐视一切人，却必须敬畏天地。而天地，恰恰是以"时间"为手段操控苍生万物的。

"天地不仁，以万物为刍狗。"

只有看懂了时间的流逝，才能看透"不仁"这两个字的含义。

在位十年之后，皇帝体会到了"时间"无情的压力。他开始请道士们入宫，对丹药产生了浓厚的兴趣，并开始笃信天候、祥瑞等等过去不屑一顾的东西。因为他只有沉浸到这些虚无缥缈的事物中，才能吸取对抗"时间"的勇气，从而让自己坚持下去。他还颁下诏令，除军国大事之外，天候异象的发生也必须即时上报，哪怕皇帝正在安寝中。

于是这个夜晚，司天台监就冒着被杀头的风险来上报天象了。

还好，皇帝并未就寝。

跪在面色晦暗的皇帝面前，司天台监、波斯人李素用颤抖的声音说："今夜臣观天象，见一束银光划过东方的夜空，长长的尾端直入太微垣的中央，刹那间便遮蔽了五帝座的熠熠星光。"

皇帝紧锁起眉头。

李素哆嗦得更厉害了："此天象称、称为——有长星于太微，尾至轩辕。"

"究竟是什么意思？你快说！"

"星书有云：此为极、极凶之兆，祸指、指……天子。"李素连连叩头，惶恐地等待着皇帝的雷霆之怒。

当今圣上性格至为刚硬，说发火就发火，一发火就鞭笞人，宫中近臣人人自危。

可是李素等了好一会儿，皇帝并没有发脾气，只是让留下星图，便命他退下了。

第二天是元和十年六月初一日，正是朔望朝会的大日子，满朝文武都到齐了，乌泱泱坐满了整个宣政殿，只有御史中丞裴度因脚伤告假。在这种仪式性质的大朝会上一般不会谈什么实质性的话题，众臣照例歌功颂德一番。皇帝高高地坐于御台之上，圣颜被白玉冕旒遮盖得基本看不见，嘴里讲的也都是套话，毫无激情地照本宣科。

站在最前排的宰相武元衡却发现了一丝异样：皇帝的嗓音听起来和平常不同，十分干涩。

　　朝会之后，皇帝只宣了武元衡一人去延英殿。

　　到了延英殿中，君臣二人都松弛不少。皇帝一边由内侍帮着摘下冕冠，一边向自己最心腹的宰相抱怨："这种天气还戴这个，简直活受罪。"

　　武元衡微笑着。现在他已能清楚地看见皇帝疲惫的面容和焦虑的眼神，知道皇帝必有要事与自己商谈。

　　武元衡年近花甲，早于德宗年间就已入仕，但真正受到重用还是在当今圣上登基之后。元和三年起，武元衡即拜门下侍郎同中书门下平章事，在帝国宰相的位置上干到现在，绝对是皇帝最信任的股肱之臣。

　　皇帝以意志坚决著称，可是在这位比自己年长二十岁的宰相面前，时常会流露出不经意的依赖。每当这种时候，武元衡就会对皇帝生出一份侧隐之心。

　　是啊，他是天子，可是天不会给予他父亲的关怀。并且他的角色决定了，从他当上天子的那一刻起，就再也没有父亲了。

　　武元衡太清楚了，为什么皇帝会这样仰仗自己。他也因此时刻鞭策自己，必须以最大的赤诚来回报皇帝。武元衡是一个极清高的人，高官厚禄并不能打动他。他会对皇帝死心塌地，除了读书人报国为民的责任感之外，便是情感的因素在起作用了。

　　武元衡等着皇帝宽衣坐定，浮躁的情绪稍稍平稳下来，才微笑着问："昨夜酷热，陛下是不是没有睡好？"

　　皇帝"哼"了一声，随即皱眉道："怎么？朕的脸上能看出倦容吗？"

　　"陛下神采奕奕，一如平常。"

　　皇帝看着宰相波澜不惊的样子，倒有点吃不准了："那爱卿为何这么说？"

武元衡以目光示意，皇帝低头一看，也不禁哑然失笑了。案上全是写满字的尺牍，分明是皇帝一整夜的书法习作。昨天武元衡离开延英殿时，那上面还是干干净净的。

　　皇帝叹道："树欲静而风不止，书圣也于事无补。来来，爱卿看看朕写得可有长进？"

　　武元衡展卷一阅，却见上面一遍遍地书写着："丧乱之极，先墓再离荼毒，追惟酷甚，号慕摧绝，痛贯心肝，痛当奈何奈何！虽即修复，未获奔驰，哀毒益深，奈何奈何！"

　　"咳！"武元衡叹息，"这竟是臣的罪过了。"

　　"怎么说？"

　　"臣对陛下妄议王右军，使得陛下临写此等丧乱之辞，岂不罪哉！"

　　原来就在几天前，武元衡随口向皇帝提起从日本使节那里听来的逸事。说是现今日本国的嵯峨天皇极爱大唐书法，还学本朝太宗皇帝推崇王羲之，挖空心思收集王羲之的墨宝。可是王羲之的真迹早在太宗时期就被大唐皇室搜罗殆尽了，嵯峨天皇只能收藏到摹帖，也足令其欢喜非常。迄今为止，天皇在所有藏品中最引为自豪的就是将《丧乱》《二谢》和《得示》三帖摹于一幅的尺牍，视为传世之珍品。嵯峨天皇甚至夸口说，此三帖真迹失传，即便大唐皇室也拿不出能与之相比的摹本了。

　　因为武元衡知道三帖的真迹均藏于大明宫中，所以把这事当作笑谈说给皇帝听。不料皇帝却上了心。

　　"宰相言过了。"皇帝道，"是朕自己愿临此帖。"

　　武元衡若有所思地望着皇帝。由于太宗皇帝至爱王羲之，李唐皇族几乎人人摹写王羲之的书法。太宗、高宗，乃至则天皇后都写得一手极得王羲之神韵的飞白行书。玄宗皇帝虽然擅楷书多于行草，其行书运笔也像直接从《怀仁集王羲之圣教序》里抠出来的。但安史之乱后，大唐的皇帝们面对山河破碎、皇权式微，对书法失去了曾经的热忱，不愿再多花精力研习王羲之。当今圣上的父皇顺宗皇帝虽写得一笔好字，写的却是以古朴端庄为特色的隶书。似乎随着国运的逆转，大唐的皇帝就再也写不出那种挥洒自如、遒劲健美的气韵了。

"相较《兰亭序》，朕更爱此帖。"皇帝又说。

"为什么？"

"也说不出为什么。就是感觉《丧乱帖》的形与意都更合朕心。"顿了顿，皇帝补充道，"朕记得先皇说过，《兰亭序》太完美了，不像真的。"

武元衡听得一愣。先皇在书法上极有天赋，却放弃了李唐皇室历来最看重的王羲之行书，而转攻在本朝相对冷门的隶书，原因竟然是"太完美而不真实"吗？武元衡不敢相信，追求完美近乎神化的太宗皇帝的后代，竟会以这个理由否定被誉为"千古一帖"的《兰亭序》？

更令武元衡踌躇的，是今天皇帝突然提起《兰亭序》，背后的深意……

宰相陷入沉思，皇帝岔开话题："不说这些了。且看看这个吧。"

他亲手移开自己的那堆书法作品，昨夜司天台监送来的星图显露出来。

武元衡认真地端详起星图。皇帝察言观色，却见宰相神态自若，比刚才谈起《兰亭序》时镇定多了，又恢复了平时的冷静。每次遇到巨大困境，只要看到宰相这副胸有成竹的样子，皇帝的焦虑就会跟着平息下来。

武元衡看完了，淡淡地道："有长星于太微，尾至轩辕——陛下就是因此而烦恼吗？"

"朕不应该烦恼吗？"皇帝反问。

宰相答非所问："此乃极凶之天象。但出此象，社稷堪危。"

皇帝愣了愣，终于爆发了："是的，朕烦恼，烦恼得彻夜无眠！

爱卿和朕一样清楚，淮西之战陷入僵局，久拖不决。吴元济那种宵小之辈，朝廷十多万大军竟然拿他没办法。除了淮西，河北三藩中的成德王承宗、平卢李师道，一个阳奉阴违，一个坐等渔利，俱是朕的心腹之患。可是朝中那帮家伙呢？天天吵嚷着要朕收兵！在他们看来，朕决意削藩，其实是在拿社稷安危和百姓福祉为代价，打一场根本没有胜算的仗！似乎朕再这样一意孤行下去，在他们眼中就快等同于昏君了！偏偏此时又出这等天象，难道真的连天也不愿助朕吗？"

宰相保持沉默。

皇帝喃喃地道："爱卿，昨夜朕在此殿上似睡非睡，有一刻仿佛深陷于梦魇之中。当时朕就在想，淮西之役如同一场噩梦，却不知何时能够醒来？"他终于将内心最深处的忧惧倾吐了出来。

武元衡微微一笑："淮西之战对陛下如同噩梦，那么陛下有没有想过，它对于吴元济又是什么呢？"

皇帝询问地望着宰相。

"在臣看来，对于吴元济，旷日持久的淮西之战就如同一场凌迟！"

"凌迟？"

"是的，凌迟。陛下，身陷噩梦中的人盼望着醒来，因为一旦醒来便是风和日丽的崭新一天。可是，遭受凌迟的人会盼望什么呢？"

"……"

"他盼望的是速死。因为只有死亡才能终止他正在遭受的痛苦与折磨，只有死亡才能使他获得最终的解脱。"顿了顿，武元衡用愈加平稳的声调说，"所以，陛下和吴元济对淮西之战都已忍无可忍。但是，陛下一旦忍过去了，前方就是海阔天空，就是最终的胜利。而对于吴元济来说，灭亡是注定的，拖得越久死得越惨。"

皇帝向案上猛击一掌，目光炯炯地盯着宰相。

武元衡温和地问："陛下此刻还烦恼吗？"

"可是……天象总不能不信吧？"

"天象是预兆，更是警示。既然得到警示，就应采取行动，防微杜渐才对。社稷危，危在人心纷杂，天子威权不再。所以当此危难之时，陛下更要让天下人看到您破釜沉舟的决心。您越坚定，臣子们就越会戮力同心，吴元济之流就越惶惶不可终日。削藩之胜，方能指日可待！否则，这大唐的江山社稷就真的凶险了。"

"朕明白了。"皇帝静默片刻，抬头道，"那今天咱们就先说好了，待到胜利之日，朕将请爱卿上凌烟阁同庆！"

"凌烟阁？"提到这个供奉大唐功臣的楼阁，武元衡也难掩激动了。

"是的，爱卿可愿往？"

"臣荣幸之至！"

皇帝今天头一次露出了笑容。

武元衡说："那么臣请告退。快要晌午了，陛下好好歇一歇吧。"

"宰相保证，这次朕不会做噩梦？"

武元衡略显无奈地回答："臣不敢保证。"

皇帝又微笑起来："也罢。还要烦劳爱卿一件事。裴中臣怎么突然摔伤了腿呢？爱卿替朕去看看他吧。"

"臣遵旨。"

"就说朕让他安心养着，等彻底好了再回来不迟。"说着，皇帝又从自己那堆书法作品里拣了一张出来，"这幅字朕觉得还行，请爱卿带去给裴中丞养伤时把玩。"

武元衡退出延英殿。皇帝向后靠在御榻上，微合起双目。倦意一阵阵袭来，他觉得浑身汗淋淋的，衣服贴在皮肤上很不舒服，也懒得叫人来伺候更衣。

迷迷糊糊地不知过了多久，突然觉得殿中有动静。他勉强睁开眼睛，只见御榻前匍匐着一个人。

"你来了。"皇帝懒洋洋地说，"来了多长时间？"

跪着的人回答："半个多时辰了。"声音有些颤抖，不知是因为激动还是害怕，也许二者兼而有之。

"半个多时辰……朕睡了这么久？"

听到这话，那人才将头抬起来。他和皇帝同龄，因是阉人面白无须，粗看比皇帝还年轻些。但仔细看的话，就能发现那双眼睛里饱含忧患，既有步步为营的精明和谨慎，也有奴颜婢膝的卑贱和狡黠。

此人，便是当今圣上最宠爱的宦官——吐突承璀。

皇帝撑起身来，以手扶额，低声嘟囔："头痛。"

吐突承璀本能地一跃而起，刚要上前服侍，突然又停下来。

皇帝看着他进退两难的样子，讥讽道："你就是在怨朕。"

"奴怎敢啊！大家——"吐突承璀这才跪到皇帝的身边，伸手替他按揉着太阳穴，一边委委屈屈地念叨，"这四年来，奴每一天都度日如年啊。"

当年吐突承璀先为掖庭局博士，再值东宫皇帝。皇帝登基后即封其为内常侍，又任左神策军护军中尉，宠信一时无两。此后吐突承璀因跋扈、贪财屡遭朝臣弹劾，皇帝却始终袒护着他。直到元和六年，吐突承璀因宦官刘希光受贿案被牵连，面对朝臣的巨大压力，皇帝才不得不忍痛割爱，将吐突承璀贬为淮南监军，逐出京城。

一晃四年过去了。当初的案子渐被淡忘，曾极力主张惩办吐突承璀的宰相李绛不久前刚罢了官，紧接着，吐突承璀就被皇帝迫不及待地召回了。

"行啦，别抱怨了。朕这就复了你的左神策军中尉。怎么样？"

吐突承璀喜出望外，赶紧磕头谢恩。

"别停啊，接着按。"皇帝看着吐突承璀突然就容光焕发的脸，也觉得挺好笑。他闭起眼睛，享受了好一会儿按摩，才冷冷地问："你从哪里来？"

仿佛一盆冰水兜头浇下，吐突承璀在这个炎夏里骤然全身冰凉，只能硬着头皮回答："丰陵。"

良久，皇帝才又问道："那里怎样？"

吐突承璀诚惶诚恐地回答："比、比长安凉爽多了……"

6

昨天夜里，裴玄静也看到了奇异的天象。

她从小就喜欢各种旁门左道的学问。为了培养她的探案才能，父亲不仅不加阻止，还想方设法地帮她搜罗相关的书籍，因而裴玄静什么都懂一点，其中就包括天候观测。

昨夜燥热难眠，裴玄静二更时起身，凭窗眺望，但见繁星如散珠碎玉一般抛满整个夜空。她失望地想，恐怕此后半个月都不会有雨水光顾，暑热更不知何时能解了。

紧接着，裴玄静便看见了"有长星于太微，尾至轩辕"的天象。

她的心中一紧。这是极凶的征兆，天子或将有难了。

裴玄静当然明白，社稷与皇帝的安危，绝非一个普通女子所能操心的事。可是覆巢之下并无完卵，天下若真的大乱了，又有谁能躲得一份平安？

仰望苍穹，裴玄静觉得自己是那么渺小，又是那么孤独。

她是抱着一个单纯的目标前来长安的，可是现在，她又该何去何从呢？

裴玄静辗转枕席，直到黎明才蒙眬睡去，醒来时日上三竿。

她心中好不懊恼——哎呀，起晚了！

裴玄静连忙起身洗漱。阿灵笑道："娘子莫急，阿郎今日告假不上朝，也才起来没多久呢。娘子这会儿打扮好了，过去请安刚刚好。"

阿灵年纪尚小，讲起话来天真烂漫的。才服侍了裴玄静两天，就与她十分亲热了。裴度共育有四子，俱已成年，早几年都入仕，放了外任不在京城，所以府中并无年轻的主子，想必阿灵这家生的小婢平常也怪寂寞的。

裴玄静问："那王义也留在府中了？"

"王义啊，一早出去给主人请郎中了。"只要提到王义，阿灵就满脸不快。

"叔父的脚伤没有好转吗？"

阿灵噘着嘴摇头。裴玄静开玩笑地问："王义是只对你凶，还是对谁都凶呢？"

"他呀，对谁都爱理不理的，比主人还傲呢。而且，他对我特别凶！"

"怎么个凶法？"

"反正就是说话都不正眼瞧我。"

裴玄静忍俊不禁，想想也是，这两人能有什么可说的。

匆匆整饬停当，裴玄静带着阿灵前往叔父的卧房。沿着穿廊刚转了个弯，猛然一个人影挡住去路。

"呦，谁呀？"阿灵惊叫一声，随即笑逐颜开，"是崔郎中来啦。"

"正是在下。"年轻男子微笑作答，又转而对裴玄静揖手行礼，"裴大娘子，你好多了。"

裴玄静愣住了，万万没想到，会在裴府遇上崔淼。

自从在叔父家中苏醒后，裴玄静也曾试图回忆春明门外那一夜的经过，但是她的脑子里只留下些零散的片段，似乎记忆在昏迷中受了损，又似乎是那天夜里发生了太多诡异莫测的事端，令她的头脑根本就拒绝去接受。裴玄静找王义聊天时提起贾昌的院子，本意也是想从他那里多了解些情况，却又被生硬地堵了回来。

裴玄静回过神来，不觉也有些惊喜。

正是他——崔郎中，左肩上挎着的药箱可以为证。仍然是那夜的白巾素袍，整个人干净利落，脸上挂着云淡风轻的笑容。

这人真的太适合做郎中了，看着就让人舒服。

阿灵起劲地和崔淼聊起天来："崔郎中看过阿郎的脚伤了？严不严重啊？多久能好啊？哎呀，昨天就该去请崔郎中的，阿郎偏不要，白白耽搁一晚上。"

"你家主人没事，很快就会好的。"崔淼嘴里回答着阿灵，目光却始终落在裴玄静的脸上。

她决定和他打招呼："崔郎中。"

"咦，娘子？你认得崔郎中啊，他来给你诊治时你不是昏着嘛。"阿灵咋咋呼呼地问。

这下轮到裴玄静吃惊了："我昏迷时也是崔郎中给诊治的吗？"

"是啊！还是王义去请来的呢。崔郎中医术高明，只给娘子开了一服药，娘子就好了。"

崔淼谦逊地说："那是大娘子本身体格好，偶遇惊吓和风热导致昏迷，休息调养后便能自行恢复，与在下的医术其实没多大关系……"

"崔郎中，"裴玄静打断他，"贾老丈是怎么亡故的,查清楚了吗？郎闪儿现在怎样了？"

崔淼露出一脸的困惑："娘子是在问我吗？什么贾老丈？郎……"

"春明门外镇国寺后，贾昌老丈的院子。"裴玄静的嗓音有些发紧，"崔郎中，那天晚上你我不是都在吗？"

阿灵听得一头雾水。

崔淼也在一个劲地摇头："裴大娘子记错了吧？在下从未去过什么贾昌老丈的院子啊。"

裴玄静瞪着他。

崔淼说："娘子若是没别的事，崔某便告辞了。"

"等等！"裴玄静不让他走，"我确实记得那夜我为了避雨在贾老丈的院子里遇见了你，还有郎闪儿。院子里有许多借宿的穷苦百姓和从淮西来的逃难者。其中还有一个人得瘟疫死了，然后我们发现贾老丈暴毙在屋中。再后来，后来……"她说不下去了。

崔淼平静地说："这些应该都是娘子在昏迷中产生的幻觉吧。"

"幻觉?"

"是的,娘子所说的在下全都一无所知,因而绝不可能是真实发生过的。"

裴玄静瞠目结舌。

"告辞了。"崔淼再次转身欲走。

"可我怎么会认得崔郎中呢?"裴玄静追问,"阿灵都说郎中来替我诊治时,我正在昏迷中。"

"呃,我、我说的是,不是……"阿灵语无伦次。

崔淼很认真地想了想,答道:"据在下判断,娘子当时虽然昏迷,但并未全部失去知觉,能够大略看见并且听见周围的状况,因而就记下了我,还把我同你在高烧中的幻觉混杂在一起,形成了方才娘子所说的内容。"

太叫人难以置信的论点了,偏偏裴玄静还无法反驳他。她只能眼睁睁地看着他潇洒离去的背影,觉得口干舌燥,头重脚轻,连叔父院中的茂树修竹、白墙碧瓦统统失去了真实感。

"娘子,你没事吧?"阿灵在旁边怯怯地唤她。

裴玄静问:"阿灵,你也觉得我说的都是幻觉?"

阿灵的脸涨得通红,吭吭哧哧说不清楚。

裴玄静明白了,阿灵信的是崔淼,而非自己。难道就因为崔淼是个郎中吗?郎中的话就那么值得信赖吗?

裴玄静观察着阿灵的表情,突然意识到自己忽略了很重要的一点:崔淼不仅仅是一位郎中,事实上,他还是一个非常漂亮的青年男子。或许只有大唐,才能以诗文、礼仪和侠客风范培育出这样的男人来,哪怕仅仅是个游方的郎中,也风度翩翩足以令女人倾倒。

所以在崔淼的言谈举止中,别具一种说服力,一种特别针对女人的自信,好像即便他在信口雌黄,女人们也会笃信不疑。

但裴玄静不属于这些女人,她更相信自己。

于是，在给叔父婶娘请过安之后，裴玄静请阿灵帮忙去办一件事。

才一个时辰不到的工夫，阿灵就回来了。

"娘子，娘子！"她兴奋地说，"镇国寺后真的有个小院子呢！我打听过了，院子的主人确是一位名叫贾昌的老人家。娘子，你说的一点儿没错。"

裴玄静忙问："院子现在怎样？你进去了吗？"

"没有。院门关着，我敲了半天，也没人来开。"

"院子里没人应声吗？"

阿灵摇摇头："我趴在门缝上瞧过了，院子里是空的。"

这倒怪了。裴玄静想，前天夜里自己明明看见满院的人。她问："院中有个小郎君叫郎闪儿的，你有没有见到他？"

"没有，确实一个人都没见到。"

"这样啊。"裴玄静很失望，看来阿灵这趟等于白去了。

阿灵说："不过，后来我找到个人打听。"

"什么人？"

"一个小娘子，和我差不多大。"

在裴玄静的印象中，贾昌的院子位置挺偏僻的，附近也不像有什么住家。她问阿灵："你是怎么碰上她的？"

"我在院子前张望了好久，一个人都没遇上，心里有些害怕，觉得那地方阴嗖嗖的。正想走呢，就看见那小娘子从对面过来。"

"于是你就向她打听了？"

"不是，是她先跟我说话的。结果她一开口，就把我给吓了一大跳。"

"怎么了？"

阿灵一惊一乍地说："她说呀，那个贾昌老丈是五天前亡故的。她看我在院门口转悠，特地来告诉我一声，叫我赶紧离开，千万别惊扰了亡魂。"

裴玄静手里握着的纨扇"啪嗒"掉到地上，"怎么可能？"

阿灵问："什么可能？"

裴玄静自己捡起纨扇："那小娘子还说了什么？"

"她说贾老丈故去之后，就停灵到隔壁的镇国寺了。她只隐约听说，这院子本来是先皇花钱造的，说不定当今圣上要收回去呢。"

裴玄静的脑子里乱作一团。阿灵的有些话证实了她的记忆，但问题在于，最最关键的信息出了错。

"郎闪儿呢？你有没有问她是否认识郎闪儿？"

阿灵愣愣地回答："我忘记问了。"

7

午后更闷热了。在裴度的府邸内宅，湘帘低垂，婆娑竹影映入窗楣，兀自凝然不动。

裴玄静却坐立不安。

她怎么也想不通，难道春明门外贾昌院中的那一切真的只是自己的幻觉？

不可能，绝对不可能。

即使真如崔淼所说，他是自己凭着昏迷中的模糊印象幻想的，但是贾昌老人、先皇出资建院，以及院中收留的穷苦百姓，所有这些事实难道也是她自己想象出来的？

这也太匪夷所思了吧。

贾昌老人究竟是怎么死的？她清楚地记得见到他尸体的那一刻。这么热的天气，假如老人家真的死在几天前，尸体早就变样了。裴玄静是见过些尸体的人，有这方面的经验。

她很想亲自去春明门外探访一番，要是能找到郎闪儿就好了，裴玄静莫名地担心着郎闪儿的安危。因为如果不是自己疯了，这件事的背后就一定隐藏着可怕的阴谋。郎闪儿恐怕已身陷其中。

还有王义，为什么也一口咬定从未去过贾昌的院子？他究竟是在哪里找到昏迷的自己的？

至于崔郎中，裴玄静认为他是在刻意混淆视听，企图将自己引入歧途。她还猜不透他想达到什么目的，但有一点是肯定的，他希望裴玄静彻底否定那一夜的记忆，至少也要把她弄糊涂，分不清现实与幻觉。

嗬，幻觉。

她知道那天夜里自己确实产生过幻觉——因为"他"出现了。

她还记得当时那份狂喜的心情。人只有在夙愿终于实现的时候，才会得到那种程度的满足与喜悦。尤其是此刻，当她明白自己与"他"缘分已尽时，那夜的幻觉对她就更显得弥足珍贵了。

裴玄静的思路离开贾昌的院子，回到了七年前。

那还是元和四年。正是在那一年里，裴玄静的生活中发生了好几件大事。

从春至夏，她接连帮助父亲断了数桩疑案，一时间名声大振。第一次给父亲断案出主意时，裴玄静才满七岁，但真正被人冠以"女神探"的美誉，名气传播到邻近诸县，甚至连蒲州刺史都听说了她的事迹，却是元和四年才有的事。

也是在那年的中秋，父亲续了弦。裴玄静的母亲在她五岁时就亡故了，之后父亲一直未娶，直到元和四年才娶了甄氏为继室。裴玄静又有了一位母亲。

甄氏刚一过门，便怂恿着裴父给玄静早定婚事。甄氏说，女孩子嘛，最要紧的还是嫁个好人家，总不能当一辈子的"女神探"。裴玄静虽然心中不以为然，但父亲被甄氏说动了心，裴玄静也只能顺从。于是那年深秋，十五岁的裴玄静第一次见到了长吉。

这也是他们唯一的一次会面。

其实那年他也才刚满十八岁。她记得他的身形十分瘦削，一件宽宽大大的白袍像挂在肩头上，怎么看都不妥帖。额头白净得近乎透明，手指又细又长，标准的文弱书生模样。反正刚一见到他，裴玄静就忍不住想笑。但当她的目光与他相遇时，裴玄静又笑不出来了。

她从未见过这样清澈的眼睛——又聪明，又温柔，又诚恳，又深情，顿时使十五岁的她变得羞怯起来。她的心仿佛被一只无形的手轻轻一捏，酸酸涩涩的感觉便涨满了胸口。

后来当父亲问她的意思时，她只一味垂着头，什么话都不肯说。父亲纳闷，女儿从来不是扭捏作态的人啊。甄氏却笑起来，我看这事儿就定了吧。

父亲拊掌大乐："我原还想着给女儿选一个县令当夫君，这神探的本领婚后也不会荒废，却不想找了个写诗的……"

甄氏说："哎哟，女子终究是要相夫教子的。什么神探不神探，可当不得真。"

父亲转过头来问她："是吗，玄静？你今后可别后悔哦。"

"爹爹！"裴玄静脸上飞红，跑回了闺房。接下去的问名和纳吉顺利完成。因双方年纪尚小，男方还打算求取功名，便商定待来年科考之后再议婚期。

他走了。裴玄静正在怅然若失，小婢艳儿偷偷塞给她一个绢包。

这人……看上去那么文雅老实，居然也会私相授受。

裴玄静打开丝绢，却大吃一惊。怎么也没想到，这个看上去手无缚鸡之力的书生，送给她的定情信物竟然是一把闪着寒光的匕首。他应该送她一首定情诗才对啊，既容易出彩，又合乎身份。须知年方十八的他已经崭露头角，颇负诗名了。

十五岁的裴玄静百思不得其解，只好翻来覆去地研究匕首。她不熟悉武器，就觉得这把匕首的形状有些古怪，前后一样宽，倒更像直尺。除此之外，这把匕首轻薄小巧，并无其他特别之处。刀身色泽暗沉，握柄上原来应该镶嵌宝石一类装饰品的地方空空如也。皮质刀鞘上也不曾雕刻花纹，只有非常黯淡的真皮纹理，辨认不出是哪种兽皮。但有一点直觉，于她非常清晰：这柄匕首肯定是一件极为贵重的物事，朴实无华的表象不仅增加了神秘感，更加证明它的价值难以估量。

裴玄静珍重地收藏起匕首，没有告诉任何人。只有在夜深人静的时候，她才会躲在卧榻的屏风后取出匕首，反复端详。她想着，与他永结同心之时，一定要让他说出这把匕首的秘密。她相信，那必是一个绝美而隽永的传说，就像他笔下的那些诗句。

整整七年过去了，那一天至今都未到来，而且永远不会来了。

"哎呀娘子，你的手流血啦！"阿灵刚好从门外一脚踏进来，惊呼道。

裴玄静这才察觉到指尖刺痛。

"娘子，你哪来的刀啊！"

裴玄静连忙放下手中的匕首，只见青色锋刃上一点嫣红，真如一朵小花盛开在古铜上。她将匕首还入鞘中，若无其事地说："从家里带来防身的匕首，刚才拿出来看看，不留神碰到手了。"

阿灵用帕子替她擦拭血迹。还好伤口不大，血马上就止住了。她说："吓死我了。娘子你小心啊，好快的刀子。我看着就害怕。"

"这次还亏得有它呢。"裴玄静喃喃地说。

在通化门外马匹受惊，一路狂奔，车夫束手无策。这驾马车随时都有可能撞上什么乃至翻覆倾倒，他们的生死悬于一线。

千钧一发之际，是裴玄静用手中这把匕首割断了笼头上的皮带，惊马脱缰而去，她和车夫才算保下了性命。

那还是裴玄静第一次真正使用这把匕首。当时在危难之际不及多想，现在阿灵的话倒提醒了她。确实，这把匕首锐利得超乎寻常。马车套马的笼头皮带粗厚结实，普通的刀具根本割不开，这把匕首却能一触即断。

裴玄静心中涌起一股热浪——是他的馈赠救了她的性命。如果这都不算缘分，她不知道世上还有什么值得相信和期待的奇迹。

她深深地叹了口气。

"阿灵，你有什么事？"

阿灵一拍脑袋，"哎呀，差点儿把正事给吓忘了。阿郎吩咐我请娘子去他的书斋……嗯，会客。"

会客？

裴玄静问："是要我去会客，还是叔父会客叫我作陪？"

"是阿郎的客人。"

"可知贵客身份？"

"知道，是武相公。"阿灵怕裴玄静不了解，又补充说，"就是门下侍郎同中书门下平章事武元衡相公。"到底是御史中丞府中的小婢，把这么拗口的官职都说得一清二楚。

竟然是当朝宰相？裴玄静很惊讶。

她当然知道，武元衡是现下权倾朝野的大人物。因为他在削藩问题上坚决支持当今圣上皇帝，还亲自布局，以铁腕手段推动削藩战役，已经成为当今圣上最倚重的臣子了。

裴玄静还知道，武元衡和叔父裴度的私谊相当深厚。元和二年武元衡出任西川剑南节度使时，裴度就在他的幕府中充任书记官，两人配合默契，将西川治理得有声有色。武元衡还朝之后升任宰相，对皇帝极言裴度的能言善辩和坚贞正直，皇帝因而委任裴度出使魏博。裴度不出一兵一卒就成功安抚了魏博藩镇，令皇帝喜出望外，很快又将他提拔为御史中丞。如今叔父位高权重，离相位仅一步之遥，绝对离不开武元衡的举荐与支持。

所以裴度对武元衡极其尊敬，待之如师长。在削藩的问题上，裴度也始终与武元衡保持一致，充当最强硬的主战派，在朝堂内外精诚合作，誓死忠君。

不过武元衡的性格非常孤高，自入仕途从不与同僚拉帮结派，是君子慎独的典范。即使和裴度相知甚深，仍然保持距离，避免朋党之议。今天他亲自造访裴度的家，还要裴玄静去作陪，实在有些不同寻常。

"你知道武相公来做什么吗？"她问阿灵。

"就听他提了一句，说是奉圣上之命来探阿郎的伤。"

裴玄静点点头，揽过铜镜整理妆容。刚抬起右手，眼角闪过指尖上的小红点。她不由得停了下来。

阿灵尚在门边等候，裴玄静的思索只能在须臾之间。她想起自己的困境，想起等待整整七年仍未能兑现的誓约。

不，她不能毫无作为，束手就范。从历来帮助父亲断案的经验中，裴玄静早就懂得，世上并不存在无法突破的困局，就看你愿不愿意去试。而且，当个人的力量不足的时候，还必须学会借力。

所谓贵人相助，就是这个意思吧。

贵人。当今世上，除了皇帝之外，宰相恐怕就是最大的贵人了。可是裴玄静有什么理由相信，武元衡会成为"她的贵人"呢？他与她所忧虑的一切毫无瓜葛。

才一瞬间她便做出决定——必须试一试，反正已经走投无路了。至少武元衡是可以对叔父产生相当影响的人。只要能够争取到他的同情，事情就可能有转机。

来不及细想了。裴玄静抬起手，对着铜镜一一拔下发髻上的金钗和花簪。

在阿灵惊讶的目光中，裴玄静飞快地除尽满头珠翠。她本来就没有挽高髻，现只剩下一支素净无华的玉钗束住黑发，顿时显得既清雅又脱俗。

"啊，娘子。你这是做什么……"

裴玄静冲着阿灵微微一笑："走吧。"

8

匆匆穿过花园，裴玄静完全忘记了炎热。虽出身于山西闻喜裴氏这样的望族，裴度和玄静的父亲裴昪从小的家境却不富裕，再加上裴度其貌不扬，全靠品格和才学立足于世。即使今天身居高位，仍然保持着最朴实的作风。所以裴度的府邸和花园都整饬得十分简约，没什么值得一提的景色。直到裴度的书斋外面，景致才令人眼前一亮。

从府外引入的一脉活水，于书斋外汇成一座小小的池塘。正是荷花盛开的时节，半池菡萏红粉相间，数量不多却颇有气势，恰如叔父裴度的为人，胸有丘壑，深藏不露。

书斋的门大敞着，寂静的午后院落中蝉鸣不绝，书斋里飘出的谈笑声十分清晰，宾主二人的兴致似乎都很高。

裴玄静站在门口向内望去，案前二人一坐一立。叔父坐着，敷着药的右脚直挺挺地伸向一侧。旁边之人长身玉立，即使叔父站直了，也得比他矮半个头。

裴玄静的心跳加快了。她竭力镇定了一下，叉手轻唤："叔父。"

案前二人一齐回过头来。

他们见到一个白衣胜雪的身影，在敞开的书斋门前亭亭玉立。莲池中的菡萏宛如铺开的红毯烘托着她。午后绚烂的阳光从后方照过来，晃得人几乎睁不开眼睛。

就在这一刹那，帝国宰相武元衡惘然失神了。往日的记忆就像扑面而来的阳光，不及阻挡地直射进他的心胸。

竟会是她吗？他曾以为再也见不到她了。

那些曾经为她写下的诗句，这一刻活泼泼地跳到他的唇边：麻衣如雪一枝梅，笑掩微妆入梦来。若到越溪逢越女，红莲池里白莲开。

他梦中的白莲，仿佛今又盛开。

"玄静见过武相公。"

武元衡这才回过神来。他微笑点头，细细端详着裴度的这个侄女，心中暗叹，还真有点儿神似呢。不过与他心中的形象相比，裴玄静年轻太多了。

武元衡在芙蓉城中初遇薛涛时，两人都已届中年，所以尽管两情相悦，彼此的感情表达依旧是十分克制的。对于以清雅孤高著称的武元衡来讲，能为薛涛写出《赠道者》这么露骨赞美的诗，已经算得上情之所至，破天荒的事了。

薛涛回给他的诗更是缠绵悱恻、意犹未尽——"水国蒹葭夜有霜，月寒山色共苍苍。谁言千里自今夕，离梦杳如关塞长。"

他们都是太自爱的人，况且又都经历了太多，这段情的结局只能是无疾而终。不过武元衡从来没有忘记过薛涛，他在内心的深处给她留了一个位置。而近来，在一人之下万人之上的高处待得越久，他对俗世荣华就愈发有种过眼云烟的感触，当初和薛涛的这段情也就越令他回味无穷。

不过，眼前这个叫裴玄静的年轻姑娘怎么可能猜测到他的内心世界？抑或她今天一身素裙来见贵客，纯粹是种巧合？

武元衡沉浸在自己的思绪中，裴玄静则低头不语。书斋中的气氛略显尴尬。裴度刚才乍一看见裴玄静的清淡打扮，也有些吃惊。阿灵肯定对裴玄静交代过，武元衡是极尊贵的客人。她就算不隆重修饰出迎，现在这副样子也肯定是不合适的。

裴度心想，大概侄女还在为那桩作废的亲事烦恼吧。他今天让裴玄静来面见武元衡，本就抱着让她露露脸的打算，若能给宰相留下个好印象，说不定能帮忙物色一门称心的亲事。

于是裴度向武元衡解释："家兄过世后，玄静入观修道三年。这次来京前，才刚刚卸下道服。"意思是说裴玄静素净惯了，一时没改过来。

武元衡会意，对裴度道："原以为今日要见的是'女神探'，不想还是位女炼师。实所幸哉。"言罢，两位长者相视而笑。

裴玄静的心几乎从嗓子眼里跳出来了。她意识到，自己可能赌对了第一局。

武元衡被赞为"大唐第一美男子"有些年头了，围绕着他衍生出无数的传说，其中最引人遐思的便是他和女道士薛涛的逸事了。所以裴玄静让自己以女道士的素雅装束露面，试图拉近与武元衡的距离，从而争取到他的好感。

这点儿奥秘裴度尚且蒙在鼓里，武元衡却已心领神会。他这一生，就是被各种女人用各种方式讨好的一生，早已波澜不惊。裴玄静的方式很聪明也很自然，让武相公挺受用的，而她神态中的骚动与不安又太明显了，使他对她的目的产生了浓厚的兴趣。

于是，宰相饶有兴致地主动与裴玄静攀谈："我听你叔父谈起不少你的断案事迹，的确称得上见微知著。"

"武相公谬赞。"

"只是……可惜了。"

"因为我是女子吗？"

裴度说："玄静！"

武元衡反而淡淡一笑："或许很多人会这样想，但我不同。"

确实，当年蒲州刺史就曾向裴昇感叹过，以裴玄静的聪明才智，若身为男儿郎，定能入仕为官成就一番事业。可现在嘛，才华只能当作人生的点缀。真是可惜。

裴玄静也知道，武元衡绝对不是这个意思。单单从他身为武则天曾侄孙这点来说，武元衡也不会那么狭隘地看待女子的才能。何况他还有过一位诗才横溢的情人——薛涛。

她感觉到宰相正在观察自己。那就好好表现吧，机会太难得了。

裴玄静说："愿闻武相公赐教。"

武元衡意味深长地道："庄子云，中心之帝名混沌。四方之帝每天为其开一窍。七天之后开出七窍，而混沌死。所以道家以为万物相生相克，互有消长。主张无为而治。这一点核心精髓怕是与追根溯源，从蛛丝马迹中寻求真相的探案过程相悖。玄静若真想求仙得道，就不能再执着于人世的善恶分辨，所以才说可惜了。"

裴玄静认真地想了想，回答："自是君身有仙骨，世人哪得知其故。得道成仙是讲究先天禀赋的，玄静不敢奢望这些。不过玄静在道观中静修三年，倒也有些许心得，自以为对探案亦有所裨益呢。"

"是什么样的心得？"武元衡对裴玄静的兴趣越来越大了。

"正如武相公方才所说，道家认为世界的至高形式是混沌。万物有道，自然天成，这就是最完美的状态。然而七窍一开，混沌就死了。换句话说，只要有人力的介入，哪怕仅仅是观察和感知，也会破坏事物原本的和谐状态。所以在人世间是不存在完美的。善恶均遵此法。人间既没有至善，也没有至恶。只要是人所做的事，就必然存在缺陷，存在瑕疵。也必然会彼此影响，互成因果。领悟了这些，在思考具体案情的时候，就比较容易找到突破处，从而豁然开朗。"

武元衡大感震惊。

倒不是裴玄静说出了什么太高深的见解，而是他听见了一句话——在人世间是不存在完美的。就在今天早上，在大明宫的延英殿上，皇帝恰恰也对他说了意思相近的话。

如果太完美，就不真实了。

武元衡保持着一贯的恬淡笑容，在心中默默沉淀下预感带来的强烈冲击，对裴度道："中立的这位侄女果然巾帼不让须眉，相当有见地。"

裴度呵呵一乐。今天他一直有些心不在焉，未曾留意到武元衡和裴玄静对谈的弦外之音。

武元衡又向案上扫了一眼，随手拿起上面的一幅尺牍。

"玄静对王羲之的书法有研究吗？"

"书圣吗？"裴玄静没料到话题突然转了向，忙答道，"幼时在父亲的指导下临过智永和尚的《真草千字文》，写得不好，研究就更谈不上了。"

"我前些日子临了一幅王右军，自觉得意，今天特拿来赠予你叔父。玄静也来看看，临得如何。"

裴玄静接过尺牍，凝神细看起来。

裴度刚想说话，武元衡以眼神将他制止了。直到这时裴度才发觉，今天自己安排的侄女与宰相的会面，正在朝着完全出乎他本人预设的方向发展。

裴玄静看完了，抬起头问："敢问相公，此帖名叫？"

"称为《丧乱帖》，乃太宗皇帝所收王羲之的三千六百纸之一。仅宫中有拓本，民间是见不到的。"

"怪不得。"裴玄静轻声道，"玄静对古人之书懂得不多，况且没见过真本，此帖临写得是否传神，玄静不敢妄加评论。不过……玄静认为，这幅尺牍非为武相公所书。"

武元衡惊讶地问："你见过我的字？"

"从未见过。"

"那你如何能断定这幅字不是我写的？"

裴玄静慢条斯理地回答："武相公是严谨端庄之人，与叔父又有同僚之谊，若以字书相赠，必会装裱妥当，题款印章缺一不可。而这幅尺牍上什么都没有，看似仅仅是临摹时的习作，如此随意地便拿来赠人，绝非武相公的行事作风。"

武元衡和裴度情不自禁地对视，两人的表情中都有种一言难尽的味道。

武元衡追问："那便请玄静再接着断一断，这幅字是何人书就的呢？"

裴玄静垂下眼睑，稍待片刻，方道："玄静不敢说。"

"但说无妨。"

"这幅尺牍虽然一无题款，二无印章，用纸却是皇宫中专有的益州黄麻，纸上还饰有金屑，其腻滑柔韧的质地玄静从未见识过。相公方才说，《丧乱帖》只在皇宫中有拓本，因而这幅尺牍书于宫中，应该不会错。至于……具体为宫中何人所写，只要想到此人随手一书，兴之所至便交予宰相，又由宰相亲自送到御史中丞府中，两位大人并肩案前，虔心赏鉴，对于这个人的身份……玄静确实不敢想，更不敢说。"

书斋中一片静默。少顷，武元衡轻轻叹道："当真不是浪得虚名。"

裴玄静仍然低着头，面庞却微微泛红了。这非是羞怯，而是紧张造成的。现在她知道自己猜对了，悄悄松了口气，又看了看那幅尺牍。突然，裴玄静有些恍惚。

为什么这幅字的笔法和气韵似曾相识？

裴玄静记起来了！就是春明门外的那一夜，她在贾昌老人死去的隔壁屋子里，曾见过写在墙上的一幅字。当时她已经快要神志不清了，所以完全记不得文字的意思。可是那满墙行云流水一般的酣畅笔墨，还是深深地留在了她的记忆中。

对照面前的尺牍，裴玄静终于可以断定，墙壁上的字体出自于王羲之。至少，也是形神兼备几可乱真的摹本！她惊呆了。

武元衡一直在观察裴玄静，立即捕捉到了她神色中的异样："怎么？这幅字帖还有什么问题吗？"

"我……好像不久前刚刚见过类似的笔墨。"裴玄静抬起头，"但却是在一个不可思议的地方。"

"什么地方？"

"春明门外一位贾昌老人的房中。"

"贾昌？"武元衡和裴度交换了一下眼神，两人的面色都变了。

裴度忙问："贾昌老人，我怎么没听你提起过？"

裴玄静却在想，贾昌老人的死，以及迄今为止所有围绕他的谜团中，又增添了一个新的谜。王义、崔淼、郎闪儿……这几个人的面孔在她的脑海中一掠而过，她实在不知该从何说起，也无法权衡将叔父和武元衡也搅入这个迷局，又会带来怎样不可测的后果。

她迅速地做了一个决定，在自己还未将贾昌院中的谜团破解之前，先不告知详情。

裴玄静道："我在春明门外遇上雷雨，慌不择路地闯进了贾昌老人的院子，曾在那里暂避一时。当时因为淋了雨，我已经有些头脑昏沉，所以记得是否准确，现在说不好。"

裴度又问："写的是什么，你还记得吗？"

裴玄静摇头："不记得了。我发起高烧……便失去了知觉。"

裴度沉吟着，武元衡的心中却掀起了惊涛骇浪。怎么可能！难道这一切真是天意？裴玄静居然曾误打误撞到了贾昌的院中，还见到了东墙上的那幅字！

他强自按捺着心情，再度端详裴玄静——聪慧、冷静、对于书法足够的认识和极强的分析能力，还是裴度的侄女，是难得的可以给予信任的人。最重要的是，她见过贾昌墙上的字。而这恰恰是一个可遇而不可求的有利条件！他自己好不容易才寻到了这条线索，都一直没有找到合适的机会亲自去看一看。

她不正是他苦苦寻觅而不得的人选吗？天意，一定是天意！

不不。武元衡命令自己冷静。不要匆忙地下结论。裴玄静的才华和能力还需要考验，她的决心和忠诚更需要证实。别着急，还有时间。她就在裴度的府中，跑不掉的。

武元衡微笑道："那么我先告辞了，中立好好休养吧。"

裴度尚未接话，裴玄静却急了。好不容易才博得了宰相的好感，就这么放他走了吗？光谈了半天书法，自己的目的还没达到呢。可是，还有什么理由能留住武元衡呢？

她脱口而出："武相公，玄静尚有一个请求。"

裴度直皱眉，他越来越猜不透这个侄女在打什么主意了。武元衡倒很有耐心，微笑着等待裴玄静的下文。

"玄静想……"裴玄静急中生智，"玄静想求武相公一幅字。"

"求字？"又是一个意外，武元衡想，今天确实多谈了些书法，都是皇帝闹的，"什么字？"

裴玄静强自镇定道："玄静挚爱的一首诗，一直想请人把它题写出来。今天见到武相公，方知武相公乃是天下最适合题写该诗的人，所以才斗胆向武相公求字。"

武元衡富有诗名，料想裴玄静定是要求自己的一首诗吧，便随口问道："哪首诗？"

"男儿何不带吴钩，收取关山五十州。请君暂上凌烟阁，若个书生万户侯。"她竭尽全力想用平缓的语调念出来，到最后还是难抑翻滚的心潮，声音颤抖得几乎听不清了。

"玄静！"裴度的这一声叫得失态了，"你这是在……"他现在真的很后悔把裴玄静找来陪客了。但是裴度悔之晚矣，因为武元衡已冲口而出："李长吉！"

武元衡当然知道，这首激动人心的诗出自诗人李贺。李贺，字长吉，少年时即以诗闻名。他的诗风幽深冷艳，常作鬼神之语，所以世人送他一个"诗鬼"的称号。但李贺虽是一个文弱书生，却胸怀报国之志，从这首壮志凌云的诗中就可见一斑。

韩愈非常推崇李贺的诗才，曾大力在同僚中推荐他。可惜李贺因故未能参加科考，只做了三年的奉礼郎，难以一展抱负，最终郁郁辞官而去。对于李贺，武元衡爱其诗才，也怜其遭遇，却没想到，今日裴玄静突然提起了这位诗人。

"是的，李长吉便是玄静尚未成礼的夫君。"裴玄静此时已经完全豁出去了，扬声道："玄静知道，武相公辅佐当今圣上削藩平乱，正是长吉诗中盛赞的当世豪杰，建功立业配上凌烟阁！玄静此来长安，就是要与长吉完婚。如能得到武相公亲手所书此诗，实为我与长吉的三生之幸。还望武相公赐字成全。"言罢，郑重其事地向武元衡拜倒致谢。

武元衡惊讶万分："你与李长吉？"他转向裴度，"这样的好事，怎么从未听中立提起？"

裴度已经听得目瞪口呆了，只好"咳"了一声，不承认也没法否认。现在这个场合下，他若再强调退亲之事，所有人都会十分尴尬的。

武元衡是何等人物，见叔侄二人的此情此景，已猜得八九不离十了。他看着紧张得面色发白的裴玄静，心中暗叹，原来如此。

于是，宰相对裴玄静温言道："可是李长吉早就辞官，离开长安了。"

"我知道，他回了家乡昌谷。"裴玄静颤声回答，"我将去昌谷寻他。"

"那你知不知道，他已病重不起多时了？"

裴玄静脸色煞白地摇了摇头。

武元衡道："前些日子我收到韩退之的书信，信中提到李长吉在家乡贫病交加，景况堪忧。唉，真是天妒英才。这么有才情的一个人，不承想却落到这步田地。"他更加温和地问裴玄静，"玄静，你真的要去找他吗？"

"当然。"裴玄静真诚地回答，"玄静与他有婚约。我不去，谁去？"

武元衡点了点头："好，那我便答应你，赠一幅字给你与长吉作为新婚贺礼。"就在这个瞬间，他做出了一个重大的决定——不必再犹豫了，裴玄静就是自己要找的人。

裴玄静一拜到地："多谢武相公美意。"

"长吉诗中有真意啊。"武元衡又沉吟着道，"但他的诗还得他自己来写，旁人替代不得。今天之事由书圣的摹帖而起，我想……我还是赠你一幅自临的王羲之吧。"

怎么又是王羲之？裴玄静也顾不上纳闷了，连忙谢道："只要是武相公所赠，哪怕片纸只字，对玄静都弥足珍贵，堪为至宝。"

裴度脚伤，只能在书斋里送别武元衡。

武元衡的身影消失在菡苕深处很久了，书斋里仍然一片静默。叔侄二人相对而坐，不知过了多长时间，裴度才开口道："你不愿意退亲，可以对我讲，也可以对你婶娘讲，又何必……"

裴玄静伏地认错："是玄静考虑得不周全，但请叔父责罚。"

裴度让她给气乐了，明明先斩后奏，她还装无辜。武元衡临别的话明白地表示了对裴玄静的支持，现在他这个当叔父的还能说什么呢？他记得兄长在信中特别写道，玄静这孩子什么都好，就是脾气太执拗，对任何事情都爱寻根究底，不达目的绝不罢休。这种性格对探究案情非常有益，在生活中就显得不够圆融，甚至有些不近人情了。正是考虑到这一点，退婚之事才要瞒着她，必须等再无转圜时才能告诉她，否则她绝不会善罢甘休的。裴度原以为，三年过去，退婚木已成舟，裴玄静不接受也得接受。万万没想到，她还会来今天这一招，把初次谋面的宰相都拉作了救兵。

他问："你怎么能肯定李长吉并未娶妻？"

"婶娘曾提起过退亲三年，长吉或已娶妻。不过，婶娘是忠厚老实之人，如果长吉确有婚讯，她一定会用确切的语气，甚而告知我详情。既然她说的时候吞吞吐吐的，我……我想那必然就不是真的了。"

裴玄静的这段话讲得心虚，裴度却更加自责了。早该料到的，就凭夫人那么淳朴的性情，靠几句模棱两可的话怎么哄骗得了裴玄静呢？

他不禁长叹一声："唉，竟是我的不是了。"

"叔父这样讲，玄静可就太惶恐了！"

裴度一摆手："你知道当初你父亲为什么要退了这门亲事吗？"

裴玄静摇了摇头。

裴度道："玄静应该了解，不管是你父亲还是我本人，都绝非嫌贫爱富之人，也懂得惜才爱才。"

裴玄静听着叔父沉重的语气，刚刚由于出现转机而欣喜的心情又黯淡下来。难道，在自己这门亲事的波折里还埋藏着什么隐情？

裴玄静道："叔父多心了，叔父和父亲对玄静自是一片好心，玄静深深感念。只是与长吉的婚约在先，不是说退就退的。况且据叔父说，父亲早在过世前就已向长吉提出退婚，却并未对我言明。这很奇怪，因为父亲从不对玄静隐瞒任何事情。所以玄静想，会不会是长吉未曾应允，所以父亲才不便向我提起？总之，玄静觉得此事蹊跷。"

"那你就要自己跑去昌谷？为什么不先写一封书信去询问呢？"

裴玄静道："叔父，过去三年长吉已与我断绝音讯，而他现在又重病不起，所以我觉得，还是我亲自去一趟比较好。有什么话，当面说清楚。婚事成不成，尚在其次，至少裴家不会被人以恶意揣度。我的心意，也可让长吉明了。否则，玄静是绝不会死心的。"

沉默良久，裴度说："事已至此，多说无益。既然侄女执意要去找李长吉，叔父也只能成全了。"

裴玄静忙叩头道："多谢叔父。"心中亦喜亦悲，一时也分辨不出是什么滋味。

"但这次绝不能让你一人上路。"裴度恢复了冷静务实的样子，"侄女还当少安毋躁，在长安再多留几日，待我们安排妥当了即送你启程。"

"是，让叔父费心了。"

裴玄静告退，走到书斋门边时，又驻足道："长吉病重……玄静但愿能早日上路，越早越好。"

裴度对这个侄女彻底无可奈何了。

但当他独自一人留在书斋时，心中仍然禁不住赞叹裴玄静的执着，这是仅仅属于年轻人的单纯的执着。与她的勇气相比，他们这些成熟历练之人的瞻前顾后多少显得怯懦。然而现实是复杂的，远比所谓"女神探"能够想象的还要复杂得多。

裴度注视着案上的尺牍，裴玄静只看破了其中的一层真相，却看不透更深的那一层。那是只有武元衡和裴度才看得懂的东西。从裴度的私心出发，他当然希望侄女永远也别看透才好。

9

武元衡到访后的第二天，裴府像往日一样平静。

裴玄静早上去给叔父婶娘请安，见裴度的脚伤大有好转，也十分欣喜。回到自己房中，裴玄静取出前一日让阿灵准备的红丝线，开始细细地编一条穗子。

阿灵在旁边看了一会儿，咂舌道："娘子的手真巧，怎么编得这样好看。"

"哪有你的嘴巴巧。"裴玄静笑道，"这两天叔父不上朝，家仆们都闲了吧？"

"也和平常没两样啊。"

"王义呢？他在干什么？"

"王义？"阿灵转了转眼珠，"娘子不提我还想不到他呢。王义这两天人都见不着，也不知跑哪儿去了。"

"是回家了吧？"

"家？他哪来的家？他是一个人从魏博跟阿郎来长安的呀。要说家，咱们裴府就是他的家。"

"也没有妻女？"

阿灵说："当然没有啦。娘子，你不是又发烧了吧？"

裴玄静嗔道："瞎说什么，我好着呢。"举起编了一半的穗子，"好看吗？"

"真好看。送给我吧，好娘子……"

"这个我有用，"裴玄静拧了拧阿灵的脸蛋，"下回再给你编一个。"

晚饭后，阿灵来向裴玄静汇报说，王义回府了。

裴玄静找了个借口支开阿灵，独自一人向前院来。

今夜比前两天更凉爽些，王义坐在耳房前的胡床上，远远地看见裴玄静过来，便起身行礼。他的情绪看来平静了许多，见到裴玄静也没显得意外，似乎本来就在等她。

裴玄静递上编好的红穗子，"这是我特意为你女儿编的，请笑纳。"

王义不解地看着她。

"父亲送给女儿及笄的簪子上，一定要系一根红穗子才吉利。"裴玄静解释。

王义接过红穗子，双手不易察觉地轻轻颤抖着，过了好一会儿，才道："多谢大娘子。"

裴玄静笑了笑。

"大娘子为什么对王义这样好？"王义突然问。

"也没有什么特别啊……"裴玄静说，"只是做一些我力所能及的事而已。"

"可是大娘子一定听说了，王义在长安并无妻女。"

裴玄静摇头道："那些与我无关。我只知道金簪需要配红穗子。"

"大娘子果然是阿郎的侄女，讲话的口气都像极了。"王义突然咧开大嘴笑了。

原来这满面愁容的汉子也是会笑的。裴玄静不由得跟着微笑起来，好奇地问："我和叔父怎么一样了？"

像是陷入久远的回忆，王义的语气中充满了惆怅，"大娘子不知道，其实我的原籍就在长安，当年是跟着嘉诚公主去魏博的。上回大娘子因我不耐长安暑热，推测我来自北方。可我真记得，小时候长安没这么热啊。"

这下轮到裴玄静惊讶了。

嘉诚公主，乃代宗皇帝之女，德宗皇帝之妹，按辈分可算当今圣上的姑奶奶。贞元元年的时候，德宗皇帝为了拉拢魏博藩镇，特以嘉诚公主下嫁当时的魏博节度使田绪。公主出嫁，德宗皇帝亲自到望春亭饯行，并准许公主乘坐天子的金根车。表面排场轰轰烈烈，实质却是大唐天子权威不再，竟然落得要以公主来和亲下属藩镇的地步。

安史之乱以后，李唐皇族的每一位成员，都或多或少地品尝着权力沦丧的屈辱，直到今天。当今圣上近乎偏执地削藩，原因即在于此。

嘉诚公主嫁给田绪之后，确实稳定住了魏博的局势。田绪死后，她又扶植养子田季安继承节度使的位子，并严格约束着他，使其一直不敢轻举妄动。可是到了元和初年，嘉诚公主刚一病死，田季安便开始不服朝廷管制，魏博局势重新变得动荡不安。

好在田季安荒淫暴虐的生活首先搞垮了自己的身体。元和七年，田季安中风，没多久就一命呜呼了。儿子田怀谏才十一岁，魏博的大权落入其母元氏和家仆蒋士则的手上，诸将不服，推举田季安的叔叔田兴夺取了节度使的位置。

三年前裴度奉旨出使魏博，正是在这段权力交替、风雨变幻的敏感时期。裴度充分利用了魏博内部变乱已久、人心思安的特点，成功说服田兴代表魏博归顺了中央。皇帝才能最终拿下魏博藩镇这块啃了几十年的硬骨头，而这，其实是从他的祖父德宗皇帝开始，几代人前赴后继努力的成果。

令人唏嘘的是，为了李唐的江山一统，就连嘉诚这位金枝玉叶的公主也奉献出了她的人生。

裴玄静问王义："那你又是如何跟着叔父回到长安的呢？"

王义告诉裴玄静，自己本是嘉诚公主带去魏博的护卫。在魏博的这些年中，王义始终忠心耿耿，唯嘉诚公主马首是瞻。公主死后，田季安悖逆曾经对养母的承诺，所作所为令王义十分不齿。所以田季安暴卒，王义也觉得大快人心。但是在谁来接替节度使位置的问题上，王义选择了支持嘉诚公主生前钟爱的孙子田怀谏，便与田兴一派成了死敌。在王义看来，田兴为了当上节度使欺负孤儿寡母，杀死元氏拘押田怀谏实非君子所为。因此他便趁着一个月黑风高之夜潜入节度使府，打算行刺田兴，结果刺杀未成，自己反被押入死牢。

正巧裴度在这时出使到了魏博，得知王义的事情后便向田兴讨要他。起初田兴说什么也不肯答应。行刺上官罪大恶极，田兴认为自己才刚执掌大权，必须杀鸡儆猴树立权威。可是裴度规劝他："你说的那些事与我无关，我只知道田怀谏自小与王义亲密，这次将田怀谏送到长安以示魏博对吾皇的忠诚，王义是最合适的人选。同时，嘉诚公主的灵柩也要奉回长安葬入皇陵，于情于理更该由王义护送。"

裴度暗示田兴，要想向朝廷宣誓效忠，放回王义不啻是个好手段。田兴最终被说服了。

说到这里，王义慨叹道："要不是阿郎当时为王义说情，我早就在魏博做了田兴的刀下之鬼，又怎么能够活着回到长安，还能活着看到……"他突然住了口，脸上又露出那种悲喜交加、心事重重的复杂表情来。

裴玄静道："今天若非你亲口告诉这些，玄静还真不知道叔父身边有这样一位忠勇的义士、大唐的功臣。"

"大娘子太过奖了。"王义说，"阿郎这样的人，才是大唐的功臣。王义不过一介匹夫，只懂得对主人忠诚。况且阿郎不仅仅是王义的主人，阿郎还救了王义的性命，阿郎的恩情，王义就算是死也报答不完的。"

又是一番直抒胸襟的肺腑之言，裴玄静听得比前一次更心惊。王义的心中肯定有着什么难言之隐，而且与叔父的安危有密切的关系。她察觉到王义特别信任自己，而且一直在试图提醒自己——他像是有极重要的信息想传递给她。

裴玄静低声道："谢谢你，愿为叔父出生入死，护他平安。"

"可要是我、我没能做到呢？"王义猛然发问，面容有些狰狞。

"那我也相信你，已经尽了力。"裴玄静认真地回答，"这世上本无万全之策，但求无愧于心。"

王义瞪大布满血丝的双眼，一瞬不瞬地看着裴玄静。

"娘子，你让我好找！"随着一声清脆的呼唤，阿灵冒冒失失地跑了过来，"阿郎叫娘子一块儿去吃晚饭呢。咦，你们？"

裴玄静答应："你等着，我马上就来。"人却不动，只是盯着王义。

王义也一下子清醒过来，嘴里说："大娘子略等片刻，待我取件东西。"转身奔进耳房，须臾又奔出来，手里捧着一顶帽子。

王义将帽子双手呈给裴玄静："大娘子，这顶帽子是我这几天在东市上寻到的。他们说是从扬州刚运来的新式样。我看着也觉得挺不错的，就花钱买了一顶。前些日子犯错伤了阿郎的脚，我想给他赔个不是，可他根本不放在心上……所以，能不能求大娘子帮个忙，替我把帽子转送给阿郎？王义这厢谢过了。"

送帽子？裴玄静真有点摸不着头脑了。她接过帽子捏了捏，做工质地确属上佳，式样也很稳重，叔父应该会喜欢。可现在正值酷暑，这么厚的毡帽也没法戴啊。她为难地说："心意是难得的，帽子也是好东西。不过，是不是再等些时日，等天气转凉了送更好呢？"

王义古怪地笑了笑："过些日子，只怕就来不及了。"他直视着裴玄静困惑的目光，"若是简便容易的事，王义也不拜托大娘子了。阿郎一心要替圣上分忧办事，我想他不等脚伤好利索，就会赶着去上朝公干的。只要阿郎一出门，王义就希望他能戴上这顶帽子。"

裴玄静还是想不通。脚伤和毡帽有什么关系，为什么一出门就要戴上它？

她问："这样做，有什么特别的意思吗？"

"没有。"王义斩钉截铁地说，"王义一心只为了阿郎好，请娘子成全。"说着，郑重地向裴玄静抱拳行礼。

"好的，我尽力而为。"裴玄静回答。王义身上的疑点确实不少，但此时此刻，她从他的目光中只能看到忠诚，裴玄静决定照他的话做。

抱着毡帽离开时，裴玄静觉得手里沉甸甸的。

和叔父婶娘一起用晚饭，裴玄静没有提起毡帽的事。现在把帽子送给叔父的话，最大的可能就是被婶娘放进箱笼，待秋风起时再拿出来给叔父戴。可是王义说得很明白，他想让叔父只要出门就戴上这顶帽子。

怎么办呢？

裴玄静只好从关心叔父脚伤的角度出发：伤筋动骨一百天，叔父有些年纪了，务必要耐心休养，待到彻底好了再恢复活动，以免留下后患。

裴度微笑点头，并没有说什么。

裴玄静的试探失败了，她仍然无法确定叔父什么时候会出门。

10

同日，宰相武元衡冒着酷暑在外忙碌了一整天，直到入夜才返回宰相府所在的靖安坊。

刚一进坊，他就有种分外异样的感觉。阴森森的院墙暗影下似乎有什么东西在耸动，浓重的树荫间更传出窸窸窣窣的声响。但当他命下人靠近查看时，一切又变得出奇静谧，透着诡异。

那天夜里，武元衡在书案前一直坐到三更，心里依旧觉得很不舒服。

为了平抑心情，也为了兑现对裴玄静的承诺，更为了厘清让他深陷困惑的巨大谜团，今夜，武元衡一直在全神贯注地临摹王羲之的《兰亭序》。可是到了此刻，他不得不承认自己的失败。

皇帝说得对。树欲静而风不止，就连书圣也帮不上忙。

武元衡的笔端最终停留在："是日也，天朗气清，惠风和畅。仰观宇宙之大，俯察品类之盛，所以游目骋怀，足以极视听之娱，信可乐也。"笔墨所及之处，正充斥着老友相聚其乐融融的欢欣。往后王羲之笔锋一转，开始感叹人生无常、岁月无情，却是武元衡再也不愿去触碰的部分了。

他临的仅是半部《兰亭序》而已。

武元衡长叹一声，必须到此为止了。

可是心情仍然无法平静，不祥的预感如同更深更黑的夜色，压得他透不过气来。武元衡随手又取过一张白纸，信笔涂抹。再看时，发现自己赋了一首新诗：

> 夜久喧暂息，
>
> 池台惟月明。
>
> 无因驻清景，
>
> 日出事还生。

这首诗和他一贯华丽晦涩的诗风不符，却有种质朴坦白的魅力，明确地吐露了内心深处的彷徨。

武元衡的诗在当世很被推崇，但他心里知道，自己的诗大多为奉和之作，纯熟的技巧和高雅的品位掩盖不了情感的缺失。太多人写得比自己好，比如白居易，比如李长吉，再比如刘禹锡和柳宗元。这些人的诗都好过他，但景况却远远不如他。

最近在朝中，有些人开始呼吁召回被贬十年的刘禹锡和柳宗元等人。皇帝尚未表态，但至少没有明确的反感。毕竟已过去整整十年了，当年那场惨烈的永贞革新的余波，也许真的在皇帝的心中平息下来了。

也有人偷偷来问武元衡的意见，希望能得到他的支持。十年前，武元衡和刘禹锡、柳宗元站在差不多的起点上，却走到今天这样天差地别的境地。他完全可以借此机会，居高临下地表现他的宽容与道义。但是武元衡保持沉默，不反对也不赞成。

他知道人们会在背后怎么议论自己——看看，人家武相公多么善于自保啊。十年前和永贞派保持距离，才得到当今圣上的宠幸，以至飞黄腾达。十年后的今天依旧和永贞派划清界限，避免惹是生非。

物议沸腾，从来不是武元衡所在乎的。他只是从心底里认为，刘禹锡和柳宗元不适合回朝。政治主张和个人恩怨都不重要。只要读一读他们的诗文，感受一下跃然纸上的热血与灵魂，就会明白他们的本质是与官场相背离的。让他们回朝，绝对不会给他们本人带来好运，却会给皇帝带来更多的烦恼和压力。而这是武元衡最不愿意看见的，所以他只能保持沉默。

真正的诗人在诗歌中燃烧灵魂，剖析自我。武元衡是天生的政治家，而非诗人，所以他才能够成为帝国宰相，皇帝最倚靠的朝堂栋梁。他绝不是只知自保的怯懦小人。因为他深深地懂得，其实最大的自爱是将卑微的"我"交出来，奉献给价值远大于自身的崇高目标。这一点，刘禹锡、柳宗元他们已经做到了，武元衡同样能够做到。

甚至连裴玄静这个小女子也做得到。想到这里，武元衡感到既遗憾又欣慰。他这一生，虽然拥有过薛涛这段永难忘怀的情愫，却从未得到像裴玄静对李长吉那样奋不顾身的爱情。当然，人不可能什么都有。

不知不觉中，武元衡将书案整理得干干净净，仿佛要出一趟远门似的。最后，他将今夜刚赋的五言绝句放在那半部《兰亭序》上。

也许他只是过虑了，那么一旦裴玄静通过考验，就将成为他的助手，一切仍然在他的掌控之下。但如果不幸，他的预感应验了，那么即使裴玄静并非最佳的人选，他也没有充裕的时间再斟酌了。裴玄静将不得不独自应对挑战，就像蒙了双目的武士孤独地走上擂台。这确实很糟糕。但假使天意如此，那么她别无选择，正如他也别无选择一样。

武元衡认为，如果裴玄静没有足够的智慧和决心，就会早早地在他设好的障碍前败下阵来；而一旦她真的触碰到了秘密的核心，则必然会去寻求叔父裴度的帮助。正如武元衡自己，裴度也是绝对忠诚于皇帝的，所以不管裴玄静发现的谜底是什么，这个谜底都不至于被居心叵测之人利用。武元衡相信，裴度将会替她做出最利于皇帝、有利于大唐的决定。但在局势明朗之前，武元衡并不希望裴度过早介入，所以思之再三，还是决定把重任先交到裴玄静的手中。

最关键的是，裴玄静只是一个身世清白的弱女子，和任何势力都没有瓜葛，很容易被忽略和轻视，而这一点，恰恰会有助于她的行动，也有利于她的安全。

悠扬的晨钟声从大明宫传来，又到上朝的时间了。

帝国宰相郑重地敛容更衣。无论不祥的预感有多么强烈，武元衡还是毫不犹豫地踏上这条最熟悉的、朝向东北方的路。

因为天子在大明宫中等着他。那才是武元衡为自己选择的崇高目标。

靖安坊中，宰相府外，也有人在武元衡上朝的必经之路上等了整整一夜了。晨钟如同号令，提醒他们集中注意力。最靠近的树上埋伏着弓箭手，街坊两侧是面罩黑纱的杀手，另有数人在外围堵截，确保武元衡不可能逃脱。

一场血腥的杀戮即将开始。

武元衡没有凭借诗文，也没有凭借爱情，却将凭借死亡走向一生中的最高境界。

第二章
刺长安

1

裴玄静从睡梦中惊醒。

周围一片寂静，只有阿灵在屏风外发出酣眠的呼吸声。巡夜的
梆子声隔着庭院深深，从坊间的街上传来。

应该刚过四更天。

裴玄静翻身下榻，打起帘子叫阿灵："阿灵快起来！帮我梳洗了
去给叔父请安。"

"娘子你闹什么呀，天还没亮呢……"

裴玄静直接把迷迷糊糊的阿灵揪起来："不早了！"

阿灵吓醒了。相处这几天，裴玄静无论悲喜总是从容不迫的，
阿灵还是头一回见到她这样慌张。

两人手忙脚乱地收拾好。裴玄静从榻边抱起一个包袱就走，到
门口时想了想，又将它放在门边的地上。阿灵看得莫名其妙："娘子，
这是什么东西，放这儿干吗？"

裴玄静说："走吧。"

两人往裴度的屋子走去，阿灵还在问："娘子，阿郎的脚还没好
呢，又不去上朝，怎么会起那么早？"

"你拿好灯笼，仔细看着路。"

到了裴度的房外，竹帘已经半卷起来，窗内烛光摇摇，人影晃动。

裴玄静站到廊檐上，轻声道："叔父婶娘，玄静来给你们请安。"

房门应声而开。杨氏的婢女倩儿吃惊地瞧着裴玄静："是大娘子来了吗？快请进屋。"

这时裴玄静反而镇静下来，理了理衣裙，迈步进屋。

裴度端坐在镜前，正由杨氏给他梳着头。裴玄静便在他们二人身后拜倒请安。

一见到裴玄静，杨氏就抱怨起来："你这个叔父啊，脚伤刚好了点儿就非要去上朝。圣上不是都让好生养着嘛，也不知道他着什么急。"

对这种话，裴玄静当然只能保持沉默。裴度却将深沉的目光投在她的身上——裴玄静太聪慧了，竟然真的看透了来自大明宫的无声命令。他意识到，自己的良好愿望或将落空，侄女似乎注定要卷入本不该属于她的巨大漩涡之中。

倩儿又来报告："王义已经在门外候着了。"

正是黎明前最黑暗的时刻。裴玄静转首望去，只能看见王义肃立在门边的粗壮身影，但她就是觉得，自己看见了王义那双混合了绝望与希冀的眼睛。短短的一刹那，她的手心里满是汗水。

杨氏唠叨着把裴度的头梳好了，裴玄静抢着说："我来给叔父取帽子。"她一进屋就看准了，东墙边的帽托上搁着裴度日常所戴的幞头，便走过去举起双手。

"咦，怎么取不下来？"她叫阿灵，"你来帮我照一下。"

"哦。"阿灵端了烛台，慌慌张张地往裴玄静面前伸，突然"哎呀"一声，整个人往裴玄静身上倒去。

"小心！"裴度和杨氏异口同声叫起来。

来不及了，烛火恰恰烧到裴玄静手中的幞头上。倩儿抢步上前，从阿灵手中夺过烛台，裴玄静也赶紧拍打幞头上的火星，可是黑纱面子上已经烧出好几个洞来。

杨氏气急，指着阿灵训斥："你怎么搞的！"

阿灵刚想说话，右手却被裴玄静用力一捏。阿灵满腹的委屈和狐疑——真不知道娘子是怎么回事，刚才明明好端端地站着，却伸出足尖将自己绊倒，惹出了大麻烦，又不许自己辩解。

但是阿灵忍住了，涨红着脸什么都没说。

现在轮到裴度着急了。

上朝的时辰眼看就到了，自己脚伤未愈行动也不顺遂，必须提早出发。糟糕的是，以节俭为上的御史中丞只有这么一顶便帽。要不然，今天就戴个破帽子上朝吧，等监察御史发现了再作解释。

裴玄静突然说："叔父，玄静从家中带来一顶毡帽，本来就要送给叔父的，这两天心神不宁就没想起来……"

"快去取来！"裴度也顾不得其他了。

王义在门边高声道："我去吧！"

他一转眼就抱着包袱回来了。裴度戴上毡帽时，王义深深地看了裴玄静一眼，便扶着一瘸一拐的裴度走了。

晨钟响起来。到长安城才几天，裴玄静已经熟悉了这来自东北方向的庄严钟声，今天听来，却仿佛传递着不尽苍凉的启示。

裴玄静虽然做到了王义所托付的事，却被更深更大的无力感所包裹。直觉明白地告诉她——要出大事了。可现在除了等待，她什么都不能做。

从兴化坊去大明宫上朝，要先向西出坊门，再折向北。裴度仍然一人一骑，由王义右手牵马，左手提着灯笼，出府门沿着东西向的坊街前行。

天还没有亮。启明星孤零零地挂在东方的天际，月亮的清光从背后照向他们。马蹄音在空旷的街道上显得格外清脆。

感官在这一刻变得出奇敏锐，那声呼哨起得虽然极轻微极迅疾，王义立刻就听到了，几乎同时将裴度扯落马下。

裴度掉在地上时，已有数枝羽箭插入马身。马匹负痛狂呼，其余的箭支被王义挥舞的长刀扫落。

第一轮远攻之后，立即从墙角树荫处蹿出数名黑布蒙面的杀手，开始第二轮的近身肉搏。

刀光四溅，兴化坊的清晨瞬间被照得透亮。

王义仅一人，虽接连击退数名杀手，不免顾此失彼。突听裴度一声惨叫，扭头便见到一个杀手挥刀，结结实实地砍在裴度的头上。

王义狂呼着冲上前砍倒那名杀手，再不顾其他，一脚将裴度往路边踹去。裴度翻滚着跌入树下的沟渠。

杀手们又一起涌上来。王义知道，这么大的动静肯定惊动了巡夜的金吾卫，再多坚持一会儿，他们就会赶到的。现在他只需要守在沟渠前面，能守多久就守多久。这便是他殚精竭虑设想出来的最后一招。

攻击从四面八方而来。刀砍进肉里，他不觉得疼，血糊了眼睛，看不见就靠耳朵听。王义很快失去了全部知觉，完全凭借本能坚持战斗着。

也不知道过了多长时间，他突然听见人喊马嘶。周围像是一下子聚集了好多人。肯定是金吾卫赶到了，王义冲着他们大喊："裴中丞在这里，快来救裴中丞！"

他松懈下来，两条腿顿时软了。他想用刀拄地，撑一撑身体，又觉得奇怪，两肩处怎么变得空空荡荡？他这才想起来，自己的双臂已经在刚才的搏斗中被砍断了。

王义的身躯轰然倒下，倒在了遍地血污之中，但仍坚持着最后的一线清醒。直到他听见金吾卫们叫嚷："裴中丞还活着，活着！"血肉模糊的脸上露出如释重负的笑，才放任自己昏迷过去。

上朝的时间早就过了，皇帝还留在延英殿中，没有前往举行常朝的紫宸殿。

皇帝在哭泣。

他已经哭了很久，自己也觉得差不多，该哭完了，可眼泪就是源源不断地涌出来。

送来噩耗的左金吾卫大将军李文通、被皇帝紧急召见的宰相李吉甫和郑絪都在殿前静候着。随着时间的流逝，最初的震惊、恐惧和愤怒渐渐变得迟钝了。看着在殿上泪流不止的皇帝，兔死狐悲的巨大悲凉感浸透了这三位当朝重臣的心。

皇帝终于停止哭泣，用嘶哑的嗓音对李文通说："你再对朕讲一遍事情的经过。"

李文通只好重新叙述一遍——宰相武元衡被害的惨痛过程。

与裴度不同，武元衡有一支十来人组成的侍卫队。今日凌晨，他们准时离开靖安坊中的宰相府，才走出一条街，就听到树上有人在叫："灭灯！"与此同时，卫队所提的灯笼全部被箭射灭。数十名杀手随即从黑暗中一涌而出。

侍卫们纷纷被砍倒，有些见势不妙撒腿就跑。只剩下武元衡一人一马留在原地，仓皇四顾之际，带头的刺客冲上前，一刀砍在武元衡的腿上。武元衡惨叫一声伏于马上，动弹不得。那刺客不慌不忙，竟然牵着马向前又走了十来步，来到一户人家的门前，借着灯笼的光看清武元衡的脸，才手起刀落，直接砍断了宰相的脖子。

这些细节是从逃跑的侍卫和附近住户的讲述中拼合的。事实上，刺客行凶后还带走了武元衡的首级。武元衡的马匹驮着失去头颅的主人，径直跑到了大明宫的丹凤门前。

那是武元衡的魂魄仍然惦记着上朝，惦记着天子，惦记着他未尽的使命吧。

就在武元衡被刺的同时，御史中丞裴度也在兴化坊中遭遇刺客。幸而未死，现已被金吾卫救回裴府，但头部遭受重创，仍处于昏迷中。

"金吾卫！"皇帝大叫起来，"快派金吾卫去守卫裴中丞的府宅！"

李文通忙答："已派了重兵前往。"

"还有御医，遣朕的御医去给裴中丞诊治，一定要把他救过来！"

宰相李吉甫道："也已安排了。"

皇帝这才安静下来。良久，他抬起哭得通红的双眼，问："据你们看来，此事是何人所为？想要达到什么目的？"

三位重臣均低头沉默着，刚才皇帝哭时，他们面面相觑了很久，已对各自的想法心知肚明。此时此刻，却没有人愿意先开口。

"怎么？你们都没有话要对朕说吗？"

李吉甫奏道："陛下，据臣们推断，此案无疑是藩镇所为。刺客很可能就是淮西吴元济派来的。天下人都知道，武相公和裴中丞是陛下削藩最坚强的支持者，刺杀他们，无非是为了砍断陛下削藩的左膀右臂，进而威胁朝廷，迫使陛下停止淮西战事。"

"你们都这么认为？"

大家默认了。

皇帝长出一口气："那么你们说，朕应该怎么做呢？"

又是沉默。延英殿中的闷热空气凝结成了一个巨大的铅块，压迫得人想立刻逃离，逃得越远越好。

"说话啊！"

"臣、臣以为，陛下应三思而后行。"

"三思？三思？"皇帝的面容扭曲起来，表情由哀恸转为狰狞，"你们是不是想说，朕应该听从吴元济的威胁，应该停止削藩，应该撤兵？"

没有人回答他。

皇帝死死地盯着面前的臣子们。失去了武元衡和裴度，眼前这几人就是自己最可依靠的力量了。然而，此刻他们却都低垂着脑袋，连目光都不敢与他交错。

皇帝感到全身的血都凉透了。

殿门外突然传来一阵喧哗：

"让我进去，我要见陛下！"

"不可啊，现在不行……"

随着吵闹声，两个人互相拉扯着进了殿。其中一个是吐突承璀，正在竭力阻挡闯入者。但显然对方也非等闲之辈，不仅没把吐突承璀放在眼里，还直接冲到了皇帝的驾前。

"陛下！"这位须发皆白的老者扑通一声跪倒在御座前，高喊道，"陛下啊，一国宰相横尸街头，这是自古未有的惨案啊！贼寇狂妄到此等地步，竟敢在京师重地、天子脚下行刺，刺杀的还是我大唐的宰相！他们、他们分明是欺我朝廷软弱，大唐无人啊！陛下，此实乃国之耻、帝之殇、民之痛啊！陛下……"说到痛切之处，七十三岁的兵部侍郎许孟容已然泣不成声。

一整个上午了，皇帝终于听到了想听的话。他豁然站起，喝令："许侍郎莫要悲泣！立即随朕去紫宸殿，众僚已等待多时了，咱们现在就上朝，商讨灭贼大计！"

"大家……"吐突承璀拦在皇帝面前。

"你要干什么？"皇帝质问。

"大家！"吐突承璀急得额头青筋暴突，"紫宸殿中根本就没几个人在啊。"

"……什么意思？"

"因为武相公和裴中丞遇害，百官恐惧，很多人都不敢出门，纷纷告假了。所以直到此刻，紫宸殿中来上朝者还未及三分之一呐。"

皇帝瞪着吐突承璀，复又缓缓坐下。

寂静重新降临延英殿，就连许孟容也停止了号啕。皇帝在思考，所有的人都在等待。但是没人猜得出，皇帝在想什么。

——皇帝在想十年前。

正是那场惨烈的永贞革新，将武元衡送到了他身边，那时他还是皇太子李纯。

当时，先皇顺宗皇帝以重病之身登基，根本无法上朝听政，只

76

能将所有政事都托付给他最信任的王叔文等人。以王叔文为首的革新派借天子之名行事，帝国的权柄几乎完全操纵在他们手中。这当然引起了许多人的不满。那些人迅速站到了王叔文的对立面。朝野遂形成了两派相争的局面。

武元衡时任御史中丞，绝对是朝中的实力人物。王叔文非常想把他拉拢到革新派这边来。可是三番五次的示好，武元衡竟丝毫不为所动。他的不合作态度大大触怒了王叔文。王叔文遂以先皇的名义下诏罢免武元衡。

卧病瘫痪的顺宗皇帝说不出话来，对王叔文所拟的诏书基本上都是点头同意。但在看到罢免武元衡的诏书时，他竟然挣扎着拿起笔，写下了"迁太子右庶子"这几个字。

就这样，遭到贬谪的武元衡奉诏来到了太子东宫，担任右春坊主官。而此时，距离李纯被册封为皇太子仅仅过去三天。

几个月后，皇太子李纯成了新皇帝，立即悉数清洗王叔文的党羽。武元衡很快便官复原职，元和二年更升为户部侍郎同平章事，从此当上了帝国的宰相。

在短短几个月的东宫生涯中，李纯和武元衡深刻地了解了彼此的性格、才干和主张，为之后的合作打下了极好的基础。恰恰是"太子右庶子"这项任命的功劳。

然而，就因为这项任命是先皇下达的，李纯心中始终存着一个疙瘩，无法对武元衡给予彻底的信任。也因此，在元和二年末的时候，李纯任命武元衡为西川节度使，派他治理成都去了。

七年治蜀，武元衡功绩斐然。元和八年时，削藩战事进入胶着状态，急需调整战略并将全局交托给最忠诚有力的执行者。值此决定大唐命运的关键时刻，李纯终于下定决心从西川召回武元衡，仍委任其为门下侍郎同平章事，真正地将帝国的重任和君主的信赖全部交付给他。从那一刻起，武元衡对李纯的意义就已经超越了君臣遇合的范畴。

对李纯而言，武元衡是他一再否认又一再肯定的父爱的证明。

延英殿上，皇帝的目光扫过臣子们的头顶。

没有人，他们之中没有人真正懂得，今天皇帝失去了什么。

然后，臣子们便听到皇帝用沙哑而坚定的声音下达命令——即以举国之力搜捕残杀宰相的罪犯。从此刻起，皇帝将罢朝、禁食，直至元凶到案！

<h1 style="text-align:center">2</h1>

> 凶狡窃发，歼我股肱，是用当宁废朝，通宵忘寐。永怀良辅，何痛如之？宜极搜擒，以摅愤毒。天下之恶，天下共诛，念兹臣庶，固同愤叹。

元和十年六月三日，武元衡遇刺的当天，皇帝颁发缉凶诏书，向全天下宣誓绝不善罢甘休。同时皇帝下令在京城内外增设武力警戒，撒下天罗地网防止刺客外逃，还为所有四品以上朝臣增派了金吾卫，授予内库的弓箭和陌刀，在朝臣外出时执行护卫任务。

在裴度被送回的那刻起，金吾卫就将裴府团团包围，重兵把守。

但这丝毫无补于裴府内部的混乱。杨氏刚一见到满身是血的裴度，便昏厥了过去。等好不容易唤醒过来，不巧又看见失去双臂、几乎变成一堆血疙瘩的王义，杨氏再度倒下，彻底失去了知觉。

阖府上下眼前只有裴玄静算半个主子，她不得不挺身而出了。

当务之急是救治裴度。皇帝派来的御医很快就到了。裴度的头上肩上腿上都有伤，虽不致命，但也因失血过多导致深度昏迷。御医们忙着包扎止血。按他们的说法，裴度的性命总算是无虞的。如今必须小心照料，等待他苏醒。

杨氏不过是惊吓过度，喂了安神的汤药，让婢女们看护着也就行了。

大家好歹算松了一口气，见御医稍有空闲，裴玄静便恳求他去看一看王义。

按规矩御医只为皇帝服务，就算替皇子和后妃看病，也需皇帝恩准。今天来救治裴度更是吾皇莫大的恩典了。

裴玄静可不管这一套。王义快不行了，裴府又给金吾卫围住不便出入，只能找御医。

御医草草收拾了王义的断臂，叹口气道："预备后事吧。"

裴玄静也知道王义断无生机，但她希望他能至少清醒一刻。她有太多的疑问需要答案，王义也肯定有话要交代。

昏迷中的王义气息愈加微弱了，看起来随时都会撒手归西。

正在手足无措之际，阿灵跑进来："娘子娘子，门口打起来了！"

裴玄静还没来得及问怎么回事，就见两名金吾卫一左一右，押进一个人来。

金吾卫道："裴大娘子，这人非说与你有约，死活要往府里面闯。我们不想让他在中丞府门口聒噪，就抓进来了。大娘子认得他吗？"

当然认得！阿灵先叫起来："崔郎中，怎么是你！"

崔淼的双臂被金吾卫兵反剪着，苦笑道："崔某听说裴府出事了，想来看看能否帮得上忙啊。大娘子，你看这……"

裴玄静忙对金吾卫说："二位将士，此人是常来府中的崔郎中，请放开他吧。"

金吾卫走了。崔淼理了理歪到一旁的头巾，问裴玄静和阿灵："裴中丞还好吧？"

"阿郎他……"阿灵刚要开口，就被裴玄静制止了。她紧盯着崔淼问："崔郎中从哪儿来？"

"我早上在西市的医馆里坐堂，听闻裴中丞出事就立即赶过来了，可在府门前被挡了很久，跟那帮子金吾卫怎么都说不清楚。"

"西市的医馆？崔郎中不是前不久才游方到长安的吗？"

崔淼没有回答，只是坦然回望着裴玄静，神情颇似一位医生在安抚病人。

裴玄静有点儿冒火，又按捺住了："叔父有御医照看着，已无大碍。请崔郎中随我去看看王义……他的情况很糟糕。"

"好。"崔郎中背起药箱就走，"请大娘子带路。"

王义双目紧闭，气若游丝，但就是不肯咽下最后一口气。

崔淼摇着头说："抱歉，崔某也不能起死回生啊。"

"那你能否让他清醒片刻？"裴玄静急切地说，"让他交代了未尽心愿再去，行吗？"

"可以试试。"崔淼从药箱中取出一套银针，捡起其中一根正要往王义头顶的穴位扎，裴玄静一把拉住他。

"等等！"她压低声音对他说，"你休怀歹意。"

崔淼愣了愣，笑道："大娘子，你看他这样子，还需要我怀歹意吗？"

裴玄静悻悻地松开手，但仍目不转睛地盯着他的一举一动。崔淼给王义连扎数针，那张死气沉沉的脸渐渐有了变化。突然，王义的眼睛睁开了。

"大娘子……"他看见了裴玄静。

裴玄静知道他此时最想听到什么，不等他问便道："王义，是你救了叔父，他没事。"

王义露出一丝欣慰的表情。

裴玄静的眼圈红了："你让我给叔父戴的毡帽帮了大忙。刺客的刀已经砍到叔父的头上了，可是那帽子够厚，你又回救得及时，叔父才没有受重伤。"

王义咧开嘴笑了。裴玄静凑上去，听他用极微弱的声音说："我本来是盘算着，刺客来时……我就把阿郎踢、踢进沟里。有帽子他、他不会跌伤头……"

所以王义的确事先知晓刺杀的行动了。裴玄静证实了自己的猜测，但却感到更多的困惑和悲哀。为什么？为什么他明知有危险却不警示，反而任由主人身处险境？可与此同时，他又想尽办法，不惜以命相搏保护主人？

"王义，你之前故意让叔父摔伤，也是不想让他上朝，因为你知道，他只要一上朝就会遇到危险，对吗？那么，你知道刺客是谁吗？"

王义没有回答，笑容却越放越大，在将死之人的脸上显得愈发诡异。

裴玄静明白，再不可能从他的口中得到真相了。于是她轻声说："无论如何，你都是叔父的救命恩人。谢谢你。"

"大娘子……"王义说，"我的怀里，怀里有……"

裴玄静掀开他胸前的衣服，赫然露出一个浸透血的绢包。她伸手去取，却取不下来。他竟用鱼胶把绢包粘在了皮肤上。裴玄静咬牙撕开绢包，心中顿时痛不可当——果然是那支金簪，她送的红穗子已经系在上头。因为沾满了血，穗子比原先更红了。

"大娘子替我、替我给我的女儿吧……"

裴玄静含泪点头。

"还有阿灵……"王义好像突然发现了阿灵，"你、你别怪我……凶。我看见你，总想起、想起自己的女儿，所以……"

虽然压根什么都没闹明白，阿灵也伤心地痛哭起来。

王义又说："王义……对不住大娘子，那几、几天王义骗、骗阿郎去……找大娘子，其实……没有去。我、我是在找……"他的声音已经完全听不见了。

崔淼沉声道："他不行了。"

裴玄静叫起来："王义，你女儿在哪里？叫什么名字？我怎么才能寻到她？"

王义拼命把嘴巴张大，却只有黑红色的血块喷涌而出。他挣扎着像要挺起身，最终却只能把头仰起一点点，目眦欲裂。随即，双眸中最后的光彩没入混沌。

崔淼伸手试了试他的鼻息，长叹一声。

可是，他还没来得及说出女儿的名字啊！裴玄静急了，这可怎么完成王义的临终嘱托呢？她循着王义最后的目光看过去，一抹夕阳从窗口照进来，正好落在对面墙上悬挂的铜镜上。

原来已到了日落时分。这一天实在太漫长了，裴玄静觉得精疲力竭。

崔淼问："要不要叫人来收殓？"

裴玄静吩咐阿灵去找人来，自己则对崔淼说："天不早了，我送崔郎中出府吧。"

路上两人都沉默着，快到府门时，裴玄静停下脚步："我还有几句话想问崔郎中。"

"大娘子请讲。"

"崔郎中为什么要骗人？"

崔淼微微挑起剑眉："唔？"

"你我都知道，春明门外贾老丈院子里发生的事情，绝对不是我的幻觉。"

崔淼又"唔"了一声。

"你和王义是什么关系？他为什么总是请你来府中？"

崔淼说："崔某建议裴大娘子先去西市的医馆调查一番，然后再来问案，如何？"

"我会去的。"裴玄静说，"但眼下你必须先说出实情。"

"实情？裴大娘子对实情似乎比崔某了解得更多啊。"夕阳西照，崔淼的笑容比晚风还要清爽，富有一种使人莫名信赖的魅力，似乎相信他、依赖他，要比怀疑他轻松得多，也自然得多。不过，裴玄静的想法恰恰相反。

"崔郎中，我怀疑你。"裴玄静慢条斯理地说起来，"我怀疑你和贾昌老丈的死有关，否则就不必用幻觉这种瞎话来搪塞我。我怀疑你和王义的关系非比寻常，否则他怎么可能轻易找到我和车夫，又矢口否认去过贾昌的院子。我还怀疑你和叔父被刺有关。因为叔父受伤告假，今天早上是临时决定上朝的，连府中的人都没有准备，刺客怎么会预先设下埋伏？而只有你，能够根据叔父的伤情判断出，今天早上他勉强可以出门上朝。所以崔郎中如此急切地来府中，难道不是来探听情况的吗？"

崔淼把两只眼睛瞪得溜圆："裴大娘子，真没想到在你的眼中，崔某简直成了十恶不赦的凶徒。"

"你不是吗？"

"当然不是！"

"那你说实话！"

"我说的都是实话啊。"

裴玄静静默片刻，扬声召唤守在府门口的金吾卫："此人形迹可疑，请诸位将士速速将他拿下！"

几名金吾卫闻声而动，崔淼还没反应过来呢，就被他们捆了个结结实实。

崔淼终于失掉了风度，哭丧着脸喊："大娘子，你这是做甚啊！"

金吾卫们却很兴奋，连连追问："此人是不是刺客同党啊？这桩案子现在是朝廷第一要案，嫌犯要送大理寺关押受审的。我们现在就把他押过去？"

裴玄静迟疑了一下，才说："倒是与刺杀案无关。叔父有件要紧的东西不见了，最近这些天就他一个外人到府里来过，故有嫌疑。我想，能不能暂且将他押在府中，待明日再作区处。"她也没料到自己竟能如此流利地编瞎话，仿佛一向说惯了似的。

金吾卫们面面相觑，这样做怎么也有点儿用私刑的味道。不过现在一切与裴度有关的都是头等大事，他们自然不敢怠慢，更不想得罪裴家人，便应道："就按裴大娘子说的办。"

崔淼被关到马厩里去了。遍地草料和马粪，连个落脚的地方都没有，他好不容易找到一个相对干净的角落坐下来。天越来越暗，马厩没窗，早就一片漆黑了。他想睡上一觉，却被刺鼻的味道熏得头昏脑涨。崔淼无奈地想，今夜只怕是难过啦。

就这么半睡半醒地熬着。三更敲过时，马厩的门轻轻打开了。

微弱的烛光引入一个窈窕的身影。崔淼的心中倒有那么点儿欢喜——是她来了。

裴玄静带来了茶水和蒸饼。在他跟前放下提篮，她轻声问："渴了吧？"

崔淼接过茶水一饮而尽，却看都不看蒸饼，又把眼睛闭上了。

"不饿吗？"

其实他的气已消了大半，但还是板着一张脸说："崔某从不在这么腌臜的地方吃东西。"

裴玄静"扑哧"笑了出来，好像在周遭臭浊的秽气中吹入一阵香风，崔淼顿觉神清气爽，从脑门子到后脖颈都无比受用。

他再也绷不住了，叹道："大娘子啊，非是我矫情，偌大一个御史中丞府，大娘子找哪里关我不行，非关到这么个臭气熏天的地方。崔某好歹也是个郎中，甚好洁净的。"

"你真的是郎中吗？"

"娘子认为呢？"

荧荧烛光照耀下，二人都目光炯炯的，仿佛瞬间具备了看穿彼此的力量。还是裴玄静率先挪开视线，低声道："不管怎样，关在马厩里总好过关在大理寺。"

"这样说来，我还应该感谢大娘子咯？"崔淼讥讽地说，随即又换成关切的语气，"裴中丞醒来了吧？"

"你怎么知道？"

"娘子的面色虽然疲惫，却比午后时轻松一些。我想，现在也只有裴中丞的好转才能令娘子愁容略开了。"

裴玄静点点头："叔父半个时辰前醒来了。不过人还非常虚弱，我们只是尽量说些宽解的话让他放心。现在服了御医开的安神药，复又睡去了。"

"是该好生静养。"崔淼的口吻还挺专业。

裴玄静低声说道："没敢提王义的事，只说也在给他疗伤。"

"更不敢提武相公的事吧。"

裴玄静悚然变色："崔郎中还真是消息灵通。"

崔淼冷笑道："这算什么消息灵通。坊间早传开了，才半天之内，长安城已人心惶惶。"他的脸上再度露出那种愤世嫉俗的神情，裴玄静最早在贾昌院子里遇见他时，就对此印象深刻。

她说："我错了，我还是应该让金吾卫把你抓进大理寺。"

"为何？"

"因为我从你嘴里问不出的实情，大理寺有办法问出来。"

"怎么问？"崔淼鄙夷地反问，"施以酷刑吗？原来大娘子过去就是这么断案的？"

裴玄静真的惊讶了："你还说你只是个郎中？"

"裴大娘子的名声可比你自己以为的响亮得多了，一点儿都不难打听。"

裴玄静沉默了。片刻之后，才恨恨地道："每次我打算要相信你的时候，你总有办法令自己显得更可疑。"

崔淼开心地笑了。

"总有一天我会让你说实话的。"裴玄静说。

"好啊，崔某自当耐心等待。"崔淼微笑道，"其实我还是很想知道，娘子为何不干脆把我交给金吾卫呢？"

"因为……那个雨夜毕竟是你收留了我。如果不是你，我还不知会怎样。"

"娘子果然通情达理。"

裴玄静的眼睛一亮："你承认了？"

"承认什么？"

"承认那晚在贾昌的院子里见过我。"

崔淼一本正经地回答："如此好事，为何不认？"

裴玄静似乎早料到他会这么说，紧接着说："那就再做一件好事，如何？"说着便从提篮的最下层取出样东西——一面铜镜。

她注视着崔淼说："我想请你帮个忙。"

"王义。"

裴玄静不禁垂下眼睑——崔淼确实聪明过人，但也太聪明外露了。她觉得和他打交道既轻松，又费劲。不过扪心自问，她还是很喜欢与他相处的。就算说谎，崔淼也能说得潇洒磊落。裴玄静总觉得，假如能拨开笼罩在他身上的重重迷雾，或将发现一位真君子。

她把铜镜搁在膝上，用手轻轻摩挲。

"王义临终嘱咐我找到他的女儿，我发誓要帮他实现心愿。可是眼下叔父身负重伤，还需卧床静养，婶娘又不理事，我已派人送信给几位堂兄，请他们速速回京。但在他们到家之前，只能由我暂时支撑府中的局面，确实脱不开身。而王义女儿的事情，本就没什么线索，若是拖延久了的话，我担心就更难办了。因而想来想去，只能请崔郎中帮忙。"

"为什么是我？"

裴玄静说："崔郎中只说应不应吧。"

"也罢。"崔淼倒干脆，"王义忠勇可嘉，我就算为英雄效一份绵薄之力了。"

裴玄静仰起头，冲着崔淼粲然一笑，双手将铜镜递过去。

崔淼亦双手接过："这就是王义墙上挂的那面铜镜？"

"对。看来崔郎中也注意到了，这就是王义临终前死盯着看的镜子。"裴玄静解释说，"关于王义的女儿，目前没有丝毫线索。只有最后当我问起他女儿名字时，他口不能言，却拼命瞪着这面铜镜看。所以我推想，铜镜里或许埋藏着什么线索。可是……"说到这里，她蹙起眉头，不解地道，"我翻来覆去检查过了，铜镜本身毫无特别之处，就是一面最普通的镜子而已。连悬挂的墙面我也仔细查看过了，没有发现任何记号或者暗洞之类的。如果说有什么不寻常的话，只能是……"

"什么？"

"镜子是刚挂上去不久的。因为镜子背后和墙面上都没有积灰。"

"没错。"崔淼赞同，"你看这镜面多么光洁和平滑，显然是刚刚磨过的。"

"也就是说，镜子确实是王义最近几天才特意弄来的。"

崔淼说："那还用讲。王义是个武夫啊，你以为他真会挂面镜子在墙上天天照吗？"

"但这的确就是一面平凡无奇的铜镜啊。"

崔淼没有答话，而是拿着铜镜颠来倒去地又看了几遍，才说："嗯，也许是一件信物？也许是一个象征？也许是一个谜题？总之，它应该能引导我们找到王义的女儿。"

裴玄静惊喜地问："你也这么认为？"

"我倒是想到了些什么，姑且一试吧。"崔淼习惯性地卖起关子来，神神秘秘地笑道，"只要娘子把崔某从这个臭气熏天的地方放出去，我立刻就去查访一番。"

"我怎么知道你还会不会回来？从此消失得无影无踪怎么办？"

崔淼看着裴玄静，正色道："大娘子固然精明过人，却总是容易忽略一点。"

"哪一点？"

"世间除了道理之外，还有人情。王义临死不忘女儿是情，娘子答应帮他实现遗愿是情，难道崔淼愿意助娘子一臂之力就不是情吗？"

"崔郎中到底想说什么？"裴玄静可不买他的账。

"我是想说王义、娘子和崔某，都在做于理不合却关乎于情的事。在这种时候，人的选择并不总是符合趋利避害的常理。"

"绕了这么一大圈，不就是为了让我放你走吗？"

"唉！"崔淼重重地叹了口气。

裴玄静轻声说："只要你能帮到王义，我会放你走的。"

"那崔某就先谢过大娘子了。"崔淼意味深长地说，"大娘子终究是个有情之人啊。正如诗中写道：天若有情天亦老……"

"你在说什么？"裴玄静的语气突然变了。

崔淼不解："怎么啦？我说错什么了？"

"这是李长吉的诗。"

"是啊，李长吉写得多精彩，堪称千古绝唱……"

她冷冷地说："只是与你这人不太相称。"

"我……"

裴玄静起身就朝马厩外走去。

崔淼冲着她的背影急叫："大娘子！"

她已经出了马厩，关门落锁，方转身道："崔郎中好生在此待着吧，天亮后自会有人来放你出去。"

崔淼颓然倒下，平生头一次懊悔自己太多嘴了。

3

晨钟响过后，果然有仆人来把崔淼送出府了。裴玄静没有亲自到场，她在房中睡得死死的。这些天根本就没好好休息过，裴玄静确实撑不住了。

等她一觉醒来，就见到阿灵抱着双膝，坐在榻前发呆。

裴玄静忙问："几时了？"

"辰时刚过。"阿灵嘟着嘴说，"娘子不必急着起来，阿郎早上醒过一回，精神好多了，吩咐了不少事情，还特地嘱咐让娘子好好休息。刚才阿郎服过汤药又睡下了，娘子且放宽心吧。对了，大

88

郎君的快信也送到了，说今天傍晚之前就能赶回府呢。"

裴玄静大大地松了口气。

阿灵又道："阿母把武相公的事也对阿郎说了。阿郎可伤心呢，当时就落了泪。"

裴玄静黯然地点了点头。早晚要知道的，长痛不如短痛。但是她坚信，武元衡的死讯在裴度心中所掀起的巨浪，绝对不是几滴眼泪那么简单。这是一件惊天动地的大事，将会对大唐，乃至他们每一个人的命运都产生重大的影响。实际上，这样的影响已经发生了。

正说话间，仆人来报，左神策军中尉吐突承璀奉皇帝之命来探望裴度了。出乎吐突承璀的意料，裴府并没有兴师动众地举家出迎皇帝特使，而是仅仅由一个年轻姑娘来接待他。她自称是裴度的侄女玄静，这段时间恰好住在叔父家中。

裴玄静先领着吐突承璀去了裴度的卧室，裴度睡得正酣，吐突承璀只看到病人依旧苍白的面孔和裹了大半个脑袋的白布。裴玄静向吐突中尉解释说，裴度虽已清醒过两次，但因伤痛仍十分剧烈，御医特地加重了安神药的分量，以使裴度能够在睡眠中休养生息。所以一时半会儿也唤不醒他。

吐突承璀心头不快，却又说不出什么来。刚蒙皇帝隆恩官复原职，刺杀案中朝廷重臣又一死一伤，吐突承璀感觉自己的重要性一下子凸显出来，恨不得立即号令全天下。不料才刚出手，就在裴度这里碰了个软钉子。

人家连正眼都不瞧你，你还不能挑他的错。

看望过裴度后，裴玄静陪吐突承璀在叔父的书斋中稍歇。吐突中尉饮下一整杯凉茶，胸中的块垒依旧堵得慌。于是他上下打量了一番裴玄静，不咸不淡地开口了："本将耳闻，裴中丞向以无女为憾。今日看来，你倒是有几分像他的亲女。却不知令尊是哪位啊？"

"先父讳上日下升，曾为蒲州永乐县令。"

"哦，永乐县……"吐突承璀的眼睛豁然一亮，"我记得永乐县出过一个女神探，似乎是姓裴？莫非就是你？"

裴玄静谦道："中贵人真是博闻强记，明察秋毫。"

"果真是你啊。"这下吐突承璀倒对裴玄静有点儿刮目相看了。原来裴度并不是随随便便把个小女子推到台前的。哼，他鄙夷地想，别以为靠她就能蒙混过关了，没那么容易。

"好好好。"吐突承璀干笑几声，"既然女神探在此，就请断一断这起刺杀案如何？"

裴玄静镇定地回答："此乃朝廷重案，圣上一定已指派了最得力的大臣主办，怎么轮得到妾来说三道四。况且妾刚到长安不久，对事发前后的情形一无所知，实在不敢妄言。"

"大娘子就不要推辞了嘛。此案危及社稷，又关乎至亲，大娘子理当义不容辞的。"

裴玄静垂头不语。她的心中确实藏着几个疑点，但是应不应该告诉面前这个宦官呢？裴玄静一时难以决断。

吐突承璀冷笑："大娘子不肯说，那么就由本将来问一问吧。"

"中贵人请问。"

"以本将方才所见，裴中丞的头部受伤最重。"

"是的，贼人的刀砍在叔父脑后。"

"可是裴中丞却死里逃生了。"

"皇天护佑，幸免于难。"

"事情没那么简单吧？"

裴玄静抬起双眸，直视吐突承璀。她平生头一次与阉人面对面，觉得那张脸皮光滑得既令人诧异，又心生悲哀。

只听吐突承璀慢条斯理地说："据报，裴中丞是因为戴了一顶特别厚实的毡帽才未被当场砍死。"

"是。"

"那顶帽子呢？"

"大理寺已当作证物取走了。"

"是吗？"

裴玄静说："中贵人若存疑问，可去大理寺查看。"

"哈哈哈。"吐突承璀爆发出一阵尖利的笑声，"大娘子果然精明过人，那咱们也别在这里绕圈子了。今天本将就问一个问题，裴中丞怎么会在大伏天里戴一顶厚毡帽？这不是太反常了吗？"

裴玄静沉默着。这个问题并不难回答，但是吐突承璀表现出的敌意太强烈，激起了她的愤怒。王义已经死了，叔父刚刚才脱离危险，这个宦官不去追查凶手，却对受害者的亲属咄咄逼人，难怪全天下人都对这帮皇帝的家奴没有半分好感。

她脱口而出："中贵人此问是什么意思？"

吐突承璀没料到裴玄静竟敢直接挑衅自己，怒道："是我在问你问题！"

裴玄静垂下眼睑，说："那是妾造成的。"

"你？"

"妾不小心烧了叔父的幞头，所以只得用家中带来的毡帽给叔父换上。"裴玄静从容不迫地讲完这句话，又补充说，"中贵人或许想象不到，叔父素来节俭，家中仅备一顶便帽。"

吐突承璀给呛得脸上一阵发红。当初他就是因为贪财受贿遭群臣弹劾，才被皇帝贬出京城的。可他今天已经官复原职了，居然还遭到一个小女子的当面攻击，这口气怎么咽得下去？

"很好，很好。大娘子答得天衣无缝。不过，这一切是否太过巧合了呢？"吐突承璀咬牙切齿地说，"早不烧晚不烧，偏等刺杀之前烧坏唯一的幞头，结果便救了裴中丞一命。不知这究竟是大娘子还是裴中丞的神机妙算呢？"

裴玄静不动声色地回答："恕妾愚钝，听不懂中贵人的话。"

吐突承璀真火了，朝桌子上猛击一掌，厉声道："那本将就直说了吧！大理寺将毡帽拆开后，发现其中垫了以藤条编织的夹层！区区一顶毡帽再厚也挡不住刀刃！所以案发当天，你叔父脑袋上戴着的不是一顶普通的毡帽，而是一副头盔！这你又作何解释？"

难怪毡帽那么重！裴玄静震惊地想，为了救叔父的命，王义真是煞费苦心了。她的心中更加困惑，究竟是什么原因使王义宁肯做了这么多准备，直至付出生命，也不愿事先警告叔父呢？

见裴玄静低头不语，吐突承璀得意扬扬地说："怎么样？无法解释吧？所以本将怀疑你们与刺客暗中勾连，早就知道刺杀的计划，精心策划了所谓换帽的故事，说穿了，无非是一出保全自身洗脱嫌疑的苦肉计罢了！"

这下裴玄静不能再沉默了，抬起头不慌不忙地说："中贵人应该知道，叔父在几天前扭伤脚踝，已经告了假，昨日本不必上朝的。就算因此逃脱了刺杀，也合情合理。他又有什么必要多此一举，让自己再受这许多皮肉之苦，还白白遭到中贵人的质疑？再者说，刺杀前日圣上特派武相公来看望叔父，就是嘱咐叔父安心养伤，别急着上朝的。照中贵人的推断，莫非连圣上也知道要发生刺杀案，才预先来警告叔父？"

吐突承璀顿时语塞。

裴玄静又道："毡帽是妾从家乡带来的，又是妾给叔父换上的。如果说与刺客暗中勾结的话，那也必是妾与刺客勾结。请中贵人拿妾是问吧。"

"哼！"吐突承璀站起身，拂袖而去。裴玄静送至府门，他都没有再跟她说过一个字。

她目送着高头大马上的紫色背影消失在巷陌的尽头，才返身回入内宅。

裴度倚靠在榻上，已经等待多时了。裴玄静将刚才会面的过程讲述一遍，不敢遗漏任何细节。裴度认真地倾听着，当听到最后吐突承璀暴怒而去的环节时，憔悴不堪的脸上竟浮起一丝笑意。

裴玄静不安地问："叔父，我是不是得罪吐突将军了？"

"你说呢？"裴度的语气中充满了慈爱。

裴玄静更加不安了，嚅嗫道："其实我也知道不该那样的，可是看到他平白无故地质疑叔父，再想到叔父受了这么大的伤害，还有王义之死，我就忍不住了。"

裴度微微颔首。自己的这个侄女，虽说平日里行止端庄，可一旦冲动起来，又比任何人都感情用事。是个好孩子啊——裴度更从心底里疼爱裴玄静了。

"侄女应对得十分妥当。"裴度用虚弱的声音说，"其实，不管你怎样表现，吐突承璀对我的敌意都不会削减。你至少让他无法再冠冕堂皇地陷害于我。"

原来，当初吐突承璀遭到贬谪之后，皇帝一直变着法子想把他弄回来。前年淮西战事推进遇阻，皇帝便欲借此为由，重召吐突承璀回京担任监军。裴度为此极力劝谏皇帝，元和四年朝廷兴兵讨伐成德藩镇，就是吐突承璀担任的监军。由于他不善统帅军队，令战事陷入被动。最终朝廷不得已任命原成德节度使之子王承宗为新的节度使，丧失了重掌成德藩镇的大好时机。所以裴度坚持说，朝廷再不可用宦官担任削藩的监军，皇帝只得作罢。吐突承璀因而延迟了整整两年才得以奉诏回京，当然对裴度恨之入骨。

裴玄静问："圣上明明知道吐突承璀恼恨叔父，为什么还要派他来探望您呢？"

裴度微笑不语。

裴玄静却憋不住了，干脆把心里的疑惑和盘托出："还有，叔父昨日脚伤未愈就急着上朝，也是因为武相公带来圣上的尺牍吧？圣上表面上让您安心养伤，实质上却在暗示您尽速回朝，对吗？"

裴度收起笑容，严肃地说："玄静，你要记住，任何时候都不可揣测圣意。"

"可我还是不明白，武相公和吐突中尉是截然不同的两种人，为什么圣上却一样宠信他们，又先后派他们来探望叔父呢？"

"让叔父来告诉你吧，玄静。"裴度的表情变得十分凝重，"为臣子者除了对圣上尽忠之外，还要能够体贴他。武相公和吐突中尉的为人确实天差地别，但他们对圣上的忠诚是不分高下的。此外，他们又是朝中最能体贴圣上的人。而今武相公不在了……只怕圣上今后会更加离不开吐突承璀。"

裴玄静默然。少顷，她鼓起勇气问："叔父，对于王义，您怎么看？"

过了片刻，裴度叹道："无论如何，王义对我还是忠心可嘉的。"

裴玄静心中一颤，叔父的言下之意很明显，纵使有诸多疑点，王义对叔父是尽了义仆的责任，但是对大唐呢？对武元衡呢？她原本还想向叔父提一下王义的女儿，这时却打消了主意。裴度是大唐的御史中丞，只会把国事放在最高的位置。裴玄静心想，既然王义将女儿之事托付给了自己，那么就由自己负责到底吧。

交谈了这么久，裴度已显得十分疲弱："玄静，"他仍勉力嘱咐道，"从现在起，与刺杀案有关的事你就不要再过问了。"

"是。"

吐突承璀带给裴玄静的阴影，很快便烟消云散了。裴度的长子裴识率先赶回了府中。堂兄返家主事，叔父的情况也大有好转，裴玄静的担子终于可以卸下一大半了。午饭过后，裴玄静便拉着阿灵出门了。

自从来到长安城，裴玄静还没踏出过裴府半步。当她提出想外出逛一逛时，叔父婶娘连堂兄都满口应承。

在裴玄静的坚持下，只带了阿灵一人作陪。主仆二人各自骑了一匹马，出裴府角门，沿着兴化坊中的十字街向北而去。

按照裴玄静的计划，她们将先去西市的医馆，看看崔淼在不在，然后向东出春明门，裴玄静无论如何也想亲自再探一探贾昌的院子。

虽然刚刚发生过血腥凶案，长安城的市井喧闹却并未受到太大影响。兴化坊是个大坊，北面又紧邻着西域客商云集的西市，坊间的街道上胡汉人等混杂，裴玄静着实看得新鲜。

尚未走出兴化坊，忽然有个人拦在马头前。那是个粗衣短打的中年汉子，身材矮小，左肩还耷拉着，似有残疾。他瓮声瓮气地问："二位娘子，要磨镜吗？"口齿亦不怎么清楚。

"走开走开，我们不要。"阿灵赶他走。

"慢着。"裴玄静心念一动，招呼那人，"你一向在此地磨镜吗？"

"小人磨了几十年镜子了，哪里都到过。娘子可先验看小人的手艺。"他从肩上的包袱里摸出一面铜镜，递给裴玄静。

裴玄静刚扫了一眼，便知正是王义墙上的那面铜镜。为了请崔淼帮忙寻找王义的女儿，前天夜里在马厩里，她把这面铜镜交给了崔淼。

"怎么样？小人的手艺还不错吧？"那人追问，"娘子照顾一下小人的生意吧。"两只深埋在皱纹里的眼睛死盯住裴玄静的脸不放。

裴玄静想了想，说："我是有镜子要磨，可未曾带在身边。要么你随我回府中去取？"

"让这位小娘子去府里取来，如何？"

"嗳，你怎么……"阿灵正要发作，被裴玄静拦住了。她大声说："阿灵，你现在就回府一趟，把我房中的那面铜镜拿来。"

"娘子，我不明白。"

裴玄静说："怎么不明白，就是榻边几上搁着的……"说着凑近阿灵，压低声音道，"你赶紧回府通知大郎，让他速速带人来跟上我们。快去！"

阿灵的脸色变白了，猛眨了几下眼睛，裴玄静又推了她一把，她才慌慌张张地走了。

待阿灵的身影消失在巷口，磨镜汉子对裴玄静说："请娘子跟我走吧。"

"去哪儿？"

"娘子心里明白。"

裴玄静一咬牙，说："好。"汉子牵起裴玄静坐骑的缰绳就走，裴玄静趁其不备，从头上拔下一根簪子，用簪子的尖端在墙上划了一个箭头。阿灵至少能把堂兄裴识的人带到这里。裴玄静相信，堂兄会发现自己留下的记号。

裴玄静问："崔淼在哪里？"

那人只管闷头走路。

她又问："王义的女儿是不是在你们手里？"

那人还是头也不抬。

裴玄静干脆不问了，只是每转过一个街角，便偷偷地在墙上划上一道。

就这么七拐八弯，越走周围越冷清。裴玄静是头一回逛京城，早就分不清东西南北了。她的心里渐渐发起虚来，终于忍不住道："到底是要去哪里，我不走了！"

"那可就由不得娘子咯。"那人垂着的左臂突然一扬，裴玄静的眼前冒起一阵青烟，便从马上栽了下去。

4

待她清醒过来时，已经是在室内了。

窄小的空间里飘荡着一股霉味，几缕阳光从房顶的破洞中漏下来。屋子没窗，遍地杂物和垃圾，尽头处隐约能看到一扇木门，像是一间堆放杂物的仓房。

裴玄静撑起身来，试了试手脚还能动弹。屋里再无旁人，但是从屋外透入阵阵人声，似乎是处在一个相当热闹的区域里。

她摸到木门边，用力推推不动，门是从外面锁上的。

裴玄静奋力敲门，叫着："有人吗？快开门！"

无人应答。外面倒有"噌噌噌"的金属摩擦声不绝于耳。裴玄静一想，是了，肯定是在磨镜子或者刀具这类东西。看来自己是被那磨镜的汉子给关起来了。她又气又急，更加用力地捶门喊叫："快放我出去！我叔父很快就会派人来找我的，你再不放我出去，小心被抓去官府！"

外面的人终于不胜其扰，隔着门吼道："你就省省力气吧，叫破了嗓子也没用的。更别指望尊府里的人了。这里离你最后画箭头的地方，还隔着好几座坊呢。他们要想找到此处来，除非有仙人指路。"

裴玄静愣住了，问："你到底想干什么？"

门外再无动静。

裴玄静也累得不行了，颓然坐倒在地上。

"娘子……静娘……"突然，她好像听见有人在呼唤自己，声音极低，却又近在咫尺之间。裴玄静从地上一跃而起，在屋里团团转地找，可是声音又听不见了。

"娘子……看脚下，我在你下面……"

裴玄静连忙趴到地上，光线太暗，她只能一边摸索着一边叫："是谁？谁在叫我？是崔郎中吗？"

"正是在下啊，娘子！"

她终于摸到了一个凸起的铁钩，钩下是一块圆形的铁盖板，类似窨井盖的样子。

"我找到了！"裴玄静惊喜地叫起来，把脸贴在铁盖上，从下面传来的话音果然清晰了许多。

"真是娘子你来了！"崔淼的声音中满是惊喜，"这底下是个窨井，我就给关在里面呢。娘子，你能放我出去吗？"

裴玄静提了提盖板，纹丝不动。她很懊丧，力气只是一个小问题，她还可以想办法找根撬棒什么的来解决，但挂在铁钩上的巨大铜锁就是无法克服的障碍了。

"不行。"她难过地说。

地下静默片刻，又传来话音："娘子，你怎么也到这里来了？"

"是那面铜镜。"裴玄静无力地回答，"有个磨镜子的人拿着那面镜子找到我，我便跟着他来了。"

"娘子，你……你是不是猜出我有难，特意来救我的？"

裴玄静骤然发起飙来："是，是！是我太高估你崔郎中了！请你帮忙找人，你居然找到这种地方来了！还让那磨镜之人用铜镜把我也诱来，你说，你究竟是何居心？"

"哎呀，娘子！你讲点儿道理好不好？我比你可惨多了，还能有什么居心啊？"

"你活该！"裴玄静越说越来气，"我怎么会相信你这种人的！从一开始就谎话连篇，谁知道你究竟在打什么主意！给你铜镜是让你寻人的，你倒好，把自己给寻到地窖里去了，还牵连上了我。你、你真是……"

"娘子……"崔淼的话音虚虚地从井盖下飘出来，"那家伙总不敢在光天化日之下绑你吧，还不是你自己要来的……"

是啊，确实太鲁莽了。裴玄静虽然火冒三丈，内心还是不得不同意崔淼。自己这是怎么了？是因为义愤，担心，盲目自信，还是太急于求成了？

木门"咣当"一声敞开了。

有人说："隔着个铁盖子吵架累不累？"

是个女声，听不出年龄大小。门外赤日炎炎，阳光挟带热浪涌入狭窄的门框，令她的周身仿佛环绕一层紫烟。因是逆光，看不清她的相貌。

顷刻之间，裴玄静的脑子里蹦出若干疑问：怎么有个女人？她是谁？和那个磨镜汉子是什么关系？他们为什么要关我们？她认识王义吗？她认识王义的女儿吗？她会不会就是王义的女儿？！

裴玄静马上自己否定了最后一个猜想。王义的女儿尚未及笄，年纪不会超过十五岁。眼前这个女子，虽判断不出年龄，但绝对不是一名少女了。

裴玄静道："请问这位娘子，为何无缘无故将我关押在此呢？"

"是你自己送上门来的吧。"女子的口吻寒气逼人。

裴玄静试探："不知娘子与那磨镜者是……"

"他是我的夫君。"

"哦。"裴玄静又问，"那面铜镜怎会落到你们手中？"

女子冷笑一声："真是侯门千金，不识柴米油盐人间事。每个磨镜者在磨完铜镜后都会留下自己的记号，以便他日辨识。你说的这面镜子，正是我夫君磨的。"

原来如此！裴玄静明白了，崔淼肯定是知道这个名堂的，所以才以镜为线索找了过来。她干脆直截了当地问："你们认识王义吗？这面镜子就是他的。"

女子尚未回答，又从外面跑进来一个人。借着开门的刹那，裴玄静看清了女子的面孔。

五官精致，皮肤光洁，但冷若冰霜的神情中却透露出另类的沧桑，好似在青春常驻的躯壳里，住着一个看破红尘的灵魂。裴玄静更纳闷了，这女子气质高贵，可夫君却形容猥琐，只是个走街串巷讨生计的手艺人，身体好像还有残疾——她的人生究竟有过怎样的跌宕起伏？

"你来干什么！"女子质问新来者。她的声音中掺着怒火，更显得杀气凌人了。

新来者凑到女子的耳边说了些什么。从举止来看，此人对女子颇为敬畏。

"娘子可想回家？"等新来者耳语完，女子突然对裴玄静来了这么一句。

裴玄静忙道："当然。我现在可以走了吗？"

"可以，但你要答应一个条件。"

"什么条件？"

"朝廷刚刚抓捕了成德进奏院的武卒张晏等若干人,污蔑他们是刺杀武元衡的凶手。你回去后给你叔父带个信,让他把张晏他们放了。"

怎么又扯上了武元衡刺杀案?裴玄静十分意外,想了想说:"你的条件我答应不了。"

"为什么?"

"武相公被刺乃当今朝廷第一大案,圣上亲发诏书抓捕凶犯,轮不到旁人说三道四。就算我将话带给叔父,他也绝不会听从的。"

"如果用侄女的命来交换,他会听吗?"

这是明目张胆的威胁了。裴玄静也不是那么容易被吓倒的,反而镇定地回答:"叔父身负重伤,此刻还在卧床休养中。即使他舍不得我,也无权干涉朝廷办案。你们用我的性命要挟他,除了增加叔父的烦恼和你们的风险之外,根本无助于达到目的。"

对方沉思片刻,道:"世间的变化迅疾,往往出乎人之所料。也许你并不知道,就在你满长安城乱逛,又被关押在此的这段时间里,大唐发生了一件大事……且与你有切身的关系。"

"什么事?"

"好事。"女子慢条斯理地说,"娘子的叔父已经不再是御史中丞,而是当朝宰相了。"

"什么?!"裴玄静的眼珠子差点掉出去。

"就在今天下午,皇帝派使者去了裴府,在你叔父的榻前宣诏,任命其为同中书门下平章事,补了武元衡留出来的缺,并主持纠办刺杀案——所以,裴相公若真心疼爱娘子的话,是有权下令释放张晏等人的。怎么样,娘子只要答应了,即刻就送你回去。"

裴玄静还是摇头:"不行。"

"既然如此,就只能委屈娘子了。"

"你们想干什么?"

"欲借娘子随身之物一用。"

裴玄静背在身后的右手里紧握着一根木棍，那是她从杂物堆中找到的。现在门前堵着两个人，门外还有一个磨刀霍霍的汉子，逃脱的可能性微乎其微。但若不拼死一试的话，便不是她的性格了。

　　裴玄静娇叱一声，挥起木棍就朝门口冲去。可是，明明离门前站立的二人尚有一步之遥，她却像撞上了一面看不见的墙，整个身子向后弹开去，重重地摔倒在地上。

　　这下摔得相当厉害，裴玄静几乎背过气去。一股温热的液体顺着嘴角溢出来，鼻子里也闻到淡淡的腥味。虽然眼前若明若暗，裴玄静仍然倔强地撑起上半身，昂起头。

　　女子冷笑道："倒还有些气性。"又吩咐身边那人，"你去吧，就不用我动手了。"

　　那人一步步向裴玄静走过来。

　　"你想干什么？"裴玄静虚弱地说。

　　一阵刺痛，来人将裴玄静的耳坠扯掉了。两人随即出去关上了门，将裴玄静抛在原地。

　　"咚、咚、咚"，她听到一下又一下的敲击声，起初离得很远，慢慢地靠近了，越来越近。突然，遍布在她头脑中的混沌被这声音冲破了。裴玄静睁开了眼睛。

　　周围漆黑一片。"咚、咚"的声音又响起来，就在她的身体下面。

　　记忆一下子全恢复了。裴玄静连忙挪开身体，将耳朵贴在冷冰冰的铁盖子上。

　　"你还在下面吗？崔郎中……"

　　"娘子，你没事吧！"崔淼的声音从铁盖子下飘上来。

　　"我还好……"裴玄静抬手摸了摸耳朵。耳坠没有了，手指上黏糊糊的，是血。全身上下无一处不痛，她忍不住呻吟了一声。

　　"挨打了？"崔淼立即问道。

　　裴玄静又回答了一遍："我还好……"眼睛慢慢适应了周围的亮

度，能看到几束微光落在身旁的地上。她抬起头，透过屋顶上的破洞，天空正闪耀着深沉的黛青色光芒。她不禁喃喃："都已经入夜了。"

"是啊……"崔淼说，"我也不知喊了你多久，实在喊不动了，才改成敲盖子。"

"你喊我做什么？"她轻轻地吁了口气，"你怎么知道我还在这儿？"

"我不知道你在不在，但是我想，只要他们还未达到目的，就肯定会继续关押你。"他回答，"我听到你挨打了，所以多半正昏迷不醒。我便想着，无论如何要把你叫醒。"

"醒了又能怎样？门是锁死的，我逃不出去，也帮不了你。"

他静了静，才道："至少，咱们俩可以聊聊天嘛。"

"就这么聊天？"

"是啊，聊聊眼下的境况，不是挺好？"

好吧。裴玄静想，当人身处绝境，无计可施的时候，心情反而会平和下来吧。她已经尽了所有的努力，现在只能听天由命了。

裴玄静说："他们取走了我的耳坠，会不会已送到叔父面前了呢？"

铁盖子下面没有应答。

裴玄静等了一会儿，忍不住催促："喂，睡着啦？"

"你看清楚她的样子了？"

"谁？"

"关咱们的人——那个女人。"

"嗯。"裴玄静说，"你认识她吗？"

"我是被磨镜汉子直接关进来的，没见着那女子。你看她是不是年纪不小了？"

"容貌尚显年轻，但神态又很超脱，好似勘破世情的千年神祇一般。真想不通，这么一位超凡脱俗的女子怎会嫁给一个磨镜子的粗人。"

"那就对咯。"崔淼长叹一声，"我猜得没错，果然是她。"

"谁？"

"聂——隐——娘。"

聂隐娘？！

裴玄静虽然也听说过一些关于聂隐娘的故事，但总以为过于传奇，更从未想过有朝一日会遇到真人。

魏博大将聂锋之女隐娘，十岁时被一个道姑掳走，五年后回家时已身怀绝技，能飞檐走壁，大白天当街取人首级而不被发现，连她的父亲聂锋都甚为骇异。某日，隐娘在家门前见到一磨镜少年，便非要嫁给他不可。聂锋虽不喜，却不敢违逆女儿的意思。两人成婚后在外居住，少年只会走街串巷磨镜子，隐娘则时常夜半离去，日出方回。没有人知道她去了哪里，也没有人知道她去做什么。

后来聂锋病故，魏博节度使田绪听说了隐娘的一些事迹，便许以重金，将夫妇二人收罗到自己麾下。再后来田绪去世，嘉诚公主辅佐养子田季安继承节度使之位。田季安和陈许节度使刘昌裔不和，命令隐娘去刺杀刘昌裔。谁知隐娘夫妇早就对田季安的暴虐荒淫不满，就乘机背弃魏博，转投了刘昌裔。直到元和八年的时候，刘昌裔奉诏回京，隐娘不愿跟随，才拜别了刘昌裔云游四方去了。而刘昌裔也在回京的路上病逝了。自那以后，江湖上再没听说隐娘夫妇的消息。

崔淼说："其实我看到王义的铜镜时，就想到了她。没想到还真给碰上了。"

"魏博……"裴玄静艰难地消化着这个匪夷所思的故事，好半天才道，"王义也是叔父从魏博带回来的。"

"所以啊！王义在魏博的那些年，聂隐娘恰好也在魏帅麾下，他们两人当然是认识的。因而聂隐娘夫妇很可能会知道王义女儿的下落，说不定他的女儿现在就和他们在一起。"

裴玄静说："你说得对！王义以铜镜为线索，就是指向隐娘夫妇的。我们也确实因此找到了他们！"

"可奇怪的是，他二人明明已经淡出江湖了，怎么又会来到长安，还似乎卷入了武元衡宰相的刺杀案？"

裴玄静倒吸了一口凉气："刺杀会不会是他们干的？"

崔淼说："我觉得不像。"

"理由呢？"

"第一，手段不像。聂隐娘杀人一向来去无踪，连尸体都要用化尸粉溶解干净，绝不会像这次案子留下诸多首尾；第二，没有动机。隐娘夫妇自从背弃魏博之后，仅因知遇之恩而侍奉陈许节度使刘昌裔。刘帅既故，他们固然对朝廷没有好感，也无理由行刺杀之事，再替其他藩镇卖命。"

"既然如此，他们为什么要用我来威胁叔父，释放刺杀案的钦犯呢？"

"这个……也许那些嫌犯真是无辜的呢？"

难道，聂隐娘夫妇仅仅为了打抱不平而冒险触犯朝廷？宰相遇刺，朝廷会随便找几个藩镇的替罪羊草草结案吗？裴玄静想不通。

崔淼说："即使对裴相公来说，释放朝廷重犯也不是那么容易办到的事情。你叔父应该会与他们周旋，拖延时间。咱们就利用这段时间，再想法子出逃。"

"逃？怎么逃？"

铁盖子底下没声了。

过了许久，裴玄静轻声说："都是我造成的。如果我没有叫你追查王义的女儿，如果我没有给你那面铜镜，这一切就不会发生。对不起。"

"你不怪我了？"

"当然不怪你。"裴玄静说，"你是被我连累的。我也不该胡乱猜忌你。至于你说谎话，应该是有难言之隐吧。"

又过了好一会儿，铁盖子下才说："娘子突然对崔某这么客气，在下很惶恐啊。"

裴玄静在黑暗中默默地微笑了。她越来越肯定,崔淼不是个坏人。所以她没理由绝望,她的身边,啊不,是身下尚有一位同盟军。

"天还没亮吗?"崔淼问。

"没有。"裴玄静侧耳听了听,"但也听不到更声。奇怪,我来长安这几日,每夜都能听见街坊上敲更的声音。叔父的府邸不小,更声尚能传入内宅。崔郎中,你知不知道此刻我们究竟身在何处?"

"知道。"崔淼道,"这里是东市。"

"东市?"

"对,长安有两市:西市和东市。裴府所在的兴化坊紧临西市。而东市位于朱雀大街的东面,许多手艺人都聚集在这里,其中就有不少磨镜的小铺子。我拿到铜镜后,第一个念头便是来此地打听。唉,哪想到刚进这家小铺,还没说几句话就被人砸晕关起来了。"

"难怪白天外面热闹得很。可是,为何入夜反而没有更声呢?"

"因为东市一到晚间就关闭了,金吾卫会来清场。东市里面并无住家,所以入夜反而是最冷清的,也不需要打更。"

"难道说在这整个市场里,此刻就只有你我二人?"

"或许还有几个守铺子看库房的。不过,你这么说也不算错。"

所以想靠喊叫引人注意也不可能了。裴玄静彻底死了逃跑的心,倒觉得四周的静谧别具安详之态。月光从屋顶的破洞里漏下来,寥落而冷清,令人遍体生寒。长安的盛夏,仿佛在一夜之间便远去了。

长安城中最多时有居民百万,但此时此刻,却似乎只剩下他们二人。

"也是奇了,"她说,"每次和你碰到一处,都是在夜里。"

"三次。"崔淼回答,"与娘子在一起度过的长夜,我记得这是第三次。"语调听起来有些惆怅,又似乎包含着微妙的情愫。他已经不再否认春明门外的那一夜了。裴玄静相信,如果这次能逃出生天,他应该会对自己说出实情。

但是，还能逃出去吗？

京畿重地，天子脚下。就在这座举世无双的都城中，一位帝国宰相刚刚暴尸街头，何况他们这两个卷入是非漩涡中的普通人。再也无法否认，大唐的荣光早已褪色，所有的繁华与荣耀都成梦的残片。身为今天的大唐子民，留给他们再三品味的只有缥缈的回忆、离乱的现实。

上达君王，下至黎民，每一个人都在盛世与乱世的夹缝中艰难生存着。来长安才不过几日，裴玄静已经深深地体会到这种举步维艰的困顿。

裴玄静轻轻叹息："反正我只要遇到你就没好事。"

"会不会咱们俩八字相冲？"

"八字？"

崔淼说："真的，我想……"

"嘘！别出声！"裴玄静突道，"有人来了。"她往屋子的角落里一猫，随手从杂物堆中又摸了根木头出来，心知未必管用，总能壮个胆。

5

来人的脸上蒙了块黑纱，只露出两只眼睛。身量纤细挺拔，裴玄静一眼便认出，正是白天在聂隐娘之后进屋的那个人。那人提起手中的一盏小油灯，见裴玄静蜷缩在角落里，冷笑道："把手里的棍子扔了吧，我是来放你们走的。"

"你放我们走？"裴玄静很意外。

"少废话！"那人不耐烦道，"想活着出去就听我的。"说着从怀中摸出一把钥匙来，三两下便捅开了窖井盖上挂的铜锁，又费力地去挪铁盖。裴玄静伸手帮忙，那人斥道："你闪一边去。"却朝着井下喊，"喂，下面的使劲顶一顶啊！"

裴玄静只好退到一边，眼睁睁看着窖井上下两人一起努力，终于把个厚实无比的浑圆铸铁盖滚到旁边。已经能看见崔淼的头顶了，那人突然从腰间抽出一把长剑，直指裴玄静的咽喉道："你也下去！"

崔淼探头出来："怎么回事？"

那人急道："哎呀，窖井下面有暗道，我可以领你们出去。地面上走不得，要是被发现就完了！"

"行，听你的。"裴玄静抢步上前，站到了井盖边。

崔淼仰起头来看她，原本漂亮干净的面孔上黑一道灰一道，污垢之下的脸色十分苍白。

他盯着她，轻声说："你也下来，万一……咱们可都别想逃了。"

"那我也不能让你一个人待在下面。"裴玄静朝身后那人扫了一眼，故意大声说，"要死就一起死吧。你受我连累，我不愿贪生独活。"

崔淼愣住了。裴玄静说："你让一让啊，堵在那里我怎么下去。"

崔淼忙朝下爬了几步，招呼道："你下来吧，小心点儿，井壁上有凹坑，一步步踩扎实了。"

她依言一步一步向下爬，井壁十分潮湿，突然脚底踩空，整个人向下滑去。还没等裴玄静尖叫出来，崔淼从井壁一侧伸出双臂牢牢地抱住了她。

两人一块儿倒在井壁旁的坑道里。在漆黑一片中，裴玄静感到脸上撩过细微的风动，猛然意识到这是崔淼的呼吸。她惊起，挣脱了崔淼的怀抱。

"你不会水吧？"他问。

裴玄静探头往下一看，黝黑的水面上倒映着井口映入的微光。摇摇曳曳，还伴随着哗哗的水声。

"下面水深得很，而且流速很快，要是跌进去，肯定没命了。"

"这究竟是什么地方？"

“你看到朱雀大街两侧的水渠了？这些水渠纵横贯通，把整座长安城都连接在一起。每座坊里又各有小渠，但大多是明渠。东、西两市下面筑的是暗渠，这就是其中之一。”

裴玄静不可思议地朝下方俯瞰，只看见深不可测的流动的黑暗。

长安，这座城市仿佛从这一刻才向她揭开神秘的面纱，呈现出了金碧辉煌之下的另一张脸孔。

“它们通向哪里？”

“根据地势的话，自北向南，最源头是太极宫和大明宫，然后穿过整个宫城和皇城的地下，连通兴庆宫的龙池，再到东市和西市的两座放生池，一直经由南面的曲江出城，最后进入渭水。”

裴玄静惊奇地问：“和皇宫都连在一起吗？”

“是的，不过在皇宫里是暗渠和明渠都有的。”

“聊完了没有？”救他们的人也爬下来钻进坑道，“聊完了就跟我走，否则便一辈子待在这里吧！”

在封闭的坑道里听起来，那人的声音十分清脆，尽管刻意压低了，仍能听出是个少女。裴玄静的心里有数了。她也迅速观察了窨井下的环境，发现崔淼为了和自己讲话，一直艰难地扒着井壁，实在又费力又危险。裴玄静的心中似有所感。

“怎么走啊？”崔淼问，“坑道前方是堵死的，我都探过了。”

“当然是从水里走。”

“水里？”裴玄静和崔淼异口同声地惊呼。

“喊什么喊！”那人鄙夷地说，“我看过图纸，知道哪一段的沟渠深哪一段的浅。由此往西南方向，水深恰可容人通过。我们只要沿着暗渠走到东市外面就行了。等暗渠转成明渠，再找一个隐蔽的地方爬上去便是。”

裴玄静和崔淼对视一眼，心知别无选择，只有豁出去了。

因崔淼身量最高，那人把油灯挂在他的脖子上，叫他在最前面探路。裴玄静居中，那人自己殿后。三个人各自捏着鼻子，一个接一个浸入水中。

裴玄静在女子中身量不算矮，水也没到了胸口。气味倒不像想象得那么难闻，可是水冰凉凉的，还有些黏稠，周围又几乎漆黑一团，仅有最前方崔淼那里的一点儿光亮，她根本就看不清楚自己置身于怎样的水体里，身边又淌过些什么东西。

在这种情况下只有什么都不去想，一味盯住前方，否则即刻就会精神崩溃吧。

暗渠仿佛没有尽头。三个人谁都不说话，只有带着回音的呼吸声彼此相闻。每当走到一处岔道时，崔淼就会停下来，等待来自最后方的指令——向左或者向右。

也不知走了多久，正当裴玄静开始神思恍惚，觉得这辈子都走不出去，永远见不到日光的时候，前方的崔淼突然停下来，叫道："这里有扇铁门！"

"你推推看，应该没有锁。"从后面传来的声音直发抖，估计也忍到极限了。裴玄静心下恻然……那孩子，终究还小呢。

崔淼果然打开了铁门。举起油灯往上照，惊喜地喊："上面又是个窖井口！"

"爬上去吧。"

他们终于又回到了地面上。钻出窖井口，全身湿透的三个人趴在地上喘粗气。不知从哪里来了一阵风将油灯吹熄，也没人顾得上。

崔淼有气无力地问："不是说从明渠出去吗？这里还是一个暗渠的窖井口啊。"

那人回答："我……实在走不动……了，反正是出口……管不了那么多……"

"也行吧。"崔淼含混不清地嘟囔，"只要我们不是钻到皇宫里面……就成……"

"想得美……通向宫城里的沟渠上有数道水闸，哪里是轻而易举就进得去的？"

裴玄静也缓过劲来了，插嘴道："不知大侠可否赐予姓名？今日蒙大侠搭救，他日必当相报。"

那人没吭声。崔淼却笑了起来，"我知道，你姓王，对不对？你的父亲就是王义吧？静娘，咱们找到王义的女儿了。"

"不，她不姓王。从今往后她都跟着我姓聂了。"

周围突然大放光明。

裴玄静大惊失色。他们竟又回到了最初关押她的库房里。原来，他们沿着暗渠绕了一大圈，从另一个方向走回到最初的窨井了。

聂隐娘，端端正正地坐在屋子中央。她那位磨镜子的夫君肃立一旁，右手中举着火把。

"师父……"

裴玄静循声看去，救他们的人已跪在聂隐娘面前。蒙面的黑纱大概早就掉了，散乱的发丝遮住半张脸。湿透的夏衣牢牢地贴在身上，曲线毕露。现在任谁都能看出她是个女子了。

聂隐娘问她："你知罪错了吗？"

少女低头不语。

"你以为凭你现在的这点本事，就能窃得窨井盖的钥匙，还能偷看到地下暗渠的图纸？"

少女还是低头不语。

裴玄静抢着说："她是为了救我们，娘子要怪就怪我们好了。"

"怎么怪？杀了你们吗？"

裴玄静道："玄静久闻隐娘侠名，断不是滥杀无辜之人。"

聂隐娘冷笑一声："记得当年我在学艺之时，师父命我去刺杀某大僚，我因其正与儿女戏要，两小儿幼稚可爱，实不忍下手。无功而返后，师父训斥我道，'今后再遇上这类情形，先杀其至爱，再夺其命。'既为刺客，首要断六亲人伦之念，否则只会损了自己的性命。"

裴玄静听得全身一激灵。

崔淼插嘴道："所以你设下这么个局，就是为了让她断尽人伦之念？可你为什么不问一问，她到底想不想跟着你当刺客？也许人家心里根本就不情愿呢。"

"都别说了！"少女叫起来，"师父，我知错了，今后再不敢犯。"

"所以你并没有父亲？"

"没有。"

"更没有母亲？"

"没有。"

"茫茫人海从此只分敌我，再无情义，亦无是非。"

"只有敌我，没有情义，没有是非。"

聂隐娘点了点头："你起来吧。"又对裴玄静和崔淼道，"你们可以走了。"

两人都以为自己听错了。

少女从聂隐娘手里接过什么，返身递给裴玄静。正是她的两只耳坠，上面还有血迹。

"他说得不错，这只是一个局，为教训小徒所设。"聂隐娘道，"我并没有去要挟你的叔父，现在你可以自行返回。裴府因为你的失踪正鸡飞狗走的，你速速归去，好使他们放心。"她在说这些颇通人情的话时，同样没有丝毫情感的流露，就与她谈起杀人时一个样。

裴玄静问："隐娘不怕我将你夫妇的行踪告诉叔父吗？"

"你会吗？"聂隐娘反问，"假如你想让禾娘死，倒可以试试看。"

禾娘。裴玄静终于知道王义女儿的名字了。不过，按聂隐娘的说法，她现在应该是叫聂禾娘了。裴玄静当然不愿意让禾娘死，不论她姓王还是姓聂，于是说："我怎会要禾娘死？相反，我要带她走。"

"走？去哪里？"

"当然是回裴府。禾娘既是王义的女儿，王义生前为裴府家人，裴府自然要继续照管他的女儿。"

"果然是一人为奴，代代为奴吗？"

"不是奴，是家人。"

聂隐娘问禾娘："你都听见了？怎么样，你愿意跟她走吗？"

禾娘把头垂得更低了，但胸脯剧烈起伏着。

"这崔某就不懂了。"崔淼冷不防地冒出来，"隐娘强收人家为徒时，也没问过她愿不愿意吧。怎么现在倒想起来问禾娘的意思了？"

禾娘带着哭音喊了一句："你别说了……"

崔淼继续道："我看还是你二人替禾娘做了主吧，少做点儿戏，也别叫人家小娘子为难。"

聂隐娘倒挺有耐心的，不急不躁地说："裴大娘子觉得有本事从我这里带走禾娘吗？"

"总要试一试。"

"知其不可为而为之，裴大娘子尤爱如此行事吗？"

"不为怎知不可为？"

聂隐娘微微颔首："说得不错。那么便请大娘子为一不可为之事吧——只要你能说服相公释放成德武卒张晏等人，我便将禾娘交予你。我给娘子三日期限，三日之内张晏等人如能获释，我当亲自将禾娘送还府上。如若不然，你们……也就别想再见到她了。"

裴玄静急道："如果张晏等人确系刺杀案元凶，我又怎能去说服叔父释放他们？"

"不是，我可以保证他们不是。"

"隐娘怎么保证？"崔淼又跳了出来，"莫非隐娘知道真正的元凶是谁？"

聂隐娘看着崔淼，微笑不语，但笑容已不像此前那般冰冷了。崔郎中还就是有这本事，能够让任何女人对着他笑出来。

崔淼受了鼓舞，更加大刺刺地说："假使隐娘知道真凶身份，不如干脆告诉静娘吧。她回去跟裴相公一说，张晏等人不就脱罪了？"

聂隐娘轻"哼"一声。

崔淼圆睁双目："元凶不会就是二位吧？"

"当然不是。"聂隐娘终于露出些许不耐烦的神色，"别再多问了，那些事情与你们无关。静娘只要设法救出张晏即可，这也有助于朝廷缉拿真凶，对你叔父亦交代得过去。"

聂隐娘冲丈夫一点头："送他们出去吧。"

"等等！"裴玄静问，"请隐娘起码给我们一个解释，为何在淡出江湖数年后，又出现在长安？总有个理由吧？"

"是因为我。"始终未发一言的磨镜汉子突然开口了，"因我常年磨镜落下肩背的老伤，近年来发作得厉害，整条左臂都抬不起了。乡野之地找不到好郎中，隐娘才决定与我进京，实为寻访良医而来。"

"哦。"裴玄静正在将信将疑，恰好看见聂隐娘夫妇相视一笑。就在这一刹那，她相信了他们。因为她在他们的脸上，看到了最寻常夫妇之间那种无言的默契，和历经风雨沧桑后的平淡相知。至少他们的夫妻感情是绝对真实的。

对比刚才聂隐娘言之凿凿的灭六亲人伦之念，这场面令裴玄静觉得既荒诞，又辛酸。

"好啊！"崔淼叫起来，"崔某可不可以毛遂自荐一下？本人专治跌打损伤，家中颇有点儿祖传绝学的，要不要我来给你看看？"

"这……"夫妇二人还真犹豫了。

崔淼转向傻站在一旁的禾娘："闪儿，你来给我做个证，你亲眼见过我的医术呀！"

那禾娘全身一颤，哑声道："你胡说！我什么时候见过你！"

崔淼不肯罢休，继续对禾娘嚷："闪郎，你不就是郎闪儿吗？我刚刚才认出你来……"

磨镜汉子上前一掌，结结实实地敲在崔淼的后脑勺上。他连哼都没哼一声就瘫倒在地。汉子将崔淼的后脖领子一提，像拖死狗似的拖着，对裴玄静喝道："走吧。"

难熬的时间总显得比实际漫长得多。裴玄静以为折腾了足足一夜，等到街上一看，还未到黎明。

放生池就在附近，磨镜汉子将崔淼扔在池边的一块大石上，便离开了。裴玄静只好守在崔淼身边，静待他的醒来。

果如崔淼所说，整座东市在夜间全无半点儿人迹。为方便做生意，东市并不植树，所以除了商铺围墙的暗影之外，街道上只有两三只流浪的猫狗与他们做伴。月淡星稀，晨光在她的感觉中渐渐靠近。裴玄静想到二人均是狼狈不堪的模样，恐怕路人见了又生出意外来，便从放生池中汲水洗了洗脸，重新盘了头发，又在路边找到个缺口的瓦盆，自放生池中盛了清水来，以袖为帕，也帮崔淼擦个脸。

尘垢但去，黎明的微光中，呈现出一张出奇俊美的面孔。昏睡中的他面容安详，仿佛一个孩子般毫不设防，裴玄静看得呆了。突然，那双修长的睫毛微微颤动起来，他长长吐出一口气，醒来了。裴玄静赶紧向后退了退，心里一阵没来由的慌乱。

"唔，我是不是到了黄泉？"崔淼龇牙咧嘴地撑起身。

裴玄静没好气地回答："是，长安东市里的黄泉。"

"啊，还没开市啊？"崔淼明白过来了，问，"就剩咱们俩了？"

"是，白白折腾一场，还是没能救出禾娘。"

崔淼说："可你救了我啊。哎呀，真疼！"他摸着后脑勺直叫唤。

裴玄静让他给气乐了："你干什么对着人家乱叫，自找的！"

"可她真的是郎闪儿啊，嗳，你没发现吗？郎闪儿居然是个女的！"

裴玄静也奇了："你刚刚才发现郎闪儿是个女的吗？"

"是啊，难道你……"崔淼瞪大眼睛，"你早发现了？"

裴玄静轻叹一声："我第一次就看出来了，在贾老丈那里就……我还以为你早知道。"

"天哪，我真的不知道啊。在贾昌那儿时，我一直以为她就是个男儿……你是怎么看出来的？"

"从她跟你讲话的语气，看你时的样子。"裴玄静没提的，还有郎闪儿对自己那莫名其妙的反感——纯粹女人对女人才会有的敌意，在她所喜欢的男人面前。

"有什么特别吗？"崔淼依旧一头雾水。

裴玄静嗔道："我还以为崔郎中多么精明呢。唉，你好好想想吧，禾娘为什么要冒险搭救我们，又为什么在隐娘面前百般为你我周旋……"

崔淼瞠目结舌。

裴玄静叹息："岂不尔思，子不我即。"想到禾娘躲在聂隐娘身后的瑟缩身影，还有那如泣如诉的闪烁目光，她不禁又愤愤道："不行，我还是要想法把禾娘弄回来！"

"哎呀，我真是太笨了！"崔淼用力一捶脑袋，"我要是早猜出郎闪儿就是王义的女儿，事情何至于此啊！都是我不好，都是我不好！"

6

崔淼终于向裴玄静坦白了全部经过。

果然，春明门外贾昌院子里发生的一切都是真实的。但裴玄静在冲进贾老丈祭拜师父的屋子之后，因为精神过度紧张、体力衰竭再加感染风寒而昏迷了。崔淼本打算等早晨城门开后，就亲自将裴玄静送进城的，不想晨钟未鸣，院门前却来了个王义。

"现在回想起来，王义和郎闪儿之间确实有些古怪。"

据崔淼说，当时王义找上门来，似乎是找郎闪儿商量什么事情，但郎闪儿不肯答应。两人正在争执，王义突然看到了受伤的车夫和昏迷中的裴玄静。交谈之下得知裴玄静的身份，王义立刻就变了脸色。

王义亮出身份，又出示了裴府的腰牌，崔淼便和他一起将裴玄静送回了裴府。崔淼还顺便给裴玄静开了药，这才放心离去。

等崔淼赶回贾昌院子时，郎闪儿已经按他们之前商定好的，把院中寄宿的百姓尽数遣散了。

"因为贾老丈亡故，院子里又发现了疫症，郎闪儿六神无主，我便给她出了此主意。反正也没有贾老丈管着，郎闪儿索性免去了所有人的租金，我还发了些解暑的药给他们。百姓们得此便宜，也就高高兴兴地离开了。"

之后，崔淼便和郎闪儿一起将贾老丈收殓进棺材，送去镇国寺里停灵了。

"为什么是镇国寺？"裴玄静问。

"因为贾老丈生前一直在镇国寺礼佛，寺内的方丈很敬重其为人，愿意为他超度往生。"崔淼解释说，"办完了这些，我便辞别郎闪儿，正打算入长安城内再寻落脚之处。王义又来了。"

崔淼说，那时王义急急忙忙来找他，说是自己不小心摔伤了主人的脚，请崔郎中去帮忙看看。崔淼心中纳闷，长安城内有的是医馆，况且御史中丞府也该有几位经常走动的郎中，何以舍近求远来找自己这个刚认识的？不过人家既然找来了，崔淼也正想熟悉熟悉长安城，就一口答应下来。

谁知行到半路，王义却提出了一个奇怪的要求——他要求崔淼到了裴府里，万一见到裴玄静的话，千万别承认曾经见过她。裴玄静若是提起在贾昌院子里的经历，崔淼也必须统统否认。

"这是为什么呢？"裴玄静问。

崔淼说："当时我也觉得非常奇怪，便要求王义解释。他却不肯明说，只一味强调自己有难言之隐。我心里不痛快，本打算干脆连去裴府也一并拒绝了。不料，王义到了一个僻静处，竟然对我行了大礼。"

裴玄静喃喃："他真的很为难吧……"

"是啊，他的诚恳最终感动了我。毕竟这样一条铁骨铮铮的硬

116

汉子，是绝对不会轻易求人的。我考虑了一下，觉得他的要求对你也不至于造成什么伤害，便答应了。"

"所以你就信口雌黄说我产生了幻觉？"裴玄静恼道。

"否则搪塞不过去啊。"崔淼苦着脸说，"我本以为你对昏迷前的事情只能记个大概，谁知你还真不容易蒙骗。可我既然答应王义了，也只能咬死不改口了。"

裴玄静恶狠狠地瞪了他一眼："你骗得我好苦！"

"你苦，我就不苦嘛……"崔淼低声嘟囔，"我当然希望你记得我，记得那一晚在贾老丈院子里的经过。我特意在西市里找了个药铺落脚，还不是因为那里离裴府近……"

裴玄静这才明白，为什么刺杀案当天他那么及时就赶到裴府。

她说："可是后来王义去世，你也没有说实话。"

"死者为大，况且王义护主那般忠勇，彼时彼境，我怎好再违背他的意愿。"崔淼叹息道，"发生了那么大的案子，我推测王义的难言之隐很可能与刺杀相关，在真相扑朔迷离之际，我也担心贸然改口的话，更将引发不可预测的后果。恰巧你托我寻找他的女儿，我便决定见机行事。唉！可我确实一点儿都没往郎闪儿身上想！"

"你后来就没有再见过郎闪儿吗？"

"没有。郎闪儿到镇国寺为贾老丈守灵去了，并说镇国寺会替她安排今后的生活。"

"啊，我知道了！"裴玄静眼睛一亮，"那个骗了阿灵的小娘子就是她！"

"什么小娘子？阿灵又怎么了？"

裴玄静思索着，阿灵应自己之命去探贾昌院子时，崔淼已经离开了。很显然郎闪儿也骗了崔淼，其实她根本没有去镇国寺，而是重新回到贾昌院中。她发现阿灵在附近探头探脑，便以少女的模样现身，轻而易举套出了阿灵的话，还用那套神神鬼鬼的说辞把阿灵打发回来了。

所以，王义和郎闪儿，也就是禾娘这对父女，都希望裴玄静彻底忘却在贾昌院中发生的一切。为什么呢？

她盯着崔淼——为什么他们对他的知情没有那么在意呢？

只能有一个解释：崔淼是外人，而裴玄静是裴度的侄女。所以，贾昌的院子中很可能暗藏着与刺杀案有关的线索，否则王义父女就不必费这一番周折。

她正想得入神，突听崔淼怯怯地说："娘子，你能不能别这么盯着我看？"

裴玄静的脸一红："谁看你了，我是在想事情！"

"娘子在想什么？不妨说出来，我们一起想？"

"我在想王义、禾娘，还有聂隐娘夫妇，他们和刺杀案到底有何关联？"

"娘子想这些，倒不如干脆想想，刺杀案的元凶究竟是谁。"

"这我现在可想不出来。莫非你知道？"

"在下不知。不过，总会知道的。"崔淼微笑着说，"娘子你看，天都快亮了。"

是啊，再漫长的夜也有尽头。裴玄静发现，当这一夜即将过去时，真相仍然渺渺茫茫、若隐若现。就像东北方龙首原上，掩映在晨雾后的大明宫的御宇风姿，可望而不可即。

第一声晨钟响起来了。自大明宫中传来的钟声，悠远而沧桑，仿佛传递着来自时间尽头的启示。钟声即起，凝练如镜的放生池面也随之波动，泛出一点儿一点儿的涟漪。

裴玄静和崔淼却都一动未动。他们知道，按例要等晨钟响完，长安城内所有的坊门都打开之后，两市才会开门，但仍然不可以做生意，根据大唐律例，两市的经营时间是从每日正午到暮鼓之前，仅仅半天而已。

还是崔淼开口道："我估计，裴相公派出的人很快就会找到这里来。"

裴玄静也同意。虽然阿灵根本不了解铜镜、王义和郎闪儿这一系列的渊源，但她至少能告诉裴度他们，裴玄静是跟着一个磨镜子的人走的。所以到头来，堂兄他们总会找到东市的。

　　崔淼却在注视她沉默的侧影，宛若初见时的模样：衣衫湿透，鬓发凌乱。想当初，正是这疲惫茫然、楚楚动人的美引发了他的怜爱之心，令他情不自禁地挺身而出，想做一个救美的英雄。

　　可这是一个多大的误会啊。他以为她只是迷途的柔弱女子，却眼睁睁地看着她化身为女神探，更跃升成宰相的亲侄女。

　　他自言自语地说："等你府中的人找来，我还是走吧。"

　　裴玄静没有搭理他，她的注意力完全被放生池里的景象吸引过去了。

　　清冷的月光随夜色一起隐去。初升的朝阳一寸一寸地把池塘染成金黄，池水也跟着渐渐苏醒过来。突然，两只白鹤从池中腾空而起，向朝阳飞去……

　　当裴玄静听见杂沓的马蹄声时，一队人马已经冲到眼前了，打头之人对着她大喊："玄静，是你吗？"

　　堂兄裴识终于找来了。"谢天谢地，总算找到你了！父母大人简直快急死了！"

　　裴玄静站起来，快步向堂兄走去，突然又停下来。她想起了崔淼，忙回头找他。

　　可是他在哪里？

　　崔淼消失得无影无踪。有那么一瞬间，裴玄静几乎怀疑他会不会掉到池子里去了，随即醒悟过来——他走了，就像他曾说过的。

　　回到兴化坊中的裴府，裴玄静花了好长时间沐浴，恨不得把每根头发丝都挨个洗一遍。阿灵顶着两只红肿得像大桃子般的眼睛在旁服侍。裴玄静洗了多久，阿灵就絮叨了多久，把裴玄静失踪后，裴度夫妇如何焦急、大郎裴识怎么设法寻找，尤其是她自己怎么害怕着急伤心等等，详详细细无一遗漏地汇报过来。

裴玄静连半个字都没听进去。

她必须考虑清楚，接下来该怎么面对叔父。因为她还担负了一件极不合理而艰巨的任务：说服裴度释放已被确认为元凶的成德武卒张晏等人。

其实，裴玄静大可不必让自己这么为难。禾娘跟了女侠聂隐娘，今后固然免不了担惊受怕、风餐露宿的苦楚，但以隐娘夫妇的能为，当能护得禾娘的安全。她自己也将学得一身好本领，有朝一日成为来无踪去无影的刺客，不也潇洒？

可是，正如崔淼所质疑的，这一切究竟是否是禾娘的意愿呢？

还有她的父亲，临死前将赠给女儿的金簪用鱼胶粘在胸口上。他该有多么希望能看见女儿及笄，亲手为她插上发簪……

裴玄静看着在一边唧唧呱呱、又哭又笑的阿灵，禾娘和阿灵差不多大，却已经沉默得像一口古井。只有在贾昌老丈的院子里，她尚且能在郎闪儿的伪装下流露出小女儿的心性，而今连这样的机会都失去了。

究竟是什么在冥冥中主宰着人的命运？在上天的眼中，人固然渺小似微尘，就真的只能被动地接受安排，不论是福是祸、不分是怨是爱，都没有半分选择的权利吗？

至少，裴玄静想听到禾娘自己说一句，愿意或者不愿意。

当然这非常不容易，肯定要付出代价，但裴玄静还是想试一试。

有了御医的悉心照料，裴度的伤势好转得很迅速。在最艰难的关头，信念发挥出巨大的力量，裴度不仅没有在接踵而至的打击中垮下来，反而愈挫愈强了。

又是一个盛夏的午后，踞坐在叔父卧房的东窗下，裴玄静娓娓道来。

阳光中的静谧味道仿佛从未改变过，也不需要任何解释。万物永远保持着本来的面目，该如何便如何，绝不会动摇。人虽贵为万物之灵，却总是容易在寻寻觅觅中迷失本心。

从春明门外贾昌的院子开始讲起，裴玄静几乎对叔父说出了一切。她并没有忘记聂隐娘的警告，不得暴露其夫妇的行踪，为此裴玄静采用了一个折中的方式。

她没有提起聂隐娘的姓名，只说抓捕自己的是一位蒙面女侠和她的丈夫，并隐去了跋涉在地下暗渠中的那段经历。

裴玄静同样没有提到崔淼。一则，没有他故事也能说通；二则，当裴识出现时，崔淼选择了离开，这令裴玄静更清晰地认识到他的态度。而且她自己也认为，没必要将崔淼卷入这些是非中去。他自愿帮助裴玄静是一回事，因此而被迫面对官府就是另一回事了。在和崔淼的相处中，裴玄静已经明显感觉到他对当权者的不屑甚至厌恶。她还猜不透这种愤世嫉俗的缘由，但也不想随便违逆他的意愿。

她知道自己在刻意维护他。那又如何呢？长安城并不缺少一个崔郎中。但是只有一个崔淼，曾几次三番向她伸出援手。

听完了裴玄静长长的讲述，裴度沉吟半晌，道："拘禁你的女侠应该是聂隐娘。"

哈，裴玄静心道，这可是叔父自己猜出来，我什么都没说。

"聂隐娘？就是传说中魏博大将聂峰的女儿，后来成为大刺客的聂隐娘吗？"裴玄静装作一无所知地问，"叔父，你在魏博时见过她？"

"未曾谋面。我到魏博时田季安都已经死了，聂隐娘早在几年前便投奔到陈许节度使刘昌裔麾下。不过……王义肯定与她相识。"裴度思索道，"你说王义的女儿在聂隐娘那里？但我从未听王义提起过，他还有个女儿。"

看来王义把这个秘密保守得非常好。

"我甚至不知道他曾娶过妻。"裴度长叹一声。

裴玄静道："叔父，王义为了保护您，企图阻挡您上朝，还弄来一顶有夹层的毡帽，求我帮忙给您戴上，最后更是以命相护。他做了这么多，却不肯对您说出内情。我想来想去，他这样做的唯一解释便是：当时刺客用他的女儿来威胁他，使他左右为难。"

裴度思忖着说："很有可能。"

裴玄静又道："我也曾想过，会不会聂隐娘夫妇就是刺客？但那样的话，王义又怎么会把女儿交给他们呢？所以，刺客应该另有其人。而聂隐娘夫妇是王义求来搭救女儿的。"

崔淼也是这样判断的，裴玄静觉得有理。王义既不愿眼睁睁看着叔父被刺，又担心女儿的安危。正在走投无路之际，发现隐娘夫妇出现在长安城内，便向这位魏博时的故交相求，而隐娘也答应了他，将禾娘从刺客的手中救了出来。条件是：禾娘从此要跟随他们夫妇二人。

王义别无选择。但他亦深知，女儿一旦跟随了聂隐娘，便将从此过起出生入死的剑客生涯。这令他这个当父亲的万万不舍。他虽然为保护裴度做好了必死的准备，却还是想给女儿找一条更好的出路。裴玄静几乎是误打误撞地出现在他眼前，便被王义当作了救命的稻草。

"叔父，帮帮禾娘吧！"裴玄静恳求道，"王义忠勇可嘉，咱们理应照顾好他的女儿。"

"理应？"裴度淡淡一笑，"如果世上的一切都能按着道理来，就根本不会有争斗、冤屈和不幸了。"

"叔父！"

裴度摆了摆手："玄静，你知不知道张晏等人之罪是圣上钦定的，三天后就要在西市斩首示众，以立朝廷之威。这种时候让皇帝释放他们，岂不是把君命当作儿戏？就算皇帝能够答应，你又让天下人怎么看待皇帝？"

裴玄静默然片刻，倔强地抬起双眸："玄静只问一句话，叔父是不是也认定张晏等人为刺杀案元凶？您是受害者，亲眼看到过刺客，您还是主审官，清楚整个案件的脉络。张晏等人究竟有没有罪，玄静只信叔父一人的话。"

"有罪怎样？无罪又怎样？"

"有罪自当问斩，玄静也只能愧对王义父女。但若是无罪，玄静以为叔父无论如何要请圣上收回成命。这不单单是为了王义与禾娘，以及无辜者的性命，还因为一旦张晏等人替罪伏法，势必使真正的刺客逃脱。那样的话，朝廷的尊严何在，圣上的圣明何在，武相公的血海深仇又要到何时方得偿还？"

她这一席话落，裴度便微笑道："你呀，若为男儿身，去朝中当个谏臣倒是很不错。圣上每次见到你肯定都会头痛不止。"

"叔父……"

裴度摇头叹道："玄静啊，有一点你要记住，天下远比你所知的要大得多，也复杂得多。几年前圣上发兵成德，以吐突承璀为主帅，结果无功而返。对此圣上如鲠在喉，一直想对成德再次用兵。所以，成德藩镇即使不是本案的元凶，只要有人举报了张晏他们，圣上就绝对不会放过这个机会。"

叔父的话讲得够直白，裴玄静想假装听不懂都不行了。很显然，叔父自己也不认同成德张晏等人就是刺客，但皇帝和吐突承璀需要他们是，他们就只能是。她的心凉了大半截，想想还是不甘心，追问："是什么人举报他们的呢？可有真凭实据？"

"举报者为神策军将军王士则，乃吐突承璀的亲信。京兆尹和监察御史以严刑拷问之，由不得他们不认罪。"

裴玄静再也说不出话来了。她很内疚，为了禾娘和王义。她更是伤心，为了叔父，还有武元衡。她看向叔父的视线不禁模糊起来，然后便听见叔父说："玄静啊，当今圣上实乃真正的英睿君主，他为了削藩所付出的心血和承担的压力，是别人根本无法想象的。所以为臣子者，更要绝对地忠实于他，尽全力辅佐他。我想，武相公如果还活着，也会支持圣上的决定的。"

最后，裴度加重语气道："玄静，我曾经说过，不希望你再过问刺杀案。我再重复一遍，你要顾好的只是你自己，而不是其他任何人，任何事。"

7

裴度的谈话好像在她的门前挂了一只铜锁，裴玄静刚刚逃离聂隐娘夫妇的磨镜小铺，又被牢牢地锁在了宰相府中。

现在她哪儿也去不了了。

张晏等人必须死，所以禾娘的命运再无转圜余地。叔父重伤未愈，刺杀案还没了结，虽然抓了几个替罪羊，但是真凶依旧逍遥法外，在这个时候也不适合提起去昌谷之事。她的亲身经历已经证明，连长安城里都不安全，更别提让她上路远行了。这两天裴府门口的金吾卫有增无减，连阿灵都溜不出去了。

即使能溜出去又如何？贾昌的院子早就人去楼空，而今，裴玄静在整个长安城中唯一想见的人，就只有郎中崔淼了。问题是，他还愿意见她、还能见她吗？

自从来到长安，裴玄静第一次无所事事了。

裴玄静百无聊赖地翻弄着几上的东西，突然，一个陌生的卷轴出现在眼前。

"咦，这是打哪儿来的？阿灵是你拿来的吗？"

"啊呀，这是武相公家里送来的！我忘了说了。"

原来，就在裴玄静被聂隐娘夫妇囚禁的那段时间里，武元衡家中派人正式来裴府报丧。当时裴府上下正因为裴玄静的失踪乱作一团，阿灵更是又急又怕，所以把武家送来给裴玄静的东西随手一搁，转头就忘了个一干二净。

"专送东西给我？"裴玄静有些纳闷，拿起卷轴问，"武相公家的人送东西来时，可曾说了什么吗？"

阿灵生怕裴玄静责怪，连忙努力回忆着说："他们说，这卷轴是在整理武相公的遗物时，在他的书案上发现的。因见上面写着赠予娘子的字样，便专门送了过来。听他们讲……应该就是武相公遇害前一晚写的呢。"

裴玄静点点头，珍重地展开卷轴。

"啪嗒"，掉出一张素笺来，原先是夹在卷轴中间的。她捡起素笺，见上面题着一首五言绝句："夜久喧暂息，池台惟月明。无因驻清景，日出事还生。"

裴玄静反复读了三遍，眼前又栩栩如生地出现了武元衡的形象。虽然上了年纪，依旧英挺如玉、清雅从容。他就像一杆修竹，又似一丛杜若，浑身上下都散发着盛世大唐的雅韵遗风。谁又能想象得到，这样一位翩翩君子的生命，没有终止在女人的泪眼中，却完结在刺客的屠刀之下。但似乎是，他自己想到了……

裴玄静悚然发觉，就在武元衡这首写于被刺前夜的绝句之中，分明透出一股肃杀之气。世上若真有"谶诗"的话，那么这首诗无疑可以算得上了。

怎么回事？难道武元衡对自己被刺竟然有预感吗？这种预感从何而来？他又为何没能做出有效的防范？

还有——他为什么要将这首寓意鲜明的"谶诗"赠给她呢？

裴玄静摇了摇头，将这个问题和素笺暂且放到一边，再看那幅卷轴。

只扫了一眼，她的心就被感动、困惑、惊讶，乃至恐惧所混合的复杂情绪攫紧了。

在卷轴的最右侧，武元衡题道："元和十年六月，欣闻裴氏大娘子玄静婚讯，自临右军《兰亭序》以贺之。半部在此，余者自取于秋。"

题词左面的卷轴上，便是武元衡亲手临摹的传世神作《兰亭序》。

所以，宰相信守了会面时对裴玄静所做的承诺：赠她一幅右军书法作为新婚贺礼。

然而，正如他自己在题词中所写的，临本仅到"所以游目骋怀，足以极视听之娱，信可乐也"就完结了。裴玄静曾经读过也临过《兰亭序》，当然能看出来，武元衡赠给自己的卷轴上，只临摹了《兰亭序》的上半部。

这又是怎么回事？

武元衡在题词中还特别写了"余者自取于秋"，难道是说，要等到秋天再赠下半部《兰亭序》给裴玄静吗？

有必要搞得这样麻烦吗？裴玄静思索着：不对，他写的是"自取"。若按字面去理解，是让裴玄静自己去获取的意思。也就是说，其实武元衡临摹了一部完整的《兰亭序》，不知为何故意拆成了两半。卷轴中只有上半部，下半部现在何处尚不得而知，必须由裴玄静自己设法去找出来。

她陷入深深的迷茫之中。

裴玄静与武元衡不过是一面之缘。虽然她在那次会面中，竭尽所能地博取武元衡的好感，并且最终达到了自己的目的，争取到武元衡表态支持她和李长吉的亲事。但是她万万没想到，武元衡会留给自己这样几件奇奇怪怪的东西：

一首预示祸事的五言诗、半部《兰亭序》，还有指引她取得另外半部的线索。

太古怪了，这绝非普通的新婚贺礼。武元衡到底想做什么？

裴玄静记起来，在与武元衡唯一的那次谈话中，他就曾有意无意地把话题引向王羲之和《兰亭序》，好像是在考验自己对其的认识。为什么？裴玄静不是书法家，对王羲之和《兰亭序》连一知半解都谈不上。即使武元衡确实对王羲之和《兰亭序》感兴趣，也不该找裴玄静探讨啊。

再有一点，从那首五言绝句中可以看出来，武元衡对即将到来的危险是有鲜明预感的。普通人尚且懂得轻重缓急，更何况一位帝国的宰相。所以，既然武元衡已经预见到了"日出事还生"，就绝不可能将出事前夜的宝贵时间用来准备一份新婚贺礼。

当王义决定舍身救主时，心中百般放不下的是女儿，此乃人之常情。那么作为大唐的宰辅，当武元衡直觉到面临生命威胁时，他顾虑最深的究竟是人情、家事，还是社稷安危呢？

一定是社稷安危！

"天哪！"裴玄静惊骇地几乎叫出声来。

难道说，在武元衡给她的这份新婚贺礼中，暗藏了某些与刺杀案有关的线索？

但是也不对啊。

首先，他为什么要把线索留给裴玄静？王义临死前求裴玄静寻找女儿，是因为事发紧急，也因为裴玄静已经勘破了他的秘密。可武元衡为什么要选择裴玄静呢？如果是出于信任的话，裴度总比裴玄静更值得他信任吧。如果是因为她的破案能力，难道整个大唐就找不出比她更合适的人选了？武元衡是站在帝国制高点上的大人物，全天下的才俊几乎都在他的视野内，他有什么理由非要选择裴玄静呢？

其次，如果武元衡真的通过这份贺礼，传达了某些刺杀案的线索给裴玄静，那么他使用的方式也太过隐晦了。从目前的效果来看，裴玄静对他的用意全然摸不着头脑。与其说他是给了她线索，倒不如他是出了一道谜题给裴玄静。万一裴玄静解不开这个谜的话，武元衡就不怕线索从此湮灭吗？他将自己的真意用艰深晦涩的方式包裹起来，唯一的解释就是担心被人识破。那么，他担心的人又是谁？

最最不可思议的，为什么用来传递信息的是《兰亭序》？一部几百年前的书法作品，如何能联系上今日的刺杀，乃至社稷的安危？令帝国的宰相在生命遭到威胁时，依然念兹在兹。

想来想去，她实在是全无头绪。

要不要告诉叔父呢？裴玄静思考再三，还是决定作罢。

武元衡采用了这么隐晦的方式，就说明他不希望别人介入。况且裴度已经反复强调了，不许她再过问刺杀案。既然她认为武元衡的谜题与刺杀案有关，一旦让裴度知晓，那么她本人必将被禁止继续研究下去。这有违武元衡的本意，也不符合裴玄静自己的愿望。

真没想到，已经关上的刺杀案的大门，又被武元衡用一首五言诗和半部《兰亭序》悄悄开启了。

在内心的深处，裴玄静知道自己跃跃欲试着，希望能破解武元衡留给自己的谜团，更希望能就此找出刺杀案的真相，为武元衡、叔父乃至王义报仇雪恨。

她想，这可是宰相的安排，也不算忤逆叔父的意思了。

何不一试？

苦思冥想了半天，裴玄静取出纸笔，写了一封书信交给阿灵，让她找府里的家仆将信送到武元衡的府上。

大约过了一个时辰，阿灵来报，武元衡的管家亲自上门来了。

"快请！"裴玄静十分意外。她写信给武元衡的管家，只是简单询问了下半部《兰亭序》的下落。既然武元衡让她"自取"，这便是她的第一个尝试。

武府管家穿着全套的丧服，举止大方有度、文质彬彬，面上还带着淡淡的悲意。

阿灵介绍说，上次正是这位管家来裴府报丧，并且送来了给裴玄静的贺礼。

管家道："裴大娘子，我家主人的房中并没有您说的下半部《兰亭序》。小人生怕有误，故而亲自来回过大娘子。"

"辛苦了。"裴玄静忙道，"只因武相公所赠的仅为半部《兰亭序》，我觉得奇怪，所以想问是否遗漏了下半部。"

管家摇头："确实没有啊。"

"这就怪了。"裴玄静思忖着问，"武相公很爱王羲之的书法吗，是否常常临写《兰亭序》？"

"这……"管家迟疑了一下，"据小人所知，我家主人擅楷书，我过去很少见他临写王羲之的字。"

"哦？"

"不过，就在最近这段时间，我家主人确实临了很多遍《兰亭序》，而且……"

"而且什么？"

管家也露出困惑的表情："小人见到大娘子的书信后，便去主人的书房中找了找，结果一下子找出了主人搜集的好几版不同的《兰亭序》摹本。主人把每种版本的《兰亭序》都临写过，但是……也都只临了上半部。"

裴玄静听得愣住了，少顷，又问："那你可知，武相公赠给我的这半部《兰亭序》是临的哪一个摹本？"

管家认真地想了想，方道："小人也说不准。只记得那天在主人的书案上，除了赠给大娘子的字之外，还有一幅摊开的《兰亭序》摹本，应该是欧阳询的。想必，主人就是照着这个摹本给娘子临的吧！"

武府管家走了好一会儿，裴玄静依旧在绞尽脑汁地思考着。

看样子，武元衡的确是最近才对《兰亭序》产生特别的兴趣。他对《兰亭序》研究得很仔细，竟把《兰亭序》现存的不同摹本都研究过了。

小时候裴玄静就听父亲说过，贞观年间，太宗皇帝是从一个叫辩才的和尚那里取得《兰亭序》的真迹的。得到《兰亭序》之后，太宗皇帝珍爱非常，命当时的几位书法大师虞世南、褚遂良、欧阳询和冯承素各自临摹了一遍。之后，太宗皇帝将摹本散发给皇子和大臣们，让他们观赏研习，真迹却一直藏在自己的宫中，从不示人。临终前，太宗皇帝更是留下遗命，要把《兰亭序》的真迹陪葬昭陵。所以，流传至今大家能够见到的《兰亭序》，都只是从摹本刻印而来的。

裴玄静只见过冯承素的《兰亭序》摹本，这个摹本也被称为"神龙本"，是流传最广的。不过在裴玄静推想，既然各个摹本都是基于王羲之的《兰亭序》，那么区别应该仅仅是临摹者本人的书写习惯造成笔触上的细微差别，也就是说大同小异。

所以，武元衡有什么必要把每种摹本都研究过来？他究竟想从中发现什么呢？最关键的是，为什么他总是只临写上半部《兰亭序》，莫非他对下半部《兰亭序》有什么看法？

最关键的是，半部《兰亭序》怎么能和刺杀案之间发生关联呢？

越想越无的放矢，裴玄静觉得自己的脑袋成了阻塞的沟渠，前方似有渺茫的一星亮光跃动，却怎么也捕捉不到。

"娘子，你是不是要出嫁啦？"

裴玄静猛醒过来，一扭脸，正对上阿灵那两只乌溜溜的黑眼珠。

"你瞎说什么？"因为有退亲的波折，裴玄静的亲事在裴府从没被公开提及过。

阿灵指着裴玄静面前的卷轴，得意扬扬地念道："元和十年六月，欣闻裴氏大娘子玄静婚讯——这些字我认识！"

"多嘴。"裴玄静的脸一下子红了。

阿灵见裴玄静害羞，更来劲了："我听倩儿说，阿郎在给娘子物色一个合适的送亲人呢。可是现在阿郎自己出了事，所以还得多等些时日，外面安定了才能送娘子成行。"说着，又露出一个调皮的笑容，"请期的大雁夫家还没送来呢，娘子可别着急哦。"

裴玄静嗔道："我哪里急了？"她正想去拧阿灵的嘴，突然又停下来。

大雁！

她的目光落在"余者自取于秋"这几个字上。

秋雁南归。自古以来，大雁都是秋天的一种象征。而大雁，又是婚仪中不可或缺的一环，代表着忠贞不贰和白首偕老。

武元衡让她自取于秋的另一半贺礼，会与大雁有关吗？

大雁和《兰亭序》、王羲之又有什么联系呢?

灵光乍现。裴玄静一把抓住阿灵的手:"阿灵,长安城里是不是有座大雁塔?"

"有,当然有啊。在大慈恩寺里……"

裴玄静放开阿灵的手,她几乎已经能断定,自己趋近谜底了。

8

关于大慈恩寺和大雁塔的来历,因为实在太著名了,就算不是长安人的裴玄静也耳熟能详。

大唐贞观二十二年时,皇太子李治为追念母亲文德皇后,在长安城南晋昌坊中面对曲江池的地方修建了一座佛寺,名为大慈恩寺。寺院落成之后,太子治令玄奘大法师自弘福寺移就大慈恩寺,继续翻译从西方取经带回的佛典。永徽三年时,玄奘法师欲于大慈恩寺中建石塔一座,用来安置、保存西域请回的经像。高宗皇帝特许以大内、东宫和掖庭亡人之衣物折钱出资,遂建成五层砖塔,便是大雁塔的由来。

在大雁塔的下层南外壁上刻有两碑。左边是太宗皇帝所撰《大唐三藏圣教序》;右边是高宗皇帝在东宫时所撰的《述三藏圣教序记》,两碑均由尚书右仆射河南公褚遂良书写。其书其文均为传世之经典。

后来,又有一位怀仁和尚花了整整二十五年的时间,从王羲之的书法中集字,于咸亨三年铸成《集王圣教序》碑,内容包括了太宗皇帝的《大唐三藏圣教序》、高宗皇帝的《述三藏圣教序记》、太宗答敕、玄奘翻译的《般若波罗蜜多心经》。

从《兰亭序》到《集王圣教序》,从王羲之到王羲之——从武元衡到大雁塔。

跟随着一缕性灵抑或慈悲的微光，她终于找到了那条迷雾缭绕中的小径。

裴玄静决定去一次大慈恩寺，登一回大雁塔。她预测不出等待着自己的将会是什么，但她相信，那里一定会有什么。

可是问题又来了：现在还能找到什么理由出府呢？

再要求京城观光？别说裴玄静自己开不了这个口，即使裴度答应了，恐怕也会命令堂兄贴身紧盯，甚至派出一个金吾卫的小卫队护送。

裴玄静始终坚信，武元衡交给自己的既是一个谜题，更是一个秘密，是一份必须悉心守护的信任。她得赶紧想出一个稳妥的、不会引起怀疑的办法来。

就算裴玄静能神机妙算，也想不到最后竟是吐突承璀将她带出裴府的。

过程相当突兀。就在裴玄静回到裴府的次日上午，大约巳时一刻的时候，堂兄裴识匆匆来到裴玄静的房间。

他告诉裴玄静，神策军左中尉吐突承璀要请她去神策军府走一趟，配合刺杀案的调查。

"现在吗？"

"吐突将军就等在前堂。"裴识的表情很古怪。

通过和叔父的几次交谈，裴玄静已经了解到吐突承璀和裴度乃至皇帝之间的复杂关系，便问："叔父知道了吗？"

"父亲已经知道了，所以才命我来请堂妹。"

"好，我这就去。"

裴识引着裴玄静去前堂时，还不忘低声嘱咐："来者不善，静娘多加小心。"

"兄长放心。"

裴玄静跟着吐突承璀出了裴府，骑在马上被神策军团团包围着前行。

裴玄静并不知道神策军府在什么地方，但因神策军是天子禁军，军府想必深入在宫城腹地。可是实际上，他们没有朝皇城去，而是走向长安城郭。眼看就要出城了，裴玄静下意识地踢了踢脚尖。出门前，她从枕头下取出长吉所赠的那柄匕首，塞进右脚的靴筒中。吸取了上一次磨镜小铺的教训，裴玄静给自己准备了一件防卫的武器。

抬起头，一座巍峨的城门就在眼前了。

"黑云压城城欲摧"——长吉的诗句赫然跃入脑际。其实今天艳阳高照，碧空之上连一缕云丝都寻不到，黑云是压在她心头的。

裴玄静问："中贵人，我们究竟是要去哪里？"

今天的吐突承璀异常沉默，几乎没有对裴玄静说过一句完整的话。听见裴玄静发问，他才答非所问道："娘子来过这座城门吧？"

是啊，春明门。

她就是从这座城门进入长安的，只不过当时正处于昏迷中，无从回味那一刻的心情。今日方得一睹这高耸而宽敞的威仪，既盛气凌人，又胸襟开阔。世上唯有长安城，才拥有这样的城楼吧。

裴玄静说："来过，但只记得城外的情景。"

"娘子到过春明门外贾昌的院子。"吐突承璀说，"裴相公给圣上写了个表章，陈述了娘子的一些经历。今日，本将便请娘子到贾昌的院中回顾一番。"

"中贵人也管这些吗？"

吐突承璀再次答非所问："裴相公的上表中提出，张晏等人可能并非刺杀案的元凶，建议圣上重审。"

原来叔父虽然拒绝了自己的请求，但还是给皇帝上表陈述事实。那么，吐突承璀今天的举动应该就是奉命重审了？

裴玄静等待着吐突承璀的下文。可是直到他们从春明门下穿过，来到通往镇国寺的岔路时，吐突承璀才又开口道："圣上不会重审张晏等人，因为判定他们有罪的正是圣上。"

"圣上？"

"武相公遇刺后，圣上给我们看了成德节度使王承宗所上的密奏。王承宗在奏表中极力诋毁武相公，说他阳奉阴违，表面忠于朝廷主张削藩，私底下却收受藩镇的贿赂，故意使得朝廷和藩镇之间久战不决，目的便是从中渔利。"

"这些……圣上断断不会相信吧？"

"当然，所以圣上根本没有理睬过王承宗的奏表。"吐突承璀的语气相当古怪，"不过那些奏章写得绘声绘色，还列举了行贿的过程和清单，看起来煞有介事。王承宗还特别提到，武相公对普通的金银财宝一律退回，看似品格高洁，其实是嫌弃那些东西鄙俗。王承宗的牙将尹少卿投其所好，送了一件太宗皇帝钦赐的金缕瓶，结果武相公当即便收下了。这才显出其贪婪的本性埋藏至深……武相公死后，圣上才给我们看了这些奏章，并痛心疾首地说，他没想到王承宗对武相公怀恨至此，三番五次诋毁不成，便索性对武相公痛下了杀手。所以圣上才下决心诛杀成德武卒张晏等人，王承宗若敢有半点不满的表示，朝廷便将立即出兵讨伐成德藩镇，绝对不会再姑息！"

明白了。裴玄静沉默半晌，说："王承宗其心可诛，圣上自有决断，却不知今天中贵人是要带我……"

"到了。"吐突承璀说。

在白日里再看贾昌的院子，裴玄静惊诧于它的简陋和安详。窄窄的小巷通向油漆剥落的院门前，一侧是镇国寺高耸的寺墙，一侧是松柏成行的坊道，僻静中带着庄严，还有几分神秘。

所有人下马。马匹和卫队都留在巷口，只有吐突承璀和裴玄静一径以入。

不知道是否错觉，裴玄静感到周围的静谧异乎寻常，似乎完全是人力所为的。院子还是那个院子，但再也没有雨夜中带给她的安全感，反而有一种冷飕飕的恐惧，自脚底升起来。

小院的门虚掩着，吐突承璀站在门边，做了个请的手势。

裴玄静轻轻地推开门。

确实像阿灵所说，院子里一个人都没有。

她走进去，立即发现院中被细心打扫过了，原先堆在穿廊下的杂物统统不见踪影。就连盛夏酷烈的阳光到了院中，也似乎变得比在外面柔顺许多。

裴玄静隐约意识到变化从何而生，因为她闻到了一股若有似无的香气。这香气她过去只闻到过一次，便已终生难忘了。

吐突承璀带着她向后院走去。裴玄静惊异地发现，他的脚步竟然能轻到不发出一点点声音。

当他们来到贾昌所住的并排两间简屋之前时，有一个人恰好从里面走出来。

吐突承璀赶紧迎过去，那人向他淡淡地丢了个眼神，吐突承璀又立即肃立在原地。

"这位是……李公子。"吐突承璀对裴玄静说。

裴玄静行礼："李公子。"

那人亦微微点头回礼："大娘子。"他的声音极动听，就像他近乎完美的面容一样，散发着至高无上的魅力。

裴玄静虽然竭力调整呼吸，还是在这种极端的压迫下几乎窒息了。既然对方不露身份，她就必须勉强承受。这可真不是一般的折磨，唯有那股缥缈的香气帮她略微放松下来。

李公子道："听说娘子来过此地。"

"是。"

"见到贾昌老人了？"

"我见到他时，他已然身故了。"

"你进过他的屋子？"

"没有，只在门口张望。"裴玄静的全身都浸透在冷汗里了，她甚至不明白自己为什么要撒谎，话就这么出口了，如同射出去的箭再也不能收回来。

李公子默默地端详着裴玄静，少顷，他才又问："也没有其他人进去过？"

裴玄静很庆幸从一开始就隐瞒了崔淼的存在，便答："我只看见服侍贾老丈的郎闪儿在里面。"为了救禾娘，关于"郎闪儿"的情况她曾详细地告诉过叔父，所以还是实话实说最安全。

"娘子是第一次来长安吗？"李公子突然换了话题，"觉得长安怎么样？"

"长安虽好，却非妾的久留之地。"

"哦？"他露出些许意外的表情，面容也一下子生动起来，"可我已经许多年未曾离开过长安了。像今天这样来到城外，也极为难得——娘子知道举目见日的典故吗？"

裴玄静点了点头。

"可否说来听听？"直到此时他的态度都十分谦和，但是裴玄静懂得他说出的每一个字都是命令，必须服从。

于是她说："晋明帝才几岁的时候，有一次坐在晋元帝的膝上。恰好有人从长安来，元帝便问明帝：'你看长安和太阳相比，哪个更远？'明帝回答说：'太阳远。因为从没听说过有人从太阳来，显然可知。'元帝对他的回答感到惊异。第二天，元帝召集群臣宴饮时，就当众又问了明帝一遍，不料这次他却回答：'太阳近。'元帝失色，问他：'你为什么和昨天说的不一样呢？'明帝乃答：'举目见日，不见长安。'"

她说完了。片刻静默之后，才听见李公子用不尽怅然的语气道："我第一次听到这个故事时，也才六七岁。那也是我此生唯一一次离开长安。祖父讲起这个故事的时候流了泪，我知道，他是害怕我们这一家人也落到'举目见日，不见长安'的境地……所幸几个月后，我们还是回来了。从那以后我便发誓，这一生都不再离开长安。"他淡淡地笑了笑，"此处虽在城外，不过一抬头，还是见得到长安的。"

"难道天气很冷吗？你一直都在发抖。"他突然问。

裴玄静垂首不语。

"你是怎么看出朕的身份的？"

裴玄静很想说，鬼才看不出来呢。极度的权力才会导致这样可笑的自负吧。正好她的牙齿直打战，便索性拜倒，叩头道："求陛下恕罪。"

"起来吧。"

裴玄静起身，依然垂着头，毕恭毕敬地说："刺杀案前一日，武相公曾将一幅尺牍带给叔父。那幅尺牍上有一种香气，今天我在这里又闻到了。"

"你认识这种香？"

"只听说过……我猜的，此香名为龙涎。"

"哦？"

"传说龙涎香出自大食国西海。西海之中有座龙涎屿，每年春天，群龙都会聚集在这座岛上交戏，它们吐出的涎沫在阳光照耀下凝结成块，又轻若浮石。以龙涎之末入香焚烧，其香历久不散，一旦沾体，久久不去，堪称神奇。但此香极难采撷，鲛人凫水登上龙涎屿，十中九亡，所以也至为金贵。而今整个中原，仅皇宫里存有几块，是昔日番国的贡品，任凭多少钱也买不到，因而龙涎香也被称为天子之香。"

"你知道的还真不少。"

裴玄静分辨不出皇帝此话究竟是赞是讽，可能是过度紧张的缘故，她有些头晕目眩。在正午的阳光映射下，皇帝的面孔纤毫毕现。这令裴玄静发现，当一个男子的五官标致绝伦时，他的一颦一笑中都会有种残忍的意味。

她从未对一个人产生过如此强烈的仰慕以及同等程度的厌恶。

"不妨再多让你知道一些事情。"皇帝说，"有关于郎闪儿的。"

"郎闪儿？"裴玄静倒是始料未及。

"也就是你叔父的家仆王义之女。"

"陛下看了叔父的表章。"

"是的，但朕并非是从裴爱卿的表章中才第一次得知此事。"
皇帝略一沉吟，道，"郎闪儿是朕安排给贾昌养育的，就在十年前。"

裴玄静惊得目瞪口呆。

"元和元年时，朕收到嘉诚公主从魏博送来的一封书信。嘉诚
在信中说，自己身染沉疴，恐将不久于人世，但她会将魏博诸事安
排妥当，即使离世之后，仍使魏博不会为患朝廷，嘱朕不必担忧……
除了这些，公主在信中还提到一件事：几年前，她从长安带去魏博
的卫队长王某与节度使府中的一名婢女私通成奸。公主发现后，便
将那名婢女逐出府去了。那婢女在外产下一名女婴后死去。嘉诚
主心生怜悯，于是暗中命人抚养女婴。至元和元年时，那孩子已长
到三四岁了。公主自己命在旦夕，便决定派人将她送来长安。嘉诚
公主的意思是，朕可将其收入掖庭宫中，今后或许还能令其父女团
圆。但朕考虑之后，认为掖庭宫并不好，还是放到贾昌老丈这里养
育更合适。贾老丈年事已高，越来越需要人陪伴照料，这个院子也
得后继有人。当然，女孩子不如男孩子方便，但也只能将就了。至
于郎闪儿这个名字，是贾昌老人给她起的，我还记得，嘉诚说她给
女孩起名禾娘。"

裴玄静愣了半晌，才又想起来问："那两年多前叔父将王义从魏
博带回后，陛下为何没有安排他们父女相见呢？"

皇帝微微一哂："朕忘记了。"

"忘记了？"

"是啊，命人把禾娘往这里一送，朕就把这件事忘得一干二净
了。"

裴玄静无话可说。皇帝有那么多军国大事要操心，确实不能苛
求他记得一个如此微末的女孩的命运。他能够亲自替禾娘安排一个
栖身之所，无非是因为有嘉诚公主的嘱托，也已经太不容易了。

"但是王义终究找到了女儿。"

"此中曲折便不得而知了。不过据你所说，禾娘如今又落到了女刺客手中。"

"是出身魏博，后又投靠陈许节度使刘昌裔的聂隐娘，而今已隐遁江湖了。"这次裴玄静没有顾忌聂隐娘的警告，而是照实对皇帝说了。直觉告诉她，这样更便于和皇帝谈条件。

"朕知道这个人。"皇帝毫不意外地道，"名为隐娘，其实一直在协助藩镇对抗朝廷。既然是她掳去了郎闪儿，想必包藏祸心。"

"陛下的意思是……"

"这种人根本没有资格与朕讨价还价。"

"……可是，禾娘是嘉诚公主托付给陛下照料的。"裴玄静知道自己正在触犯天颜，但她就是这个性格——不撞南墙不回头。

果然，皇帝深深地看了她一眼，略显愠怒地说："'四海归心，天下一家。'这是朕在登基之时立下的誓言，朕愿意为此付出任何代价。每一个人都要付出代价。"

裴玄静听懂了，皇帝所说的每一个人中包括了嘉诚公主、武元衡、裴度、王义、禾娘，当然也有裴玄静，乃至皇帝自己。她再没什么可说的了。

"张晏等人在西市斩首之时，朕将命人去请娘子到场观看。然后，娘子就把所有的一切都忘记吧，从这座小院开始。"

裴玄静无力地应道："是。"

"吐突承璀，送裴大娘子回去吧。"

吐突承璀陪着裴玄静向院门走去。皇帝又在身后叫住他："你留下，另外着人相送。"

待吐突承璀安排好几名神策军士送走裴玄静，返回到皇帝跟前时，李纯正仰首眺望着院后的白塔。

"当初朕看到这座塔时，以为又高又大，堪比大雁塔。今日再看，怎么这样小。"

"大家以前来过这里？"

"来过两次。"

吐突承璀也好奇起来，一边扶持着李纯向廊下阴凉处走去，一边殷勤地问："大家什么时候来的？奴怎么一点儿都不知道？"

"你当然不知道，那都是二十多年前的事了，当时朕尚未满十二岁。"走入阴影中，李纯的面容也显得黯淡而柔和了，"第一次来时，院子还没有建起来。只有后面的两间破房子，贾昌就在房前拜见了先皇。先皇感其赤诚，当即布施金钱帮他建塔修院，并允诺建成之日再来。可是，等半年后院子建成时，却只有朕一个人来了。"

"为什么？"

"因为先皇病了。你知道的，他身体不好，常常卧病。不过那一次，朕记得他只是偶染小恙，倒不至于起不了床。也许，他就是想让朕独自一人出行吧。"李纯说着微笑起来，"搞得我还特别兴奋，因为绝少有这样的机会，可以不必前呼后拥，只带上几名侍卫便纵马出城……"他的声音渐渐低下去，仿佛沉入到久远的回忆之中，终于完全听不见了。

吐突承璀屏气凝神，静候了许久，才等到李纯的一声长叹。再开口时，他的语气完全恢复了平日的冷酷威严。

"先将里屋东墙上的字拓下来，你自己去做。只你一人。"

"是。"

"拓好之后便将墙上的字全部铲光，也须你一人做。"

"是。"

"不。"李纯迟疑了一下，终于决心道，"还是拆了吧。"

"拆？"

"院中房屋悉数拆除。只把这座塔留下来即可。贾昌的遗骨今后也移入塔中，与运平和尚的灵骨安放在一起。"

吩咐完毕，皇帝拂袖而去，再不回首。

9

裴玄静逃离小院，再也找不到雨夜中那个神秘而又温馨的避难所了，今天她所见的是一处通向深渊的入口。她只有逃，逃得越快越远才越好。

回到长安城内，见到如织巷陌中的寻常人烟，她才略微定下神来。正向西朝朱雀大街而去，裴玄静抬起头，却见左首的半空中，一座深灰色的五层石塔凌云而起。

大雁塔！

她瞬间便做出决定，拨转马头朝大雁塔奔去。负责护送她的神策军士赶上来问："大娘子，去裴府是向西行，你这是要去哪里？"

"我要去登大雁塔。"

"这……圣上命我等护送娘子回裴相公府。"

裴玄静盯着他们道："先去大雁塔，再回府。有问题吗？"

几名神策军士面面相觑，但因裴玄静刚刚被皇帝单独召见过，身份又是新晋宰相的侄女，也不敢轻易得罪，迟疑再三还是点了头。

裴玄静道："烦请诸位带路。"她曾经一心盘算着悄悄前往大雁塔，探索武元衡留给自己的谜题，但今天和皇帝的会面让她意识到，在这座长安城中自己是毫无秘密可言的，至少对于皇帝来说，只要他想知道自己的一言一行，就必然能够知道得一清二楚。

既然如此，倒不妨大大方方地行动，再见机行事吧。

一路疾行，须臾便跨过大半个长安城。再抬头时，大雁塔就在眼前了。但见那充满异域风情的古朴身姿，虽无大雁之形，却自有跃然长空、俯瞰众生的无尽神采。

裴玄静顾不上多欣赏了，三步并作两步奔到塔下，抓住一个小沙弥便问："师父，请问《集王圣教序》碑在何处？"

小沙弥不慌不忙道："阿弥陀佛。檀越可是问怀仁和尚集字碑？"

"正是！"

"檀越弄错了，《怀仁集王圣教序》碑在弘法寺，并不在这里。"

裴玄静愣住了。

小沙弥又道："檀越若是要看《大唐三藏圣教序》，那倒是刻在雁塔外墙之上的，小僧可为指点。"

"哦，不必了，多谢师父。"困惑和失望在裴玄静的心中纠结起来，堵得她喘不过气来——《大唐三藏圣教序》是褚遂良书写的，所以肯定与武元衡的谜底无关。但是由王羲之书法集字而成的《怀仁集王圣教序》石碑却根本没有立在大雁塔。难道是自己推断有误？

可是这么一来，最后的线索也断了。裴玄静感到全身无力，再也没有信心参透武元衡设下的迷局了。

她站到《大唐三藏圣教序》的碑文下面，仰望大雁塔顶，更觉得高不可攀。但是既然来了，她咬了咬牙，便登一次吧。试过，也就死心了。

裴玄静一口气攀上塔顶。朝下望去，整座长安城都覆盖在浩渺烟云之下，棋盘状的阡陌错落有序，车马人流蜿蜒其中，宛若人间幻境一般壮丽恢宏。也是在这一刻，她才理解了皇帝所说今生今世、生生世世都要守住长安的话，是值得的。为了所有看得见和看不见的生老病死、悲欢离合。为了这座城、这个国、这片河山，已经有太多的人赴汤蹈火，她却不知道自己能做些什么。

"请问这位女施主，是否裴家大娘子？"一位慈眉善目的沙门出现在她身后，向她合十行礼。

裴玄静连忙还礼道："我叫裴玄静，师父是找我吗？"

"正是。有位相公托我向娘子转交一件东西。"

裴玄静的心狂跳起来，忙问："是哪位相公？"

沙门含笑不语，从袖笼里摸出一个朴实无华的黑布小包裹，递到裴玄静手中，便转身离去了。

裴玄静不由自主地环顾四周，此时塔顶恰好空无一人。那几个神策军士没兴趣登塔，都在底下等候。她强扼激荡的心神，掀开布包。

　　包袱中是一只小巧玲珑的金缕瓶。

　　吐突承璀的话在她的头脑中响成一片：武元衡不肯收受其他贿赂，但见到太宗皇帝钦赐的金缕瓶时，却立即收下了。

　　她翻过瓶子，果然，瓶底中央有一方小小的镌印——"贞观"。

　　原来所谓的金缕瓶，竟是如此细腻纤巧的物件，躺在她的掌心中，像一只刚孵出蛋壳的雏鸟，又像一块烧得滚烫的火炭。

第三章
幻兰亭

1

对吐突承璀而言，这就是一条人间的黄泉路。

每次踏上这条路，他便感觉自己正从尘世走向幽冥。唯一的区别是，黄泉路一去不复返，而走这条路他还能回得来。

为了掩人耳目，他每次出发都选在傍晚。伴随着暮鼓的鸣响出了长安城后，还要带着几名贴身的随从在城外转上一圈，摆脱所有可能的跟踪及耳目——那些大多是郭贵妃的人。至于皇帝嘛，吐突承璀是从来不敢也无意向皇帝隐瞒行踪的。虽然皇帝很少问及于此，但是他知道，皇帝的心中一清二楚。

同样，他也把皇帝内心的不安和矛盾看得一清二楚。

吐突承璀深知自己对皇帝的重要性，但从未因此忘记过自己的本分。元和六年时，由于宦官刘希光受贿案的牵连，宰相李绛等人极力弹劾吐突承璀，并且把他出兵成德藩镇不力的旧事重提。皇帝在群臣的巨大压力下，极不情愿地说了这么一段话："此家奴耳，向以其驱使之久，故假以恩私；若有违犯，朕去之轻如一毛耳！"说完，便将吐突承璀贬为淮南监军，逐出了京城。

那一次，厌恶宦官专权的朝臣们欢呼雀跃，只有吐突承璀明白，皇帝的贬低其实是对他变相的袒护。要说起来，皇帝对天下谁人不是生杀予夺的呢？果不其然，为了再把吐突承璀召回京城，皇帝想方设法，甚至还在去年罢了李绛的相位，这才替他扫清了回京的一切障碍。

有恩不难，难在于私。之所以"假以恩私"，是因为皇帝实在离不开吐突承璀。

当夕阳收敛起最后一抹光芒，吐突承璀将长安城的万家灯火远远抛在身后，向着深邃如遮的夜空尽头疾驰而去。

天越来越黑，路越走越幽深。前方，一轮孤月高悬，清光遍洒在绵延的山脊上，像一只温柔的手轻抚着已经沉酣入梦的卧虎。

顺宗皇帝的山陵——丰陵便藏在这座金瓮山中。

不过，要从山脚下到先皇的陵寝，还得走很长的路。而且除非祭祀的日子，陵园的宫门是永远关闭的。在夜色中穿过松柏相侍的山道，终于抵达紧闭的陵园门前时，目力所及之处，只见点点萤火影影绰绰，飘浮于似水的清光上面。山风瑟瑟，炎热的盛夏被阻隔在另外一个世界里了。天地间寂寂无声，宛如置身于一座空山。

陵园门外侧有一座更衣殿。文武百官要入陵园祭祀，一律在此殿中更衣。吐突承璀将随从留在外面，独自步入更衣殿。殿宇高畅阔大，却只在角落点了一盏孤灯。一小圈寥落光影之中端坐一人，似乎已等候多时了。

吐突承璀在他的对面坐下。

"今天来晚了……"吐突承璀刚开口，半空中突然飘来一阵凄厉的笑声，在如此静谧肃穆的环境中显得格外突兀，紧接着又变成支离破碎、怪腔怪调的歌声："四季徒支妆粉钱，三朝不识君王面。遥想六宫奉至尊，宣徽雪夜浴堂春……"

"什么人？"吐突承璀听得头皮直发麻。

对坐之人平淡地说："又疯了一个。"

"是谁？"

"是谁又怎样？在这种地方，本来就是生不如疯，疯不如死。"

先皇升遐，未生育过的宫人多被遣至陵园守陵，终身不得离开。此虽为祖制，却也总有人谴责如此"生殉"太过残酷。韩愈曾专门写了一首《丰陵行》，其中就指出："皇帝孝心深且远，资送礼备无赢馀。设官置卫锁嫔妓，供养朝夕象平居。"他又写道："臣闻神道尚清净，三代旧制存诸书。墓藏庙祭不可乱，欲言非职知何如。"其意便是劝谏皇帝不要以尽孝为名，施行此等灭绝人性的制度。

韩愈的诗当然只能写写而已。吐突承璀太了解皇帝的脾气，他压根连理都不会理。何况涉及天下人都在腹诽的孝心问题，皇帝只会无所不用其极。宫人们的血泪从来不在他的考虑范围之内。

如今在丰陵守陵的宫人不下五百，负责日日如先皇生前一般供奉他的灵魂，在陵园内的寝宫中具盥栉，治衾枕，每天四次按时进奉食品。

事死如事生。

顺宗皇帝于元和元年七月葬入丰陵。从那时起到现在，这些宫人们已经守陵整整十年了。十年来，死的疯的不少，但绝大多数还是麻木地活了下来，日趋一日地变成为真正的行尸走肉。除了管理宫人们，陵园的日常维护、清扫、祭祀和守卫等等，都由此刻坐在吐突承璀对面的这位陵台令管辖。

和吐突承璀一样，丰陵台令李忠言也是位宦官。是否因此，两人之间更有共同语言呢？反正对吐突承璀来说，李忠言算得上他的老朋友。他们的交情始于贞元末年。放眼当今的元和朝廷乃至内宫，当初的旧人几乎凋零殆尽，能够和吐突承璀知根知底地谈上几句心里话的，除了皇帝本人，也就剩下李忠言一个了。

在他们席坐的墙根下，一个小炉子嘟嘟冒着热气，李忠言正在煎茶。

吐突承璀暗想，是了，现如今即使在大明宫中，也找不到比李忠言煎茶煎得更好的人了。皇帝抱怨过很多回，总说品茗的乐趣不及先皇在时，却也无可奈何。

"吐突将军请用茶。"李忠言双手奉上茶盏。

吐突承璀喝了一口，不禁叹道："你究竟有何煎茶秘诀才能得此好味，是水、茶、用具还是火候步序，能不能泄露一二啊？"

"不能。"李忠言回答得十分干脆。也只有在听到他的嗓音时，吐突承璀才会猛然惊觉对方比自己还小几岁。可是你看他那佝偻的身躯，双目两旁密丛的皱纹和斑白的鬓发，怎么都不敢相信，李忠言才刚满三十五岁。

其实，更令吐突承璀无法相信的是，皇帝居然一直没有杀掉李忠言。

李忠言是先皇生前最后的贴身内侍，亲眼看见了先皇驾崩的全过程。尽管他对此中内情始终守口如瓶，但只要有他这个人活着，无疑就是对皇帝的莫大威胁。以皇帝的果敢和凌厉，怎么肯给自己埋下这么大的一个祸根。

然而奇哉怪也，皇帝偏偏留下了李忠言的性命，还委任他为丰陵台令，负责管理先皇山陵。李忠言相当尽职，从陵园修建起便待在金瓮山中，十年来从未离开过半步。

时至今日，吐突承璀仍然琢磨不透皇帝此举的真实用意，但又能从情感上认同他。反正对于皇帝的一切想法和行为，吐突承璀都打心底里支持。光这一点，就使他与别人有了本质的区别。其他人赞同皇帝，无非是出于敬畏或者私利，而阳奉阴违甚至以国家社稷为名对着干的也不在少数。只有吐突承璀发自内心地坚信，皇帝永远是对的。

他并非愚忠之徒，之所以对皇帝有这样的信心，是因为他真正地了解，并且热爱着皇帝。

因此，皇帝才会在将李忠言任命为丰陵台令的同时，又命吐突承璀负责丰陵的守卫吧？有了吐突承璀的神策军重兵把守，李忠言即使插翅也难飞出丰陵。纵然活着，也与沸反盈天的尘世产生不了任何关联。

皇帝留下李忠言的性命，当是深知他会以丰陵为家，用最彻底的赤诚和敬爱来侍奉一位死者。先皇最后的日子非常凄凉，瘫在床上不能动，连话都说不出来，身边又没有任何亲近知心的人，只剩下一个李忠言陪伴左右。他肯定会喜欢由李忠言继续服侍自己。因而李忠言便成了皇帝完成孝心的工具。反正他活着一天，就守一天陵，死了便直接埋在陵园中陪葬。从这个角度来说，其实李忠言早就死了。

吐突承璀分明看到，死亡侵蚀了李忠言的躯体，他的一举一动中都充溢着死气。十年光阴，对李忠言仿佛已过去了大半生。因为他是活在阴间里的人。

吐突承璀开口说话："武元衡遭刺杀了。"

每次来丰陵，他都会告诉李忠言很多事情，说完也就完了。李忠言就像一堵墙，所有的消息到他这里便有去无回。吐突承璀更像是在自言自语，但随着时间的流逝，这种倾诉对他变得越发重要起来。

"死了吗？"今天李忠言居然搭话了。当然，帝国宰相的生死并不值得他抬一抬眼皮，李忠言注视的仍然是烹茶的炉火。

"死啦，而且身首异处，脑袋到现在还没找到。"

"哦。"

"此人一贯孤标傲世，死得却如此难看啊，哈哈。"

"你恨他？"

"恨？"吐突承璀一愣，想了想说，"倒也谈不上，他未曾惹过我。"

李忠言沉默。

吐突承璀又说："那刘禹锡还为此写了首诗，什么'宝马鸣珂踏晓尘，鱼文匕首犯车茵'。还有什么'墙东便是伤心地，夜夜流萤飞去来'。说是为纪念宰相而作。可是你知道吗？他居然给诗起了个名字叫《代靖安佳人怨二首》！哈哈哈。"

"靖安佳人？"李忠言显然没弄明白吐突承璀在瞎乐什么。

"哎呀，武元衡的府邸不是在靖安坊中嘛。他又常爱写些赠某佳人、代某舞者之类的诗，所以刘禹锡才假借悼念之名，实际却在嘲讽武元衡爱美人不爱人才。"

"哦。"

吐突承璀叹了口气："也难怪刘禹锡怨恨武元衡。永贞之后一贬十年，好不容易圣上考虑重新起用了，武元衡又从中作梗。他们之间的过节太深了。"

假如吐突承璀留心的话，就会发现在听到"永贞"二字时，李忠言晦暗的双眸中突然迸发出剧烈的火焰，迅即泯灭。然后，他才用事不关己的冷淡语气问："刺客是什么人？抓住了吗？"

"抓了几个替罪羊——成德进奏院的武卒张晏一伙人。"吐突承璀"哼"了一声，道，"圣上想拿成德王承宗开刀，我自求之不得，干脆来个杀鸡给猴看。"

"猴子是谁？"

"还不就是那几个闹得最凶的藩镇！平卢、淮西，和成德都是穿一条裤子的，刺客无非就是其中之一，抓谁都一样！！"

"这么热闹……"李忠言嘲讽地说，"又是成德，又是淮西，又是平卢。"

吐突承璀叹道："谁说不是呢。圣上难啊……唉，所以明知是平卢的人，也只能暂时压下来。先对付了成德和淮西吧。否则，不仅朝堂上那帮臣子们要叫嚣，圣上自己也会心力交瘁的。"

"那武元衡岂不死得太冤枉了？我还以为皇帝有多么宠信他呢。"

"你是没看见圣上哭得那样……宠是真宠的。不过——"吐突承璀犹豫片刻，终究没能憋住，"我再告诉你件事，武元衡可能收受了藩镇的贿赂。如果证实了，那对圣上的打击可就太大了。"

"武元衡不是最清高的吗？怎么也受贿？"

"光是钱财，他当然视如粪土。但他收受的是太宗皇帝的物件……"

"也许是想收下来后献给皇帝？"

"不知道。"吐突承璀的表情有些郁闷。

李忠言说："你该走了。待得时间太长，有人会不痛快的。"

"你说圣上吗？他不会的，我来他都知道。"

"郭贵妃呢？她那么忌惮你，别让她抓住什么把柄。"

"我会怕她？"吐突承璀嗤之以鼻。

"太子的事情还没有定论吧？"

吐突承璀不吭声了。自从元和六年原太子李宁病死之后，皇帝便面临着重立储君的问题。贵妃郭念云是郭子仪大将军的孙女，郭家坐拥重建唐室之功，势力极隆。所以朝廷内外几乎众口一词地建议皇帝选立皇三子，也就是郭贵妃所生的嫡子李宥为太子。但皇帝更倾向于按序立长，想立次子澧王李恽为太子。双方拉锯，至今没有定论。

前些日子，郭氏背景的官员们再次上表请求皇帝将郭念云册立为皇后，皇帝仍以种种借口拒绝。由于郭家在朝野内外的势力实在太强大了，在储君和皇后这两件事上，皇帝几乎找不到支持者，除了忠心耿耿的吐突承璀。

所以郭贵妃将吐突承璀视为眼中钉，自然不足为奇了。

"也罢，确实该走了。"吐突承璀作势起身，似乎他大老远跑这么一趟，真的就为了来喝一口李忠言烹的茶。

李忠言道："我也该去为先皇奉夜宵了。"

"这事儿还要你亲自做？"

"一直都是我做。"

看着李忠言如磐石一般肃穆的身形，终于，吐突承璀从怀里掏出一个纸卷，双手捧到他面前。

"贾昌死了，这是从他院子的里屋墙上拓下来的。圣上特命我送来。"

这才是他此行的真正目的。

李忠言接过纸卷，打开一看，死水般的表情终于现出一丝光芒："是……先皇的字？"

"就知道你能认出来！"吐突承璀说，"圣上告诉我是先皇所书时，我还不敢相信呢。先皇不是只写隶书吗？怎么行书也写得这么好？过去我竟全然不知。"

"先皇是擅写行书的，但是每次写完就烧掉，所以除了贴身近侍无人知晓。"

吐突承璀瞪大眼睛："这又是为何？"

"不知道。"

"那你看看这个，先皇写的是什么意思？我怎么读不懂啊？"

李忠言看了好一会儿，说："像是临摹的某个帖吧。"

"哦……是不是王羲之？"

李忠言反问："为什么说是王羲之？"

吐突承璀道："最近圣上老临王羲之的字帖，我看着挺像的……唉，我也不怎么懂这些，你且收好吧。"

李忠言小心翼翼地收拢纸卷，他的手没有颤抖，正如他的心在千锤百炼之后，再不会因为多钉入一颗钉子而有丝毫瑟缩。

血，早就干了。如今流淌在李忠言身体中的，每一滴都是漆黑的仇恨。

2

有些地方会一去再去，有些人见过一次便终身不愿再见。

裴玄静弄不明白，为什么自己又会来到贾昌的小院。并且，又是在一个夜晚。

但是和第一次的雨夜、第二次的午后都不同，这一回，贾昌的小院整个笼罩在清冷的月色中，万籁俱寂，使得它活像一座漂浮在汪洋大海上的孤岛。

这不禁令裴玄静想起那个龙涎屿的传说。当诸龙沉睡之时，龙涎屿恐怕也是如此寂静而恒定的。何况那股缥缈而悲悯的香气，的的确确萦绕在她的身边。

院中只有一人负手而立。裴玄静恐惧到了极点，却不得不上前去。

他听到动静，转过身来看着她。

"我有那么可怕吗？"他的问话中充满轻蔑。裴玄静懂得，他习惯了操控苍生，习惯了君临天下。即使现在自称为"我"，而不是那个唯一的"朕"，他仍然是全天下的主宰者。

"不是公子可怕。"裴玄静小心翼翼地回答，"是这香气令我不安。"

"龙涎乃天下至尊的香味。"

"可我也听说，龙涎香曾经代表死亡。"

他沉默片刻，问："你知道龙涎香之杀？"

"是有这个传说。"

他又沉默片刻，才说："那是永贞年间的事情，都过去十年之久，就别再提起了。"

"是。"

"你很聪明。"他打量着裴玄静，"但绝不像你现在装出来的这样驯顺。"

裴玄静本能地反驳："我没有装。"

他不动声色地微笑了，裴玄静顿时面红耳赤。

"说说你此刻的真实想法吧。"

裴玄静深吸了口气，字斟句酌地说："公子的样子令我想起了一首诗。"

"哪首诗？"

"袅袅沉水烟，乌啼夜阑景。曲沼芙蓉波，腰围白玉冷。"

"我似乎听过这首……是李长吉的诗吗？"

"是，是他的《贵公子夜阑曲》。"

他点头道："我想起来了，不过诗怎么像没写完？"

裴玄静回答："过去我也觉得此诗当有下文。诗中这位贵公子，夜阑之旨安在？他为何那般感伤，又那般孤独……不过今日当我见到李公子，就都明白了。"

他凝眸注视她，表情难得地放松下来，眼神也不显得那么冷酷了。

"你近前来一些，不要离得那么远。"

裴玄静往前走了两步，已经快贴近他的跟前。龙涎香的味道温柔而又霸道将她包裹起来……

他就在她的耳际说："你认为贵公子为何彻夜不眠，他究竟在等待什么？"

"……他在等待这个！"裴玄静说着，用尽全身力气将手中的匕首插入他的胸膛。

血没有立即流出来。他惊愕地退后一步，瞪圆了眼睛看着她，张了张嘴，仿佛想问什么，却发不出声音。

裴玄静同样说不出话，也动弹不得。她甚至比对方更加困惑，自己怎么会做出这样的事……

殷红的血缓缓渗透出来，在他胸前的衣襟上画出了一朵鲜艳的红花。花心是匕首的握柄，上面还有裴玄静紧握的五根手指。

她狂喊出来："啊！"

"娘子，娘子！快醒醒，你魇着了吗？"

裴玄静猛地坐起身，阿灵正焦急地唤着她。

淡淡的月光从敞开的窗户照进来，在榻前仿佛水银泻地。梦中显得无端诡异的静谧夜色，又恢复成了现实世界中的安宁模样。

"你怎么了呀？娘子，连着两个晚上魇着了。"

阿灵递过来帕子，裴玄静擦了擦额头上的汗，勉强笑道："我没事了，你去睡吧。"

过不了多久，睡在隔扇外面的阿灵就响起了绵长的呼吸声。裴玄静听了一会儿，才从枕头下取出匕首，捧到月光下细细地看。

没错。就是它。

刚才在梦中，她正是将这把匕首插入了皇帝的胸膛。

冷汗再度冒了出来。

这究竟是怎么回事？自己怎么会做这样的噩梦？而且连续两夜，梦境栩栩如生。最可怕的是，整个过程都一模一样。

她颓然倒在榻上，感觉到从未有过的无力和彷徨。

昨夜第一次做这个梦时，裴玄静醒来后立即替自己分析了一番。首先，午后在贾昌院中毫无准备地见到当今圣上，确实给裴玄静造成了极大的情绪波动。其次，自从来到长安后遇到的种种变故和难题，足以使脆弱的人精神崩溃了。裴玄静算是相当挺得住的了，但也到了极限。最后，昨天纯属巧合，她外出前将匕首藏于靴中。本意不过是为了防身，不想却犯了私藏武器面圣的大忌。但这也不能怪她呀，谁都没告诉她将要见到的是皇帝。

总之，昨晚裴玄静找出种种理由来自我安慰，却在今夜噩梦重现后彻底破灭了。

她将匕首从鞘中拔出，在月光之下，纤细的刀身如同一小段秋水般轻柔，使人难以相信，这是一件可以轻易夺人性命的凶器。过去的七年中，她曾无数次像这样在月色中端详它，总感觉其中有什么东西在悄悄流动。她曾经认为那是相思无限、是情意绵绵。此刻却意识到，那更像是一种无法释怀的怨念，一个极端不祥的预兆。

裴玄静从榻上翻身坐起。她忽然觉得，自己再也无法在长安待下去了。

她这是在干什么？那么多混乱，那么多谜团，那么多争斗和仇恨，所有这些与她又有什么关系？她在心里说，对不起了武相公，对不起了王义，对不起了禾娘……玄静只是区区一个女子，承担不起那么多道义和真相。自己所能为之付出的，总共才一个人而已。

裴玄静掀开妆奁，一件件看过来：粘着血的发簪、一首五言绝句、誊写了半部《兰亭序》的卷轴，和一只古雅的金缕瓶。

　　哎呀，她又为难起来。

　　真要狠心抛开所有这些信任和嘱托，裴玄静实在于心不安。特别是刚刚发现的武元衡的金缕瓶，很可能影响到宰相一生的清誉，更有甚者，还会造成对刺杀案真相完全不同的判断。

　　据吐突承璀说，因为成德藩镇污蔑武元衡受贿，所以皇帝才决意要杀成德武卒以立威。而现在，所谓的受贿物品金缕瓶却落到了裴玄静的手中，还是武元衡用了极特别的方式指引她找到的。

　　难道说，武元衡真的受贿了？那么成德藩镇就没有污蔑武元衡。皇帝杀成德武卒也就越发显得师出无名。

　　但反过来想，成德藩镇会不会因为武元衡受贿而怀恨在心，所以刺杀案的元凶的确就是他们？

　　金缕瓶无疑是刺杀案中的一件关键证物！可是，武元衡为什么要将它交给自己呢？

　　她托起金缕瓶，默默念叨着："武相公呀武相公，玄静何德何能，竟令您将如此要紧的东西托付给我。这也就罢了，您能不能多多开示于我，究竟想要玄静做些什么？现在这样凭空揣度，实在是太难太难了……"

　　裴玄静叹了口气，正想把金缕瓶照原样用布裹好，却又停下手来。

　　她发现了一个很奇怪的现象：原先纯黑的布上隐约现出斑斑驳驳的花纹。等她拿近了看时，花纹又不见了。

　　用手摸一摸，布质相当粗糙，裴玄静心中一动。在大雁塔取得金缕瓶后，她的注意力完全集中在金缕瓶本身，从来没有留意过包裹它的黑布，现在却发现此布不同寻常。

　　这块黑布太粗糙了。以武元衡的地位和品位，在家中随手一取必定是绫罗绸缎，要找这么一块粗布反而很困难吧。

　　所以这一定又是他刻意为之的。

裴玄静面前的云母屏风上，不经意中已经染上一抹微光。天快要亮了。

她想起来，今天还有件大事。成德武卒张晏等人将在西市上开刀问斩。承蒙皇帝钦点，裴玄静必须到场观看。

果然是事到临头，想躲也躲不过去。

裴玄静合拢妆奁，又小心地挂上铜锁，却把先取出的黑布叠成小方，置于几上。今天外出时，她将找机会去西市的绸缎庄走一走，或许能查出黑布上的蹊跷。

长安城中西市的大柳树下，是朝廷当众处决人犯的专用场所。此次宰相遇刺大案，几日之内便缉拿到元凶，并由京兆府尹亲自监斩。消息传出，京城百姓奔走相告，人心惶惶初告安定。

从一大早起，西市就被围观的群众占满了。裴玄静来得晚，却由几名神策军开道，直接穿过人群走向一座酒楼。将马匹交给店家，裴玄静在神策军的簇拥之下拾级而上，来到靠窗的一副座头前。

她凭窗而望，杀人场所就在窗下的正前方。神策军们往旁边一围，其余客人只能退避三尺，让出最佳观赏位置。

裴玄静坐下来，没有掀起面纱。她感觉很窘迫，也非常气恼。皇帝强迫她观刑，无非是逼她识相顺从、好自为之。因为裴玄静是裴度的侄女，皇帝对她算得上客气了，手段亦较委婉。

将张晏等人斩首示众，皇帝想以此来向世人宣告：至少在这座长安城中，天子的意志尚能覆盖每一处角落。心念及此，裴玄静又有些可怜那个人了。你看，他的意志可以命她乖乖地坐在这里，却仍然阻止不了她在梦中杀死他。

裴玄静情不自禁地哆嗦一下。她连忙告诫自己，绝不能再想那个噩梦了。她把心神拉回到窗下。午时未到，行刑还未开始。大柳树下的高台之上，已安放好了监斩官的座位，还有到时候供受刑者搁脑袋的砧板条石。台下人山人海，台上空空荡荡。云遮日影，在人们的头顶慢慢移动。从居高临下的角度看过去，像极了一幅诡异的图卷，一点一点朝最血腥可怖的那一幕推进。

突然，裴玄静在人群中发现了禾娘。

她惊得差点儿站起来。禾娘重拾男装打扮，以郎闪儿的形象挤在最前排的位置。

裴玄静紧张地寻思起来，禾娘想干什么，肯定不光是看热闹吧？聂隐娘呢，他们夫妇会不会也来了？

她抻长了脖子继续在人群中搜寻，没有发现聂隐娘夫妇的身影。但裴玄静并未因此松了口气，聂隐娘绝不会放禾娘单独外出的。以隐娘夫妇的能耐，想要隐匿行藏本非难事，可怕的是，如果他们都到场，到行刑时将会发生什么？

难不成是要劫法场吧？这怎么可以！

裴玄静坐不住了。可她刚想起身，一名神策军士立即挡在前面："娘子请坐，需要什么尽管吩咐，末将为您去办。"

她只好又坐回去——懂了，自己此刻只是皇帝的囚徒，不允许乱说乱动。

其实劫不劫法场的，裴玄静倒不在乎。张晏等人本来就不该掉脑袋，是皇帝非要拿他们开刀。裴玄静担心的是禾娘，担心她又被无端地卷入到漩涡的中央。谁会保护她？谁又能保护她？

怎么办？告诉这几个神策军，可能有人要劫法场吗？裴玄静不愿意，也不相信这样做就能够扭转局面。她茫然无措地环顾四周……不对，那又是谁？！

裴玄静差点儿惊呼出声。因为她在店堂的角落处，发现了一张似曾相识的面孔。

那人也是单独一个，寻常文生打扮，衣冠楚楚，正半垂着头向窗外张望。此时二楼店堂里坐满了客人，全都在好奇地观望着刑场，那人夹在其中，丝毫不引人注目。

可是裴玄静一眼就认出了他——因为他的下巴上有一条深深的

疤痕！

那天在春明门外贾昌的院子时，崔淼和郎闪儿曾在寄宿者中发现了一个患瘟疫的人。裴玄静见到时，那人刚刚病死不久。因为崔淼不让她靠近，她只匆匆扫了死者一眼，但死者下巴上的疤痕已给她留下深刻的印象。

裴玄静对人的相貌有过目不忘的本领，常常引起他人的赞叹。其实只有一个秘诀：记住最主要的特征。

所以她记住了这条疤痕。

那人仿佛察觉到了什么，也向裴玄静这边看过来。她的心脏几乎瞬间停跳，随即才想起自己未掀开帷帽，别人看不清自己的容貌。

果然那人又把目光调开，仍然投向窗外的刑场。裴玄静却觉得天旋地转，连京兆尹大驾光临时民众的喧哗声都未听到。仿佛只在顷刻间，现实世界从她的眼前消失了。

她曾经以为，贾昌院子中的谜已经全部解开。但为什么，一个明明死在那里的人又活过来了呢？

"江河大溃从蚁穴，山以小阤而大崩。"在她刚开始展露探案才华的时候，父亲就专门用汉时刘向的这句话来教导她，意即在推理的每个环节上，都必须确保细节的正确性。任何一个最微小的漏洞，都可能导致整个结论的崩溃。

此时此刻，一个死而复生的人，使贾昌院子中的一切重新变回一团混沌。

裴玄静的脑子乱糟糟的。

"裴大娘子快看啊，午时三刻就要到了！"身旁的神策军士还挺尽责，及时提醒裴玄静观刑。

裴玄静愣愣地望向窗外，却见行刑台上不知何时已经跪倒了一排，每个人背后都插着写有姓名的标牌——正是皇帝指定的替死鬼张晏等人。在他们的身后，刽子手横握钢刀，只待时辰一到，便将手起刀落了。

正午的阳光从刀刃上反射回来，行刑台上空全都是耀眼的光芒，灼灼逼人。

喧闹的西市变得寂静无声，所有人都屏住呼吸，等待着人头落地、血水四溅的那一刻。

"砰！嘭！"

突然，从四面八方传来连声巨响，之后便噼里啪啦响声不绝。人群受到惊吓，有人东张西望，有人左推右操。负责守卫现场的金吾卫们见此情景，担心贼人乘乱生事，赶紧驱赶制止百姓，结果自然是乱上加乱。

一时之间，行刑台前哭喊声大作，人们开始惊慌，纷纷四散突奔，金吾卫们还在竭力阻挡，但局面已然失控了。

京兆尹手足无措地愣在行刑台上，也没人宣布午时三刻是否已到。情急之下，他大声嚷起来："快，快行刑啊！"

可是刽子手们都慌了手脚，居然无人从命。

"哎呀，乱了乱了！"裴玄静所待的酒楼上也已混乱不堪。人们再不理会那几个假模假式的神策军，蜂拥至窗前。有些人从楼下往上跑，想登高看得更清楚些。也有人朝楼梯下直奔而去，其中就包括那个脸上有疤的人。

裴玄静倒是反应过来了，乘神策军光顾着看热闹，瞅了个空子也跑下楼梯，紧随在疤脸人身后奔出酒楼。

要是裴度看到此情此景，肯定会对裴玄静大喝一声："玄静啊，切勿冲动！"

可惜他这位侄女在头脑发热的时候，是什么都顾不上的。

裴玄静刚冲出酒楼，就发觉自己陷入了拥挤的人群之中。疤脸人一晃就不见了。身后传来了神策军士的叫声："裴大娘子！裴大娘子！"裴玄静一咬牙，拼命朝疤脸人消失的方向挤过去。

她立即发现，自己犯了个大错。身边所有的人都在喊在挤，压力从四面八方而来，她不仅无法前进，甚至连呼吸都非常困难了。

忽然从后方又涌过来一股巨大的冲力，裴玄静站立不稳，眼看就要倒下去。

"静娘，快抓住我！"一只手伸向她，裴玄静用尽全力将它握住。

3

真没想到，崔淼看上去文质彬彬的，在拥挤的人群中左冲右突，还挺有把子力气。

等两人终于突破重围，钻进一条小巷子时，裴玄静才认识到，今天若无崔淼及时现身，自己怕真会给挤出个好歹来。

"你、你怎么来？"她气喘吁吁地问。

"我也来看热闹啊，结果一眼看见了你。"崔淼擦着汗说，"那几个神策军把你押进酒楼时，我就认出来了。所以一直在下面候着，本想看有没有机会和你碰个面，谁知你就从里面冲出来了……"

裴玄静叫起来："崔郎，我看见了一个人！"

"嘘！"崔淼却示意她噤声，伸手推开墙上的一扇小门。

裴玄静跟着他走进去，见是一座大宅的后院。院中无人，却一字排开数张草席，在阳光下暴晒着各色各样的植物、干草、切片，甚至虫卵。一股浓重的草药香气冲入鼻腔，她明白了，这些都是药材。

小门关严后，便与混乱喧闹的行刑台前分割成两个世界了。

崔淼说："娘子，带你来看个好地方——宋清药铺。"

"卖药的？"

"对，整个长安城中最大的药铺子。"

裴玄静傻傻地环顾四周："我们还是在西市里吗？"鼎沸的人声似远又近，但是刚才引发混乱的轰鸣声倒是听不见了。

"是在西市，不过是西南隅的角上，在砍头的大柳树后方。平常是最僻静的。这是储藏药材的后院，店堂开在前头。"

裴玄静点点头，院子真大，晒着的药材她认不出几样，想必都很珍贵。旁边还搁着五花八门的器具：秤、斗、升、合、杵臼、刀砧、玉锤、瓷钵，等等，看得她眼花缭乱。足见此药庄的规模。可是——她问崔淼："崔郎中带我来此地是……"

"外面太乱，咱们在此暂避。"崔淼微笑道，"正好让娘子看看我平常待的地方。"

"你就在这里坐堂？"

"是啊，病家拿了方子便可直接在药铺里买药，岂不顺手？"

裴玄静不吭声了。她曾经想过要调查崔淼是否确在西市行医，经过从磨镜小铺到长安城下暗渠中的历险，裴玄静已经打消了对崔淼的怀疑，不觉得还有必要核实。但是……今天的疤脸男人又是怎么回事？

裴玄静的心突然沉下去。如果疤脸男人真的死而复生，首先颠覆的便是崔淼的信用。他的话将最终被证明——统统是谎言。

崔淼问："你怎么了？"此君简直明察秋毫，裴玄静的内心起伏无一能逃脱他的眼睛。

"我……"

她不知该如何启齿了。生平第一次，裴玄静发现自己竟会害怕去追根寻底。

后门上响起轻轻的敲击声，挽救了僵局。

崔淼欣喜地应道："来了。"

他赶过去打开门，迎进来一位中年文士。那人青衣幞头，步履略微有些蹒跚，似乎腿脚不太方便，见到崔淼便说："崔郎中也在？今天外面太乱，我怕挤，只好走后门了。"

崔淼挽着他坐到廊檐下，笑道："我也是嫌乱，今天一直躲在药铺里没出去，不想刚巧遇上先生。"

裴玄静听得又是一愣，他有什么必要撒这个谎呢？况且还当着自己的面。

中年文士也发现了裴玄静，正在面露狐疑，崔淼立即说："那位娘子是来买药的，独缺一味药材，伙计赶去城外采买了。现在外面太乱，便请她在院中等候。"说着还向裴玄静丢了个眼神过去，示意她少安毋躁。

文士又问："宋掌柜呢？"

"咳，今天伙计们都看杀人去了，掌柜的正在前堂忙得焦头烂额。"

这位崔郎中说起谎来还真不用打草稿，连裴玄静都快信以为真了。

与此同时，裴玄静的好奇心也被勾起来了。她所认识的崔淼尽管彬彬有礼，但又总在不经意中流露出愤世嫉俗，说话也时常夹枪带棒，绝对不是个容易对付的角色。可是此刻你看他，面对中年文士时毕恭毕敬的样子，简直像换了个人。

而且他的尊敬和关切是多么自然，看得出发自肺腑。服侍中年文士坐好后，崔淼便单膝跪在文士身边，小心地按揉着他的腿："先生觉得怎样？"

中年文士皱了皱眉，并没说什么。

裴玄静在旁边冷眼看过去，但觉此人形容憔悴，清癯的面孔上满是化不开的郁结，举止中却自有一种冷峻孤傲的风骨。

因为他不回答，崔淼便说："先生这是风湿，不仅要静养，还须善加调理，此外……"笑了笑，才倍加小心地说，"此外最要紧的就是放宽心情，情志不遂，乃此病大忌。"

中年文士也笑了，反问："你觉得我情志不遂？"语气自嘲中饱含伤郁，听得裴玄静心头一酸。

"哪里，是我瞎说的。"崔淼在此人面前简直谦卑到了极点，又从旁边取过一个大包袱来，"正好，宋掌柜把您的药都备好了，今天您就顺便带回去。一共二十天的分量，吃完了您再过来，我重新给您把脉调方子。"

又是"正好"。裴玄静心想，今天崔淼一个人就把全长安的"正好"用光了。

"二十天的量？"那文士局促起来，"我的钱大概不够买这么多药……"

"掌柜说了多少遍不收您的钱，您怎么还这样？"

文士苦笑道："是，宋掌柜好意，允我打欠条，只是这么一味地打下去，却不知何时能够了账……"

崔淼把包袱往文士怀里塞去："宋清药铺从开张之日起收下的欠条，何止成千上万。每年年终必将未兑现的欠条付之一炬。尽管如此，掌柜的不仅没有破产，药铺还越开越兴旺，先生您就不必为他操心啦！"

中年文士慨然道："宋清掌柜身为商贾，却能够做到不唯利是图。与他相比，那些在朝廷、官府中以士大夫自居的人，反倒显得浑身的市侩味道。"说着，从袖中取出一方叠好的纸，"烦请崔郎中交给宋掌柜吧，他太忙我就不去打搅了。"

崔淼说："先生真的不用再打欠条了。"

"不是欠条，是在下给宋掌柜作的一篇小文，麻烦崔郎中转交，替我谢谢他。"说话间，中年文士的眉宇中展露出骄傲的神采，顿时让裴玄静发现，他原来是个多么潇洒的男子啊。

崔淼一直将中年文士搀扶到门外，文士道了谢，才沿着小巷踟蹰而去了。

裴玄静方上前问："他似乎行走不便，你怎么不多送一程？"

"先生不愿意让人看见。"

裴玄静明白了，刚才崔淼说了那么一大堆的"正好"，也无非为了让中年文士不要感到困窘。

"这人到底是谁呀？"

"你猜猜。娘子不是神探吗？"

裴玄静一时还真没有什么头绪。

崔淼笑道："我可以提示娘子。不过要念首诗，还望娘子许可。"

"你想念就念，怎要我的许可？"

"娘子不是说过，在下与好诗不太相称嘛。"

从崔淼的脸上也看不出究竟是真是假，裴玄静恨恨地道："恕你无罪，念吧！"

"野粉椒壁黄，湿萤满梁殿。台城应教人，秋衾梦铜辇。吴霜点归鬓，身与塘蒲晚。脉脉辞金鱼，羁臣守迍贱。"

竟是李长吉的《还自会稽歌》！

该诗写梁代庾肩吾的前事，描述他在侯景之乱后逃往会稽的途中，思念太子萧纲，哀叹自己作为曾经的东宫官员，而今却流离失所的悲苦命运。然而诗人借古寓今，真正想唏嘘感叹的，是那些在永贞革新失败后遭到贬斥、壮志未酬的人。因为革新的中坚人物王叔文恰好也是会稽人。

"难道这位先生是……"裴玄静还在迟疑。

崔淼却道："所谓南方有柳星。柳星，是二十八宿中南方朱雀七宿的第三星。人们便用柳星来指被贬到南方的柳宗元。柳宗元，字子厚，河东人，又称'河东先生'，以诗文闻名于世，曾积极参与唐顺宗主导的'永贞革新'，革新失败后遭贬谪至岭南的永州和柳州。"

"真的是柳子厚！"

"别叫得那么大声啊，金吾卫都让你给召来了。"崔淼直摇头。

裴玄静激动难抑："天哪，我今天见到了河东先生！"

这些天她见过的大人物中有宰相、权宦，甚至包括皇帝，但没有一个人令她像现在这样既雀跃又遗憾。她埋怨崔淼："你不早说。"

崔淼忍俊不禁："我早说了你想怎样？不是要吃了河东先生吧？"

"才不是呢！"裴玄静说，"我想当面告诉他，他的每一篇文字，只要能找到的我都读过好多遍了。他的思想每次都能给我惊喜，他的风骨令我钦佩，他的遭遇更令我……哎呀，就算什么都不说，能近一些看他也是好的。"

崔淼说："裴大娘子，你没事吧。我还从没见过你这么激动呢。"

裴玄静低头不语了。其实她心里也明白，崔淼之所以没有替她介绍柳宗元，应当是考虑到先生自己的意愿，他肯定不希望让别人看见自己的病容。

她喃喃地说："崔郎中，先生怎么看起来这么苍老憔悴，我记得他应该刚过不惑之年。他的身体怎么了，他的病要紧吗？"

"唉，心病是最难治的。柳子厚远不如他的老朋友刘梦得想得开。"

"可是河东先生怎么会在长安呢？"

"梦得先生也在。他们是被皇帝召回来的，正在等待朝廷重新任命。"

裴玄静又惊又喜，从永贞革新之后被贬谪了整整十年的柳宗元和刘禹锡，真的要迎来云开雾散的那一天了吗？

"太好了，但愿皇帝把他们留在京中，河东先生能把身体养好。不过别让他们再当官了，永远别再当了才好。"

崔淼叹道："多亏我没早告诉你，要不你对柳子厚当面说出这番话来，能把他气得吐血。"

裴玄静不想反驳他。这些天她从武元衡、裴度、吐突承璀乃至皇帝的身上看到了太多的压力和无奈，真心觉得当官不是件好差事。

崔淼说："皇帝怎么打算，咱们也管不着，但是至少，咱们可以先行欣赏一下柳先生的笔墨。"说着，在桌上把柳宗元方才交给他的纸摊开。

"这样好吗？先生可是让你转交宋掌柜的。"

"柳郎的笔墨当为天下人所共有，"崔淼振振有词地道，"亦将为当世与后代所共有。你我在此先睹为快，有何不妥？"

裴玄静认为，他说得还挺有道理的。

于是，她怀着虔诚的心情开始阅读，见文章开头便写着："宋清，长安西部药市人也，居善药。有自山泽来，必归宋清氏，清优主之……"结尾处则写道："清居市不为市之道，然而居朝廷、居官府、居庠塾乡党以士大夫自名者，反争为之不已，悲夫！然则清非独异于市人也。"

"好家伙。"崔淼说，"宋清掌柜这回要流芳百世了。"

"流芳百世？"

"是啊，柳先生之文墨定将世代流传的，那宋清掌柜被他记入文中，当然也会跟着一代一代传诵下去。掌柜的这笔买卖赚大了。"

裴玄静抿嘴笑道："我明白了。你对柳郎那么好，就是巴望着他哪天写上一篇《崔郎中传》，便也能流芳百世了。"

崔淼捶胸顿足："娘子把崔某看成什么人了！"

话虽如此说，当崔淼看着裴玄静的甜美笑容，看着她那难得的如同孩子般兴奋的表情——仅仅为了读到一篇好文章，为了看见一个仕途沦落的大才子，她就抛开了所有防范和审慎的成熟模样，展露出一颗纯粹的赤子之心——他也禁不住目眩神迷了。

天晓得他是花了多大的克制力，才没有冲动地去握她的柔荑。

为了掩饰窘态，崔淼扯开话题："对了，娘子方才要跟我说什么，你看见了谁？"

裴玄静一下子清醒过来。那张下巴上有疤痕的脸又无比狰狞地出现在眼前。

她缓缓地说："是的，我刚才在酒楼里看见了一个人。"

"谁？"

"一个死人。"

"死人？"

"就是那个雨夜在贾昌的院子中，染上瘟疫而死的留宿者。他的下巴上有一道疤，今天我在酒楼里又见到了他。"

"怎么可能？"崔淼的惊讶正如她所预料。裴玄静没有从他的表情中看出任何反常。他还皱起眉头思索了一下："不可能啊，当时那人确实死了，我不会判断错的。你肯定是同一个人？"

裴玄静迟疑着回答："其实他的相貌我记得并不清楚，不过那道疤痕非常像。"

"疤痕吗？你记得那道疤有多长有多深吗？是向左还是向右

歪？上面是不是挨着嘴唇？下面有没有延伸到脖子？"

"……我不知道。"

"那你怎么能得出结论，这就是同一道疤痕、同一个人呢？"

裴玄静注视着崔淼的眼睛，她从里面看到的全都是坦诚。

为什么还要怀疑呢？她想，这个人蔑视权威，却对可怜的苦命人充满同情。其实这一点儿都不奇怪，他是一个郎中，他的使命就是济世救人。

要相信他并不难。

裴玄静做出了决定："你说得对。我弄错了，那不可能是同一个人。"

崔淼微笑。

"可是禾娘！我还看见了禾娘，绝对不会错。"裴玄静又着急起来，"崔郎，要不我们现在出去找找她？我很担心她呢。"

"现在出去？你还没找到禾娘，自己就先让神策军逮住了。"

裴玄静泄气了。

崔淼安慰道："你就别担心禾娘了。那日我看隐娘面子上虽对她严厉，其实还挺维护她的。况且聂隐娘这种人无视世俗规范，最看重的恰恰是一个'义'字。既然她已经替王义出手了，就会保护禾娘到底的。静娘无须多虑。"

裴玄静又被他说服了。

"可是静娘，你自己怎么会让神策军盯上的呢？"

她冲口而出："是皇帝。"

"皇帝？"崔淼把眼睛瞪大了。

"说来话长。"因皇帝吩咐过，裴玄静无权向任何人透露内情，便一语带过，她倒是想起了另一桩要事。

裴玄静从怀中取出叠得方方正正的黑布，放在面前的桌上。

"这是什么？"

"先别问来历，要是能解开这布上的蹊跷，我就全告诉你。"

崔淼说："和娘子在一块儿真是半点儿偷不得懒，时刻要动脑子。"

裴玄静嗔道："我现在是出不去，否则也不找你帮忙。"

"不找我，娘子还打算找谁？"这家伙还来劲了。

"我这就去绸缎庄！"裴玄静作势起身，崔淼却一把将黑布扯到面前，笑道："西市上的绸缎庄经营的不是蜀锦便是粤绣，娘子拿这么块粗布过去，会让人笑话的，还是让在下试试吧。"

他先翻来覆去看了几遍，又用手掌细细抚摸："这布上浮着一层什么东西？"

裴玄静说："有些像极细的沙子，我想过用水泡，但又怕一泡就没了。"

崔淼把手指伸到嘴里舔了舔，露出神秘兮兮的笑容："亏得你没泡。是盐。"

"盐？"

"对，并且不是均匀覆盖在布上的，而是有些地方有，有些地方无……我觉得，很可能是用盐做了一幅画，或者写了些字在布上面。"

裴玄静惊喜道："没错，肯定是这样！可是……有什么法子让字或者画显出来呢？"

"我想想。"崔淼凝神思考。

裴玄静却在想别的——武元衡为了设置这个迷局，耗费了多大的心血啊。究竟是什么值得他如此投入？至少有一点可以断定，宰相收下金缕瓶绝不是单纯的受贿行为。就算金缕瓶再价值连城，也犯不着让武元衡如此殚精竭虑、绞尽脑汁。

所以肯定不是钱财的问题。

得出这个结论后，裴玄静自收到金缕瓶后的沉重心情豁然开朗，她再也不必为保管了受贿的赃物而内疚。但是随即，她的心又被更大的惶恐所占据。

此事绝对非同小可，她实在不知道自己能否承担如此重任。

这边裴玄静犹在忐忑，那边崔淼却忙开了。

他取来一个晒药的小架子，先在上面铺一层包药用的白纸，再将黑布平整地盖在上面。然后，他提来一个小炉子放在架子下面，炉子上又置一个铜桃，注满了水，最后点着炉子。铜桃里的水"突突"烧起来，水汽袅袅浮升。

裴玄静都快看傻了："你在干什么？"

"蒸黑布。"

他虽然在卖关子，她还是看出端倪来，不禁为崔淼的巧思叫好。水汽上升，溶解黑布上的盐，盐渍浸透白纸，于其上显影。这样，便能看出究竟来了。

也亏得在这药铺的后院，一下子就能把称手的器具备齐了。

接下去两人都不再说话，只专心地盯着火和水汽。周遭变得无限宁静，仿佛回到了万物诞生之前，连上苍也得耐心地等待奇迹发生。

终于，崔淼低声道："应该好了。"

他灭掉火，移走铜桃和炉子。

裴玄静屏住呼吸，轻轻掀开黑布，白纸上的字隐然若现。

4

在长安西市的东北方位，最贴近的一座坊名为布政。布政坊的右侧紧靠皇城，所以很多藩镇均在此坊中设立驻长安的进奏院，以便和各级官署衙门打交道。朝廷许可藩镇在布政坊中设立进奏院，是因其地理位置在朝廷军队的重重包围之下，藩镇的人自然不敢轻举妄动。成德进奏院的张晏等人那么快就被抓捕，也是这个原因。

但假如因此认定布政坊是个气氛肃杀、人人谨言慎行的地方，就大错特错了。

布政坊，也是长安城中西域人士的聚居地。许多来自大食、波斯、高昌、回鹘、龟兹等地的胡人胡商都居住于此。他们白天去西市上做生意，在鸿胪寺等官署里任职上班，晚上则回到布政坊中生活。所以布政坊中的胡风尤其兴盛，一入夜便处处胡乐飘扬。

布政坊中有一座长安城里最大的祆祠。信奉拜火教的胡人日常在此祭拜祈福，也将其作为节庆饮宴的场所。胡人们在祆祠中饮酒作乐、酣歌醉舞，大唐的风云变幻、政局动荡好像从来与他们没有任何关系。

今夜，祆祠中便在举行一场大型宴会。自傍晚起琵琶鼓笛声不断，两三个时辰闹下来，祠中到处是横七竖八醉倒的胡人，酒气扑鼻、残羹遍地，只有几个半醉不醉的家伙还抱着胡姬跌跌撞撞地跳着舞。

突然，祆祠的大门上响起一阵猛烈的敲门声，有人在外面高声喊话："金吾卫搜捕逃犯，速速开门！"

喊了好几声，才有人从一片狼藉中爬起来，东倒西歪地摸到门口，打开了门。

金吾卫一拥而入，见到祠中情景，反倒愣住了。

应门者金发碧眼，满脸虬髯，一看就是个胡人，开口却是纯正的唐语："诸、诸位有……何、何贵干？"

金吾卫中带头的郎将侧过脸，回避着直冲入鼻的酒气，没好气地道："今日正午在西市斩杀行刺宰相的凶犯，有贼人乘机作乱。目下正在全城搜捕，公侯王府均可入，任何人不得阻挡！"

"没问题！"胡人一把扯住他的箭袖，"将军先、先来一起……喝、喝一杯……"

郎将刚将他的手打落，几名胡姬又娇笑着扑了过来，直腻到金吾卫的身上。

"成何体统！"郎将怒道，"都滚一边去，我们要开始搜了！"

醉酒的胡人们给吵醒了，纷纷对金吾卫们怒目而视。这帮家伙个个人高马大，摩拳擦掌起来还挺吓人的。

讲唐语的胡人酒醒了一大半，口齿越发伶俐地道："搜查可以，不过、过要先、先清洁，再拜神、神诵……经，否则不得入内！"

"放屁，我们又不信拜火教，拜什么神诵什么经！"

"那……就不许进！"

才一眨眼的工夫，两拨人就在祆祠门前形成对峙之势。

"住手！快住手！"从门外又冲进来一位老者，边跑边叫，急得满头银发都快竖起来了，不过其中夹杂的竟然是黄丝。再看那双深埋在皱纹里的眼睛，瞳仁也是绿色的。

他顾不上喘口气，便对着金吾卫郎将拱手道："将军辛苦了，是小儿不懂事，还请将军莫怪。"

郎将打量着波斯老人的绯色衣冠，讥讽道："李台监辛苦，今日没有天象要看吗？"

"是，本官马上就要进宫值夜，听见这边喧闹，就过来看看……"司天台监波斯人李素一边苦笑，一边欺身向前，从腰带里摸出一样东西，塞进郎将手中。那郎将在掌心里一捏，原来是颗鸽蛋大小冰润滑腻的珠子，略微摊开手指，顿时幽光迸现——夜明珠！尺寸之大连宫中都不曾见过。

郎将心中窃喜，面上仍保持黑沉，拉长声音道："你也知道今天下午出的事……"

"知道，知道。只是这祆祠非拜火教徒不得入内，教徒入内前也须洁净参拜，这个规矩从太宗皇帝起就定下了，从来没有人违背过。所以……将军你看？"

郎将手里握着超大号的夜明珠，早就无心恋战了，便道："也罢。祆祠有你司天台监作保，我们也就不费这个事了。撤！"

"呼啦"一声，祆祠前的金吾卫撤了个一干二净。

直到一个金吾卫都看不见了，李素才回头注视自己的小儿子——现任萨宝府正兼太庙斋郎的波斯人李景度，恨声道："你呀，总有一天给我家招来天大的祸事！"

李景度吊儿郎当地对父亲说："您夜观天象，最近除了天子有难，又看出别的来了？"

李素气得不愿理他，拂袖而去。

李景度关上门，冲着祠内用波斯语大吼："继续！"

醉生梦死般的饮宴重新开始。李景度则独自一人穿过祆祠中央的圆顶祀火堂，沿着拱顶走廊来到一间外墙镶满琉璃的小屋。烛光由内而外，在窗上映出光怪陆离的影子。

屋中两人正在对弈。从燃成的烛蜡长度来看，他们已经在此待了好一阵子。刚才外面的动静并没有对他们的棋兴造成影响，碾玉棋枰之上，红绿两色琉璃棋子正成激烈缠斗的局面。

李景度往门槛上一坐，笑道："今天我那老爹没沉住气，损失一颗好珠子。"

对弈二人中面朝门者接了一句："每次金吾卫上门，你不是都靠钱解决问题的吗？"

"谁说不是呢？本来我都准备好了，等戏做足了就会给。偏偏老头子让今天下午的事情吓得慌了手脚，居然掏了颗南海夜明珠出去。哼，这回把郎将的胃口养大了，看他今后怎么办。"

面朝门口的人抬起头来："行刑后的情形到底怎样？"即使光线黯淡，他下巴上的那条疤痕仍然看得很清楚。

李景度说："现场虽乱，京兆尹总算及时把张晏等人的脑袋砍下来了。那些引起混乱的声音也查明了，是有人在大柳树旁边各个方位点放爆竹，故意使人群发生冲撞。等人群散去之后，在现场发现数张字纸，上书：'吾乃凶犯，汝敢追吾，吾必杀汝。'有不少已经被百姓取走了。"

"竟有这等事？"疤脸人惊道，"我原先还以为有人要劫法场，救张晏等人，所以赶紧离开现场，怕晚了逃不掉。听你这么一讲，是另有目的了。"

"目的有二。第一，澄清张晏等人是替罪羊。第二，向朝廷示威。皇帝费了那么大劲，想通过斩杀张晏一箭双雕，既安定人心又嫁祸成德，这下全白忙活了。现在全天下人都知道张晏等人是冤枉的，皇帝滥杀无辜，而且用心险恶。皇帝再向成德藩镇用兵的话，明摆着是凭空捏造的理由。再者说，刺杀宰相的凶犯根本没有落网，安定人心又从何谈起呢？所以今日之事虽不是劫法场，造成的影响却更加恶劣，要不金吾卫怎么又搞起全城大搜捕了呢？"

背对门口的另一个弈棋者突然问："你爹紧张什么？"他虽然在向李景度提问，却根本没有转过身来。

李景度道："自从他看到'长星入太微，尾至轩辕'的天象后，皇帝就倒霉到现在啊。"

"这不正说明他天象观得准吗？"

"哎呀，当今圣上的脾气本就刚烈非常，极易暴怒。这一连串的打击下来，还不知他会怎样暴跳如雷呢。我爹吓得把遗敕都写好了，每天入宫都准备去赴死。"

"何至于此。"背朝门口之人冷笑道，"波斯人在大唐向来活得滋润，根本不必唯朝廷的马首是瞻。当年安史之乱时，波斯胡商也没少和叛军勾结。今日景度兄一样长袖善舞，在藩镇中多方经营，你们怎么会顾虑皇帝的心情？"

李景度脸色大变，待要发作，又忍住了，只重重地"哼"了一声，走了。

疤脸人埋怨对弈者："你这样一味地逞口舌之快，有什么好处？现在外面风声那么紧，若无祆祠收留，我还不知会怎样呢。"

对弈者毫不客气地反驳："此地虽能躲过搜查，但也无法出城。原先我找的贾昌院子多好，比镇国寺和此地都安全，而且在长安城外能进能退，可是结果呢？"

"还不是因为你放进了裴……"

"关她什么事！"崔淼举手一挥，将棋枰上的琉璃棋子统统扫落在地。这时的他，哪里还有半点儿郎中的细致与温柔。

"你！"疤脸人气得语塞。

两人各自生闷气。小屋之中一片沉闷，波斯人歌舞升平的喧闹声愈发迅猛地冲进来，看势头打算闹通宵。如此大张旗鼓地扰民，金吾卫却从不干涉，可见平常李景度打点得多么到位。

波斯帝国的萨珊王朝亡于大食国之后，波斯王子卑路斯向东逃入大唐，请求高宗皇帝发兵助其复国，但最终功亏一篑。卑路斯此后一直流亡在大唐，获封右威卫大将军，卒于长安。当初跟随王子而来的一大帮波斯贵族也在长安城安家落户。这些波斯人入唐时随身携带了大量奇珍异宝，他们又善于经营，逐渐垄断了长安乃至大唐的珠宝交易。波斯胡商个个腰缠万贯，流亡的皇室贵族更是富可敌国，被唐人称为"富波斯"。

有些波斯贵族还在大唐朝廷里当了官。像司天台监李素就是波斯王的后裔，其祖父在玄宗朝时做到了银青光禄大夫兼右武卫将军，还获赐了"李"姓。李素的几个儿子都以祖荫封官。小儿子李景度曾任顺宗丰陵挽郎，现在除了太庙斋郎的散衔外，还兼着萨宝府的府正，专门负责管理长安城中的祆祠。

这些波斯人虽在大唐过得如鱼得水，内心深处却始终摆脱不了亡国的凄惶。他们知道，失去了故国的庇护，再多的财富也会在顷刻间灰飞烟灭，哪怕披上黄金甲，丧家犬仍旧是丧家犬。

所以波斯人从来没有放弃过复国的梦想。由于从太宗、高宗到玄宗皇帝，都未能真正兑现帮助波斯复国的诺言，波斯人对大唐朝廷深感失望，并且心怀怨恨。自安史之乱起，他们就开始设法与新兴势力结盟。反正手里有得是钱，从安史叛军到割据的藩镇，波斯人一直在积极地运筹着，随时准备倒向新靠山。

要不然，身为朝廷命官的李景度怎敢窝藏刺杀宰相的嫌犯呢？

还是崔淼先打破沉默，嘲讽地问："尹将军，你的络腮胡到哪里去了？"

成德牙将尹少卿摸了摸下巴上的疤痕，尴尬地说："胡子容易被人认出身份，今后自然就不能留了。之前不是你在贾昌那里说的，

174

要我剃须易容吗？怎么你倒问起我来了？”

“可你下巴上这道疤比胡子还显眼，怎么办？”

“这个……应该没关系吧，见过这条疤的没几个人，真正了解内情的也就是你了。”

崔淼死死地盯着尹少卿：“张晏等人都掉脑袋了，你还活着。你打算怎么去向你的主子王承宗交代？”

“……”

“他肯定认为是你告的密！”

尹少卿咬牙不语。

“本来让你去给武元衡行贿，是为了游说朝廷收兵淮西的。现在倒好，不仅淮西要继续打下去，连成德都被卷进去，只怕吴元济也饶不了你。”崔淼冷笑着说，“对了，还有皇帝的追杀。我看你就做好准备，这辈子在祆祠里终老吧。哦，要不干脆入了拜火教，转当波斯人算了。”

尹少卿气得脸色煞白，怒道：“我尹少卿绝非贪生怕死之徒，否则也不敢独闯宰相府去向武元衡行贿。我必须活着，是有件极重要的事要办！”

“什么事？”崔淼挑起眉毛，露出特有的狡黠而鄙夷的笑容。

尹少卿深感屈辱，但又不得不忍耐。要不是崔淼在贾昌死后，及时将他转移到祆祠躲藏，今日他肯定和张晏等人一起在大柳树下被砍了头。况且他现在急于离开祆祠，还得靠崔淼帮忙。这些天来，尹少卿越来越觉得崔淼此人深不可测，完全猜不透他到底打算干什么。但就目前来看，崔郎中的神通的确了得。

于是他忍气吞声地解释说：“是为了那只金缕瓶。我必须把它拿回来。”

“金缕瓶？就是你向武元衡行贿的那个金缕瓶？”崔淼追问，“他真的收下了？我还以为是你诬陷他呢。”

尹少卿叹道：“只怕全天下的人都这么想，可事实恰恰相反。武元衡的确收受了金缕瓶，却不肯办事。"

"到底是什么金缕瓶？有那么贵重吗？"

"远不止是贵重，那可是我家的祖传宝物！"尹少卿突然激动起来，"藩帅认为武元衡附庸风雅，用别的东西行贿他未必奏效，所以我才忍痛割爱，献出金缕瓶引他上钩。"

崔淼哈哈一乐："鱼倒是咬钩了，却把鱼饵一块带走了。"

"所以才可恨嘛。"

崔淼笑道："祖传的宝贝？是你家哪一辈祖宗偷来抢来的？"

"胡说！那是太宗皇帝钦赐的！"

"太宗皇帝钦赐？"崔淼注视着尹少卿，"你的祖上居然能得到太宗皇帝钦赐的东西？你的祖上是什么人？太宗皇帝为什么要给赏赐？"

尹少卿的脸色变了变："哎呀！一百多年前的事情，我也弄不清楚。总之是件宝贝，我本打算靠它为藩镇立功，却偷鸡不成蚀把米，所以我必须得把它弄回来！"

"你打算怎么做呢？"

尹少卿愁眉苦脸地道："坦白说，我这些天绞尽脑汁，也没想出个妥当办法来。今天去看张晏等人行刑，一则是同袍一场去送个行，二则也是为了找找线索。"

"找到了吗？"

尹少卿摇头："今日我一出祆祠，便总觉得有无数双眼睛在盯着我。我害怕被人认出，所以现场一乱便赶紧跑回来了，连张晏等人掉脑袋都没看见。"

崔淼若有所思地看着他问："你见到熟人了？"

"这个……仿佛也没有。"尹少卿的目光飘忽地在崔淼的脸上打了好几转，最终还是把话咽了回去。

"你送金缕瓶给武元衡，是什么时候的事情？"

"三个月前。"尹少卿道，"等了许久朝廷毫无退兵迹象，才知道被这厮给耍了。"

"所以王承宗便上书皇帝揭发武元衡？"

"是的。"

"但他并没有安排刺杀。"崔淼冷笑道，"我明白了……原来都是你捣的鬼。"

"起初只想吓唬一下武元衡的，谁知这厮油盐不进。"

崔淼摇头："武元衡是何许人也，他既然收下了金缕瓶，绝对另有所图。你想靠恐吓和诬陷把东西要回来，根本是打错了主意。问题在于，现在他人都死了，你的线索岂不是全断了？"

尹少卿愁容满面地说："我一直在担心，假如武元衡把金缕瓶交给了皇帝，那就彻底没希望了。"

"会吗？"

尹少卿低头不语。崔淼注视着他下巴上的疤痕，忽道："未必。"

"未必？"

崔淼拿起案上的笔，龙飞凤舞地在纸上涂抹起来："你先看看这首诗。"

尹少卿见他写的是一首五言诗：

> 克段弟怨休，颍谏孝归兄。
>
> 惧恐流言日，谁解周公心。
>
> 斓婳洛水梦，徒留七步文。
>
> 蓬蒿密无间，鲲鹏不相逢。
>
> 亮瑾分二主，不效仲谋儿。
>
> 仃伶金楼子，江陵只一人。
>
> 觐呈盛德颂，豫章金堇堇。
>
> 琳琅太尉府，昆玉满竹林。

尹少卿默念了几遍，困惑地问："这诗是从哪儿来的？"

"乃武元衡所作。他将此诗用相当隐晦的方式赠给了一个人，就在他感到自己面临死亡威胁的时候。"

"那人是谁？"

崔淼微微一笑："现在还不能告诉你，但是据你判断，此诗和金缕瓶有没有关系？"

尹少卿颦眉思索片刻，突然大叫："有！绝对有！"

"何以见得？"

尹少卿狡诈地笑起来："崔郎中，莫不如我们做个交换吧。你告诉我此诗从何而来，我便告诉你它和金缕瓶的联系。"

崔淼也笑起来。两人正各怀鬼胎地对笑着，突然崔淼将纸往蜡烛上一伸，火苗瞬间在纸上燃起。尹少卿待要去抢，哪里来得及，几片蝴蝶般的纸灰飘落，尹少卿叫道："我还没记全呢。"

崔淼却向窗外说："别躲着了，现身吧。"

波斯人李景度应声而入，大言不惭地道："二位皆有过目不忘的本领，在下佩服，可惜崔郎中不愿与我等分享好东西，终是见外了啊。哈哈。"

"给你看，你看得懂吗？"崔淼丝毫不给他面子。

虬髯覆盖着李景度的大半张脸，看不出他的脸色是否有变化。他姗姗然走到崔淼近前，问："崔郎中是如何发现我藏身在外的？在下自认轻功不错，怎么还是逃不过崔郎中的耳朵？"

"发现你用不着耳朵，用鼻子。"

李景度当真闻了闻自己："我来之前特意换了衣服的，没有酒气啊。"

崔淼朗声大笑："没有酒气，可是有胡气！哈哈哈，你们胡人身上这股骚味，脱光了更浓！"

尹少卿听得胆战心惊，暗道，坏了坏了！果然，现在连虬髯也遮不住李景度脸上的暴怒之色了。他闷吼一声，如饿虎扑食般朝崔淼猛扑过去，两人缠斗在一起，李景度的右手中寒光锃锃，分明握着一把利器。

尹少卿虽有点儿功夫，此刻却帮谁也不是，急得乱喊："哎呀，快住手！住手啊！"

那两人在地上一个劲地翻滚着。李景度虽然比崔淼魁梧，到底喝多了酒，一不小心，手中的波斯短刀居然让崔淼夺了过去。

乘着翻身在上的刹那，崔淼已将刀尖对准了李景度的咽喉。

李景度喘着粗气道："你敢杀我？"

"想试试吗？"说话间刀尖已扎入皮肤，血立刻渗了出来。

"外面都是我的人，你以为你们能逃得出祆祠？"李景度兀自嘴硬。

"那就同归于尽好了。"崔淼咬牙切齿地道，"我崔某人什么时候怕过死。"说着刀尖又深进一些。波斯人痛得一激灵，与崔淼面对面贴近时，他能够清楚地看见那双眸子中凌厉而酷烈的杀气。崔淼可不像是在开玩笑。

李景度的酒彻底吓醒了，浑身汗出如注。

尹少卿在旁拼命地劝："崔郎千万别乱来，李景度他喝醉了，喝醉了啊。"

崔淼终于慢慢松开了短刀。

李景度惊魂未定地摸着脖子，一时说不出话来。

崔淼将波斯短刀举到面前："这把刀子不错，我要了。"随即笑道，"你答应把尹少卿送出长安城了？"

李景度恶狠狠地说："你二人滚得越远越好。"

"什么？"尹少卿不明白了，"我为什么要出长安城？我还要找……"

"你以为留在长安就能找到金缕瓶了？"

凭良心说，尹少卿恨不得立即插上一对翅膀，飞出长安城。留在京城一天，他的危险就增加一分。但是他必须找到金缕瓶，对尹少卿来讲，这件事比活下去更重要。

然而要找到金缕瓶，无异于大海捞针。现在崔淼又提议离开长安，岂非难上加难？况且一旦离开长安，尹少卿肯定没有勇气再回来了。

　　崔淼说："长安城中耳目太多，最好还是出城。"

　　"可是金缕瓶在这儿啊！"

　　崔淼若有所思地说："也有可能被带出去。"

　　尹少卿徒劳地瞪着崔淼，从这张俊脸上看不出究竟来。他又想起那首据说是武元衡留下的诗，这分明是一个诗谜。只不过匆匆一掠，尹少卿已经从中品出了不同凡响的深意。而那些是别人绝对无法参透的，哪怕是崔淼这么聪明的人。

　　金缕瓶会不会和这首诗在同一个人手中？

　　极有可能！

　　尹少卿恍然大悟，崔淼一定也是这样认为的。

　　尹少卿颇觉不可思议，莫非这个崔郎中真有鬼神之能，竟能推测出那个得到金缕瓶的人会离开长安城？假如那东西真的出了长安，再想夺回来就容易多了。

　　就在尹少卿左思右想地盘算之际，崔淼居然和刚刚拼死相搏的李景度热络交谈起来。尹少卿一听，简直哭笑不得。原来崔淼先是给李景度传授了一个去狐臭的秘方，打消了彼此的隔阂，随后两人谈得兴起，从狐臭一路讲到胡女，淫词浪语香艳情色，恨不得立即携手去逛平康坊。

　　这就是崔淼，可以在顷刻间变换出另外一副面孔。但你又不得不承认，他的每一副面孔都具有别样的魅力，不知不觉中便如灌了迷魂汤似的，任由他摆布起来。

　　于是三个人又像好朋友似的坐在一起，推杯换盏，融洽地商讨起出长安的计划来。对于波斯人李景度来说，能够用钱摆平的事根本不算事，偷运个把可疑分子出京城，正属此列。

　　最后崔淼看着尹少卿，笑道："你还是先把胡子蓄起来吧，等出了长安就不怕被人认出来了。"

5

在遇刺重伤几乎丧命后不到十天，裴度就下地了。

与其说是御医的妙手回春，不如说是意志的胜利。虽然暂时还不能进宫上朝，但这无疑是对皇帝极大的鼓舞。十天来皇帝连遭打击，近乎日日在火上炙烤，终于盼来了一个好消息。

裴府也恢复了正常秩序。裴度把几个回家来探望的儿子陆续遣走，接下去便要安排裴玄静了。

他决定让侄女立即启程赴洛阳昌谷，就定在明日出发。

裴玄静自己的意愿固然是一个方面，但促使裴度下定决心的，还是近日他从裴玄静频频发生的意外中察觉到的不祥之兆。

他发现，裴玄静已经深深卷入了不该卷入的是非之中，各种或明或暗的势力好像都在围绕她做文章。其中是否蕴藏着巨大的危险和可怕的阴谋，裴度尚无法确定。但他是长辈，是她在这世上仅存的至亲，必须保护她，防患于未然。

最好的办法就是让裴玄静走，速速远离长安这个风暴的中心。即使裴度从内心并不支持裴玄静嫁给李贺，但眼下确实没有更好的办法了。

当裴玄静得知叔父的决定时，心中一时难言悲喜。

她终于可以去和长吉完婚了。"男大当婚，女大当嫁"，这个天下最朴素的道理，在她身上实现起来就那么难。但无论如何，她的执着有了回报。

但她并不如想象中的那样欣喜，却对着妆奁发起了呆。现在，得由她来决定里面那些收藏的命运了。

很遗憾，王义和武元衡的嘱托，她都没有办成。裴玄静感到十分无奈，实际上，她确实尽了最大的努力，甚至甘冒生命危险，可惜她的力量终归太薄弱了。而现在，她也没有时间继续下去了。

怎么办呢？

她考虑了很久，把阿灵叫过来。

裴玄静取出王义的金簪，重新用绢帕包好，吩咐阿灵，把它送到西市的宋清药铺，交给崔郎中。

"这个……娘子，我怎么对崔郎中说呢？"

"什么都不用说。"

"啊？"

裴玄静相信，以崔淼的聪明，肯定能猜出她的意思。谁都不知道禾娘现在的去向，聂隐娘是不是已带着她离开长安？但既然崔淼能够凭着铜镜找到禾娘，那么再想追踪她的下落，恐怕也只有他能一试。替王义寻找女儿这件事，崔淼一早就答应了裴玄静的。她想他必不会推辞，况且禾娘对崔淼还抱有特别的好感，在目前的情势下，托他转交金簪是最合适的了。阿灵走了，裴玄静又接着发起愁来。禾娘的事情应该能托付出去，但是武元衡留下的谜该怎么处理呢？这才真的棘手。

她拿起那块黑布，现在上面的盐屑已经没有了。她不禁又忆起崔淼"蒸黑布"的过程。当字迹隐现时，裴玄静又惊又喜，连连追问他是怎么想出这一招的。

崔淼告诉她，是从科考作弊的法子里得到的灵感。据说有些考生在白纸上用盐卤做"小抄"，带进考场后用烛火加热，字迹就会显现出来。武元衡的方法则又多加了一层保险：在黑布上用盐水写字，直接用火烤显不出来，所以要加垫一层白纸，让盐化成水后渗入纸中，再经加热才能显影。

一环扣一环，哪个细节把握不对都会把线索彻底毁掉。裴玄静听得感慨万千，又忍不住想戏弄一下崔淼："崔郎中懂得如此手段，怎么没能高中进士，仍以行医为业呢？"

崔淼不动声色地回答："懂这个手段就一定要用吗？照娘子的说

法，武相公的进士又是怎么得来的呢？"

裴玄静登时被他呛得脸通红。真是自作自受，她又一次见识了崔淼的犀利，还有他从骨子里对权贵的蔑视。比如裴玄静自己，仅仅出于对武元衡的尊重，就绝对不会说出诋毁他名誉的话。在这一点上，崔淼显然与她不同。

因此，裴玄静虽将黑布的来历告诉了崔淼，却隐瞒了金缕瓶的存在。金缕瓶关系重大，她至今还没敢对任何一个人提起过。

黑布显影之后，崔淼又做了一件出人意料的事。当时裴玄静诵读着白纸上的律诗，正在嫌诗意晦涩难懂，忽听崔淼问："娘子记住了吗？"

裴玄静自小读书便过目不忘，所以本能地点了点头。崔淼一抬手，将白纸扔进旁边的小炉子。

"你这是？"

"毁尸灭迹。"崔淼若无其事地说，"既然武相公花了那么大的力气隐匿此诗，肯定知道的人越少越好。我有意帮娘子，却无意牵扯到宰相的麻烦中去。娘子自己记住便是了。"

瞧这家伙。对遭到贬谪仕途飘零的落魄文人，他简直当作神祇一样来敬重；可是对于皇帝已故宠臣的秘密，他却避之唯恐不及，生怕沾上晦气似的。

真不明白他这么个江湖郎中，瞎清高个什么劲呢！

"娘子——"

裴玄静惊得差点儿跳起来，没想到阿灵回来得这么快。

"东西给崔郎中了？"

阿灵噘着小嘴说："才没。崔郎中走了！人都没见着……"

"走了？"裴玄静也很意外，"去哪儿了？"

"不知道。药铺的人告诉我，他们铺子本来从没有郎中坐堂的。只因崔郎中医术不错，又肯免费给穷苦百姓看病，所以和他们的宋掌柜特别投缘，掌柜的才留他临时坐了几天堂。昨日崔郎中向掌柜的告别，说要去别地游方行医，今天一大早就收拾东西走了。"阿灵说得满脸懊丧，倒好像崔淼是她的什么人似的。

崔淼就这样不辞而别了。

裴玄静觉得心里一下子空荡荡的。原来相聚总是短暂的，甚至连道别也会变成一种奢侈，一份妄想。

她叹了口气："把东西还给我吧。"

金簪重新回到妆奁里。

裴玄静一筹莫展。

晚饭前，裴度夫妇把她叫去。

婶娘杨氏兴冲冲地招呼："玄静啊，来，看看我们替你准备的嫁妆。"

榻前摆着一口红漆描凤的木箱，箱盖掀开，可以看见里面满满地装了一箱的绢帛和锦衣，还有些书卷、金银器皿和首饰。裴玄静垂着头，久久不语。

杨氏会错了意，嗫嚅道："时间太仓促，你叔父平常也简省……东西是不多……"

裴玄静哑声唤道："叔父！婶娘！"数日前她是以出嫁的名义离开永乐县的，并没有人给她准备一件嫁妆。此时此刻，她多么想扑进二老的怀中哭上一场，可惜他们毕竟不是父母双亲，所以她只能吞下盈眶的泪，向上深深一拜。

杨氏举起袖子擦了擦眼角："你叔父与我平生最大的憾事便是没能生一个女儿，如今权当自己的闺女出嫁了。"

"行啦行啦。"裴度向杨氏摆了摆手，示意裴玄静坐到自己跟前，温和地说，"玄静啊，你救了叔父，我都一直没有谢过你。"

裴玄静刚想说话，就被裴度用慈祥而智慧的目光制止了。叔父的目光清明、镇定、充满力量，哪里像一位重伤未愈的老者。

裴度语重心长地说："去做你真正想做的事情，并且准备好承担一切后果。这就是叔父要对你说的话。"

裴玄静回过神来，说："可是叔父，玄静并不知道会有什么样的结果。"

裴度微笑道："结果是上苍的事，我们只管去做，全力以赴，永不言悔。"裴玄静突然觉得，其实叔父什么都知道。也就在这一刹那，困扰了她许久的问题终于有了结论。她说："请叔父稍候，玄静有东西要给您看。"

在裴度惊讶的目光中，裴玄静飞快地去而复返，手中多了一个绢包。

她打开绢包，将里面的东西逐次取出：一只金缕瓶、一块黑布、半部《兰亭序》和一张素笺，就像摆摊似的在裴度的书案上一字排开。

为了送亲，堂兄裴识特地和裴玄静同时出发。他会先把裴玄静护送到长安城外的第一个大驿站——长乐驿，在那里有人接替裴识继续送亲，而裴识则从长乐驿再转去自己的任职地。一个月内，裴玄静第二次从"娘家"出嫁了。

和上一次相比，天气凉爽了些。裴玄静仍然穿上黑色的吉服，也不像前次那么汗流浃背了。

只一辆简朴的马车。裴玄静坐在车内，车后的架子上放置嫁妆和简单的行李。马车由车夫驱使，裴识骑马相陪。按照"昏礼下达"的古礼，一行人在日入三商的时分出裴府角门，静悄悄地踏上旅程。

裴度无法亲自送行，只有杨氏在门内目送他们离去。阿灵站在杨氏身边，手中捏着裴玄静专门编了送给她的红穗子，哭了个稀里哗啦。

因为出发已是黄昏，一行人不敢耽搁，紧赶慢赶，踏着暮鼓声出了长安城。

这次，他们走的是通化门，也就是裴玄静从蒲州来时本打算进入的长安东北城门。在落日余晖之下穿过城门，巍峨的长安城郭渐渐落到后面，裴玄静从车内探头回望，恍如隔世。

她从没有如此清楚地体会到，人生中的一幕就此落下。正如那轮兀自悬挂在长安城上的火红色的夕阳，一次次落下，再一次次升起，生命就这样循环往复地走向了尽头。

有些人永远见不到今天的夕阳了。

从长安到洛阳分北线和南线两条路，南线路程较远且夏季多雨，所以这个季节一般都走北线。自通化门和春明门出长安后，都能很方便地走上去洛阳的官道。这次选择走通化门，一则是为了当晚在长乐驿投宿方便，二则也是为了裴识和下一位送亲人能顺利交接。

从通化门向东走大约一个时辰不到，长乐驿就在眼前了。

驿站建在高耸的长乐坡上，四野暮色茫茫，苍穹如同锅盖覆在驿站的顶上。夜风拂过旷野，草木阵阵有声。

"前方可是裴兄吗？"一人一骑从坡上飞驰而下，边跑边喊。

裴识喜形于色，也高声叫道："正是在下！"

"裴兄，小弟在此等待多时啦！"

6

长乐驿的确配得上长安城外第一大驿站的称号。

足足四进的大宅，还有足够容纳上百匹驿马的马厩和停放同样多马车的后院。即便如此规模，每天仍住得满满当当。多亏韩湘到得早，提前帮他们订好了房间，要不然裴玄静一行还未必能住得进上房。

韩湘，就是即将接替裴识的送亲人，他会负责从长乐驿开始，把裴玄静一路护送至洛阳昌谷的李贺家。

在夜色中乍一眼看见韩湘，裴玄静还以为又见到了崔淼。同样是风度翩翩的青年郎君，白衣素巾，身材挺拔，相貌干净俊秀。连气质都有点像，聪颖中带着点出尘的飘逸感。当然，韩湘的背景可比游方郎中强多了，他是时任中书舍人的大文豪韩愈的侄孙，但因无心仕途，正值大好年华却成天忙于求仙问道，颇为迂夫子韩愈所不喜。这次裴度要为侄女找一位送亲人，韩愈得知后就推荐了侄孙韩湘。道理其实也简单，别人都有事要忙，唯有韩湘不务正业，随时能够抽出空来。

至于韩湘本人，一听说裴玄静既是女神探，又曾入过道，便立即答应了这项差事。他原先一直在终南山中访道，也不肯回长安城，便和裴识约了在长乐驿碰头。

裴识与韩湘早就认识，所以见面后很是热络。三人在驿站的前堂占了个雅座，舒舒服服地用了一顿晚餐。韩湘善谈，裴玄静大方，讲起道学来颇有共同语言。把裴玄静顺利移交给韩湘后，裴识的任务就算完成了。因为他第二天一早就要赶路，便先回房去睡，让韩湘和裴玄静自去相处熟悉。

裴玄静有点兴奋，不想那么早就睡。韩湘看出她的心思，笑道："这里面又闷又热又吵的，不如咱们去外面走一走吧。"

裴玄静求之不得。

两人来到驿站外面。只见夜色正浓，万点星光自夜空洒向原野，晚风习习，令人神清气爽。

韩湘问："娘子，你可见过怀风？"

"听说过，但是还没见过。"

韩湘举手一挥："娘子且看，这周围都是怀风。"

裴玄静朝四下张望，果见满坡遍野的紫色长草随风摇摆，即使在朦胧的夜色中，仍然能感受到那无法形容的寥落肃然之美。

这种紫花苜蓿，因是汗血宝马心爱的牧草，被汉武帝从西域大宛引入种植，又因其随风飘摇的美景而被称为"怀风"。大唐的驿站负责饲养驿马，所以在驿站周围都划有大片驿田，就以种植苜蓿草为主。而长乐驿更因位居高坡之上，种植怀风面积又广大，其景色尤其壮观。

回首望去，长乐驿中的点点灯火，就如同浮摇在一大片紫色的海洋上。原野中只闻一片苍劲的飒飒声，如同天地的回响。

突然——

从苜蓿草丛的深处中传来声声吟诵："天马常衔苜蓿花，胡人岁献葡萄酒。五月荔枝初破颜，朝离象郡夕函关……"

裴玄静和韩湘面面相觑，吟诵还在继续，被烈烈风声吹得断断续续，但仍可以听出来，吟者正在向他们靠近。

韩湘朝前跨了半步，将裴玄静挡在身后，扬声道："是哪位兄台如此好的兴致？"

苜蓿草就在他们面前分开，一个脑袋钻了出来。

裴玄静差点儿叫出声来。

竟然是崔淼！

依旧是那副潇洒不羁的神态，崔淼不紧不慢地念完诗人鲍防所作《杂感》诗的最后两句"远物皆重近皆轻，鸡虽有德不如鹤"，方才注视着裴玄静，拱手道："裴大娘子，别来无恙啊。"

韩湘奇道："你们认识？"

"是……这位是崔郎中。"裴玄静介绍着这个可能是全天下最不像郎中的郎中，热浪已蹿上双颊，也不知是惊喜是尴尬还是羞臊。所幸夜色深沉，别人察觉不到。

"崔郎中也在长乐驿投宿吗？"

"正是。"崔淼回答韩湘，目光仍然盯在裴玄静的脸上，"崔某竟不知大娘子就要做新娘了，恭喜恭喜。"

他是看见她的吉服了。裴玄静镇静下来，欠身还礼道："多谢。"

"既是熟人，崔郎中来与我们一起饮一杯如何？"韩湘还挺热情。

"恭敬不如从命。"

三人向驿站走去，裴玄静觉得后背凉飕飕的。不可否认，刚见到崔淼的那一瞬间，她真的十分惊喜。可是他究竟为何而来？若说是巧遇，打死她也不信。笼罩在崔淼身上的神秘感又陡然浓重起来，原来他于她仍然是雾里看花，是难以理解，是不可捉摸。

不管他到底有什么目的，她预感到，自己这一路绝对消停不了了。

回到驿站前堂，比方才冷清了不少。夏季要赶在日头升高前出发，大部分人都早早地回房歇下了，只剩下三四桌还在吃喝谈笑。三人仍回到先前的雅座，凭窗而坐。驿卒送上冰镇过的葡萄酒，味道沁人心脾。

听说韩湘是韩愈的侄孙，崔淼笑问："韩夫子还忙着到处给人写墓志铭吗？"

韩愈文名鼎盛，达官贵人均以他撰写的墓志铭为荣。韩愈来者不拒，明码标价替人操刀，写墓志铭的收入远超为官的俸禄，被世人嘲笑为"谀墓"。

"怎么不忙。"韩湘大大咧咧地回答，"前阵子家中遭贼，居然被个门客顺手牵羊拿走一大笔润笔费，可把他给心疼坏了。"

"没事，再多写几篇就赚回来咯。"

两人哈哈大笑，看起来还挺投机的。

裴玄静心不在焉，并未注意倾听二人交谈，眼光随意地扫过店堂。忽然，她发现远远的角落里，有一个人单独坐着。除了一部络腮胡之外，他的身上没有任何显眼之处，是个地地道道的陌生人。

裴玄静的心突然狂跳起来。

待她勉强收回心神，却听身边二位聊开了《逍遥游》。

韩湘明显喝多了，高谈阔论起来："庄子曰：'以游无穷者，彼且恶乎待哉？'说是真逍遥便无所凭依，自随万物。然则前文又说有所依靠，自得其乐，也可以算作一种逍遥。难道庄子也会自相矛盾吗？"

"非也，此实为境界之差。恰如鲲鹏比之斥鷃。"崔淼说，"平凡如蓬蒿，在草野中必须相互依存。但等阔大高邈到了极点，如鲲鹏即使互为一体，也无法并存。其实这种逍遥，既是超脱，亦为可悲。"

韩湘醉醺醺地摇头："说得好好……"也弄不懂他到底算是赞成

还是反对。

裴玄静却不由自主地盯住了崔淼。他坦然承受着她的注视，悠悠念道："所以才有'蓬蒿密无间，鲲鹏不相逢'。"

这正是武元衡用盐写在黑布上的诗中的一句！能够过目不忘的并不止裴玄静自己。

裴玄静腾地站起身来："抱歉，恕我困倦难当，先告退了。"

韩湘嘟囔道："还是我、我送你回房吧。"

"不用，郎君请自便。"

裴玄静急匆匆地朝自己的房间走去，无暇顾及其他。因为就在刚才，她发现角落里的那个络腮胡男子消失了。

一进屋，她就看到后窗大敞，记得离开时关得好好的。

此时裴玄静反倒定下神来，过去先将后窗关牢，再将前门也锁上，这才转到屏风后面，一看，装行李和嫁妆的两口箱子上的锁都掉了，里面的东西也被翻得乱七八糟。

她蹲在箱前，慢慢地整理。不出她的所料，来人一无所获。王义的金簪混在几件金银首饰里，根本就不起眼。武元衡所临的那半部《兰亭序》夹在一堆书卷之中，甚至都没有打开过。很显然，来人的目标是别的。

是谁潜入自己的房中？他想找什么？难道是金缕瓶？莫非已经有人知道她藏着武元衡的金缕瓶了？

"娘子！可安好否？"门外有人大声嚷嚷，一听便是醉得不轻的韩湘。

裴玄静回答："我已睡下了，郎君勿念。"

崔淼在门后道："韩郎醉了，非要来问娘子安。打扰了，我这就送他回房去睡。"

"多谢，崔郎也早点儿歇息吧。"

裴玄静一直等到脚步声听不见了，才坐到榻上。门窗紧闭，屋中闷热不堪，只能忍着。刚要蒙眬睡去，门上响起低低的敲击声。

"玄静，睡了吗？"

裴玄静一下子坐起身来，是堂兄裴识的声音。

她赶紧去开门："兄长不是已经睡下了吗？"

"我没事，明日将别，还想嘱咐静娘几句。"裴识闪身进屋，关切地问，"你看那韩湘还行吗？"

"叔父安排的人，自然是可靠的。"

裴识点头道："当初韩愈夫子正是你这门亲事的媒人，他推荐的人，父亲不便推辞。韩家知根知底，我与韩湘也是旧识，所以才放心把你交给他。不过父亲临别特意叮嘱我，假如你感觉不妥，就让我把你送回家去。"

裴玄静愣了愣，方道："韩郎很好，兄长尽管放心吧。"

裴识走时，窗外正巧响起梆子声，已是二更天了。裴玄静躺回榻上，想着叔父为自己考虑得那么周全，她的心头好一阵温热，但是叔父，这次玄静绝不可能后退了。

自己的推测没有错。金缕瓶中隐藏的秘密性命攸关，否则就不会有人沿途追来，企图夺走它了。

裴玄静从枕头下摸出匕首，像几天来一样，将它放在胸口上。凉凉的压迫感总能使她的心绪平静下来。她预感到，自己正在向真相挺近，所以哪怕前方是刀山火海，她也要闯过去。

第二天早上，等韩湘和裴玄静启程时，裴识已经走了一个多时辰了。

出发时也没见到崔淼，韩湘说："崔郎中肯定睡死了，昨晚他喝得最多。"

裴玄静却在暗想，这神出鬼没的家伙又不知要搞出什么幺蛾子。反正她就是觉得，这一路上他会不离不弃地跟着自己。

果不其然，走了数里路后，前方出现了一头驴子。那个晃晃悠悠地骑在驴背上的，不正是崔郎中吗？

韩湘连忙催马赶上去，笑着招呼："我刚才还在和静娘讲，这回可把崔郎中给落下了，哪里知道你竟然先出发了。"

崔淼骑在灰毛驴上，一边潇洒地左顾右盼，一边笑答："崔某并未提前启程啊，只不过在下的这匹坐骑脚程略快，不多时便赶过你们了。"

"崔郎中开玩笑了，我们一路都未见到你，你怎么赶过我们的？"

这时裴玄静的马车也赶上来了，正和崔淼并排。艳阳隔着树荫照下来，崔淼的脸上覆满阴影，显得一双眼睛更加清冽如深潭。他就用这双妙目看着裴玄静，笑意盈盈地说："韩兄难道没有听说过，张果老的白驴可以日行数万里？我这头驴子虽然没那么神奇，日行千里还是没问题的。刚刚嘛……我是从你们的头顶飞过去的。"

裴玄静笑出了声。她发现了，只要自己在场，崔淼不论和谁说话，其实都是说给自己听的，哪怕是驴子会飞这么扯淡的话。

韩湘说："张果老可是鄙人的道友。据我所知，人家果老的是一只纸驴，平常折起来置于袋中。若需要时，则以水喷之，还成驴矣。崔兄难道也有这等神通不成？"

"神通无处不在。"崔淼一本正经地回答，"韩兄是好道之人，岂能连这都不懂？"

韩湘哈哈大笑："崔郎中还真是无所不知，当郎中实在太屈才了。我看你这个郎中啊，根本就是冒充的！"

崔淼毫不示弱："韩兄自称以仙道为志，我看也都是假的！"

谈笑之间，二人皆锋芒毕露。

崔淼的驴子到底走得慢，几句话的工夫，裴玄静一行已经超过了他。

韩湘回首道："我等俗人先行一步了。崔兄自便，还等着看您腾云驾雾，哦不，是腾云驾驴——"

崔淼在驴背上微笑拱手。

裴玄静不再回顾张望，但崔淼的吟诗声追上来，在她的车厢中久久萦绕。

他吟的是："斓殇洛水梦，徒留七步文。"仍然是武元衡用盐写在黑布上的一句。

午时刚过，裴玄静他们在官道旁的茶摊里暂歇。韩湘要了茶、酒和简单的饭菜。他虽嗜饮，却一点不碰荤腥，只吃素菜和水果。

畅饮几杯后，韩湘笑道："这个崔郎中念的诗怎么都有些怪，是他自己作的吗？"

"不知道。"裴玄静答得心虚，"我怎么会知道。"

"什么洛水梦，什么七步诗的，用典乱七八糟。"

"哪里乱了？"

韩湘道："前一句'斓殇洛水梦'，应该指的是曹植本想迎娶甄妃，却被兄长曹丕抢了先。后来甄妃死了，曹植觐见曹丕时，曹丕拿出甄妃用过的金缕玉带枕给他看，曹植睹物思人，伤心痛哭不止。曹丕之子曹叡见叔叔思念成疾，干脆将枕头送给了他。曹植带着枕头返回封地，路过洛水时梦见甄妃前来幽会，有感而发，写成千古绝唱《感甄赋》。曹叡登基后，忆及此事，又将《感甄赋》改名为《洛神赋》，《洛神赋》得以流传至今。"

说到这里，韩湘看着裴玄静，意味深长地道："单看这一句，仿佛是在诉说爱而不得之憾。"

裴玄静垂眸，避开韩湘的目光："但后一句就不是了。"

"对。后一句'徒留七步文'，则用了曹丕逼迫曹植七步成诗的典故。虽然讲的仍然是曹氏兄弟的往事，却变成讽喻为了争夺权力而兄弟相残。所以我说此诗用典混乱嘛，不知道他究竟想表达什么意思。"

裴玄静思忖着问："曹叡为什么要给叔叔曹植的文章改名呢？"

"用洛神比喻甄妃，一方面保存了叔父的作品，一方面隐讳了父亲夺爱、杀弟的残忍行为吧。"

"这么说就对了。"裴玄静对韩湘嫣然一笑，"此联的用典没问题，上下句都围绕着争权夺利的残酷和虚伪。并且你看，为了掩饰其父曹丕的卑鄙行径，曹叡连史传的文章也可更名。所以今人所读之史中，又有多少是可以尽信的呢？"

韩湘听得愣了愣，叹道："难怪裴相公那么器重你，娘子果然见识不凡，不过那个崔淼怎么会念起这些来……"

"他随便一念的诗，当不得真吧。"

重新上路后，裴玄静的心情久久不能平复。与韩湘无意中的一席对谈，冲破了笼罩在武元衡诗上的迷雾，仿佛有一线微光透进心头。

她陷入深思。

待到马车再停时，裴玄静掀起车帘向外一望，天色尚未暗下来。

今夜，他们将歇宿在潼关驿。

7

因为紧邻着官道上最大的集市，潼关驿虽然不及长乐驿那么气派，但三教九流人头攒动，热闹程度有过之而无不及。

夏季日长夜短，傍晚时分更加凉爽，按理还可以再行一段。但因周边仅有潼关驿这一座大驿站，又时常客满，能够抢到两间房已实属幸运了。裴玄静虽然心急如焚，恨不能日夜兼程，一转眼就踏进昌谷县，也只得听从韩湘的安排。

晚餐时韩湘说："崔郎中的牛皮吹破了，却不知他那头驴子飞去了哪座仙山。"

昨天在长乐驿与崔淼相遇时，他就声称将去洛阳行医，摆明了要与裴玄静一路同行，不料才过一天就掉了队。

除了崔淼之外，裴玄静还在人群中搜寻其他身影，比如在长乐驿见到的络腮胡男人。也怪了，不论想见的和不想见的，似乎都一齐消失了。

回房之后，裴玄静将门窗紧闭，屋里闷热得透不过气来。

她闭上眼睛，忽然又睁开。

屋内漆黑一片，整座驿站寂寂无声，夜已深了。

但她分明感觉到，屋内有一种异乎寻常的存在，而且正与她面对面，近在咫尺。她甚至能听见呼吸的声音，轻微又克制。

裴玄静握紧搁在胸口的匕首，用尽全力向上挥去。

她仿佛听见一声低叱，应是有人凌空跃起。突然"嘭"的一声，后窗向外撞开，淡淡夜色入侵的同时，一条黑影翻腾而出。

裴玄静紧跟着冲到窗前，却只看见清白的月光，在树荫婆娑中如同玉碎了一地。

陈旧的木窗楣上挂着一块撕破的布片。裴玄静小心地将它取下来，一望而知，这是从来人的夜行衣上带下来的。刚才所发生的一切迅疾、诡异而又凶险，都在这片碎布上得到证明。否则她真会以为自己又做了一场噩梦。

她强压狂烈的心跳，重新关紧窗户。但是毫无用处，这间屋子再也不能给她一丝一毫的安全感。临睡前她也关紧了门窗的，可是有人想来就来，想走就走。裴玄静意识到，自己所面临的威胁越来越难以阻挡了。

裴玄静坐立不安，不知该怎么熬过接下去的漫漫长夜。

然后，她便听见门上又响起奇怪的窸窣声。

门外长廊上挂的灯笼通宵不灭，是驿站给客人夜间上茅房时的照明。暗红色的灯光整晚都会从门缝下照进来，而现在，却被什么挡住了。

裴玄静再也待不下去了。

坐以待毙从来就不是她的性格。与其这么眼睁睁等着危险闯入，不如主动出击。

她紧握匕首，猛地推开房门。

外面之人果然猝不及防，"哎呀"一声向后退去，裴玄静举起匕首就捅过去。

"静娘！是我呀！"

　　她的手腕被人拼命捏住，顿时一阵剧痛。她不由地松了手，匕首就在对方胸前的方寸间落地。

　　崔淼的脸色煞白，显然也被她给吓坏了。

　　"你要干什么啊，吓死我了！"他压低了声音说。

　　"是你，我还以为……"裴玄静的身子有些发软。崔淼连忙扶住她，又从地下捡起匕首，才拥着她回入房中。

　　他点起蜡烛，屋子即刻变得敞亮了。裴玄静虚弱地对他笑了笑，"对不起，没伤到吧。"

　　"差点儿，静娘是怕天太热，想给在下一个透心凉吧。"崔淼一边开着玩笑，一边顾盼道，"怎么这么闷热？开一下窗吧。"他还未及站起，就被裴玄静一把扯住。

　　"别去！那里有人。"

　　"什么人？"

　　裴玄静将今夜之事讲述了一遍。

　　"难怪你刚才那么慌张。"崔淼皱眉道。

　　"我从门下看见你的影子，以为还是那个闯入者，绕到前面去了。"

　　"静娘，你觉得会是什么人？"

　　裴玄静茫然地摇了摇头。

　　崔淼说："让我想想，首先，此人并不是为了伤你性命。"

　　裴玄静同意。如果来人要杀她，她刚才就在睡梦中一命呜呼了。

　　"那么，是不是为了寻什么东西？"崔淼思忖地问，"娘子，你身上带着什么特别贵重的物件吗？"

　　裴玄静迟疑了一下，才道："并没有什么特别的。"

　　崔淼的目光在她的脸上转来转去："那就难猜了。"

　　裴玄静问他："崔郎，你什么时候到潼关驿的？"

　　"刚到不久。太晚了，柜上连个伙计都见不着，还高挂着客满

196

的牌子……我就想先找找你的房间。你知道我发现了什么？"这家伙还真喜欢卖关子，不分场合不分轻重，让人猜不透他究竟是太天真还是太世故。

裴玄静没好气地说："你的驴子飞了？"

崔淼伸手将裴玄静拉起来："来，你看了就知道了！"

他来到门前，先侧耳听了听外面的动静，确定没有异常，才小心地把门推开。

空荡荡的一整条长廊上，只有灯笼发出的黯淡红光。崔淼示意裴玄静跟着自己，两人一前一后走出房门。再转回身，崔淼在裴玄静的耳边轻声道："看。"

她看见了。

就在裴玄静的房门上，和目光平齐的地方贴着一张黄帛，上有墨汁涂写的似字非字、似图非图的符号，笔画屈曲难解，根本无法辨认。

裴玄静伸手将那黄帛摘了下来。

崔淼疑道："娘子？"

"你刚才就在我门口看这个？"

"是啊，我正在研究呢，不料你就拿着刀子冲出来。"

裴玄静往廊檐下一坐，长长地吁了口气。在屋里闷了那么久，来到户外她感到格外舒爽。"有什么可研究的，这是驱魔辟邪的平安符。"裴玄静说道。道家的符箓虽有几大派系，但万变不离其宗，以裴玄静的学识足够分辨了。

崔淼也在她身边坐下，悻悻地道："我当然知道是符。可你为什么不想想，这东西怎么来的？驿站里有那么多个房间，为什么单单你的房门上贴着这个？是谁贴的？"

裴玄静不吭声。其实答案再明显不过，整座驿站里能够制符的除了裴玄静自己，大概就只有韩湘了。

她说："……他是好意。"

"是吗？"

裴玄静问："你什么意思？"

崔淼振振有词地说："这么大的驿站，假如想标明你的房间，让有心人能轻易找到，又不会引起怀疑，此法不错。"

裴玄静瞪大眼睛看他，好一会儿才"咯咯"笑出来："你是想说，韩郎在我房门上贴符，为了将歹人引来……太匪夷所思了。"她连连摇头，"他有什么必要这样做？我不信。"

"你就那么信任韩湘？"

"我没有理由怀疑他啊。"

崔淼不语。裴玄静的心中却忐忑起来。她记起裴识离开前提到韩湘时，的确是话里有话的样子……

"娘子，你真的认为韩湘会送你去洛阳吗？"

裴玄静猛地抬起头，道："当然。即使他不送，我自己也会去。"

"去嫁给李长吉？"

"是。"她干脆地回答。

"我听说他快死了。"

裴玄静一字一顿地说："他怎样是他的事，去不去是我的事。"

"你敢肯定自己能平安走完这段路吗？"

裴玄静凝视崔淼。恰好一阵风吹过，灯笼的红光随风摇摆，在他的脸上投下扭曲的阴影，使这张俊朗的面庞突然变得陌生而狰狞。

她站起来，欠身道："崔郎这些天来的关照，玄静没齿难忘。今后就不麻烦了。"

崔淼也站起来，欠身回礼，什么都没有说。

裴玄静回房，关上房门。

在这郊野的驿站中，听不见更漏之声，也没有她已渐渐习惯的晨钟暮鼓。时间的流逝却比任何环境中都更清晰、更绝对、更冷静。

裴玄静在黑暗中瞪大眼睛，仿佛看见一炷冥香寸寸成灰。那是任何人力都抓不住、留不下的——生命在消亡。

她大汗淋漓地从榻上跳起来，用尽全身的力气推开后窗。

星尽四方高。万里长空中只余一轮明月，将清辉遍洒。

几步开外，崔淼背靠着一棵柳树，微阖双目盘腿而坐。月色仿佛在他的脸上盖了一层薄薄的冰霜，使他带上一种宛如少年般倔强而脆弱的表情。

这是无论如何也要守护心中所爱的执着。这种执着她有，他也有。裴玄静默默地合拢窗扇。

朝阳初升之际，潼关驿已经人声鼎沸了。

大家都在忙着套车搬行李，准备赶早出发。等到裴玄静他们的马车也都收拾停当了，韩湘却对裴玄静说："静娘，有个坏消息。"

裴玄静询问地看着韩湘，她只字未提昨夜所发生的一切，韩湘也似乎把崔淼整个地抛在脑后了。驿站中人群熙熙攘攘，再无那个潇洒的身影。

韩湘皱着眉头说："北线走不得了。咱们可能要改到南线走。"

"出什么事了吗？"

"这个……说是有强人出没。"韩湘说这话时不敢看裴玄静的眼睛。

她好像听见枭鸟藏在心的暗处，发出尖利的鸣叫声。她问："强人在哪里？"

"唔，按咱们原定的线路，下一站是陕州。途中要经过的硖石堡周围山势险峻、道路阻峡，最近强人出没频繁，所以……为了安全起见，还是考虑走南路。"

裴玄静仍然十分镇定地问："南线怎么个走法？"

"也没什么特别的。"韩湘尴尬地笑了笑，"不过南线要经过好几条河，咱们须弃车登船，如果遇上下雨发水，可能还要耽搁几天。"

"耽搁几天？"

"至多三五天吧。"

"到底是三天，还是五天？"

"呃，我是说比走北线再多个三至五天。"

裴玄静断然回答："不行。"

韩湘窘道："静娘，如果遇上强人的话，就不仅仅是耽搁三五天的事了。所以……"

裴玄静打断他："韩郎不是会画符念咒吗？当可驱敌退贼。"

韩湘面色大变。少顷，方踌躇道："这样吧，我再去打听打听。请静娘在此等候。"

裴玄静便站在院子里等着，徒劳地看着车马喧闹，日影渐短。韩湘久等不来，她胸中的焦灼眼看要炸裂开来。

"静娘！"就在她近乎绝望的时候听到了这声呼唤。崔淼从树荫背后转出来，招呼她："你快来看。"

裴玄静不及细问，便紧跟崔淼爬上驿站外的楼梯。驿站地势高耸，从二楼俯瞰，整个薇草萋萋的白鹿原就在眼前展开。极目远眺，风淡云舒，朦胧起伏的秦岭一直向东延伸，但崔淼指给裴玄静看的是近处——就在离驿站后门不远处，院墙之下的两个人影。

韩湘和一人对面而立，正在谈论着什么。

裴玄静一眼便认出了那把络腮胡子。

她的身体不由自主地颤抖起来。

"你怎么了？"崔淼在她耳边问，"认识那个人吗？"

"第一天……在长乐驿见过……"

"是，我也依稀记得见过这个人，所以才指给你看看。"

"就、就是他进我的房……"裴玄静连牙齿都开始打战，语不成声。

"昨晚吗？你肯定？"

裴玄静点头，又摇头："还有在长乐驿也是……"

恐惧、疑惑和绝望一起压迫下来，使她在这个暑气渐消、凉爽宜人的早晨，感到天旋地转。要知道自上路以来，她加起来也没能睡几个时辰。裴玄静靠在栏杆上，勉强支撑住身体，向崔淼抬起头说："崔郎，我必须去洛阳。"

"怎么去？"崔淼轻轻摇头，"韩湘不会让你顺顺利利地去洛阳的，虽然还不知道他在暗中策划什么……"

裴玄静打断他："也许我知道。"

"哦？"

"但他不会得逞的。"

崔淼看着裴玄静，那双琉璃乌珠般的眸子蒙着雾气，眼睛下边则是两圈深深的青影，但其中的聪慧、坚韧和勇敢仍然令他惊艳。

她说："走，我们现在就走！"

崔淼似乎已等待多时了，不假思索地应道："好。"

两人奔出驿站，车夫因未得到韩湘的吩咐，还坐在驿站门前待命。裴玄静飞快地坐上马车，崔淼乘那车夫不备，自己跳上车辕"得儿"的一声，驾起马车向前疾驰而去。

车夫才反应过来，喊叫着追出驿站，可哪里追得上。韩湘也闻声而出，见此情景要追，却怎么也找不到自己的马匹了。他急得在驿站前团团转，才一眨眼的工夫，裴玄静的马车背影就消失在官道的尽头了。

冲着那腾空而起的一地烟尘，韩湘跺脚大喊："哎呀，糟了！糟了！"

一口气驶出数里路后，崔淼才稍稍放慢了速度。裴玄静也终于可以平缓呼吸，张望一下车窗外的风景。

从长安到洛阳的官道总长八百余里，沿途均有夯土堆成的标志，称为"里割柱"，每五里一柱，十里两柱。裴玄静望向窗外时，正好有一座"里割柱"从眼前徐徐掠过，大片苍茫的原野随着"里割柱"被抛在后面。苍穹之上，一只白隼长鸣着冲入碧空。

原来，大唐的疆域是如此辽阔，山河又是如此壮美。原来，这就是诗人口中长歌当哭的故国，承载得起所有的兴衰与悲欢，也赐予得了她一生的自由。渺小如她这样的女子，亦可沿着这条归乡之路，去追寻心中最宏大的梦想。

"崔郎，"裴玄静对车前那个挺拔的背影说，"你的驴子飞到哪里去了？"

他头也不回地答道："昆仑之巅，白云生处。"

裴玄静淡淡地笑了。

8

将近傍晚时，途经渑池驿站，但崔淼和裴玄静商量后决定继续赶路，却不想这一错过就再没见到客栈。皓月初升后，他们才在官道旁的原野中发现点点星火，影影绰绰的屋梁檐脊，似乎是个人家。

崔淼建议，还是去借个宿。夜间行路到底不安全，况且马匹也需要饲喂和休息。

裴玄静同意了，再急也不急于这一时。

拐下官道，马车颠簸着穿过旷野。那片星火看上去迫近，真走起来还有些距离。等终于来到院外时，却见山门紧闭，门上高悬的匾额题着"灵空寺"三个大字——原来是一座寺庙。

又敲了半天门，才有个小沙弥来开门，听说是来借宿的，小沙弥二话不说便将他们引入寺中。

寺庙并不大，小沙弥让他们把马车拴在院中的井台旁，又带二人来到西面的偏房中，燃起一盏油灯给他们照亮，说："要喝水自去井里打，小庙没什么吃食，四更时会煮粥，你们若是饿了就来一起吃。"说完便离开了。

留下裴玄静和崔淼面面相觑，原来僧人就是可以如此洒脱——不问世事，毫无戒心。

两人也累极了，便各自在草席上坐下，听得屋外的风声猎猎之中，渐渐夹杂着淅淅沥沥的响声。

"好像是下雨了。"崔淼轻声说。

再没有人说话。不约而同地，他们回想起初遇的那个夜晚，似乎昨日再来，又似乎今日正在不动声色地变为昨日，即将带着他们共同湮灭在记忆里，沉入永恒……

不知过了多久，裴玄静打破沉默："咦，墙上有人题诗？"

崔淼也早看见了。灰泥斑驳的墙上横七竖八地题了不少诗，从字迹的深浅和笔触来看，应该是由不同的人在不同的时期题写的。看来这间寺院中曾留宿过不少人。也是为了疏解一下屋中过于微妙的气氛，两人兴致勃勃地逐首诗读起来。

几乎全是平庸之作，最后才发现一首标题为《空海作离合诗赠土僧惟上》的五言绝句，似乎有些意思。

"离合诗？"裴玄静喃喃地道，"以拆字再组的诗谜，没想到在这里看见。"

崔淼好奇地问："什么以拆字再组的诗谜？我倒没听说过，怎么玩的？"

"崔郎请读此诗。"

"磴危人难行，石崄兽无升。烛暗迷前后，蜀人不得过。"崔淼念了一遍，问，"谜在哪里啊？"

裴玄静侃侃而谈："离合诗以拆字重组为戏，早在汉魏六朝时期就已有了。最常见的方式是：每四句离合出一个字，即每次句的第一个字和前一句的第一字相犯，分离出一个字，或一个偏旁、一个部首，或某种笔画。再与后两句分离出来的字、偏旁、部首、笔画合并成另一个字；也有六句离合为一个字的。"

"听起来好复杂。"

"其实不难。最早的离合诗当推后汉孔融作的《离合郡姓名字诗》：'渔父屈节，水潜匿方。与时进止，出奇施张。吕公饥钓，合口渭旁。九域有圣，无土不王。好是正直，女回于匡。海外有截，准逝鹰扬。六翮不奋，羽仪未彰。蛇龙之蛰，俾也可忘。玫璇隐耀，美玉韬光。无名无誉，放言深藏。按辔安行，谁谓路长？'全诗离合成'鲁国孔融文举'六字。"

崔淼凝眉思索，口中还念念有词："渔父屈节，水潜匿方，嗯，离合出个'鱼'首；与时进止，出奇施张，离合出'日'，再并起来便是一个'鲁'字！有意思。"他目光灼灼地看着裴玄静，真诚地夸赞，"娘子真是无所不知啊。佩服！"

裴玄静抿嘴一笑："那么崔郎猜一猜空海此诗离合的是什么？"

"娘子有意考我？"崔淼的兴致愈发高涨，怎么能在她面前露怯呢？况且这种诗谜只要掌握了规则，是绝对难不倒他的，"磴危人难行，石崄兽无升……离出的是个'登'字；烛（燭）暗迷前后，蜀人不得过……离出的是……'火'，所以合起来便是'燈'！'燈'……"崔淼再三咀嚼，不由击掌而赞，"这首离合作得好，谜底和诗意相映成趣，又藏而不露。哈，却不知这个空海是什么来头，看名字也像个和尚。"

有人在门外应道："还是个日本国的和尚呢。"二人循声望去，只见一位僧人站在门前微笑合掌，"二位施主，贫僧惟上有礼了。"

原来他就是空海赠诗的土僧惟上，也是此寺的住持。

惟上法师一口南音，却十分健谈。古刹孤灯，三人团团围坐相谈甚欢。敞开的门外夜雨凄凄，夏蚊在微光中环绕飞舞。

回忆起贞元二十年在福州遇上的日本国遣唐僧空海，惟上法师依旧感慨不已。身为异国人，空海却拥有极高的汉学造诣，光看他作的这首离合诗就小巧精致，令人爱不释手。以至于当惟上离开家乡福州，云游至"灵空寺"担任方丈时，还不忘将这首小诗题写在墙上，留作纪念。

"不过在贫僧这里借宿的过路人中，能像二位这么快就看出诗中端倪的并不多。"惟上笑道，"离合毕竟生僻了一些，要写得好就更不容易了。"

裴玄静赞同："历来诗谜中藏头、回文用得多些，熟悉离合的确实较少。"

惟上说："只有一位权德舆权相公离京赴任东都留守时，曾在鄌寺暂歇，他也很懂得离合诗。"

惟上法师提到的这位权德舆相公，倒也是本朝赫赫有名的大人物。他不仅在政治资历上可以与武元衡相提并论，而且执掌文坛多年，就连刘禹锡、柳宗元这种级别的大才子都得投文于其门下，求其品题。自元和元年起权德舆就一直担任宰相，三年前才被皇帝罢了相，转任东都洛阳留守。

听到权德舆的名字，崔淼随口问："我们也要赶着去东都，竟和这位权德舆相公走的是一条路吗？"

惟上道："是啊，二位不知道吗？从鄌寺去东都是一条捷径。"

捷径？

裴玄静和崔淼的眼睛不约而同地发亮了。

惟上法师娓娓道来，原来从这座"灵空寺"后门出去，穿过旷野便是崤山，崤山之下有一条雍谷溪，顺着溪水再前行半天左右，就能到达河阴县了。

河阴县，是大唐至关重要的一个地方。开元二十二年时，朝廷为便利漕运，特选址在河阴筑大仓，专门纳储从江淮地区经过汴渠运来的粮食，然后再经由黄河、渭水运往长安，从而彻底解决了长期困扰西京的粮食短缺问题。自元和以来，为了保障削藩部队的粮草供应，皇帝更命将绝大部分转运的粮食都囤积在河阴仓，以便根据战况灵活调用。

从河阴县再到东都洛阳，就只有一天不到的车程了。由于河阴仓对大唐意义重大，又和洛阳离得近，便划归东都一起管理。

据惟上说，三年前权德舆被罢相，改任东都留守时，特意选择先经河阴再赴洛阳上任，也是为了顺路考察河阴大仓。

真是突如其来的惊喜。没想到误打误撞竟然走了一条捷径。如果惟上所说属实，那么总共再有一天半的时间就能到达洛阳了，比原计划还能提前半天。

崔淼兴奋地问裴玄静："静娘，我们明日就从河阴这条近路走，你看如何？"

裴玄静轻轻地点了点头，荧荧烛火将她的双眸映得比任何时候都更加深邃。

崔淼不自觉地避开她的目光，转首和惟上法师聊开了。

"听说权德舆被罢相还和前些天遇刺的武元衡相公有关，"崔淼道，"不知法师有否听权相提起过？"

"倒是未曾听说。"

崔淼说："我也是道听途说来的，不知真假，姑且供法师一娱吧。据说朝中的两位宰相李吉甫和李绛常年不和，不论大事小事都吵个没完，圣上不胜其烦。权德舆相公在二人中间不偏不倚，结果圣上迁怒于他，责备权相没有是非决断，并以此为由将他罢了相。不久后武元衡回朝，每见李吉甫和李绛二人争吵，同样不予置评，圣上却赞武相公为忠厚长者，反而大加爱幸，岂不气煞人也。"

惟上听得大笑起来："那是圣上太爱武相公，权相实所不及啊。"

"怎奈皇恩再浩荡，武相公也还是横遭不测了。"崔淼习惯性地挖苦了一句。

惟上说："提起武元衡相公，贫僧倒记起来了，那次权相留宿鄩寺时，确实也提到过一件与武相公有关的趣事，并且和离合诗有关。"

原来权德舆曾经作过一首离合诗，是赠给秘书监张荐的。因为写得十分精彩，当时引得朝中一堆人凑趣，纷纷创作离合诗互相比试。只有武元衡不为所动，旁人怎么怂恿都不肯出手，显得极其高傲，也让权德舆相当没面子。

崔淼说："这种事也值得在意吗？大僚们的心胸未免太狭窄。要我说，就是武元衡相公根本不会写离合诗嘛，权相何必耿耿于怀。"

"阿弥陀佛。"惟上笑道，"很晚了，二位明早还要赶路，贫僧就不多打搅了。"

崔淼将法师送到门外，回身却见灯影之中，裴玄静的目光灼灼，亮如星辰。

他来到她的身边，问："怎么了？"

她字斟句酌地说："武相公……会写离合诗。"

"你想到了什么？"

"那首诗我用回文和藏头乃至反切都尝试过，未曾破解。"裴玄静摇头苦笑，"我竟一直没有想到离合，真是愚不可及。"

崔淼跃跃欲试："现在也不晚啊！"

这间小屋虽然简陋，却在桌上置了笔墨，想必是惟上法师特意提供给过路客人留诗的。崔淼拿起笔，并不蘸墨，而是伸到一旁的水碗沾了沾，在桌上写起来——"克段弟愆休，颍谏孝归兄。惧恐流言日，谁解周公心"。

他还要往下写，裴玄静拦道："四句一组，你先看看这四句能离合出什么来？"

"前两句首字为'克'，末字为'兄'，这个容易，离合出一个'十'来！"崔淼一边比画一边说，"后两句首字为'惧'，末字为'心'……离合成一个'具'？'十'配上'具'，是什么字呢？"

裴玄静轻声道："是'真'字。"

"没错！"崔淼迫不及待地写下后面四句——"澜殇洛水梦，徒留七步文。蓬蒿密无间，鲲鹏不相逢"。

"澜和文，离合出的应该是个'阑'字，蓬和逢，离合出的是个……'艹'，拼起来就是一个'蘭'字？"他看了一眼裴玄静，接着往下写——"亮瑾分二主，不效仲谋儿。仃伶金楼子，江陵只一人"。

这回解析得更顺畅了，崔淼几乎不假思索地便说出："这四句诗离合出的是一个'亭'字。亭？"他又困惑了，再看一眼裴玄静，她却低垂着双眸，保持沉默。

于是崔淼以水为墨，写下最后四句诗——"觐呈盛德颂，豫章金堇堇。琳琅太尉府，昆玉满竹林"。

端详着渐渐淡去的水渍，崔淼轻声道："前两句离出的是'见'，后两句离出的是'王'，合起来便是一个'现'字。所以……这首离合诗的谜底是——'真蘭（兰）亭现'。"想了想，又不敢确定地问，"对吗？"

裴玄静终于抬起眼睑，望定崔淼点了点头。

"可是……'真兰亭现'是什么意思呢？"

她缓缓地道："我想此处的兰亭，当指的是书圣王羲之的千古一帖——《兰亭序》。"

"娘子因何如此肯定？"

"因为在我的行李里，就有武相公赠予的半部《兰亭序》。"裴玄静说，"是他特意临摹了，送给我的新婚贺礼。"

崔淼恍然大悟，马上又疑道："但此处说的是真兰亭，又指的什么呢？"

"我在想……会不会是《兰亭序》的真迹？"

"真迹？！"崔淼把眼睛瞪得溜圆，"可据我所知，《兰亭序》的真迹已经陪葬在太宗皇帝的昭陵了？"

"我也是这样听说的，所以我们今日能见到的都只是《兰亭序》的摹本，真迹荡然无存。"

"难道武相公的这首离合诗是说……他发现《兰亭序》的真迹了？"崔淼惊奇万分地问，"静娘，他给你的贺礼不会就是真兰亭吧？"

"当然不是。"裴玄静倒是十分平静，"纸和墨都是簇新的，临摹得也比较仓促，一看便知是临时写就。而且……还只有半部，所以绝不可能是《兰亭序》的真迹。"

"那就让人不解了。武相公费了这么大的力气，做出一个'真兰亭现'的诗谜来，究竟想要做什么呢？"

裴玄静再度沉默了。武元衡留给自己的这个谜，到此刻仿佛进入了一个新的阶段。

她一度认定，金缕瓶中隐藏着刺杀案的真相，而半部《兰亭序》的新婚贺礼只是为了指引她找到金缕瓶。但现在看来，似乎并非这么简单。

武元衡处心积虑布置的一切，又回到了王羲之的《兰亭序》上，并使她面对了更大的困惑——真兰亭现。

贞观年间的《兰亭序》摹本距今一百五十年，都已经是价值连城的古董，更别提作于五百年前的《兰亭序》真迹，那根本就是无价之宝。

假设，《兰亭序》的真迹确实重现于世，那么它现在何处呢？武元衡是不是希望裴玄静找到它？他凭什么认为她有这样的能力？他还给她留下了什么进一步的线索吗？

再说全天下都知道《兰亭序》真迹陪葬入昭陵，怎么可能又重现于世？难道当初高宗皇帝根本没有遵从太宗皇帝的遗旨？又或者是有人把它从昭陵里偷出来了？

难道说，武元衡被杀还和《兰亭序》的真迹有关系？

这一切太过扑朔迷离了。

裴玄静思忖着说："好的离合诗，应该做到谜面与谜底的寓意交融，相互映衬。所以，还需要从表面的诗意出发想一想。"

"这倒不难。这首诗句句用典，无非把典故理一遍罢了。"崔淼说，"头两句'克段弟愆休，颍谏孝归兄'用的是春秋之典。《春秋》开篇第一则'郑伯克段于鄢'，讲的是郑庄公老奸巨猾，故意纵容其弟共叔段与其母武姜，令共叔段骄纵，欲夺国君之位。庄公遂以此为由讨伐弟弟，将其弟杀害之后，庄公又怨恨母亲偏心，将她迁往颍地，还发誓不到黄泉，再不与母亲相见。后经孝子颍考叔规劝，才从地道中迎回母亲，母子重归于好。这个典故嘲讽帝王家骨肉相残，手段隐蔽而毒辣。后来郑庄公虽然有所悔悟，迎回母亲成全孝道。

但是他杀了母亲最爱的小儿子，再怎么做也弥补不了母亲的丧子之痛。所谓'孝归兄'无非是表面文章罢了。

"至于'流言日'和'周公心'这联嘛，我记得白乐天写过一句类似的诗，好像是什么'周公恐惧流言日'，对吗？"崔淼滔滔不绝地一口气讲下来，突然注意到裴玄静已经许久未发一言了。

她抱膝坐于灯下，油灯将尽时的微光，在漆黑的双眸中摇曳不定。

其室则迩，其人甚远。

崔淼暗暗地叹息一声，低声道："娘子累了，先休息吧。咱们明日再接着猜谜。"

待他走到门边，裴玄静才如梦方醒，问："崔郎去哪儿？"

至少，他听出了她语调中的依恋，也许她自己并不知觉。

"我就在外边，快睡吧。"崔淼倚着廊檐坐下来，第五夜——他对自己说，这是他们在一起度过的第五个夜晚了。

第四章
新婚别

1

清晨离开灵空寺以后，崔淼和裴玄静就走上了惟上法师口中的捷径。

其实捷径一点儿都不好走。山中仅有羊肠小道，雍水溪畔则怪石嶙峋，道路曲折盘旋，忽上忽下，马车走起来相当吃力。如果不是为了那一箱嫁妆，裴玄静真想抛下马车，轻身徒步前行。好在有崔淼一路上尽心尽力，终于在月上青天的时候进了河阴县。

他们早就商量好，今晚就宿在河阴。明早启程再行半天，便能到达洛阳了。

渭河在月光下静静地流淌，四外阒静无声。所谓河阴县城，其实就是沿着渭河的一个狭长地带。最靠近码头处是联排的大仓，尽头设有驿站。离码头稍远处才是不多的数户人家和军营。

这种格局是为了便利漕米从船上运到岸上。往来客商一般也走水路，所以驿站放在码头旁是最合适的。河阴县太小，没有城郭，只在面向官道的地方搭起一座象征性的木架城门，军营设在木城门后，管理出入人员，防卫大仓。

漕运一直是大唐帝国的命脉。

长安城作为大唐的都城存在一个致命缺陷：粮食供应。关中地区的粮食产量根本不足以支撑一个近百万人口的超级大都市，必须依赖经大运河从江淮地区运来的粮食。这个转运的过程一旦出现阻滞，长安城立即岌岌可危。开元末年，玄宗皇帝改革漕运，采取了沿途修仓、分段转运的方法，建立了河阴、柏崖、集津、三门诸仓，才有效地解决了困扰长安城多年的粮食问题。大唐皇帝总算不必碰上荒年就拖家带口，领着文武百官迁徙东都洛阳就食了。天宝三年，玄宗皇帝高兴地说："朕不出长安近十年，天下无事，朕欲高居无为，悉以政事委林甫。"

言犹在耳，渔阳鼙鼓动地而来。最美好的愿望总是要用最残酷的方式摧毁。孤独地死在太极宫的玄宗皇帝看不见，若干年后他的子孙们仍然在为漕运而苦恼。安史之乱后藩镇割据，拒绝纳税。帝国对江淮漕运的依赖日益为甚。

自从皇帝下令将河阴仓作为供给淮西军粮的暂存地后，河阴县的重要性愈加凸显。此地本来只是一个渭河边的小村落，从开元后期沿岸建起一系列大仓，驻扎了守卫的军队，又为负责转运的官员建立驿站，市面渐成气候。

不过当崔淼和裴玄静进入河阴县城时，根本没人来查验他们。打着瞌睡的守卫连眼皮都懒得抬一抬。这么一对俊男靓女怎么可能劫朝廷的粮草，说他们私奔还可信一些。守卫没兴趣多管闲事，驿站最欢迎这类客人，出手阔绰且没有麻烦。守卫想，这对男女多半会在驿站借宿一晚，然后雇上一条小船，由渭水顺流漂向他们的温柔乡。

"痴男怨女何其多……"守卫念叨着又堕入黑沉沉的梦中。

是谁曾经说过，化整为零是搞突袭最好的战术。其实这一天从早到晚，经过守卫眼皮底下进入河阴县的还有：两个和尚、三名脚夫、一个满脸络腮胡的行商，他还带着几名打算卖入长安城的仆役……因为零零散散的，这些人都没有引起任何怀疑，毫无阻挡地进入河阴县，并且先后住进了河阴驿站。

由于淮西战事久拖未决，河阴驿站最近的生意并不好。偌大的驿站里没住多少客人，今天一下子来了这么些人，懒散惯了的驿卒有点手忙脚乱。等安排好房间，驿卒忙着去厨房吩咐多准备些饭菜，刚走出门就遭到迎头一击，一声没吭便倒在地上。

一切都在夜色的掩映之下，静悄悄地发生着。

当崔淼和裴玄静来到河阴驿站时，并未感到任何异样。已经很晚了，空荡荡的前堂只亮着一盏油灯。值班的驿卒趴在柜上睡得正香，被叫醒过来后，他很不耐烦地指了两间空房给他们，继续倒头便睡。

整座驿站仿佛都在酣眠。

将马车停入院中时，崔淼问："箱子要卸下吗？"

裴玄静迟疑了一下，道："算了，反正明天一早就走。这个院中想必是安全的。"

崔淼说："好。你饿不饿？我去找点儿吃的来，你等着。"

她都没来得及说话，他就一溜烟地跑了。

裴玄静只好坐下等他。万籁俱寂，她回顾起今天这一路上，和崔淼整理的武元衡离合诗中的典故。

除了郑庄公以诡计杀害兄弟共叔段、曹丕父子夺甄妃杀曹植又改《洛神赋》的故事之外，这首诗中还引用了西周时姬旦的典故。

传说周公姬旦有圣德，辅其兄武王姬发伐商，平定天下，定了周朝基业。武王病，周公为册文告天，愿以身相代。藏其册于金縢，内容无人得知。后来武王驾崩，太子成王年幼，周公尽心辅佐。当时其庶兄管叔、蔡叔图谋不轨，但忌惮周公，于是在列国间散布流言，说周公欺侮幼主，图谋篡位。久而久之，周成王起疑。周公为避祸辞了相位，避居东国，心怀恐惧。后来有一日，天降大雨，雷电击开金縢，周成王见了册文，方辨明忠奸，诛杀了管叔、蔡叔，迎周公重归相位。

白居易曾以此典写成"周公恐惧流言日"的诗句，是为周公姬旦感到后怕。假设当管叔、蔡叔四处散布流言，污蔑周公有反叛之心的时候，周公便一病而亡；或者金縢之文始终未被周成王所知，那就没有人能说清楚周公到底是忠是奸了。在后世的史书中，周公很可能就成了奸臣。

裴玄静觉得，这个典故与曹氏的《洛神赋》之典至少有两处异曲同工：其一，揭示皇权争夺的血腥残酷，皇族为了争夺帝位，亲人之间常常自相残杀；其二，指出历史的真假莫辨。有时是天意，更多是人为，今人所看到的历史究竟有几分真实，的确很难说。

"你看我找到了什么？"

裴玄静的思绪被打断了，只见崔淼兴冲冲地回来，双手端着个盘子。

裴玄静忙接过盘子："怎么去了那么久？"

"柜上的伙计不见了，厨房不好找，里面也没人，不过还有酒有菜。"

他从铜壶中倒出酒来，闻一闻："不错，娘子尝尝？"

裴玄静依言喝了一口："好烈的酒。"话音刚落，双颊已酡红如盛放的牡丹了。

崔淼笑道："今早在灵空寺道别时，惟上法师还特别叮嘱我，一定要喝一喝河阴驿站的烧酒，说是此地兵卒用秘法特酿的，有劲。"

裴玄静心想，这么喝很快就会醉的。

崔淼还在起劲地介绍他搜罗来的下酒菜："来来，这醋芹很新鲜爽口，这酪酥是冰镇着的，还有樱桃……真想不到，小小一家河阴驿有这么多好吃的。"见裴玄静只呡了一小口酒，他将酒杯斟满，双手递到裴玄静的面前，"娘子，过了今夜你我就要分道扬镳，以后也不知能否再见。崔某在此恳求娘子，陪在下痛饮这一场吧。"

"就当是喝娘子的喜酒了。"他又说，烛光似乎在眸子里剧烈地闪耀着。

裴玄静再不迟疑，端过酒杯一饮而尽，胸中顿时翻江倒海一般，也不知是酒还是别的什么。她抬起头来，望着崔淼一笑，视线有些模糊了，令眼前这张已十分熟悉的俊美面庞变得陌生起来，隐含魅惑。

　　崔淼自饮一杯，叹息："说了这么多的《兰亭序》，可惜此地没有好溪，否则今夜定要与娘子秉烛夜饮，玩一回曲水流觞。"

　　"你我总共二人，如何流觞呢？"

　　崔淼慨然道："'夫人之相与，俯仰一世。或取诸怀抱，悟言一室之内；或因寄所托，放浪形骸之外。'《兰亭序》里是这么说的，我没记错吧？"

　　"没有记错。"裴玄静亦兴味盎然地吟咏，"'虽取舍万殊，静躁不同，当其欣于所遇，暂得于己，快然自足，不知老之将至；及其所之既倦，情随事迁，感慨系之矣。'"

　　吟到此处，只觉心胸旷达，情怀难抑。于是两人再一碰杯，仰头将杯中酒豪饮而下。

　　我要醉了。裴玄静想，哦不，我已经醉了。

　　酒酣蒙眬之中，她好像去到了五百年前的会稽兰亭——

　　裴玄静看见了，酒杯先后停在王羲之、王献之、谢安、孙绰等人的面前，她看见他们清雅脱俗的形象，赋诗时那飘逸灵动的神态，多么令人神往。那次聚会，总共十一人各成诗两篇，十五人各成诗一篇。居然还有十六人作不出诗。不过裴玄静觉得，他们肯定是为了多喝三觚酒才故意认罚吧。

　　宴至兴尽未尽时，王羲之聚拢各人的诗文，乘着酒意方酣之际，握鼠须笔在蚕茧纸疾书为序，乃成千古瑰宝之《兰亭序》。

　　裴玄静醉倒了，倒在不朽的辞章和永恒的山水之间。即使闭上眼睛，她也仍然能感受到崇山峻岭，茂林修竹；清流激湍，映带左右……

　　"娘子！娘子！快醒醒啊！"

声嘶力竭的叫喊声冲破梦境，裴玄静被人用力拉扯起来。她勉强睁开惺忪的醉眼，才发现自己半倚半靠在一个人的身上——是崔淼！

"着火啦！"崔淼看见她醒来，一边大叫，"快跑！"一边拼命拽着她向屋外冲出去。

裴玄静跌跌撞撞地跟着跑，才跑到院子里，便看见半边夜空都染得通红了，身后燥热难当，一阵阵热气卷着火舌扑过来，与驿站相连的巨型粮仓起火了！

火势极猛，就在他们逃进院子的转眼间，驿站后排的客房就被点燃了。屋架房梁噼里啪啦地烧起来，所有的门窗瞬息便被烈火吞没。

刚才只要再晚一步，他们就逃不出来了。

裴玄静全身哆嗦，几乎站立不稳。

崔淼的声音也在发颤："好险，我们都喝醉了，睡得死死的……"

"救，救火啊？"裴玄静结结巴巴地说。

"这么大的火怎么救啊？"崔淼跺脚道，"这得有许多人才行啊！"

陆续有人从起火的房屋里逃出来，几个驿卒模样的人提着水桶奔过来，边喊边朝熊熊烈火泼上去，根本无济于事。

裴玄静算是亲眼看见了，什么叫作杯水车薪。

"完了。"崔淼在她身边喃喃，"驿站完了。大仓估计也得完……"

火势愈加猛烈了，有人去开了马厩的门，驿马一拥而出，有些马身上已经落了火星着了火，纷纷嘶鸣着朝河岸的方向跑去。动物就是有这种求生的本能吧。

裴玄静突然大叫："我的箱子！"

她的那箱嫁妆还搁在马车上，停在后院里。

"你待着，我去！"崔淼扭头便跑，裴玄静哪里听他的，立即紧跟而上。

前后左右的房屋都在突突蹿着火，还不时有烧透的梁架倒下，两人简直是在火焰中杀出一条路来。

找到了——马车并未着火，但已被周围的烈焰熏得滚烫。箱子也还完好，崔淼伸手去搬，却立即被烫得龇牙咧嘴。那么重的箱子平常搬起来都困难，现在又被烤得炙热，徒手根本不能碰。

"怎么办？"崔淼喘着粗气问裴玄静，"要不你挑几件最要紧的东西吧？"

裴玄静只是咬紧牙关。崔淼见状，往掌心里啐了几口唾沫，运足气又要去搬箱子。

"住手！"她大叫着去拦他，就在这一时刻，一粒火球从天而降，箱子瞬间燃烧起来。

裴玄静拉着崔淼往后退去："箱子我不要了！快走啊！"

两人互相拉扯着逃出烈火的包围圈。

崔淼恨声连连："刚才你应该让我搬的，多少能抢下一些东西。"

"太危险了，你会烧伤的！"

"可是你的嫁妆……"

"没关系。"裴玄静扬起脸，含泪回答，"最重要的东西都在我身上。"

"啊！"

"咱们赶紧走吧。"她环顾四周，驿站里的人几乎都逃光了，周围的空气也烫得让人濒于窒息。

"是，快跑！"

崔淼牵起裴玄静的手，朝着渭河岸边跑过去。

出了驿站才看见，连绵的河阴大仓已经烧成一条长长的火龙，见头不见尾。狭长的河岸上来回穿梭着救火的人群，看打扮已经不是驿丁，而是守卫大仓的正规士兵了。

烈火将夜空映照得如同白昼一般，码头旁聚集了不少人，两人便也奔向那里。可是还没到码头，他们就被一队人马团团包围住了。

领队者骑在高头大马上叫道："抓捕纵火犯！"

"我们是住驿站的客人，不是纵火犯！"

根本没人理会他们的辩白，火声、风声、人声把一切都淹没了。

2

对于漕运的噩梦，皇帝李纯还是有心理准备的。

他至今仍然清楚地记得，贞元二年时，江淮转运使韩滉一度和朝廷叫板，拖延运输漕米入京。关中很快山穷水尽，禁军公然在大街上叫骂，威胁再不发军饷就要造反了。

皇帝记得，那段时间爷爷德宗皇帝天天在大明宫中遥望东方，一边祷告上苍，一边近乎绝望地等待着渭桥码头的消息。总算天佑大唐，终于在一个秋风萧瑟的早晨，德宗皇帝等到了驻守陕州的陕虢都防御使李泌的加急快报——漕运船队到了！皇帝闻讯欣喜若狂，竟一路狂奔至东宫，对着太子大喊："漕米已到陕州了！漕米已到陕州了！我父子得生矣……"

那一年李纯刚满九岁。

皇帝冷笑着翻看来自河阴的加急奏报：烧毁钱帛三十万缗匹，谷三万余斛。

虽然已经读过许多遍，每看到"谷三万余斛"这几个字，他的心还是会被深深地刺痛。当年令祖父和父亲抱头痛哭的，也不过是"谷三万余斛"终于运抵陕州。而现在，同样数量的漕米就在他的眼皮底下毁于一炬。

与其说皇帝在痛恨敌人，不如说他是在痛恨自己。所谓的雄心万丈，所谓的运筹帷幄，到头来根本不堪一击。

淮西还要打下去吗？拿什么打？

"大家……"有人在身后唤他，皇帝转过脸去。

盛装的郭念云站在他面前，高髻上簪着一束粉白相间的海棠，仿佛还在滴着露水。金银线交织的朱色纱罗披帛下，鹅黄色的长裙缀满忍冬和云鹤的花纹，衬托出一段凝脂白玉般的丰腴胸脯。皇帝的目光不由自主地落在那上面，又沿着雪白的肌肤慢慢向上，滑过同样毫无瑕疵的脖颈，来到她的脸上——

光洁饱满的额心贴着金箔花钿，黛扫翠眉、颊黄自眉尾斜飞入鬓，鼻梁挺秀、樱唇妍丽……最后进入皇帝眼帘的，是那双明亮的秀目，以及其中那咄咄逼人的光芒。

微微耸动在他体内的欲望突然消失了。每次都是这样，当皇帝鉴赏完自己这位贵妃的绝世姿容后，他对她的兴趣便荡然无存。

她的雍容美丽是为帝国准备的，而皇帝更需要的，是仅仅属于他的女人。即使皇帝愿意承认，这些年来郭念云不仅没有变老，反而比初嫁自己为广陵王妃时更加仪态万方、倾国倾城，但他也彻底失去了将她压在身体下面的意愿。难道在那种时候还要他去揣测，她的呻吟有多少是出于男欢女爱的本能，又有多少是源自对权力的饥渴？

几年前，才刚十七岁的太子李宁暴病而亡。年轻健康的太子怎会突然病故？吐突承璀给皇帝带来不少风言风语。其实就算不听这些，皇帝自己的心中也有诸多怀疑，但他没有追究到底。

一向睚眦必报、刚烈果敢的皇帝在这件事上手软了。大概是因为他比任何人都更了解皇权争夺中的阴森恐怖吧。毕竟他自己就是这么走过来的。但是，有些事情他不追究，不等于能接受，更不等于会忘记。

皇帝说："是贵妃来了，有事吗？"

"听说昨天大家彻夜未眠，臣妾……有些担心。"郭念云不慌不忙地回答。

"大家""贵妃"，他们习惯于这样称呼彼此。就像她刚嫁给他时，他们就以"大王"和"王妃"互称。许多年来，他和她从没有做过一天的寻常夫妻，也从未积累起相濡以沫的恩情，彼此间只有无限增长的猜忌和冷漠。皇帝的心中再清楚不过，自己一再婉拒册封郭念云为皇后，已经彻底失去了她的心。

他说："请贵妃看一看这份加急奏表吧。"

尽管郭氏一定已经从各条渠道得知河阴仓被烧，该走的程序还是得走，她不就是为了这事来的吗？

郭念云不动声色地看完奏表，说："看奏表上说救火还算及时，损失并不大，还望大家切勿过于忧虑，保重龙体要紧。"

"损失不大？"李纯皱起眉头，他突然冲动地想对她说一说贞元二年时，祖父和父亲的那场抱头痛哭，旋即又打消了这个念头——她不会懂的，他也不指望她懂。

皇帝说："损失暂且不论，但此事必须严惩。劫烧粮仓的凶徒十恶不赦，疏于防范的渎职官吏同样该杀！"

"大家所言极是。"顿了顿，郭贵妃问，"大家打算派哪位臣子彻查此事呢？"

"贵妃有什么建议？"

郭念云迟疑了一下，问："事情紧急，是否就近委任钦差大臣？"

"朕想派吐突承璀去。"

"吐突中尉？"

"怎么？"虽然郭家势隆，郭念云一直谨奉内戚不得干政的原则，极少过问朝廷是非，原因还在于李纯的刚硬个性，所以当他主动发问时，她仍必须小心作答。

她说："事关重大，一时一刻都耽搁不得。吐突将军从长安赶去河阴还需几日，这段时间里怎么办呢？"

皇帝在心里冷笑，瞧瞧，狐狸尾巴露出来了吧。东都留守权德舆和郭家关系极为密切，此前众大臣联名上表请封郭念云为皇后，领头的就是权德舆。如今他下辖的河阴仓出了大事，郭家果然不肯袖手旁观。对郭念云来说，让谁去调查都行，就是不能让吐突承璀去，因为吐突承璀是她的死对头，更是郭家的眼中钉。

"吐突承璀已经动身了，估计今夜就能赶到河阴。"

"这么快？"郭念云的惊讶毫无虚饰。莫非吐突承璀会飞不成？可是，就算他昨夜受到快报立即动身，今夜也不可能赶到河阴。

估计她琢磨得差不多了，皇帝才说："朕几天前就派遣吐突承璀去洛阳了，为了别的事情……倒是碰巧了。"

郭念云愣住了，不由得看着皇帝——这个陌生人就是自己的丈夫吗？

第一次见到这张完美的脸时，她曾大为倾倒。十几年过去了，皇帝的脸变老了许多，仍然俊美非凡，却又遍布凌厉的风霜，以至于她每次认真看他时，都会在内心害怕得发抖。

这么说，他是下定决心要收拾权德舆了？就因为权德舆替自己出头？所以河阴仓事件的内幕究竟是什么，还真不好说……

尤其让郭念云沮丧的是，她花了那么的心思收买皇帝身边的人，自以为对皇帝的一举一动都了如指掌，现在才发觉，那根本就是自己的臆想。

她待不下去了。

内侍报，司天台监应召来见，郭贵妃乘机告退。

出殿时，郭念云和波斯人李素擦肩而过，司天台监止步行礼，郭念云当作没看见。除非在皇帝面前，对任何人郭贵妃都是极其傲慢的。

李素在心里苦笑。那时候权德舆带头上表，逼着皇帝册封郭念云为皇后，皇帝不愿意，又不想撕破脸皮，就找司天台监编出一个天候不吉的借口来，硬是拖了大半年，结果不了了之。自那之后郭贵妃就再没给过李素好脸子。

李素明白，自己是把郭家彻底得罪了，但他又能怎样？汉人官员们可以拉帮结派，而波斯人只能也只愿意依靠皇帝本人。如果连皇帝也靠不上了，那他们情愿利用手中的财富去投靠有能力颠覆这个王朝的人。所以李素其实并不畏惧郭家的势力，郭家唯一的希望就在三皇子李宥身上，但就目前的形式来看，李宥要想当上太子，悬！

想到这里，波斯人混浊的灰绿色眼睛中流淌出鄙夷的笑意。

进殿拜见陛下，皇帝的脸色十分难看。李素早做好思想准备了，反正自己的天象没看错，如果皇帝责难太切，大不了请求以身祭天。当今圣上虽然脾气大，终究还是一位明智之君，会讲道理的。

皇帝沉吟半晌，开口却让李素大吃一惊："朕让你找的那把匕首，还没有下落吗？"

李素吓得都结巴了："确、确实未曾找到什么线索……"

皇帝盯着他问："就那么难吗？波斯人不是号称天下宝物尽收囊中吗？你到底有没有花了心思去寻？"

李素"扑通"跪倒在地，一边叩头，一边哀号："臣有罪！臣该死！"

难道他就不为自己辩解几句？皇帝提到的匕首名"纯勾"，号称是全天下最锋利的刺杀短剑，原来一直深藏于大明宫中，却不知何故，于元和元年流失出宫。从那时起皇帝就在秘密寻找，至今未果。前些日子皇帝想起波斯人搜罗宝物的特长，便命李素暗中在波斯人中悬赏求剑。

可是天晓得这件事有多么难办！首先，没有该匕首的任何图样，全凭皇帝口头描述，而他又说得语焉不详，只说匕首的形状很特殊，前后一样宽，有点像一把直尺。像直尺的匕首？李素实在想象不出来它的样子。其次，由于"纯勾"的"纯"字犯了皇帝的名讳，还不能直称，非得转称为"练勾"，这下更没人听得懂了。最后，皇帝就是不肯明说当年此物是如何流失的。李素本能地感觉皇帝深知内情，只是不愿透露。

好嘛，这就等于让李素大海捞针。

不过波斯人懂得规矩，再难办的差事也绝对不能抱怨，所以只好一味认罪。

片刻之后，他听到皇帝深深地叹息了一声："你去吧，再接着找。

如能寻获，朕……许你大功一件。"

"臣遵旨！"李素躬身后退，庆幸又逃过一劫。

郭念云独自走下玉阶。又是一个万里无云的夏日，火辣辣的太阳直射在大明宫的琉璃碧瓦上，到处皆是刺目的光辉。她在白玉栏杆前停下来，任由太液池上吹起的清风拂过面颊。

她这才能缓缓吐出壅塞在胸中的那口浊气，仿佛突然间想起，自己已经三十五岁了。女人最美好的时光即将一去不复返，她的人生又获得了什么呢？

从表面上看，郭念云离女人的至尊之位仅差一步，如果不太计较虚名的话，其实她早已经在统领后宫了。但是实质上，她却连人间最庸常最世俗的欢乐都没有过。

今天离开后，又不知道多久才能见到皇帝。这个人是她名义上的丈夫，却整夜整夜地睡在其他女人的床上。皇帝在后宫雨露颇广，所以当他一再拒绝册封郭念云为皇后时，朝野都传说他是担心郭氏一旦当上皇后，将会借助娘家的势力打压其他嫔妃。毕竟，郭念云是大将军郭子仪的亲孙女，又是升平公主的女儿，算辈分的话她根本就是当今皇帝的姑姑。郭贵妃的身份如此尊贵，很容易把其他嫔妃压得喘不过气来。

皇帝试图让天下人相信，郭念云是一个好妒争宠的悍妇，并以此为由拒绝封后。

哼，郭念云想，他考虑得可真周到。她倒是想争想妒，然而十多年独守空房，她早已经忘记了该怎样承欢，如何浓情爱洽。全天下有谁能想象得到，她郭念云就是这样一个守活寡的贵妃啊！

每念及此，郭贵妃对皇帝的仇恨便化作一种鲜明的痛楚。痛得绝望，痛得她可以立刻去杀人。

她还记得皇帝曾多次提到过，先皇对王皇太后也就是皇帝的生母恩宠不够，似乎颇为母亲当年遭受的冷遇而不平。可是在郭念云看来，先皇和王皇太后总共育有五名子女，除了长子李纯是王皇太后所生，先皇最幼的女儿襄阳公主仍然是王皇太后所生，此中恩爱根本无须旁人置喙。对照郭念云自己，就算当上了皇后，也仍然是这座雄伟宫殿中踽踽而行的孤魂。

郭念云必须争到皇后的位置，因为她的人生没有别的可以争了。同样道理，她唯一的儿子也必须当上太子，因为只有这样，若干年后她才能成为皇太后。

郭念云深信不疑，自己一定能活得比李纯长，并以此作为人生的目标。

她会胜过他的，总有一天。

3

裴玄静和崔淼已经被关了十来个时辰了。

在渭河岸边被捕后，那些人根本不听他们的申辩，甚至搬出裴度来也无济于事。这帮守仓的官兵显然被一把大火彻底烧昏了头，只要见到非本地的人就抓就关。牢房里男女老少什么人都有，又哭又闹乱成一团，屋外救火的喧哗声不绝于耳。不管裴玄静和崔淼怎么叫唤，都再没有人来理睬他们。最后，两个人都精疲力竭地倒在地上。

"静娘……"裴玄静费力地睁开眼睛，只见崔淼蹲在自己面前。

"你还行吗？"

裴玄静虚弱得不能回答。

崔淼迟疑了一下，伸出手抚摸她的面颊，将一缕散落的发丝捋到她的鬓边。

裴玄静微微偏了偏脸。

崔淼把手缩回去，尴尬地笑了笑："原来没发烧啊，你还真挺得住。"

裴玄静撑起身来问："什么时候了？"

"估计到深夜了。"崔淼让裴玄静看其他人，"又没吃又没喝的，现在全趴下了。"

窄小的牢房被横七竖八的犯人占得满满的，简直透不过气来。

崔淼说："外面安静下来了，我想火应该是扑灭了。"

"我们什么时候可以走？他们会放了我们吗？"

"要不了多久的。"崔淼安慰她，"救完火就会查凶。我们本是无辜的，过堂时向上官澄清一下，肯定就没事了。"

裴玄静说："我觉得不会那么顺利。"

"为什么？"

她轻轻地叹息："我怕我永远也到不了昌谷了……"

"别这样想。"

裴玄静示意崔淼再靠近些，压低声音说："给你看样东西。"

她确定自己的动作不会被其他人发现，才小心地从腰带中摸出一个荷包，稍稍松开口上的缎带。

崔淼探头过去，只见一线金光轻轻地闪了闪，裴玄静又赶紧把荷包的口扎紧了。

"这是什么？"他悄声问。

她亦悄声回答："金缕瓶。"

"金缕瓶？"

"是武元衡相公的遗物。"到了眼下这个地步，裴玄静也毫无保留了，"原先就包在那块黑布里面。自从我得到它，身边就发生了种种波折和怪事。这其中一定隐藏着重大的秘密。我想解开这个谜，可是现在……现在，我不知道该拿它怎么办了。"她流露出最真实的迷惘和软弱，"你说，我要不要把它交出去？"

"绝不可以！"崔淼坚决地说，"既然武相公把东西托付给了你，在未弄清他的本意之前，你怎么可以随随便便就把东西交出去？

况且还明显有人在觊觎它。你又怎么知道，把它交给谁才妥当？"

他示意裴玄静收好荷包："藏好了，等出去再说。"

木栅栏门上"咣当"几声，有人来开锁。

"谁是裴玄静？出来！"

河阴县衙的大堂上灯火通明，东都留守权德舆刚刚从洛阳赶来，就马不停蹄地升堂审案了。河阴仓失火，如同一个晴天霹雳在权德舆的头顶上炸开，把这位年逾七旬的老官僚打得晕头转向。

他比任何人都清楚，这次自己难辞其咎了。

河阴仓是具有重大战略意义的地方，按理说必须进行军事化管理。但和大唐的其他方面相类似，所有帝国权威应该发挥作用的地方，都存在着种种不尽如人意之处。中央集权只能虚浮于面上，底下统统各自为政、各显神通。

驿站原则上归兵部管理，只接待朝廷官员和公差，不允许对外接客。可是这么做没有油水，还常常得倒贴。所以各地驿站都阳奉阴违，将部分客舍辟出给过路商旅落脚。驿丁还把朝廷仓库中的钱粮偷出来，作为驿站的日常使用。管理的官员只好睁一只眼闭一只眼——你要是和他们较真，这帮当兵的立马就能暴动给你看。

权德舆对河阴县的管理，一直以来也本着如上原则。在他看来，"姑息"既是无奈的选择，又不失为一种策略。皇帝以"没有原则"降罪于他，权德舆并无太多委屈。他还挺能理解皇帝面对现实时的矛盾心情。东都留守位高权重，又相对自由清闲，历来都是养老官职中的最优选择。权德舆心里清楚，其实皇帝对自己算不错了。

此前，武元衡遇刺的消息令权德舆极为震惊，没想到藩镇猖狂到这种地步。他立即担忧起洛阳的治安来，召集来下属各县的县令和负责东都守卫的金吾卫，部署了层层加强防卫的措施，才觉得心里有底了。

正所谓智者千虑必有一失，东都留守偏偏遗漏了河阴县。当然，更有可能是内心深处的"姑息"在作怪，使权德舆倾向了"侥幸"。

正是这份侥幸心理，终于酿成大祸。

此刻，皇帝的钦差吐突承璀正十万火急地赶来，再有一两个时辰就能抵达河阴仓。在他到达之前，权德舆必须想出对策来，否则就只能人为刀俎、我为鱼肉了。

可是时间太急迫，而纵火犯的头绪全无，就在权德舆手足无措时，有人来报，发现裴度相公的侄女裴玄静也在被拘押的嫌犯之中，请示该怎么处置。

"裴玄静？"权德舆一怔，随即命人将她速速带来堂上。

裴玄静来了，鬓发稍微散乱，面容也显得憔悴，但行礼如仪，神情从容不迫，令权德舆一见，便有了些莫名的好感——不愧是裴度的侄女。

待裴玄静坐定，权德舆便歉道："河阴仓大火，士卒抓捕凶犯心切，误捕了裴大娘子，还望见谅。"

裴玄静问："纵火犯抓住了吗？"

权德舆叹着气摇头，又道："前几日本官就收到裴相公的来信，提及侄女将经由洛阳前赴昌谷，还特意请本官留意照料。只是，裴大娘子怎么拐到河阴来了？不巧又遇上大火，若有什么闪失，倒是本官的罪过了。"

对于此刻内外交困的权德舆来说，意外出现在河阴的裴玄静不啻为一根救命稻草。裴度是朝中极少数能够对皇帝施加影响的人，也是极少数能够抗衡吐突承璀的人，所以权德舆决心善待裴玄静，争取通过她来拉拢裴度，以备不虞。

然而，紧接着裴玄静所说的话，却大大出乎了权德舆的意料。

她说："权留守，我有纵火犯的线索。"

"你？"权德舆惊得微微倾身，"你有线索？"

裴玄静点了点头。

"什么线索？"

她没有立即回答，而是扫了一眼周围。

权德舆会意，连忙摆手让众人退下。顷刻间，堂中就只剩下他们二人。

权德舆等着裴玄静的下文，她却沉默着，像是陷入了深思。权德舆等得不耐烦了，大声清了清嗓子，裴玄静才如梦方醒一般，向他抬起眼睑。

她深吸了一口气，说："留守大人，与我一起来到河阴的，还有一个名叫崔淼的郎中，此刻也被当成嫌犯押在牢中。他……我认为，他是河阴大仓失火的知情者。"

"知情者？"权德舆思忖道，"你的意思是说，他知道有人在此纵火？"

裴玄静艰难地点了点头："是。我还认为，他与前些日子发生在京城的武相公被刺案也有关系。"

这一惊可非同小可，权德舆不自觉地抬高声音："武元衡被刺案不是已经破了吗？凶犯皆已伏法。"

"成德张晏等人只是替罪的，我想权留守也有所耳闻吧？"

"这……"权德舆欲言又止。

裴玄静知道，权德舆在等待自己的进一步解释，但是她心乱如麻，不知该如何启齿。

她曾经两次怀疑过崔淼，又两次否定了自己的怀疑。第一次是刺杀案刚发生后，她就怀疑崔淼与王义关系非同一般，但在聂隐娘磨镜小铺中的一番经历，使她认可了崔淼对贾昌小院那夜的解释，从而排除了崔淼与刺杀案有关的嫌疑；第二次则是在西市观刑时，遇见死而复生的疤脸人，但紧接着在宋清药铺中，崔淼又用完美的表现成功地说服了她，让她相信自己只是"认错人了"。

也许，正是前两次轻易地蒙混过关使他松懈了，更使他自大了，这回疤脸人变成络腮胡子的伪装做得浮皮潦草，让裴玄静立即看出了破绽。

她马上就联想到，用络腮胡子易容，最好掩盖的便是下巴上的特征。

这一次，她没有再给崔淼解释的机会。因为她不想看到他为了确凿无疑的事实寻找借口、编造谎言，那样既会让她难堪，更会令她痛心。

从长乐驿到潼关驿，他的目标越发昭彰——金缕瓶。入室搜查，言语试探，设计甩掉韩湘，后来更故意将她引上河阴这条路。起初她还不解其意，现在完全能够确定了，他就是想利用河阴大仓失火的混乱，逼她主动拿出金缕瓶。由此可见，崔淼和疤脸人都应该来自成德藩镇，他们参与到刺杀案中，不仅仅是向朝廷示威，更是冲着金缕瓶来的。从另一个角度也证明了，崔淼事先就知道将在河阴仓燃起的这场大火。

至于他怎么能确定金缕瓶就在她的手中？回想起在宋清药铺的后院里，与他一起蒸黑布的过程，裴玄静遗憾而又痛楚地意识到，正是自己的轻信让敏锐的崔淼洞察了秋毫。

但裴玄静思之再三，还是决定先不向权德舆提起金缕瓶。

她整理了思路，尽量言简意赅地向权德舆说明，叔父裴度遇刺时就发现仆人王义与刺客有染，但王义已死，嫌疑便落到了和他过从密切的郎中崔淼身上。正待追查时，崔淼逃离了长安。而她自己却在前往洛阳的途中，和崔淼不期而遇。一路之上，崔淼的言行处处可疑，露出了不少马脚，于是她便决定将计就计，甩开叔父安排的送亲人韩湘，随崔淼转道河阴，看看他究竟想干什么。

"裴大娘子竟然独自一人，以身犯险？"权德舆吃惊地问，"大娘子就不怕这个崔淼对你不利吗？如果此人真是藩镇刺客，你岂不是相当危险？"

裴玄静道："不会的，他若真想对我不利，早就动手了。"

权德舆不禁皱起眉头，听裴玄静说到现在，他真是既不能尽信，又不敢不信。但毕竟，这是他现在手上唯一的线索，想了想，权留守道："既然此人已经被押入大牢，就不怕了，无非是想办法撬开他的嘴。"

他刚扬声想叫"来人"，却听裴玄静道："且慢。权留守是要刑讯逼供吗？"

"怎么？"

"我想请问，"裴玄静又吞吞吐吐起来，"如果嫌犯自己招供的话，权留守是否能对其宽宥？"

权德舆真有些丈二和尚摸不着头脑了："这……能否宽宥，宽宥多少，须视嫌犯供认的程度来定。"

"哦。"

"裴大娘子的意思是……"

裴玄静抬起头来，双眸闪耀别样的光芒："我想我可以设法让崔淼自己招供。"

"让他自己招供？"

"对。崔淼此人我了解，他绝非贪生怕死之辈，酷刑对他是没有用的。"裴玄静急切地说，"一味用刑的话，不仅无法使他开口，还很有可能……失去这条唯一的线索。"

权德舆审视着裴玄静，老奸巨猾的他已经从她的身上捕捉到了一些非比寻常又极其微妙的东西，只是还无法确定。于是他轻捻须髯，等着她继续往下说。

"不过要想让他自己招供，也许还需要权留守帮忙……"

权德舆正要开口，突然从门外闯进一个士卒来。"权留守！"不待权德舆发火，他竟直接冲到权德舆的身旁，附在他的耳边说了几句。

权德舆神色大变："不行！来不及了！"他望定裴玄静，"吐突承璀马上就到！"

裴玄静亦倒吸一口凉气。

权德舆连连摇头道："裴大娘子，非是本官不肯采纳你的建议。

无奈那吐突承璀刚愎自用，为人狠毒又刻薄，他才不会管任何人的苦衷！他以皇帝钦差的身份抵达之后，本官亦不得不由其摆布。而今之计，只能把崔淼直接交给吐突承璀，你我也就没有责任了。至于最后审成什么样，那就是吐突承璀的事了。"

裴玄静颤声叫起来："万万不可啊！"

交给吐突承璀，就等于叫崔淼死。而她百转千回所寻求的，绝不是这样一个结果！

权德舆长叹一声，道："那你说怎么办？"

裴玄静情不自禁地咬紧牙关，门外，人马之声已迫近了。

4

崔淼被押上河阴大堂时，正巧裴玄静也被人带来。无法交谈，只是匆匆一瞥，崔淼便觉得她又憔悴了几分，甚至隐隐透出几分绝望之色。崔淼的心直直地沉下去。

方才裴玄静先被差役带走，才一会儿工夫，崔淼就已等得心急火燎。原本还指望着裴玄静亮出身份，陈明经过后就能很快脱身，此刻见她的模样，却似乎事与愿违？怎么回事？难道裴度侄女的身份也于事无补？

崔淼向堂上望去，只见上首并排端坐着两位官老爷。

在这两位紫袍大员面前，河阴县令和守卫粮仓的牙将只能靠边站。堂上人人面如死灰。实际上，当他们看到神策军左军中尉吐突承璀和东都留守权德舆前后脚赶到时，就明白这回大事不妙，乌纱帽连同脑袋都岌岌可危了。

吐突承璀一见裴玄静走进大堂，顿时满面生辉地招呼："竟然真的是裴大娘子，幸会幸会。他们说抓的是你，我还不敢信呢。来人啊，赶紧给大娘子看座。"

有人往地上铺了块席子，裴玄静踞坐于上，方才躬身行礼道："见过中贵人。"

没有人理睬崔淼，他被推到一根立柱下站着。所有人的注意力都集中到吐突承璀和裴玄静的身上。

吐突承璀和颜悦色地问："裴大娘子这是要去洛阳吗？"他竭力装出和裴玄静熟络的样子，但表情实在太浮夸，权德舆不禁瞟了他一眼，脸上的厌恶之色根本掩盖不住。

裴玄静大大方方地把自己将去昌谷与李贺完婚，为了赶时间经灵空寺走捷径至河阴县的过程讲述了一遍。

"原来如此。那么说娘子遇上河阴仓大火，纯属偶然咯。"

"是的。"

"哎呀，这可让娘子受惊了。"

裴玄静对吐突承璀微微颔首，表示领了他的好意。

"不过本将倒有一事不明。"吐突承璀故意停顿片刻，才阴阳怪气地问，"为什么娘子所到之处，总会有意外发生呢？"

"中贵人此话怎讲？"

"意思就是……大娘子换帽，裴相公就遇到刺杀。大娘子去观刑，法场上便有贼人作乱。这回大娘子人都离开长安了，竟然又在河阴碰上劫烧粮仓。本将不禁要问，世上真有这么多巧合吗？而且竟然都发生在娘子的身上？"

裴玄静沉默。

堂中一片肃穆，只有烛火爆燃的"噼啪"声。夏夜正浓，权德舆却感到阵阵寒意。年岁不饶人啊，他心想，老了就是老了。还能再活几天？难道就为了像今天这样通宵不眠，还要为明天、后天、大后天担忧不已吗？吐突承璀比通常速度快了数倍赶到河阴仓，使权德舆有一种危机临头的不祥预感。他甚至觉得，吐突承璀根本就是冲着自己来的！

他的心寒透了。就因为自己带头奏请皇帝册封郭贵妃为皇后吗？

皇帝为此已将自己赶出长安，莫非还要赶尽杀绝不成？

然而扪心自问，权德舆敢于当出头鸟，还不是出于为臣子的责任心，出于对国家长治久安的一片赤诚吗？储君之位空悬，在历朝历代都是不安的因素。且不说有唐以来，李氏在宫廷斗争中流过多少血。难道皇帝忘记当初自己是如何上位的吗？永贞元年的那场动荡，余波至今犹存，思之令人不寒而栗。所以权德舆才相信，早一天册立皇后，早一天册封皇太子，就能令朝局早一天稳定。可是他的一腔忠诚又换来了什么？

难怪说，自古忠臣良将鲜有善终者。权德舆曾经为了武元衡的受宠而嫉妒过，甚至在得知他被刺后暗自幸灾乐祸，今天方有了兔死狐悲之痛。谁知道呢，也许自己的下场比人家还要惨……

公堂之上，裴玄静说话了："不知中贵人因何断定，河阴仓失火是贼人刻意所为？如果仅仅是疏于管理的意外，中贵人对妾的怀疑和指责就太莫名了。"

吐突承璀和裴玄静打过几次交道，知道她不容易对付，不急不恼地反问："意外失火会有武艺高强的盗贼冲入转运院吗？意外失火会有人持械杀伤十余名守卫士兵吗？意外失火会有人冲破防卫杀出河阴吗？"

裴玄静惊奇地问："失火时还发生了这么多事情？"

"你不知道吗？裴大娘子……"吐突承璀阴森森地说。

"凶犯可曾抓捕归案了？"

吐突承璀把脸一沉："大娘子，今日究竟是本将在审你，还是你在审本将啊？"

裴玄静的倔强劲儿也上来了，将头一昂答道："所以中贵人一个贼人都没抓到！"

"你休要胡乱揣测，贼人当然悉数抓捕到案！"

"绝不可能！"

"你！如何敢说此大话？"

"我没有说大话。"裴玄静冷然道,"因为哪怕只有一名贼人被捕,也足以证明妾与此事毫无瓜葛,妾是清白的。"

"咄!"吐突承璀拍案呵斥,"凶犯已然指认你们是同伙,我劝你还是从实招来,切勿心存侥幸。"

裴玄静咬着嘴唇,一声不吭。

权德舆看不下去了。裴玄静好歹也是当朝宰相的亲侄女,吐突承璀居然大玩诈供的手段,今后要是让裴度知道,这梁子可就算结下了。权德舆感到十分不安,大庭广众之下又不好驳吐突承璀的面子,便侧过身去,压低声音道:"吐突中尉,现在并无任何证据说明裴大娘子与纵火有关,你是否应该审得……客气点儿?"

吐突承璀说:"本将自有道理。"就差直接让权德舆滚一边去。气得权德舆脸都发绿了。

裴玄静又道:"既然有凶嫌指认我们,就请带他上堂来,我愿与其对质。"

很显然她认准了吐突承璀在诈供。

吐突承璀冷笑道:"你想对质就对质?哪有那么容易。还是等本将把所有的嫌犯都审问清楚了,再安排娘子来慢慢对质吧。来人啊,请裴大娘子下去休息吧。"

"我说二位官老爷,你们也太势利了吧。我和裴大娘子一起来到河阴县,一起被捕,你们怎么只审她一个呢?哦,敢情我一个郎中,都不配让你们审的?"

是崔淼在说话!所有人的目光都转向他,却见他面向堂上的二位,似笑非笑地说:"快来吧,来审审我吧。"

吐突承璀并不认识崔淼,也猜不透他是什么路数,干脆对权德舆一撇嘴:"你去审吧。"颐指气使得简直像在支使奴才。

权德舆实在忍无可忍了,怒道:"吐突将军要审就审到底,本官不敢擅自插手!"

"你最好别插手。"崔淼这句没头没脑的话,成功地吊住了所有人的胃口。

因为两位大员都阴沉着脸不吭声，河阴县令跳出来救场："休得无礼！你有什么要说的就赶紧招！"

"我？"崔淼指着自己的鼻子道，"我知道的可都是重大机密，怎能在公堂上随便说出？"

"这……"河阴县令回头张望，堂上两位好像老僧比赛坐禅，县令只得又去呵斥崔淼，"区区竖子，能有何机密，没说的就滚回牢里去！"

崔淼无奈地长叹一声，招呼县令："你来，凑近些我告诉你……"

河阴县令还真把耳朵凑过去了。

满堂的人眼睁睁看着崔淼对县令窃窃私语。

突然，那河阴县令像给蝎子蜇到似的，猛地向后弹开去，手指崔淼怒骂："你血口喷人！"一边挥手，"来人，快将这无耻之徒拖下堂去！"

"慢着！"吐突承璀厉声质问，"他刚才说的是什么？"

河阴县令惊慌失措。

权德舆也追问："他说什么了？"

冷汗淌了一脸，河阴县令抖抖索索地答道："他、他说这把火是、是裴度相公勾结、勾结……放的……"

吐突承璀跳起身来问："谁勾结谁？"

"裴相公勾、勾结权、权、权……留守……"河阴县令彻底变成了结巴。

权德舆也跳起来了："什么？这、这简直是一派胡言啊！"我说你这个郎中，怎么信口雌黄啊？"

崔淼大叫："我没有信口雌黄！二位大人密谋时我在场，亲眼所见！"兵卒们见势不对，冲上来就把崔淼反剪了双手押住。

"怎么可能！"权德舆急得青筋暴起，吼道，"还不快将此人押下去，休让他再咆哮公堂！"

"谁敢乱动！"吐突承璀的嗓门比权德舆还要响，喝住众人后，他紧盯住崔淼问，"你说你亲眼所见？"

崔淼被兵卒按得半跪在地上，一边挣扎一边喊："当然啦，权留守不认得我了吗？我是崔淼啊！"

吐突承璀丈二和尚摸不着头脑："我？我为什么认识你？"

"您不是权留守吗？您可不能翻脸不认人啊！"

吐突承璀瞠目结舌。

堂上死一般的静默，猛然间权德舆爆发出一阵大笑，笑得连眼泪都涌出来了，气喘吁吁道："吐突将军竟然会听信此等奸猾小人，哈哈哈哈，连你我二人都分不清就想搞诬陷，哈哈哈……吐突将军可不能被他牵着鼻子走啊。"

这下吐突承璀也反应过来，自己是让崔淼公然给耍了，顿时气得狂吼起来："好啊你个崔……崔什么来着！竟敢肆意造谣生事！来人啊，刑杖伺候！"

崔淼立即被拖翻在地，刑卒将手掌宽的刑杖朝地上一磕，"咚"的一声，把裴玄静从震惊中唤醒了。崔淼在堂上掀起的这场风波实在太突然、太怪异，太莫名其妙了，裴玄静根本猜不透他究竟想干什么。

刑卒将崔淼按在地上，

吐突承璀咬牙切齿地下令："给我狠狠地打！"

刑卒高高举起刑杖，又结结实实地落在崔淼身上时，裴玄静不由自主地跟着颤抖起来。刑杖一下接一下，雨点般密集地打下去。崔淼虽然没有发出一声呻吟，但全身都被汗水浸透了。挨打的部位很快皮开肉绽，血水四溢。

事情怎么会变成这样？在她殚精竭虑的谋划之中，并没有如此惨烈的一幕啊！

但就在这时，她看见了崔淼的眼神。在他那因为剧痛而发抖的目光中，仍然有着充沛的自信和说服力。他是在拼着性命对她说：

都交给我吧，别慌。

裴玄静不再试图去做什么，只是紧咬牙关，看着崔淼受苦。

因为上官没有说明打几下，刑卒只能不停地打下去。崔淼硬挨了三十来棍之后，终于昏厥过去。

刑卒报称："犯人熬刑不过，昏晕了。"

吐突脸色铁青地道："用水泼醒，再接着打！"

"……是。"刑卒明白，这是打算直接打死了。

"等等。"权德舆拦道，"嫌犯的供词尚未问到，如此一味用刑似有不妥吧？"

"供词？他肆意污蔑朝廷命官，还蓄谋行刺，已然是死罪，还要问什么供词？"

"吐突中尉此言差矣。"堂上形势跌宕起伏，权德舆此时反倒沉稳起来，不卑不亢地道，"甫上堂时，吐突中尉便称失火与裴相公有关，此犯与裴相公的侄女同行，又指裴相公与本官合谋纵火，这其中的来龙去脉，怎么能不问个清楚呢？再说……他诬陷的也不只是本官，吐突中尉好似也被他拉扯上了，难道不想追根究底吗？"

"刚开始本将就让你审，你推三阻四，现在想起来要问案了？好好好，这里便随你处置，本将还懒得管了！"吐突承璀打了人泄了愤，此时倦意丛生，一甩袖子，走了。

权德舆吩咐将崔淼拖下去单独关押，又命人把裴玄静送到后院，看管起来。

"今天先到这里吧。"他摆摆手，踱步来到堂外。廊前已经洒落了一小片曙光，清晨的凉爽空气中仍然能嗅到一股烧焦的味道。权德舆东都留守深深地叹了口气。

5

崔淼被扔进一间砖石堆成的小黑屋里，锁上门后就是个全封闭的闷罐子，只能从门缝透进细微的光线和仅够活命的空气。

他在泥地上一动不动地躺了很久，才积攒起一点儿力气，想挪动身子改成俯卧的姿势。血肉模糊的皮肉有些已粘在泥地上，动一下便牵扯伤处，他痛得几乎再次晕厥过去。

痛楚一波接着一波袭来，令崔淼生平第一次清晰地感知到肉体的负累。身为郎中，他早就见惯了饱受疾病折磨已了无生趣的人们，却仍然不肯放弃那具只能带来无尽痛苦的形骸。为什么呢？或许只要一颗心不死，万丈红尘中就总有些难以割舍的吧。

不过此时此刻，崔淼觉得自己的心清透极了，也安稳极了。如果不是屁股和大腿上的痛太煞风景，他真的有兴致赋诗一首，为了——自己挨打时她那双哀戚痛怜的目光。

他觉得那目光青涩而惊艳，多么像在凛冽秋风中盛放的苦菊。如果世上真有什么可以令他万死不辞的，这便是了。

崔淼感到从未有过的满足，甚至甜蜜。因为他的这顿打是为她挨的，从此可以不必对她怀有内疚。即便在踏上这条路的最初，他的确怀有某种不可告人的企图，但就在刚才那个森严可怖的公堂上，他在自己都没有预料的情况下，刹那间便放下所有谋划，决定追随内心最真实的渴望。从那一刻起，他以最卑微的姿态将自己的血肉献给了她，就再也不是满嘴谎言的骗子了。

他闭起眼睛，还想再回味一番。

"嘭"的一声闷响，阳光涌入黑屋。崔淼厌烦地偏过头去，早不来晚不来。

其实对于权德舆来说，大白天来看嫌犯已经冒了风险，但他确实不想再干等下去。手下报告吐突承璀用过午饭后，就躺下歇午觉了。权德舆这才溜过来，还布置了好几道望风的。

刚一踏进黑屋，混杂着血腥、屎尿和霉骚的恶臭扑面而来，熏得权德舆直反胃。他擦了把冷汗，看清楚那堆蜷缩在地上的东西正是崔淼，便直截了当地问："你是谁？到底想干什么？"

崔淼虚弱地回答："我是……权相公的阶下囚。"但他话语中的嘲讽意味也太明显了，听得权德舆气不打一处来。自己堂堂三品大员，遭到吐突承璀的排挤也就罢了，难道还要让一个无名小卒戏弄吗？

"我再问一遍。"权德舆咬牙切齿地说，"你要么老实交代，要么就准备烂死在这里吧！"

"崔某烂死事小，权相公让一个阉人活活挤对死，可就太不值了。"

"哼，他也配！"

"权相公还是小心为上。河阴失火本与权相无关，最多算失察，那阉官都迫不及待地想把罪名安到你的头上。如果再让他碰上别的机会……"

"别的机会？"权德舆悚然动容，"那又是什么？快说！"

崔淼勉强撑起身子，靠在墙上："权相公，我可以说，全都说出来，但你要答应我一个条件。"

"你和我谈条件？"

"是的。"

权德舆不可思议地望着这个年轻人，他的脸上真有一种亡命徒般的信心。

权德舆缓缓地问："什么条件？"

"让她走。"

"谁？"

"裴大娘子。"

"她？"

"她和这些事都没有任何关系，请权相公放了她。就当作个人情吧，"崔淼微笑着说，"权相公在朝中总要留些后路的。"

权德舆注视着崔淼，道："那还要看你提供的情报，值不值我这样做。"

"当然。"崔淼平静地回答，"在河阴仓纵火的是平卢藩镇雇用的杀手，这些人扮作驿卒的模样，早就乘乱逃出河阴了。你们只抓到些无辜百姓而已，并且……他们已经赶往洛阳。"他笑吟吟地看着权德舆，"权相公，你还是尽快返回洛阳吧，否则一旦东都发生暴乱，就算没人陷害你，你也逃不了干系。"

"你说什么？东都要暴动？"权德舆大骇。

崔淼微微点头道："抓住这班人不仅能挫败暴动的阴谋，且能让残害武相公的元凶落网，权相公还不立即行动吗？"

权德舆也顾不上打官腔了，急问："你知道杀手的姓名吗？落脚点？行动计划？"

崔淼示意他近前来。

权德舆果真凑过去，少顷，他移开身子，脸色煞白地问："你怎么会知道这些？"

崔淼答非所问："圣上的诏书里说得明白，只要有人举告属实，可尽免连坐之罪。待权相公将凶犯抓捕归案时，还望能信守朝廷的承诺。"

权德舆拂袖道："本官自是有信用的。"

来到门口，他还是忍不住回头问："你这么做到底是为什么？难道……都是为了她？"

崔淼悠悠地念："知我者，谓我心忧，不知我者，谓我何求。"

"荒唐！"权德舆斥道，"另外提醒你，本官是东都留守，并非宰相，不要再成天权相公权相公的！"

门关上了，黑暗重新占满小屋。崔淼无须闭上眼睛，也能与那双目光相逢了。

他心满意足地笑起来。

为了她吗？

当然不仅仅是为了她，但首先是她。

河阴县廨规模有限，远不如守仓的军营气派舒适，所以吐突承璀带着随扈住在军营里，也在军营里办公，和权德舆一起处理大仓失火的善后事宜。权德舆却开始抱着脑袋直哼哼，说是犯了头风病无法理事。吐突承璀明知他托病耍赖，也不好逼人太甚，便让他自行歇息去了。

裴玄静被关进县廨后院一间孤零零的耳房。房中有榻有几，干干净净，屏风后的盥洗架上搁着铜盆，盆里盛着清水，架上还挂着洁白的手巾。裴玄静却无心洗漱，只是呆坐等待。

不知等了多久，终于听到门环轻轻一响，权德舆迈步进来。

裴玄静立即迎上去，向他深深施礼。

"大娘子不必多礼。"权德舆望着她殷切的目光，缓声道，"崔淼……都招了。"

裴玄静的身子一阵发软，几乎要虚脱过去。她竭力支撑着自己，听权德舆继续说道："据他说，刺杀武相公和你叔父的是平卢雇用的两名'黑刺'，来自嵩山中岳寺的和尚，一个叫净空，一个叫净虚。还有一个来自成德的牙将尹少卿，负责穿针引线。此三人为首，下属共十来人，都是武功高强的职业杀手。"

裴玄静脱口而出："成德牙将尹少卿？"

"怎么？裴大娘子知道这个人？"

"哦，好像听叔父提起过……"裴玄静含糊应过，"我明白了，刺客是平卢藩镇派出的，但成德也并非置身事外。成德、平卢和淮西三镇向来沆瀣一气，为了逼圣上从淮西退兵，先由成德出面，多番威胁和诋毁武相公及朝廷，再由平卢行刺杀之事。平卢雇用的这两个'黑刺'，都曾经在春明门外的镇国寺落脚！"

她没有说出口的却是：尹少卿和崔淼，则躲到了镇国寺隔壁的贾昌小院中。想到这些，裴玄静的心又忍不住地揪痛起来。尹少卿和崔淼显然还有另外一个企图：金缕瓶。也正是因为金缕瓶，崔淼在她的面前彻底暴露了自己。不过事到如今，没有必要再向权德舆提起这些了。

权德舆道："崔淼还供出，刺杀后这些人分批逃出长安，陆续赶来河阴纵火。此时，他们业已奔赴洛阳去了，计划在东都暴动。"

裴玄静大惊："东都也要暴动？"

"是啊，这个消息性命攸关，本官将即刻前往东都，部署捉拿凶犯。"

"那么……崔淼呢？"

权德舆深深地看了裴玄静一眼："本官已下令将他单独关押，并派了医师为其疗伤。此去洛阳，若能顺利擒获凶犯，崔淼就算立下大功一件。遵照圣上的诏令，他是可以获得赦免的。至于本官对裴大娘子的承诺，当然也是作数的。大娘子就放心吧。"

自从得知皇帝委任吐突承璀为钦差，权德舆就认为吐突承璀并不仅仅是冲着河阴仓大火而来的。他甚至怀疑，皇帝仍然为自己带头奏请册封郭贵妃而耿耿于怀，所以才乘着河阴之乱让吐突承璀来借题发挥，欲将自己赶尽杀绝。

幸亏有裴玄静提供的线索，现在权德舆不仅有希望摆脱河阴失火之责，还很有可能把武元衡刺杀案中的元凶一并剿灭，简直称得上否极泰来了。今日在堂上，崔淼大大地戏弄了一把吐突承璀，让权德舆也觉得挺解气的。崔淼这种人本不在他的眼里，如果最后一切顺利，权德舆很愿意卖裴玄静一个面子。

至于裴玄静和崔淼究竟是什么关系，为什么一个宁愿舍命，也要保护对方不受吐突承璀的欺辱，另一个明知对方是贼寇，却还想方设法地为他开脱……对于这些，权德舆并不打算追究。

"本官马上就要动身去洛阳了，裴大娘子有何打算？"

裴玄静道："我还是要去昌谷。"

"可以。从此地去往昌谷，走水路半天就到了。本官会派人护送，今夜裴大娘子就好好休息，准备明早动身吧。"权德舆说着就要往外走，裴玄静又从身后叫住他："权留守。"

"嗯？"

"关于我们所定的计策，我不希望让崔……知道。"

权德舆轻捋须髯，意味深长地说："河阴县衙堂上所发生的一切，有吐突钦差，还有其他众人亲眼看见，都会如实记录并上报朝廷。除此，再无任何是非。"

门关上了。裴玄静独坐房中，有些恍惚。

所以，她终于赌对了这一局吗？

当她看穿崔淼的伪装，决定将计就计时，既没有半点儿犹豫，也没有丝毫的恐惧，只因她坚信他不会伤害自己。直到她向权德舆提出，设计让崔淼自己招供，以期在惩治凶手的同时，还能为他谋得一线生机，还是出于同样的信念。崔淼是个聪明人，她打算晓之以理动之以情，吐突承璀的突然出现，却令她措手不及，也使她不得不急中生智，与权德舆合作演出了一场戏。

这诚然是孤注一掷的举动，仍然是因为她坚信，崔淼不会听任吐突承璀迫害自己。她只是没有想到，崔淼会采用那么激烈的方式。他明明只要招出真凶，就可以帮她和自己脱罪，他却几乎使自己丧命。

她将永远也不会知道，他为什么要这样做。因为，她再也不会见到他了。

现在是最好的时候，就此别过，相忘于江湖。相识至今，他带给她的所有惊喜和感动，都伴随着怀疑和不安，她也只能一并还给他了。

借一只金缕瓶为引，裴玄静不仅为武元衡报了仇，也给了崔淼新生的机会。可为什么，此时此刻她没有丝毫的欣慰，却只感到无尽的惆怅。

6

权德舆连夜赶去洛阳了。他本来安排裴玄静次日一早乘船离开，但裴玄静连一刻都不想多留，坚持要求立即启程。因权德舆事先吩咐过，必须满足裴玄静的一切要求，所以负责护送她的士卒也只能遵命了。

河阴县廨很小，围墙外就是河面，为裴玄静准备的小船已经等在岸边了。

裴玄静刚走出小院，却见两名士卒推搡着一个人向前衙走去。

裴玄静忙问："这是什么人？"

"裴大娘子，此人一直在院外探头探脑，行迹鬼祟，估摸着是刺客一伙的。"

落在士卒手中的黑衣人看起来颇为瘦小，面色苍白，更显得一双眸子漆黑，恶狠狠地盯着裴玄静。

裴玄静道："她不是刺客，她是我的一个婢女。"

"女的？"两名士卒瞠目结舌，其中一人不由自主地抬起手，想揭下黑衣人的帽子看一看，就听她低声喝道："别碰我！"

"哎哟，还真是个女的。"士卒们没主意了。

裴玄静笑了笑，解释道："她原该陪在我的身边，失火时却自己先跑了。想是怕我责骂，所以不敢回来。如今倒也巧了，就让她随我一起上船吧。"

"你胡说！我才不要和你一起！"

裴玄静沉声道："禾娘，不要闹。"转首又对两个士卒说，"请二位将士帮个忙，堵住她的嘴，再牢牢捆住，别让她乱说乱动。我自会以家法处置她。"

士卒言听计从，赶紧把禾娘捆了个结结实实，堵上嘴，一起送到裴玄静的船上。

刚在船内坐定，船身便轻轻一荡，滑离了岸边。从篷内只能看见船夫足下踏的草履，耳边响起竹篙每次入水时的哗哗声。太宁静的真实，反而更像梦境了，而且让人分辨不清，小船究竟是正在驶入，还是将要离开这一场南柯梦。

夜凉如水，仿佛瞬间入秋。裴玄静打了一个寒战，清醒过来。抬起头，就是从对面射来的，像要将她生吞活剥的目光。

她伸手扯下禾娘口中的布团，又替她松了绑。禾娘腾地站起身来，小船随之一晃。

裴玄静悠悠地说："我们在河中央呢，你会水吗？"

"我……"船身又接连晃了几下，禾娘脸色发白，不得已坐了下来。

"船前有一个船夫和一名精壮士卒，后甲板上还有一个士卒。"裴玄静道，"总之，不管你愿不愿意，靠岸之前还是乖乖地坐在船舱里面吧。"

"你为什么要这样做！"

"要不然呢？由着你被关进大牢里去？"

"我情愿被关进去！要死，也和他死在一块儿。"

"崔郎吗？"裴玄静平静地说，"他不会死的。"

"你还好意思说！明明是你害苦了他。"

"我害他？"

"他遭到严刑拷打，你凭什么可以走？分明就是被你害的！"

裴玄静摇了摇头，无意反驳。

没人说话时，岸边草丛中的促织就叫得越发欢畅。一轮明月倒映在平静的水面上，素光垂手可拾。

过了许久，裴玄静问："聂隐娘呢？她怎么肯放你走了？"

"她说不想要心猿意马的徒弟，所以只将我带出长安，就算是信守承诺了。她要我自己决定，想不想继续跟随她。我扭头便走了，她也没有拦我。"

"然后，你就找到了崔郎？"

禾娘气呼呼地抿起嘴。

"长乐驿和潼关驿，是你两次潜入我的房中，对吗？他让你从我的行李里寻一样东西，可是没有找到，于是他便改变了策略，想引我在危难之际，自己将东西拿出来。"说到这里，裴玄静的语气里也不自觉地带上了一丝怨愤，"所以今日的局面，实在是他咎由自取的。"

"你少得意！我会去救他的！"禾娘悻悻地说。

"你？"裴玄静道，"崔郎身负刑伤，一时半会儿是动弹不得的。你还是让他待在县衙里好好地养伤吧，休得胡为。对你对他都好。"

禾娘愣了愣，兀自嘴硬："该怎么做我自己知道，你少在这里假惺惺地装好人。"

裴玄静疲惫地笑了笑，不再与她争辩下去。

小船悄然无声地前行着。

"都怪你。"

裴玄静一怔，方才醒悟是禾娘在说话："唔，你说什么？"

"我说都怪你！"船舱里没有点灯，仅有水面上泛起的一点儿微光照进来，映出禾娘稚气未脱的面孔。这时候的她，比裴玄静之前所见过的任何时候都更像一个真正的女孩子。

"头一次见到你我就讨厌你，那回要是不让你进门，什么事都不会发生！"她气鼓鼓地说，"可我现在什么也没有了。原先我有家，贾老丈就像亲爷爷那样疼爱我。我虽然没有爹娘，可一样过得很开心。我们的院子里总是住满了人，都是些穷苦百姓，但都特别善良，我从没见过一个坏人，也用不着对任何人有戒心……"

禾娘的声音低下去，裴玄静情不自禁地应道："……我知道。"

"你什么都不知道！"禾娘又拔高了声音，"你根本不知道我原先的家有多好！逢年过节，宫里总会派人送来好多吃的用的。我们的院子连金吾卫都不敢进。有几次朝廷抓通缉犯，王公大臣的宅邸可以搜，唯独我们的院子谁都不许擅闯。那年春明门外发现暴民，京兆尹还派了人专门来保护我们的院子。崔郎第一次来我家的时候就说，我家的院子是全长安最安全最安宁的地方。可是现在，什么都没有了！爷爷也死了……"她举起袖子擦了擦眼睛。

裴玄静感到心酸，又想起王义，更是悲从中来。很显然，禾娘对抚养自己长大的贾昌老丈感情很深，却不怎么想念父亲。也难怪，毕竟这个父亲对她没有养育之恩，而是从天而降似的突然出现在她面前的……猛地，裴玄静想起一件事来：自己和叔父都认为，是刺客以王义的女儿为要挟，才使得王义有口难言。直到现在裴玄静才明白，要挟王义的正是崔淼！但他并没有强迫王义的女儿，恰恰相反，是禾娘心甘情愿地为他提供帮助。对王义来说，一旦向朝廷举报刺杀，那么禾娘必将受到牵连，更要命的是，她一定会因此恨透了王义，再也不肯认他为父。所以，王义才左右为难吧……

裴玄静看着禾娘——这个少女有没有意识到，她的父亲几乎就是被她自己害死的呢？她是否曾感到过一点点内疚和悲伤？

不。裴玄静对自己说，王义肯定只希望禾娘平安与快乐，再无其他。

她想起来一件事："禾娘，你爹爹有一样东西要我转交……"

"不要对我提那个人！"禾娘喊起来，"是，除了你还有他。就是你们两个人先后出现，才把我的日子彻底搅乱了！他还非要我做聂隐娘的徒弟，根本就不管我愿不愿意。"

"请隐娘出手是为了救你。"

"我根本不需要人救！"顿了顿，禾娘斩钉截铁地道，"我恨你，我恨你们！"

裴玄静低下头，深深地叹了口气。

她头一次认识到，原来人间最刻骨又最平常的亲情也并非理所当然的。在生命的每一个角落里，都埋藏着阳光照耀不到的荒芜。

禾娘是一个多么不幸的女孩啊，偏偏又那么无辜，无辜到没有办法去拯救。

小船继续顺流而下，再也没有人说过一个字。

水面渐渐变得清透起来，晨曦如同神迹降下——天亮了。仇恨与罪恶随同黑夜一起退场，天地重现和煦温柔。

周遭顷刻间便喧闹起来。两边岸上传来相互糅杂的鸡犬声、鸟声还有人声。一只又一只小船不知从哪里冒出来的，在他们的旁边忽前忽后，逐浪而行。船夫兴之所至，还会亮嗓高歌一曲。

禾娘早坐到甲板上吹风去了，裴玄静却连朝岸边看一眼的勇气都没有，只能一味盯着水面。

河水是多么清澈啊，带着两岸的连绵山峦，绿树茅屋的倒影跳入她的眼帘。草木的清香、润泽的水气扑面而来，挡也挡不住。似乎只要一抬手，便能牵来一缕脉脉云雾、袅袅炊烟。直到此刻，裴玄静依旧无法相信，昌谷就要到了。

禾娘回到船舱中："你不出去看看？"

裴玄静摇摇头。

禾娘好奇地端详着她："你怎么了？"

"我……"

"你害怕了？"禾娘露出孩子般的狡黠神情，"我听说，你是来嫁人的？"

裴玄静点头，又摇头。

"到底是不是啊？"

"我是来出嫁的。"裴玄静深吸了一口气，"可是婚约已退，所以我不知道他是不是已经有了家室，我也不知道他是不是还会要我……"

禾娘瞪大了眼睛："那你还来？"

是啊。她也知道自己的行为是多么执着，甚至疯狂。但谁让她生就这样的脾性，不撞南墙不回头，无论如何都要得到一个明确的答案。退婚三年，简简单单一封信就能了结的事情，为什么长吉始终没有回应？是以她总觉得，他并没有放弃，她便也不应该放弃。

裴玄静说："我就是想来亲眼看一看，亲口问一句。如果他已娶了妻，我便将他赠我的信物留下，自回家去。如果他没有娶妻，就说明他还在等我，我便……"她的脸涨得通红。

"这样啊。"禾娘天真地眨了眨眼睛，"这个李长吉，我倒希望他没娶妻呢。"

仿佛又过了一百年，小船才停下来。

"出来吧。"禾娘在外面叫她。

裴玄静钻出船篷，眼前一片青山绿水。昌谷，果然比她所有的想象加起来都更美好。

护送她们前来的士卒完成任务，原船返回了。

前方云雾缭绕的山麓之下，千杆修竹随风摇摆，隐约露出间间茅舍，应是村庄所在。裴玄静朝那个方向走去，禾娘犹豫了一下，便跟了上来。

来到村庄外头，裴玄静拦住两个追逐戏耍的小童，向他们打听李长吉的家。

"不远啊，就在前面，我带你们去！"大一点的孩子脆生生地说。

"多谢小郎君。"

大孩子正要开步走，又好奇地打量裴玄静和禾娘："你们是他家什么人啊？"

"我是……"裴玄静一下子语塞，脸却不由自主地发起烧来。孩子奇怪地看她，她愈发不好意思："我、我……是长吉的亲人。"

"哦。"大男孩说，"那你们跟我走吧。"走了几步，又问裴玄静，"你们没带东西来吗？"

"东西？"裴玄静羞臊地想，可不是嘛，叔父准备的嫁妆已经在河阴付之一炬了。世上有几个新娘会像自己这样，两手空空地送嫁上门……

见她不回答，大男孩转身招呼那个小男孩："你回去告诉娘，李长吉家来亲戚了。"

小男孩答应一声，跑了。

大男孩边走边说："他家里断粮好多天了，每天都是乡亲们轮流送些吃食过去。你们既然没带东西，就让我娘多送一些吧。要不也得饿肚子。"

"断粮？送吃的？"裴玄静听得心惊胆战。

"你不知道吗？"男孩停下脚步，"李长吉快死了。唔，说不定现在已经死了。"

7

乍一眼看去，并不能断定那人是死是活。

苍白的容颜像结满冰霜的湖面，似乎一触即碎，连嘴唇都是雪白的，整张脸上仅剩的颜色，是两道黑色的长眉，还在顽强诉说着诗人最后的愁思。

这是他吗？裴玄静已经完全认不出来了。她俯下身去，竭力想从这张脸上寻找到记忆里的模样。

"长吉……"她试探地唤了一声。

"我哥睡了，你不要吵他。"旁边突然伸出一双手来，动作十分鲁莽地将裴玄静从榻前推开，她没有防备，竟被一下推倒在地。

"你干什么！"禾娘冲那人喝道。

领他们过来的男孩忙说："他是李家二郎，长吉的弟弟，叫李弥。"又指了指自己的脑袋，"这里有毛病的，你们别理他。"

裴玄静也看出来了，李弥和当年的李贺长得简直一模一样，确是兄弟无疑，大概十五六岁的年纪，外形瘦弱，眼神呆滞，本来一直安静地守在哥哥的榻前，现在将裴玄静推到一边，就又回到原先的位置，垂头长跪，当别人都不存在。

门外有人在问："是长吉家来亲戚了吗？"

"娘！"男孩子跑出去，牵进一个中年农妇来。农妇颇有眼色，见屋里多了两名陌生的女子，立刻揣摩出裴玄静为主，便招呼道："娘子好，你是长吉的什么人啊？"

这一次裴玄静没有迟疑，脱口而出："我是李长吉的娘子，您是？"

农妇目瞪口呆，半天才反应过来："啊，我家在村头，娘家姓郑。你……你真是长吉的娘子？我怎么从来没听他提过。"

"我是。"裴玄静再次肯定，"郑大娘，谢谢您一直照顾……长吉他们。"

"哎呀，这话怎么说的。兄弟俩命苦啊，乡里乡亲的当然要多照顾些。我说娘子啊，你怎么不早点儿来？长吉他病了好久，都快不行了，我真担心他过不了……"郑氏一边唠叨着一边来到榻前，突然倒吸一口凉气，"啊……这！"她脸色煞白地转过身来，看着裴玄静。

裴玄静点了点头："长吉，他再不用受苦了。"很奇怪，她说出这句话时异常平静，心里只有一阵钝钝麻麻的感觉，甚至都不能称之为痛，眼眶也很干涩。

郑氏奇怪地端详着裴玄静，半晌，露出恍然大悟的表情："娘子啊，你要是早些来就好了。"说着眼圈便红了。

已经过了晌午。郑氏带来拌了马齿苋的菜粥，就摆在屋外的一个大树桩上。她让两个孩子、禾娘带上李弥一起吃饭。李弥倒很听郑氏的话，乖乖地跟出去了。

支开了这些人，裴玄静便央求郑氏说一说长吉最后的光景。

郑氏擦了擦眼泪，看着院子里李弥的背影，从这苦命的孩子说起。

李弥小时候生过一场大病，得病前比哥哥李贺还要聪明，病后就变得呆头呆脑，长到现在十八岁了，心智还如同几岁的儿童一般，生活勉强能够自理。兄弟俩的父亲早逝，前几年母亲又去世了，李贺辞官回乡后，就一直和这个傻弟弟相依为命。偏偏李贺是个多病的诗人，几乎没有什么谋生能力。当初他在长安当流外九品的小官那几年中，所得俸禄还不够吃的，生活尚要靠在家乡的母亲一边务农一边替人缝补来接济。母亲去世之后，兄弟俩的日子更是困苦不堪。为了养活自己和弟弟，李贺只能强撑着下地干农活，身体越来越差，到今年春天时终于一病不起。

郑氏越说越伤心："我们都当他撑不了几天的，没想到还拖了这么久。"

李贺病倒后，还是乡亲们凑了些钱，为他请郎中看了几次病，抓来几服药吃，并没什么起色。再想给他请医生时，李贺自己便拒绝了。乡亲们知道他不愿再麻烦众人，就轮流给他家送些吃的，略尽人事罢了。从春入夏后，李贺便再也起不了床，奄奄一息地躺在家中等死。李弥虽傻，倒也每天守在哥哥身边，一直服侍他到今天。

"从十来天前就连话都不能说了。昨晚上我还特地来看过一次，谁知今天就……唉，他怎么就不多撑一天呢？好歹娘子能见上最后一面。"

不怪他。裴玄静想，是我耽搁得太久了。

这个念头一起，压抑着的痛仿佛突然觉醒，从身体的每个部位蹿出来。

"呦，娘子你怎么了？"郑氏看出裴玄静不对劲了。

勉强稳住心神，裴玄静对郑氏说："我没事。就是想请大娘帮个忙，不知可否？"

"什么事？"

"事已至此，该做的总要做，也不能就让长吉这样子……"裴玄静说，"村里头有地方卖棺木、寿衣什么的吗？"

"有倒是有，不过在镇子上，稍微远点儿。"

"我想麻烦大娘帮忙置办，这里我一时还走不开，可以吗？"

"行啊。"郑氏很爽快。

裴玄静点点头,伸手拔下发髻上的镂花金钗和流苏鬓唇,又取下碧玉耳坠,再从腕上褪下银镯,一股脑儿交到郑氏手中,说:"我身上没有现钱,还须麻烦大娘帮着换些钱来应急。"

郑氏会意,又道:"其实也用不了这么多。"

"我想办得体面些。"裴玄静凄婉地笑了笑,"能买多好的就买多好的。"

郑氏带着两个儿郎走了,从始至终都没有盘问过裴玄静的来历。

"我知道你是谁了。"李弥不知何时进屋来了。

"你怎么进来了,禾娘呢?"

"那个姐姐让我进来的。"

听李弥叫比他还小的禾娘"姐姐",裴玄静觉得有些怪怪的。她朝房门外望出去,只见禾娘背朝屋子,正在一边洒水,一边扫着院子。

其实禾娘很懂事,也很善良。虽然一直对裴玄静恶言恶语,但见到她遭受不幸,禾娘仍然主动留下帮忙了。裴玄静感到有些惭愧,又有些安慰。

扭过脸来,她问李弥:"你知道我是谁吗?"李弥的脸和她记忆中的长吉一模一样,神态却更加纯真,完全是个大孩子。

"哥哥告诉过我,有一天会有一个娘子到我家来。"李弥一本正经地说,"他叫我念首诗给娘子听。"

"诗?"

"丁丁海女弄金环,雀钗翘揭双翅关。六宫不语一生闲,高悬银榜照青山。长眉凝绿几千年,清凉堪老镜中鸾。秋肌稍觉玉衣寒,空光贴妥水如天。"

像所有对含义不甚了了的孩子那样,李弥用没有起伏的音调死记硬背式地念出这首诗。起初裴玄静都没怎么听懂,但是李弥马上又念了第二遍,第三遍。裴玄静基本上听明白了每一个字,却仍然感到困惑：为什么是这样一首诗？这首诗真的是长吉写给自己的吗？他从来没有给自己写过诗……裴玄静还是弄不懂，或者说不敢懂长吉赋予这首诗的真意。

李弥连念三遍，看着裴玄静问："咦？你还是不明白吗？哦……"他东张西望，一把抓起搁在旁边的白色手巾，举到裴玄静的面前，挡住她的脸。

他再一次认真地念起来："丁丁海女弄金环，雀钗翘揭双翅关。六宫不语一生闲，高悬银榜照青山。长眉凝绿几千年，清凉堪老镜中鸾。秋肌稍觉玉衣寒，空光贴妥水如天。"念罢，连说三声："新妇子，催出来！"

手巾掉下来，露出裴玄静的脸，泪水溃堤一般地涌出来。

在奔向昌谷的崎岖路途中，她不是没有担心过，长吉已经默认了退亲的事实。她多么怕他会怨她拒绝她，甚而早就忘了她。现在她可以放心了，长吉不仅没有放弃，而且始终在等待她。他为她所写的唯一的一首诗，正是举行婚礼时新郎送给新娘的"催妆诗"。

他们一直都是心心相印的。

李弥问："你是我的嫂子，对吗？"

裴玄静含泪点头："哥哥有没有告诉过你这首诗的名字？"

"他说过……这首诗就是你啊。"

她懂了。是啊，所谓"玄静"不就是诗中所描绘的，在海底沉默千年的仙女吗？除了他，世上再没有一个人能如此通晓她的美丽与灵性，所以她才要不顾一切地来找寻他。

可是她到得太晚了。

裴玄静让禾娘和李弥都待在院中，自己打来干净的水，就把房门关上了。

她细细端详着逝者的脸，发觉和自己记忆中的完全不同了。必须承认，十五岁时的匆匆一瞥，在她的头脑中被时间一再地洗刷，又一再地修饰，早已面目全非了。

其实长吉对于她，根本是个陌生人。

但又并不陌生。因为在无数个孤独的夜里，她一手握着作为信物的匕首，一手捧着从各地搜罗来的他的诗，一遍遍地诵读，一遍遍地回味，一遍遍地畅想。在她的想象中，他是那么栩栩如生，与她在最隐秘的角落相知相亲，早就超过了世上所有人。

这种情感上的亲密，和实际上的遥不可及，既相互矛盾，又彼此呼应，以至于当她真的踏上这条投亲之路上，她却仿佛离心中的长吉越来越远了。只因她也怀疑，一切是否都是自己一厢情愿，想象出来的。

裴玄静的投亲之旅，并不仅仅为了追寻看似虚幻的爱情，更重要的是一种求证，一种信守。现在至少有一点已确凿无误，他们从未辜负过彼此。

此时此刻，裴玄静终于能够将心中的长吉和现实的他合二为一了。她甚至期待他能睁开眼睛。她觉得，只要能够再看到他的目光，一切便会恢复原样。世界将回到最初的那一刻：旭日初升、婴儿首啼、春花绽放、爱人定情。还有一大把美好的时光等在前面，总之，什么都还来得及。

但是她又清楚地知道，长吉已经去了，永远地带走了她从十五岁起的爱情。其实这份爱从未与真实的他相遇过，直到今天。

今天她将第一次，也是最后一次替自己的夫君沐浴。

裴玄静感到十分平静，羞臊或者恐惧都不曾扰乱她的心神，她好像已经为他做过无数遍同样的事了。

洗好之后，因为还没有寿衣，裴玄静依旧为他盖上原先的薄被。又将他的发髻打开，细细地篦过，再松开自己的发髻，剪下一缕来，揉在他的发中一起挽成髻子。做完所有这些，她如愿以偿地望着他微笑了——长吉，从今天起我们就是结发夫妻了。快日落时，郑氏才从镇子上赶回来，都办妥了。

棺材要等明天铺子里的人专门送来，也包括其他丧事所需的香烛明器等等。郑氏只随身带来三套衣服，一套寿衣，另外两套是给裴玄静和李弥准备的丧服。

此外，郑氏还周到地带来了一些米面和蒸饼，对裴玄静说："事情要办，日子也还得过啊。首饰换的钱我没都花掉，剩下的这些娘子且拿回去备着。这点儿米面什么的也先吃着，等不够了再跟大家说。"俨然已把裴玄静看作这里当家的了。

裴玄静谢过郑氏，便请她回去休息了。在李弥的帮助下，裴玄静给李贺穿好寿衣，自己和李弥也披上白麻，心里觉得安定许多。

一转眼又该吃晚饭了。中午的粥和蒸饼权可充饥。估计是这些天服侍病人累坏了，李弥一边吃东西一边打瞌睡。裴玄静看不过去，就让他先去睡。李弥既然认了裴玄静为嫂子，果然对她言听计从，往屋角的破席子上一缩，就睡着了。

进了李家，裴玄静总算懂得家徒四壁这句话的意思了。

总共两间破草屋，到处透风。如今是夏天倒还凉快，她完全想象不出长吉兄弟俩是怎么熬过寒冬的。东间有个满是灰尘的灶台，也不知多少天没开火了。西间只一张长吉躺过的矮榻，地上铺了块草席，墙角立着口半斜的矮柜，就再没有其他家什了。

最让裴玄静意外的是，家里没有笔墨，也没有半页字纸。长吉的诗在哪里？

"这里没事了吧？没事我就走了。"禾娘站在门槛边说。

夕阳从禾娘的背后照过来，裴玄静看不清楚她的表情。是该让她走了，裴玄静说："嗯，我没事了。多谢禾娘一路相送。"她来到门前，从发髻上拔下金簪。这是她剩下的唯一一件发饰了。

"相聚一场也是缘分。给禾娘添了许多麻烦，这就当是我的一点谢意吧。"

"我不要……"

裴玄静不理会禾娘的拒绝，直接将簪子插到她的发髻上："戴着吧，会保佑你的。"

禾娘低下头，红色的穗子在漆黑的鬓发旁轻轻摆动。

"那我走了。"禾娘迟疑了一下，还是说出来，"你自己……保重吧。"

"你也是。"

裴玄静站在门边目送，直到那纤细的黑色身影消失在青山绿水的尽头。她意识到，将再也见不到禾娘了。

裴玄静返回茅屋，点起一支蜡烛。

从现在开始，这里就是她的家了。

李弥蜷缩在草席上睡得正香，裴玄静便独自守在榻前。

她终于可以好好地陪在长吉的身边了。她从来没有这么贴近过他，一伸手就能触摸到；也从来没有这么远离过他，彼此间隔着生与死的鸿沟。

"长眉凝绿几千年，清凉堪老镜中鸾。"想起长吉赠给自己的诗，裴玄静的心中便充满了空旷的平静。今夜是她与长吉的第一夜，也是最后一夜。她知道这一夜很快就会过去的，正如诗中写的青鸾舞镜，转瞬千年。

……

突然惊醒时，裴玄静第一眼便看到蜡烛摇摇欲灭，昏暗破陋的屋子中央，一缕青烟袅袅直上。此情此景，和记忆中的诡异场面何其相似。

屋里多了个陌生人，正在忙着东翻西找，听到动静后回过头来，脸上的那把络腮大胡子分外招摇。

裴玄静竟丝毫不觉慌张——早晚要来的。

络腮胡子见裴玄静醒来，挺熟络地说："你醒啦？正好，说说东西藏哪儿了？省得我再找了。这个家怎么穷到这地步，连老鼠都不愿意来吧。"

裴玄静刚想说话，却听到屋子角落发出"呜呜呜"的声音，原来是李弥被麻绳捆得结结实实，嘴里也堵了东西，正在扭动身子挣扎呢。

她跳起来，眼前寒光一闪，络腮胡子手持长剑拍在她的肩上，右边的胳膊顿时麻了。

那人恶狠狠地喝道："老实点，我不想伤人！"

"你把他怎么样了？"

"你不是都看见了？没事，绑起来也是为了他好，免得误伤无辜。"络腮胡子道，"我只想问娘子取一样东西，对别的没有兴趣！"

裴玄静说："我见过你。"

络腮胡子点头："娘子的确精明。"

"你到底想找什么？"

"娘子心里明白。"

裴玄静沉默。

络腮胡子连连摇头："裴大娘子啊，我真的不想做恶人。你又何必逼我动手呢？"

"我不知道你在说什么。"

那人长叹一声，道："看来你是拿准了，我不敢对你怎样。"

裴玄静反问："你究竟是什么人？"

"我是谁，娘子还是不知道为好。否则，我要取的可就不单单是一样东西，恐怕还得取娘子的命了。"

"你杀了我好了。"裴玄静说，"杀了我也拿不到你想要的东西。"

络腮胡子指着李弥："如果我先把他杀了呢？"

"你说过不会滥杀无辜的！"

"这种话你也信？"络腮胡子举起即将燃尽的蜡烛，嘴里发出"咝咝"的如同毒蛇吐信的声音，在榻前俯下身去，"其实我根本用不着杀人，这里不就有一个现成的死人吗？"

他侧过蜡烛，一滴烛泪飘然坠下，正落在那长眠者的脸上。

"你不许碰他！"裴玄静声嘶力竭地喊起来。

捆得像个粽子似的李弥也在拼命蹬腿。

"我给你！拿去！"裴玄静将荷包从腰带上解下，扔给络腮胡子。乘着络腮胡子查看荷包之际，她从靴子中拔出长吉的匕首，用尽全力向络腮胡子刺过去。

　　冷光流动，络腮胡子猛地转回身，一脚飞起，正踢在裴玄静的手腕上。匕首落地，裴玄静痛得闷哼一声，络腮胡子紧接着又是一脚，直踢在裴玄静的小腹上。

　　裴玄静重重地摔倒在地上。

　　络腮胡子扔下荷包，大声咆哮着："这是什么！这不是我的金缕瓶！"

　　裴玄静断断续续地说："我没有……没有你的金缕瓶……"

　　"那你就死吧！"

　　忽然，李弥从旁边一跃而起，向络腮胡子猛扑过去。

　　两人顿时扭打在一起。

　　络腮胡子身强力壮，打得李弥根本没有还手之力。偏偏这傻小子虽然已经头破血流了，还是死活抓着络腮胡子不肯松手。络腮胡子面露狰狞，瞅准一个空当，举起剑便刺向李弥的胸膛。裴玄静不顾一切地扑上去，用自己的身体护住了李弥。

　　背上一阵撕心裂肺的剧痛，裴玄静失去了知觉。

8

　　再醒来时，她感到后背火烧火燎的痛。

　　裴玄静忍不住呻吟了一声，马上听见有人说："别动，我在给你上药，忍一忍。"她听出来了，竟是聂隐娘的声音！

　　虽然痛得满头大汗，裴玄静却如释重负——安全了。

　　这时她才发现自己趴在草席上，房门关着，从门缝底下透入朦胧的曙光。

聂隐娘说："幸好只是皮外伤，用了我的药，很快就会好起来。"她的语调还是像平时一样冷淡，听在裴玄静的耳中，却格外亲切。

"是隐娘救了我？"

"是啊，假如我再晚到一步，你就可以和榻上那人去黄泉下成亲了。"光听口气，真说不准聂隐娘究竟是在宽慰人，还是在嘲讽人。不过裴玄静已经了解她了，知道她并无恶意。

"好了。"聂隐娘替裴玄静掩上襦衫，轻轻地扶她坐起来，"还行吗？"

裴玄静感到背上凉凉的，确实轻松了许多："嗯，好多了。多谢隐娘。"

"也不能大意，这几天只要好好休息，应无大碍。"

裴玄静突然发现李弥不在，忙问："李弥呢？"

"你说那个傻小子？"聂隐娘说，"在隔壁灶间的草窠里躺着，他伤得比你重些，所以我先给他料理的，现在裹好了伤也在休养生息呢。"

"为什么在隔壁？"

"哼，总不能让他看见你这样吧？"聂隐娘道，"裴大娘子怎么了？不是让那傻小子给带傻了吧？"

"他不傻！"

"哦，这就想着维护小叔子了？"

裴玄静面红耳赤，低声嘟囔着："是弟弟。"她确实不觉得李弥傻，他的头脑只是停留在了儿童时期，反而令她更加心生怜爱。李贺已故，自己就要替他承担起照顾李弥的责任，仿佛只要这样做了，就能和那逝去的灵魂贴得更近一些。所以她才会在李弥遇到危险时奋不顾身，因为假如他的哥哥还活着，也一定会这样做的。

"哎呀！"裴玄静想起来了，"那个贼人呢？隐娘擒住他了吗？"

"和你们缠斗的那个人吗？我击伤了他，他逃走了。因惦记你二人的安危，生怕再出什么意外，我就没有追赶。"

“哦。”

“怎么？”聂隐娘问，“娘子是想要抓住他，还是杀了他？”

裴玄静不语。

聂隐娘说："倒也不难。不过要等几天，静娘这边没事了我再去擒他。"

“不必了。不敢再劳动隐娘，已经太过意不去了。”

聂隐娘干脆利落地说："就照娘子的意思办，那贼人受了重伤，即便不死也只剩半条命了，不足为患。"说着，将手边一团毛茸茸的东西递给裴玄静，"你看，你的好兄弟还抓了人家的一把胡子下来呢。"

裴玄静嫌弃地看了看这团乱七八糟的须髯。假使硬生生从脸上扯下这么大团的胡须，且不说难度有多高，至少须根上会带着血迹，但这团胡须上却没有。她强忍着恶心捻了捻，没错——这些胡须都是粘在脸上的。

和她料想的一样。

"娘子若不想再抓住那人，我就去烧了这堆脏东西吧。"聂隐娘拿走胡子，又像变戏法似的将手一挥，裴玄静的眼前顿时寒光铿铿。

“真是一把好刀！”随着一声由衷的赞叹，裴玄静看见聂隐娘握着长吉的匕首。秋水般的锋刃上，映出聂隐娘的面庞，刀光扭曲间，裴玄静头一次看见了她脸上的沧桑。

这的的确确是一把宝刀，能够洞穿人的灵魂。

聂隐娘问："从哪儿来的？"

“是……信物。”

"信物？"聂隐娘犹豫了一下，方将匕首交到裴玄静的手中，"收好吧。"

“隐娘，”裴玄静问，“你是怎么来的？”

“你说呢？”

“我……不知道。”

"你知道。"聂隐娘还真是一点儿都不含糊。

"是不是崔……"

聂隐娘淡淡一笑:"女神探就是女神探。"

裴玄静没来得及细问,门上响起敲击声,有人在外面唤:"娘子,娘子,起来了吗?"

是郑氏带着两个小儿郎来看望了。

乡民着实淳朴。虽然一夜过去,裴玄静和李弥双双负伤倒下,昨天陪着裴玄静来访的小娘子不见了,却换成一个看不出年龄身份的超凡脱俗的女子,这一连串怪现象居然都让裴玄静随口搪塞了过去。

听说来了夜盗,郑氏还一个劲地自责,肯定是用首饰换钱时让人给盯上了,这才引贼上门。裴玄静忙说钱并没丢,又给郑氏介绍聂隐娘这位"阿姐",才算把话题岔开。郑氏一见聂隐娘,像找到了主心骨,拉着她就开始商量李贺的后事,反而把裴玄静撇在一边。聂隐娘虽然气质冷傲,到底看起来阅历丰富,镇得住。

快到晌午的时候,棺材以及一应丧事的用品都送到了。郑氏叫来乡亲,大家一起动手在院子里搭起了简易的灵堂。棺木前支起香案,白幡在微风中飘荡。聂隐娘和郑氏忙前忙后地张罗,不仅把丧事安排得妥妥当当,还顺便把冰冷破败的家也整理了一番。该扔的扔,该添的添,连灶台也重新点起火来。

借着一场丧事,这个家居然又活过来了。

聂隐娘留下来,每天除了料理家务,还要帮裴玄静和李弥换药治伤。裴玄静伤得较轻,三天后就基本复原了。李弥被络腮胡子打破了头,伤得比较重,但经过几天精心照料,也好得挺快。

裴玄静发现,虽然聂隐娘嘴上"傻小子""傻小子"地叫,其实她非常喜欢李弥,对他特别好。

是啊,谁会不喜欢这个"傻小子"呢?

十五六岁清秀干净的少年模样,七八岁纯真无邪的儿童心性。而且确如裴玄静所认为的,李弥绝对不是个傻子。若是以儿童的标准来看，他甚至算得上聪明绝顶。只是一场疾病把他的心智永远留在了童年，从而也与肮脏的成人世界彻底无缘。难怪李贺硬撑着那么虚弱的身子，也要坚持照看这个傻弟弟。

找了一个机会，裴玄静把长吉的匕首交给李弥："这是哥哥的东西，今后就给你了。"

"给我？"李弥想了想说，"好啊，以后再遇上坏人，我就用这个！"

"首先要保护好你自己，这是最重要的。"

李弥说："嫂子，你叫我自虚吧，哥哥就这么叫我。"

自虚？裴玄静明白了，这肯定是李贺给弟弟起的字。

长吉，裴玄静在心里说，自虚就交给我了，你放心吧。

裴玄静想给李贺找一块墓地，乡亲们都说附近的汉山是风水宝地，裴玄静就请聂隐娘相陪，去山上走走看看。李弥尚未伤愈，便让他留在家中守灵。反正他现在认准了裴玄静，嫂子让干什么就干什么，绝无二话。

夏末秋初的汉山上，古柏苍然、林壑茂美。溪涧环流发出悦耳的奏鸣，仿佛能使悲苦散去，让压抑已久的心灵感到一线开朗。

聂隐娘在崎岖的山道上如履平地，走得异常从容。裴玄静也勉力跟随着，不知不觉中，二人便登上山顶。汉山本身并不算高，从山顶往四周看，除了昌谷的村庄安然隐匿在群山环抱之中，其他举目所见的山峦都在上方。

聂隐娘指着西南方向道："那边山坳中的殿宇就是玄宗皇帝的行宫连昌宫，山下有一座三乡驿，是东都洛阳西去长安的第一座驿站。你这次是走的水路，若是走陆路经洛阳来昌谷，少不了在三乡驿落脚。"

"隐娘去过洛阳吗？"

聂隐娘轻叹一声："那年朝廷召刘帅回京，我不愿跟随，便辞他而去。谁知刘帅尚未回到长安，就在洛阳病故了。我曾去祭拜了他一回……"

因为一场未成功的刺杀，刺客聂隐娘竟然去乡背主，毅然投在刘昌裔麾下，为他尽忠效力数年，辞别后还恋恋不舍，专程去哭祭旧主。裴玄静总觉得，聂隐娘的传奇和刘昌裔密不可分，这两个人之间的缘分也格外使人好奇。他们到底在彼此身上看到了什么呢？

趁着今天这个云淡风轻的舒爽日子，裴玄静鼓起勇气，向聂隐娘提出自己的疑问。

聂隐娘并没露出受到冒犯的神色，她从地上捻起几根青草，放在掌心慢慢揉搓，许久才说：“我一生中最重大的决定都是在须臾之间做出的。佛经上说一昼夜有三十个须臾，又说二十念者为一瞬，二十瞬为一弹指，二十弹指为一罗预，二十罗预为一须臾。可是佛还说，人生不过一瞬。”

裴玄静默默无语。又过了好一会儿，聂隐娘笑道：“我刚一遇到刘帅，就决定要跟随他。正如当年我看到夫君的第一眼，便起意嫁他，同样都是须臾间的决定。你要问我理由，真没什么。”

“隐娘和夫君会共度一生的。”裴玄静说。

“但愿如此。”

“其实我也是……”裴玄静的声音微微发涩，“我也是第一眼看见长吉，便想嫁给他，这辈子就只想嫁给他。”还是头一次，她在外人面前谈起对长吉的感情。她知道这种感情很少人能理解，但聂隐娘应该可以。

聂隐娘将裴玄静的头揽过去，让她靠在自己的怀中，低声道：“所以我们是一样的人。”

裴玄静不由自主地闭起眼睛，她很早就失去了母亲，也没有姐妹，她不知道女性的怀抱是这样温暖柔软，带着淡淡的甜香，令人迷醉……

“而且你的决心更坚定，智慧更透彻。你名为静，我名为隐，其实都是同一个远离尘世，与凡间隔空相望的意思……静娘，你愿不愿意跟我走？”

裴玄静猛然清醒过来，直起身，困惑地看着聂隐娘："跟你走？"

"我知道你从来没有这样想过，是有些突然……假如李长吉还活着，我也断断不会提出来。但是，现在他去了，你在这世上已是孑然一身，又何必留恋呢？"

裴玄静真的糊涂了，她问："禾娘呢？我以为你想带走的是她。"

"不，她的尘缘未了，不合适跟随我。"

"所以你就让她走了？"

"是她自己要走的。"聂隐娘恢复了一贯的冷漠神情，"我不想强人所难，更不想要一个心猿意马的徒弟。我给了她机会，但她困于强烈的爱憎之中，终是不能强求的。"

"可我不明白，隐娘不是答应了王义会收留禾娘吗？"

"他并没有要求我收留禾娘。他只求我把禾娘从贾昌那里带走，送她出长安。"

"出长安以后呢？"

聂隐娘摇头道："他没有说。我想当时他还抱着一丝幻想，指望自己能从刺杀案中全身而退，向你的叔父尽忠报恩之后带着女儿远走高飞。他想得太美好了。况且，以禾娘的性子，根本不会跟他走。"

这倒是，裴玄静想，禾娘对王义没有信任，更谈不上亲情。她一门心思所想的，只有一个崔郎中。真是可怜天下父母心，王义对她的关爱与牺牲，不过是一厢情愿罢了。

裴玄静突然又有些困惑了，虽然和崔淼搅在一起，对禾娘是一种危险。但从禾娘的描述来看，躲在贾昌的院子还是非常安全的，王义为什么非要聂隐娘带她离开长安呢？离开长安，并不能确保禾娘从此远离纷争，所以王义究竟想达到什么目的？

她向聂隐娘提出这个问题。

聂隐娘说："王义只说禾娘留在长安有危险，必须要把她送出去。他还说有我保护的话，即使朝廷也无法对禾娘下手了。"

"朝廷？朝廷为什么要诛杀禾娘？"

聂隐娘摇了摇头："谁知道？皇帝要杀人，还需要解释吗？"

皇帝……裴玄静一下子想起和皇帝在贾昌小院中的谈话。盛夏的艳阳之下，天子用阴森而轻蔑的口吻谈起禾娘的身世，仿佛在谈一只误入陷阱的小野猫。她能对他构成什么威胁？为什么不干脆打开牢笼，任其自生自灭，却非要除掉她？难道在禾娘的身上，还牵扯着什么不可告人的皇家恩怨吗？

确实，只要有聂隐娘在，就连皇帝也动不了禾娘。可现在呢？

"不在你的身边，禾娘会有危险吗？"

"应当不会，现在没有人能找到她。"聂隐娘说，"各人自有各人的命，至少，禾娘走的是她自己挑选的那条路。"

"可是她还那么小……"

"你也不大呀。"聂隐娘微笑着问，"怎么样？想好了吗？静娘愿不愿意跟我走？"

裴玄静实在不知该如何回答，只得说："我当不成刺客的。"

"谁要你当刺客。"聂隐娘微嗔，"我自辞别刘帅起便放下屠刀，不杀人久矣。你与我相识至今，何曾见过我伤人？杀人也是一种选择，说不做就不做了。"

裴玄静更想不通了："那隐娘要我跟随，去做什么呢？"

"当然是去纵情山与水，畅游天地间。去修道，去游仙，既隐且静，遂得逍遥自在的真境界……并且静娘，我并不是要你跟随我，而是要你和我做个伴。"

"做伴？隐娘不是有夫君做伴吗？"

聂隐娘一笑："静娘随我同行之时，便是我与夫君的缘尽之日。到时我会为他在东都留守处谋个虚职，保他余生无忧。"正对着裴玄静讶异的目光，聂隐娘继续说，"我出身魏博，今生绝不效忠于朝廷。刘帅已故，我也不会再为任何一个藩镇效力。这次介入武元衡刺杀案中，一则答应了王义保护禾娘，还有就是为了静娘。此外，再无理由可以让我出手。我已是一个彻彻底底的自由人，只想——

要一个人来陪。"

裴玄静从未听到过如此豪迈，又如此寂寞的表白。这段不可思议的话，出自一个女子之口，就更加令人感叹。

她知道自己必须回答了，便直视着聂隐娘，清清楚楚地说："不，隐娘，请恕我不能从命。我要留在昌谷，照顾自虚，整理长吉的诗……我还有许许多多的事情要做。红尘万丈皆可抛，但我舍不下这个家，因为它是我千辛万苦才求来的，而且……我亏欠他的太多了。"

聂隐娘只应了一个字："好。"

群山寂寂，天地无声。前方山峦起伏，裴玄静听说过，那座山叫作女儿山。当年玄宗皇帝住在连昌宫中，正是见到女儿山上云雾缭绕，如同仙女下凡般的美景令人神往，于是灵感大发制成《霓裳羽衣曲》。虽然有了曲子，却很长时间找不到匹配的舞者。没人能舞出曲中的神韵，将天子梦中的舞蹈带到人间，直至杨玉环出现在他的眼前……

突然，裴玄静看到滚滚浓烟从连昌宫的方向升腾而起。她惊呼："隐娘你看，那里怎么了？"

聂隐娘平静地回答："应该是权留守在行动了。"

9

事到如今,聂隐娘才对裴玄静透露了崔淼和权德舆的计划细节。

根据崔淼向权德舆提供的线索，平卢节度使李师道雇用的刺客将在东都洛阳发动暴乱，目的还是向朝廷示威，逼迫皇帝从淮西退兵，进而彻底击溃皇帝的削藩大计。淮西、平卢和成德这几个藩镇唇齿相依，一直都在共进退、同生死地对抗着朝廷。淮西与朝廷在战场上正面作战，成德节度使和平卢节度使也都没闲着。行贿和诋毁宰相武元衡是成德藩镇所为，而刺杀武元衡和裴度却是平卢藩镇的杰作。

在长安刺杀得手后，刺客们继续赶往东都。他们潜入洛阳，组织人手偷运武器，准备对东都留守府发起进攻。根据崔淼的供述，刺客会先选择洛阳郊外的一个隐蔽场所，安置人员和武器。由于大唐两京都实行宵禁制度，所以刺客必须等待一个合适的时机才能行动。

他们定下的行动日期就是七夕节这一天。因为按照习俗，这天夜里女子们要望月乞巧，为自己求个好姻缘，所以七夕夜的宵禁通常形同虚设，以便百姓们尽情娱乐。

然而崔淼也无法提供刺客藏身的确切地点。权德舆得到情报后，为免打草惊蛇，就派手下在洛阳城内外秘密搜寻刺客的藏匿之处。现在距离七夕还有几天，权德舆必须在此之前找到刺客的巢穴，将他们一网打尽。聂隐娘的夫君赶往洛阳，就是去配合这一行动的。

今天，当聂隐娘看见从连昌宫那里冒起的浓烟时，便推测是权德舆终于得手了。

"七月七日长生殿，夜半无人私语时。在天愿作比翼鸟，在地愿为连理枝。"白乐天在《长恨歌》中描绘过连昌宫中的长生殿，它曾见证过一桩倾国倾城的人间情事，如今却成了刺客精心挑选的暴动据点。

曾经万事俱足的开元天子，先是失去了心爱的女人，随后又失去了皇位。光辉夺目的盛世和帝国的荣耀宛如流沙逝水，一一从他的手中溜走。时至今日，他的后代终于连祖先的尊严都快保不住了吗？当今的皇帝，捉襟见肘、腹背受敌，哪里还像是这片江山的主人？

聂隐娘又告诉裴玄静，出长安后，禾娘便与他们夫妇二人分手了。但出于义气，他们夫妇二人还是悄悄尾随了一段，直到看见禾娘与崔淼会和，才放了心。恰在这时，他们偷听到了崔淼和尹少卿讨论要在河阴仓纵火，夫妇二人便决定先行前往河阴，静观其变。正如聂隐娘所说的，如今她不为任何人、任何势力卖命，去河阴也只是随性而为。能够看到朝廷陷入困局，总是会让她感到快意的。

结果，他们便目睹了裴玄静一行在河阴遭遇的全部经过。

崔淼受刑之后，聂隐娘潜入河阴县衙。假如崔淼想逃，只要他开口，聂隐娘就可以轻而易举地帮他办到。但崔淼拒绝逃走，却请聂隐娘帮一个忙。

"他不放心你。"聂隐娘对裴玄静说，"虽然权德舆已经部署了抓捕刺客，但是崔郎认为官兵不堪信任。事实证明他的忧虑并没有错。不是就有人逃脱了权留守布下的天罗地网，跑到昌谷来了吗？所以我应了崔郎的请求，赶到昌谷来保护你。而我的夫君，也主动到东都去助权德舆一臂之力。要不然，就凭权德舆手下的那帮酒囊饭袋，即使有崔淼的情报，也未必能够全歼凶徒，很可能会留下后患。"

崔淼，终究还是他救了自己。裴玄静心中的一团乱麻，再也理不清楚。她只得先放下纷乱的情绪，继续追问聂隐娘："可是隐娘，虽说你与夫君早就不替藩镇效力，但为朝廷做事……"

"当初投奔刘昌裔，算不算为朝廷做事呢？不，静娘，我方才已经说了，我从未替朝廷做过事。离开魏博后，我就只为我自己做事。当初如此，现在还是如此。"

裴玄静心悦诚服。

第二天一早，聂隐娘的夫君就到了昌谷。

这沉默的汉子一如既往，只用寥寥数语告知她们，东都留守派出的金吾卫成功围剿了躲藏在连昌宫中的匪徒，活捉数十人。为首的净空和净虚和尚负隅顽抗，均被当场诛杀。匪徒中除了平卢藩镇的人之外，还有一部分人来自成德藩镇。据供述，成德藩镇本来也策划了在京城刺杀高官，名单中除了武元衡和裴度之外，还包括了其他几名当朝宰辅，只不过内部协调没做好，让平卢藩镇抢了先。

聂隐娘冷笑道："这么说来，皇帝杀张晏等人也不算冤枉了。"

他又说，本次行动几乎全歼匪徒，但名单中原来还有一个成德牙将尹少卿，却没有找到。

尹少卿？裴玄静心想，他并没有参与东都的暴乱行动，而是来昌谷寻找金缕瓶了。被聂隐娘击成重伤，他即使没有因伤致死，现在也一定找地方躲起来了。

正像聂隐娘说的，将不足为患。

理清楚这些来龙去脉，裴玄静终于有了一种轻松的感觉。自己没有辜负武元衡的期待，刺杀案的元凶落网，与之相关的人都得到了相对圆满的结果，再无遗憾了。墓地暂时定不下来，天气又热，棺木不宜久存家中。在聂隐娘夫妇的帮助下，裴玄静将李贺的灵柩送到昌谷镇上的永慧寺中停灵。

办完这些，聂隐娘夫妇便告辞了。他们并没有说明将去何方，裴玄静也没有打听。

沿着昌涧顺流而下，半日不到便能汇入洛水，再由洛水即可进入大运河了。天地依旧广阔，容得下任何一个人。

裴玄静将李弥留在家中，自己一路送隐娘夫妇出村。

走在路上，聂隐娘取出一面小巧的铜镜，交到裴玄静的手中，说："静娘哪天想见我，就把这面镜子送去磨镜的铺子，不论长安还是洛阳，我们都能很快得到消息。"

在明丽的日光下，聂隐娘的脸上仍然看不出一丝皱纹，也没有半点儿惆怅之色。不论杀戮还是离别，都不能在她身上留下任何印迹。裴玄静着实佩服她，又隐隐地为她感到遗憾。

裴玄静道过谢，将铜镜收入怀中。

慢慢走出村子，一脉碧绿的昌涧水在田野的外侧静静流淌。聂隐娘让裴玄静留步，正要就此分手，突见一匹白马和一驾马车穿过原野，从河岸边疾奔而来。马上之人冲着裴玄静高叫："静娘静娘！我们来啦！"

来人竟是韩湘。

韩湘一直奔到他们面前，方才滚鞍下马，气喘吁吁地和裴玄静打招呼："总算找到你了！"

裴玄静未及开口，马车也紧跟而至。车帘早早掀起，车上的人露出脸来，正冲着她微笑。那张笑脸比骄阳还要明媚，照得她都有些眼花缭乱了。

"崔郎！"裴玄静惊喜地叫出来。

韩湘感叹："谢天谢地，好歹把人平安送到了，我这也是能办成事的呀。唉！"

聂隐娘在旁边说："既然崔郎中来了，我更可以放心地走了。"

"怎么？我一来隐娘就要走吗？"崔淼立即接口道，"别急着走嘛。好不容易再见面，我还有许多话要对隐娘说，人家都在鬼门关上走过一遭了，隐娘就不能多待一刻嘛……"也不知从什么时候起，他对聂隐娘说话就用这种撒娇卖乖的口气。她还挺吃这一套，半嗔半喜道："也罢，就听听你有什么可说的。"

裴玄静却好奇地问："咦，你们俩怎么跑到一块儿去了？"她指的是韩湘和崔淼，这两人从长乐驿开始，一路明争暗斗到潼关驿，韩湘又被崔淼设计甩下，怎么现在居然凑在一起了？

韩湘说："静娘，我正要向你解释……"突然他住了口，瞪着裴玄静身上的丧服。

裴玄静会意，遂淡淡地说："我晚到了一步，长吉已经去了。"

"你没见到他最后一面？"

裴玄静摇了摇头。

"咳！"韩湘顿足道，"都是我的罪过啊！"他问裴玄静，"灵堂设在家中吗，我可以去拜一拜吗？"

崔淼建议说："韩郎先随静娘去祭拜吧。我这边有些话要和隐娘说，随后再去。"

于是裴玄静领着韩湘回家。一路上韩湘欲言又止，相当不自在。直到院外，望见白幡招展，裴玄静听见他重重地叹了口气。

灵柩移走后，院中只设了一个香案，背对青山，以天地为灵位。

裴玄静燃起一炷香。韩湘接过去，认认真真地默祷上香。随后从怀中取出一封书信，低沉地念起来："云烟绵联，不足为其态也；

水之迢迢，不足为其情也；春之盎盎，不足为其和也；秋之明洁，不足为其格也；风樯阵马，不足为其勇也；瓦棺篆鼎，不足为其古也；时花美女，不足为其色也；荒国坏殿，梗莽丘垅，不足为其恨怨悲愁也；鲸呿鳌掷，牛鬼蛇神，不足为其虚荒诞幻也……"

这一段诵罢，裴玄静已热泪盈眶，颤抖着声音问："这是何人所作，竟然写得这么好？"

韩湘双手将信递给裴玄静："静娘请看，这是叔公命我送亲时写的信。"

韩愈在给韩湘的信中不仅盛赞了李贺的才华，又痛心地指出，长吉病苛，恐不久于人世。他特意嘱咐韩湘，务必尽快把裴玄静送到昌谷。以李贺的病势，只怕一两天都耽搁不起了。

"可我却被一个陌生人引入彀中。"韩湘冲着裴玄静一躬到地，"唉！我真是太无能了。"

在潼关驿时，韩湘为易容的尹少卿所骗，一心以为前途有贼寇，正在与尹少卿商讨应对之策时，裴玄静就跟着崔淼跑了。韩湘措手不及，再回头时连络腮胡子也不见了踪影，他才意识到上当了，只得日夜兼程拼命赶往洛阳，指望能在那里追上裴玄静和崔淼。

韩湘说："你们在半路岔去了河阴县，我哪里知道啊！只是一口气赶往洛阳。到洛阳后我四处打听，仍然没有你们的半点儿讯息。这时听说河阴失火，抓了许多人，我连忙又回头赶往那里。等到了河阴才听说，崔淼和你都被关起来了。我只能去求见东都留守，等了好几天他才肯见我。是他告诉我你已经到昌谷了，又说崔郎中也无罪释放，但因所受刑伤未愈，干脆让我把他领出去。所以这么着，我才雇了一辆马车，和崔淼一起来昌谷找你了。"

"明白了。"裴玄静点点头，"韩郎不必太过自责。其实甩下你，随崔郎转道河阴，我是自有盘算的，并不怪你。只是没想到……误了与长吉的最后一面。"

"啊？"韩湘愣住了。

裴玄静又道："总之，逝者已矣。过去的，就不必再提了。"

"好。"韩湘这才松了口气，"我去把崔郎接过来吧，他如今行动仍然不太方便。"

韩湘走后，裴玄静又拿起韩愈的书信来读。字字句句映照日月光华，用来形容长吉的才华并不过分。然而，他毕竟听不见也看不见了。她想起河东先生说过的，"宁为有闻而死，不为无闻而生"。她相信千百年后人们会记住长吉的诗，而他所经历的苦痛和她所饱尝的憾恨，包括他和她的残骸早就化为尘埃了。裴玄静点燃信纸，看着它在火焰中渐渐化为黑色的灰烬。

"云烟绵联，不足为其态也；水之迢迢，不足为其情也……"

裴玄静大吃一惊，是李弥在念诵，而且他滔滔不绝，一口气把刚才韩湘读过的句子从头背到底。只不过才听了一遍，他居然记得分毫不差。

裴玄静问他："自虚，你可知说的是什么？"

"我知道，是说哥哥的好。"

"你能懂？"

李弥点点头。

她太惊奇了："而且听一遍就能记下？"

"能啊。"李弥说，"哥哥的诗，我都只听一遍就能记住，永远也不会忘。"

裴玄静恍然大悟，为什么这个家里没有笔墨纸砚，也找不到长吉的诗集，原来——有李弥就足够了。

这个眼神清澈得如同雨后晴空的少年，就是一本活的诗集。

她难掩惊喜："自虚，你能念几首哥哥的诗给我听吗？"

"好啊，你想听哪首？"

"我想……"裴玄静一下子也想不出哪一首了，正在踌躇间，突然李弥面朝院门站起来，大声问："你是谁？"

裴玄静回头一看，只见崔淼倚门而立。

仍然是那副她最熟悉的云淡风轻、似笑非笑的样子。在他背后的原野上，又一轮崭新的暮色正在徐徐落下。

她连忙迎上去："韩郎呢？"

"你说韩湘么？他跟着隐娘夫妇走了。"

裴玄静又是一惊："韩郎跟隐娘走了？去哪里？干什么？"她朝崔淼的身后看，分明有一辆孤零零的马车绝尘而去。

"据说是去修仙。"崔淼挑起眉毛，"走的时候还嘲笑我了一通，说什么我的潇洒都是装出来的。他韩湘子才是真洒脱，红尘滚滚转眼即抛。我竟是无言以对啊。"

"这……又是从何谈起？"

"反正他和聂隐娘才聊了几句，就决定跟这夫妇二人游历去了。我现在算是明白了，为什么韩夫子对这个侄孙老大不满意，此人压根就不食人间烟火嘛。而且说风就是雨，托他办事，怎么能成呢。"崔淼对裴玄静连连摇头，"静娘不也让他给坑了？他倒好，自己把事情办砸了，估计回家后韩夫子笃定饶不了他，干脆借口一句游仙溜之大吉也。"

裴玄静问："隐娘倒也答应了么？"韩湘是个不循常理之人，但他的心地不蒙一丝俗世尘埃。从这点上来说，他和聂隐娘确有投缘之处。也真是想不到，聂隐娘这一趟没有带走禾娘，没有带走裴玄静，最后却带走了一个韩湘子。

崔淼将两手在胸前一拢，含笑道："我也管不着隐娘啊。总之他们都走了，马车我也付过钱打发了。静娘，我没处可去，只能来投奔你了，求你收留我。"

清风拂动衣袂，便有道不尽的风华流转。那张仍带着憔悴的脸上笑意淡淡的，稀释了话语中让人捉摸不透的浓情。

裴玄静避开他的目光，轻声说："请进吧。"

10

崔淼一瘸一拐地往院子里走，裴玄静见他痛得脸色发白，忙上前搀扶。崔淼先在灵前拜祭过，才慢慢挪进茅屋，反正总共就那么一张矮榻，没别的地方可坐。正待搀他上榻，崔淼拦道："你松手，我自己来吧。"

裴玄静连忙后退半步，看着他蹙眉忍痛，好不容易才半躺下来。长吁了口气，崔淼对裴玄静苦笑道："本来已好了不少。从河阴过来赶得急，把刚结的疤挣破了。"

裴玄静也发现了，斑斑血迹正从白色的长裤里渗出来，心中不禁一痛："这可如何是好？"

崔淼说："不妨事。我的包袱里有调好的药膏，上了药就成。"

裴玄静果然从包袱里找出药膏，拿到榻前刚想动手，突然愣住了。崔淼也在愣愣地朝她看，裴玄静的脸骤然温度疾升，差点儿把药膏扔下转身就跑。

这下麻烦大了。

两人尴尬得同时别转头去。裴玄静的心突突乱跳，一转眼瞥见坐在门槛上发呆的李弥，顿时找到了救星。

"自虚，你快过来。"她向李弥连连招手，"来帮他……"想了想又道，"来帮这个哥哥上药。"

李弥满脸不情愿地接过药膏，嘴里还在嘟囔："他又不是我哥，为什么要我帮他，他自己不行么……"

崔淼说："还是我自己来吧。"

"你自己不行的。"裴玄静断然拒绝崔淼，又哄孩子似的对李弥说，"是他太笨了，你就看他可怜帮帮他，咱们自虚的心肠最好了。"说着赶紧逃出了屋。

她掩上房门，站在院中耐心等候着。

朦胧的暮色中，远山如同画卷上勾勒的线条，还没来得及填充色彩。不知不觉中，夜风中已经有了些萧瑟秋意。日升月落，春荣秋谢，人生多么像这片风景，远看大局已定宿业同归。真的走进去，移步换景之间，又总能遇上叫人眼前一亮的风光。所谓不枉此生，大约如是吧。

却听"哐当"一声响，李弥夺门而出。

裴玄静吓了一大跳："怎么啦？"

"他的屁股都是红的。"李弥嫌弃地撇着嘴。

"那是涂了药膏的缘故。"裴玄静哭笑不得地问，"你都替他弄好了吗？"

李弥把药盒往裴玄静怀里一甩："你自己去看嘛。"

裴玄静尚在犹豫，就听崔淼在屋里大叫："别进来！"她只好又留在门边，过了一会儿才听到他说："好了。"

裴玄静来到榻边，但见崔淼好整以暇地侧卧着，并无任何不妥之处，只是一脸生无可恋的表情，裴玄静突然憋不住地笑出来。

紧接着崔淼自己也笑了，再是李弥，三个人围在一起捧腹大笑。裴玄静笑得直不起腰，眼角迸出泪花。她已经记不得，自己有多久没这样笑过了。

最后还是崔淼哀怨地说："行啦，给我留点儿面子吧，有那么好笑么。"

裴玄静好不容易止住笑，说他："还不是你自作自受，干吗非招惹得吐突承璀打你那顿板子？"

"我不挨那顿打，权德舆是不会来找我的。"崔淼说，"虽说他和吐突承璀斗得不可开交，但也绝对不敢轻易相信人。我挨这顿打，一则说明我确实不是吐突的人；二则暗示权德舆，我手上有他所需要的东西。"

"就是苦了你。"她轻声道。

崔淼看着裴玄静说："你知道我是心甘情愿的……"她避开他的

目光，崔淼只得吞下后面的话，少顷又道："静娘，你为什么不问我，怎么会对藩镇的行动计划了如指掌？"

裴玄静好像没有听见他的话，说："饿了吧？我去做饭。"

一瓮黄粱米饭很快焖熟了，香气飘散在整个小院中。

裴玄静把饭菜都端到榻边，三人一起围坐在榻前吃饭。饭菜的热气袅袅，打散了油灯的光，在每个人的面庞上晃动，有种难以形容的温馨与安逸。其实从贩夫走卒到帝王将相，家的感觉从来都是这么简单的。

李弥现在倒和崔淼亲热起来，主动把盛好的饭端给他，又夹菜又舀汤，伺候得有板有眼，根本不需要裴玄静吩咐。她反而只有看的份了。可是看着看着，裴玄静的心又揪起来。李弥做得那么熟练，当然是照料病中哥哥得来的经验。而眼前的一切，恰似她一遍又一遍梦想过的场景，如今却只能用"物是人非"这四个字来形容了。

裴玄静把碗筷放下。她清楚地知道从今往后，有一种心痛将会永远跟随着自己，虽然不如最初时那么凌厉，却会恒久地积累下去，与自己同生共死。

"静娘。"

裴玄静应声抬头，只见崔淼的眸子在油灯后面灼灼闪光，分明在用心打量着她。她便冲他微微一笑。

崔淼也放下碗筷，从怀中取出一样东西来，放到油灯下："静娘你看，还认得出这是什么吗？"

是半张残纸，火烧后的余烬，上面还有依稀可辨的几个字迹——"信可乐也"。裴玄静认出来："这是武相公临给我的那半部《兰亭序》？居然烧得就剩这么点了？你怎么找来的？"

原来火灾后清理现场时，几个士卒找到了裴玄静装嫁妆的箱子。从箱子外面镶嵌的铭牌上认出是裴府的东西后，权德舆就让人把烧剩下的一堆焦炭都给了崔淼，意思是让崔淼来向裴玄静证实，嫁妆确实都烧光了，而崔淼就从中挑出了这张残纸。

崔淼兴冲冲地说："来的路上我和韩湘聊起《兰亭序》，这家伙居然知道一些秘闻，挺有意思的。我说给静娘听一听吧。"

世传东晋王羲之的手写墨迹，梁武帝时曾收集到一万五千纸，其中也包括王献之的真迹。至梁元帝萧绎承圣三年，西魏大军攻陷江陵。梁元帝见大势已去，在投降之前，遣后阁舍人高善宝放了一把火，将梁朝积五十年之力搜蓄起来的"二王"书法，连同"古今图书十四万卷"，尽焚于烈焰之中。百官惊呼："文武之道，今夜穷乎！历代秘宝，并为煨烬矣！"

之后隋文帝时"尽价购求"，也只得到王羲之真书五十纸，行书二百四十纸，草书二千纸。再到太宗时期，几乎将幸存于世的王羲之真迹一网打尽，数量和质量都远远及不上被萧绎付之一炬的瑰宝了。唯一值得夸耀的是，太宗皇帝得到了《兰亭序》。

崔淼说到这里，又卖起关子来："静娘你想一想，萧绎烧毁了那么多王羲之的真迹，怎么偏偏遗漏了《兰亭序》呢？"

"也许梁朝没能收藏到《兰亭序》？"

"那么，天下第一行书《兰亭序》又是如何成为沧海遗珠的呢？"

裴玄静猜不出来。

崔淼说："韩湘告诉我啊，其实有一种谣传，说太宗皇帝得到的《兰亭序》并非真迹。真正的《兰亭序》在南诏国！"

连南诏国都扯上了？裴玄静觉得太难以置信了。那么遥远奇异的南蛮之地，居然会藏有《兰亭序》真迹？

"韩湘说，他还亲眼见过南诏国收藏的《兰亭序》呢！"瞧崔淼的得意劲儿，倒像是他自己见过似的。

原来王羲之好道，晚年和一个叫许玄的修道人结成方外之交，一直在会稽和临安之间游玩，访仙求道。许玄后来游历去了南诏，向南诏国王传道，使得整个南诏国都笃信了道教，还将王羲之崇为神仙。据说许玄去南诏的时候，随身便携有王羲之的《兰亭序》真迹，并将其赠给了南诏国王。南诏国王把《兰亭序》视为传国至宝，一直珍藏在深宫中，对外秘而不宣。

裴玄静问："既然秘而不宣，韩湘又是从何而知的呢？"

"据他自己说，两年前他突发奇想游历到南诏，不知怎么和南诏国王劝龙晟成了好友。因权臣弄栋节度使王嵯巅弄权，劝龙晟不甘心当傀儡，想请大唐皇帝帮助铲除王嵯巅，夺回王权。王嵯巅眼线众多，劝龙晟无法公开和大唐联络，就设法以修道的名义结识了韩湘，企图通过他的关系联络大唐。为了表达诚意，劝龙晟特地请韩湘进宫看了《兰亭序》，并打算让他把《兰亭序》作为信物带给大唐皇帝，以求支援。"

"他真的见到了？"

崔淼说："见是见到了，不过韩湘一眼就认定那幅《兰亭序》不是真迹，所以这件事情也就泡汤了。唉，那南诏国王也是倒霉，怎么会挑中韩湘？他哪件事能办成？"

裴玄静笑道："看来在这个世上得罪谁都行，就是不能得罪崔郎。要不然被你口诛笔伐个没完没了。"

"我还不是在为你鸣不平。"

"谁要你鸣不平。"裴玄静微嗔，又好奇地问，"韩郎怎么就能肯定南诏国的《兰亭序》是假的？他有金石考证的能为吗？"

"他懂什么！只不过他曾见过刻印的《兰亭序》神龙摹本，所以一眼就看出南诏国的《兰亭序》只有上半部是对的，下半部的内容和《兰亭序》完全没有关系。怎么可能是真的呢？"

"半部？"

"对，而且恰好是武相公临给你的那上半部，也就是到'信可乐也'这四字，后面就风马牛不相及，完全是另外一篇文字了。要不是我给韩湘看了这片残纸，他还想不起来呢。静娘，你不觉得这其中颇可玩味吗？"

终于听出名堂来了，崔淼的聪明又一次使裴玄静叹服。还有他的耐心，他做了这么多铺垫，循循善诱，只为了再度激发起她追寻真相的念头。但是这一次，她要使他失望了吗？

裴玄静说：“崔郎，金缕瓶没有了。”

“怎么回事？”崔淼很吃惊。

她简短地叙述了络腮胡子闯入家中抢夺金缕瓶的经过。“我想，那人可能就是成德牙将尹少卿。”裴玄静说，“当然他是谁也不再重要。总之，武相公给我的线索——半部《兰亭序》，还有金缕瓶，都没有了。”

崔淼露出极度失望的表情：“这样啊……可是，不是还有‘真兰亭现’的离合诗吗？”随即又振奋起来，“我们可以沿着这条线索追踪啊。咱们把诗里的典故全部理出来，再加上韩湘新提供的线索……我就不信破不了这个谜。静娘！”

裴玄静柔声道：“你现在最好安心休养。”

“没事。有你……呃，和他的照顾，不出十天我就能生龙活虎了。你别忘记，我自己就是郎中啊。”

“我没有忘，可是崔郎中自己倒好像是忘记了。”

崔淼终于注意到裴玄静的神色不对，对他这样敏锐的人来说，今天似乎太过迟钝。他问：“你怎么了？”

她以极温柔的语气说：“崔郎，‘真兰亭现’的谜我不会继续解下去了。”

崔淼好像被兜头浇了一盆冷水。裴玄静的外表越是看上去柔弱，深藏于内的坚韧就越是令他诧异，甚至害怕。他不由自主地想象她决绝的样子，更加感到心灰意冷。她根本不在意他对她的付出，原来他一直都在自作多情。

沉默许久，崔淼才问：“为什么要在此刻放弃呢？连韩湘都答应了我，尽量回忆他在南诏国见到的后半部错的《兰亭序》，等想起内容来了就写成书信寄给我。这也会是一条有力的线索……静娘，我总觉得我们离谜底已经不太远了。”

“就算解开了谜，也并不能改变什么。”

"你什么意思？"

裴玄静注视着油灯照不到的虚空说："若重新给我一次机会，我不会让自己为了一个谜题而耽搁。我要在最初的一刻就赶来昌谷，陪伴在长吉的身边。可是……不会有这样的机会了。一切都结束了。"

"所以你就要惩罚自己？"

"不是惩罚，是补偿我所亏欠的。"

"亏欠？你欠了谁的？"崔淼冷笑，"我就不懂了，李长吉因病重而死，和你赶不赶来昌谷没关系，更不是'真兰亭现'的谜题害死的。你干吗非要把责任都背到自己身上？"

裴玄静沉默。

崔淼继续冷笑着说："你打算怎么补偿？一辈子待在这里？为他守寡？"

"你瞎说什么！"

崔淼盯着裴玄静，突然点头道："我懂了，静娘是不愿意和我一起解谜。因为我曾助纣为虐，对吗？"

"你……"裴玄静没料到他会这么说。

"没错，我确实为藩镇做过事，但圣上有诏，举报凶犯者既往不咎。现在连朝廷都放过了我，静娘却还是不肯放过我吗？"崔淼说着，咬牙从榻上下来。

裴玄静赶紧去拦他："你要去哪儿？你现在不能走的。"

崔淼没好气地说："谁说我要走了，我去隔壁睡。"

"隔壁是伙房，不能睡的。"

"那我也不睡这屋，我可不想坏了你这忠贞女子的名声。"

听他这么说，裴玄静只得由他去了。

崔淼蹒跚来到门边，又停下说："静娘，我一直觉得你和别的女子不一样。普通的女子很容易哄骗，因为她们情愿相信她们所幻想的，而不是真实的世界。可是你不同，不论真相多么丑陋残酷让人接受不了，你却从不逃避，所以……你在我的眼中是不凡的女子。"

崔淼出去了。李弥耷拉着眼皮问："你们吵架了吗？"

"我们没有吵架，别担心。"裴玄静安顿他在草席上睡下。

她吹熄了油灯，自己也在榻上躺下来，却毫无睡意。于是她又坐起来，借着朦胧的月色，端详自己在铜镜中的脸。聂隐娘赠送的这面镜子光泽暗敛，有一种玄古之美。裴玄静从没有见过海，却觉得海面就应该是这样的——平净深邃。

"六宫不语一生闲，高悬银榜照青山。长眉凝绿几千年，清凉堪老镜中鸾。"长吉希望她做一个沉默的仙女，隔着镜花水月观望人世。但镜中没有真相，只有她自己的倒影。

裴玄静彻夜无眠。曙光微露之际，她再也躺不住了，悄悄起身出去。

隔着门缝看伙房里面，崔淼侧卧在地上的草堆中，睡得一动不动。他虽然爱逞强，受伤的身体还是容易疲劳的，需要休息。

裴玄静又是心疼又是欣慰，收拾起李弥和崔淼换下来的脏衣服，出了院门。

晨曦下的昌涧河像一条墨绿色的绸带，泛着粼粼的微光。裴玄静步履匆匆，赶着把衣服洗了，还得回家给那两位准备早饭。她只顾埋头疾走，差点儿撞上一个人。裴玄静赶紧道歉，对方头戴斗笠，看不清面貌，含糊地"嗯"了一声，两人便错身而过了。

裴玄静在河边洗起衣服来。血迹不容易洗，她正卖力搓着，不经意看见自己的裙子上也有几块红色。这又是什么时候沾上的？裴玄静狐疑起来，就算昨天碰着崔淼的血，现在也不该是这种新鲜的色泽……

突然，裴玄静手中的衣服和木盆统统掉进水中。

她转身朝河岸上方狂奔而去，一边跑一边喊："崔郎！自虚！小心啊！"

旷野之上，她拼尽全力叫出来的声音多么微弱，被山风一吹便飘散得再无影踪。

第五章
镜中人

1

狂奔到院门前时，裴玄静的心又略安下来。院门虚掩，正如她离开时那样，院中一切如常。但是，为什么她的呼喊没有回应？

下一刻她便闻到了一股奇怪的香气，浓而凝滞，很像烧过了头的熏香，还带着可疑的甜腻味道。裴玄静大骇，她记得曾经在哪里闻到过同样的香味——

贾昌的死亡现场！

她又大喊起来："崔郎！自虚！"仍然没有任何回音。

裴玄静扑向茅屋。房门开着，味道果然是从屋内散出的。这肯定和贾昌死时是同一种气味，但比记忆中的更加强烈。她才吸进去几口，就觉得头晕目眩，几乎要窒息了。草席上空空如也，李弥不见了。

"自虚……崔郎！"裴玄静又转身奔出去。

隔壁的伙房门是坏的，平常根本关不严。她用力一推，居然没有推开。裴玄静这才发现，有人用一根铜丝把门闩缠住。也就等于将伙房门从外面反锁了。

即便如此，也还是能闻到从里面源源不断喷出的怪香。香味的源头正在伙房之中！

裴玄静强忍恶心，从门缝朝里看去，却见崔淼头朝外俯卧在地上，一只手向门口的方向伸着，似乎还在挣扎着往外爬，终因体力不支倒下了。

"崔郎！"裴玄静拼命拍门喊叫，崔淼动都不动。

她的心被恐惧攥得死死的，那股可怕的味道仍然源源不断地冲入鼻腔，使她的头脑愈来愈浑浊，身体越发无力，随时都像要软瘫下去——不行！

裴玄静勉强振作自已，徒手去掰那根铜丝，也不知是铜丝本身就缠得不够牢固，还是她拼尽全力的缘故，居然一下掰开了。裴玄静的手指也被割破了，鲜血涌出来，痛感顿时使昏沉的头脑清醒不少。她撞开伙房的门，直冲进去。

昏暗的光线下，只见崔淼双目紧闭，嘴角溢出白沫，面孔已呈青灰的死色。裴玄静抱起他的身子便往伙房外拖。

将崔淼拖至院中，裴玄静才敢大口吸入新鲜空气。她伸出颤抖的手探了探，谢天谢地，崔淼一息尚存。也不知该怎么弄醒他，她一眼瞥见院中树桩上的一个破瓦罐，里面恰好盛着前几天的雨水和露水，甚是清冽，她便往崔淼的嘴里连灌数口，其余的统统浇在他的脸上。

崔淼的喉咙中发出"咕噜噜"的声音，又接连呕出好几口黄黄的胆汁，终于，把眼睛睁开了。

"崔郎！你还活着……"裴玄静惊喜地叫起来。

"静娘，"他用微弱的声音说，"自虚，自虚……"

裴玄静"腾"地直起身来，光顾着救崔淼了——李弥呢？

崔淼又竭尽全力说出两个字："后……面……"

裴玄静将他的头放稳在地上，直奔茅屋后面。似火的朝阳已经升起，细草像绒毛一样盖在地面上，反射着金光，斑斑驳驳的血迹看得十分清晰。她看见了！

茅屋后面的地上横躺着两个人，全都无声无息，难怪先前裴玄静根本没察觉。李弥是仰面朝天的姿势，旁边之人则合扑着，看不到面孔，斗笠甩在不远处的树下。

裴玄静尖叫着向李弥扑过去："自虚！"

苍白如纸的面孔好像让她又见到了李贺的遗容。上苍不会如此残忍，非要她再亲历一遍同样的死亡吗？裴玄静的泪水狂涌而出。她抱起李弥的身子拼命摇晃，声嘶力竭地呼喊："自虚，你醒醒啊！"像要把失去的一切都喊回来。

"哥哥……"

是李弥的声音，他还活着！

裴玄静稍微镇静下来，检查李弥的状况，发现他处于昏迷之中，呼吸紊乱，身上并无明显的伤口。虽然他的衣服上沾了大块的血迹，但毫无疑问，这些血来自趴在他身边的那个人。

裴玄静洗衣服时发现自己沾到的血，也应该是同一个人的。就是此人，在黎明时分穿过田野，像地狱派出的无常般潜入她的家中，带来死亡的气味。

李弥身上唯一可辨的伤痕是脖颈中央的青紫，两个清晰可辨的大拇指印，显示对方用了必置人于死地的力气。然而李弥并没有死，他一定是在最后关头反击成功。结果——死的是对方。

裴玄静把旁边的人翻过来，匕首在他胸口插入太深了，几乎连刀柄都没在了身体里面。没有必要试鼻息了，不会有人在这种情况下还能活着，他的心脏一定让这把天下最凌厉的短刀刺穿了——聂隐娘曾经如此评价过长吉的匕首。

裴玄静咬牙将匕首拔出来。现在该看一看凶徒的真面目了。

其实她对此人的身份已有了充分的心理准备，不想一见之下还是大惊失色。

这张脸竟然以鼻子为中线，涂抹了整整半边的鲜血！

血还热乎乎地粘手，而他的右手亦被血染得通红，一碰便有血水滴下。

此人居然在临死之前，拼着最后一口气用自己的血，涂花了自己的半张脸。

这又是为了什么？

他既已是亡命之徒，为什么还要在死亡前的最后一刻，用如此凄惨而恐怖的方式改变形象？

血腥味一阵阵地扑过来，加上刚才吸入的有毒香味，惊慌和恐惧一起在裴玄静的腹腔内翻滚。

她伏在地上干呕起来。恍惚之间，似乎听到什么人在说话："不论真相多么丑陋残酷多么让人受不了，你从不逃避，所以你在我的眼中是不凡的女子——静娘！"

裴玄静抬起头来，见到崔淼扶墙而立。

他费了多大的劲才挪过来的？身上的衣衫从内到外都湿透了。他的伤口是不是又挣破了？但裴玄静没有问，这一刻她失去了全身的力气，只是愣愣地望着他——这个自己永远看不透又舍不掉的人。

难道，这就是他所谓的真相吗？

崔淼着急地问她："静娘你怎么了？自虚没事吧？"

"哥……"昏迷中的李弥发出呓语般的呼唤。

崔淼一瘸一拐地走过来。李弥伸手在空中乱舞，一下抓住了他，继续呼喊："哥……哥！"崔淼犹豫了一下，握着李弥的手回答："自虚，我在这里。"

李弥立即安静下来。

崔淼又问裴玄静："你怎么了？为什么这样看我？自虚没有受伤吧？"

裴玄静回过神来，"应该没有。他的脖子上有瘀青，你看要紧吗？"

"这是被人掐的，不过他现在的昏迷，主要还是吸入毒香的缘故。"崔淼说，"他死了吗？"这个"他"指的是俯卧地上之人。裴玄静仍让他保持面朝下的姿势，所以崔淼看不见这人的脸。

"他死了。"裴玄静举起匕首,"自虚用这把刀子扎死了他。"

"该死!"崔淼恨道,"他趁我睡得正熟,潜入伙房在灶上点起毒香,待我醒来时已经完全动弹不得了。只能眼睁睁看他在外将门绑死。他是成心要看我死在里面!还好自虚在隔壁发现了动静,与他打斗到屋后去了。我也失去了知觉。"

裴玄静直视着崔淼,问:"崔郎,你认识这个人吗?"

崔淼未及说话,李弥又叫了声"哥哥",突然把眼睛睁开了。

两人顾不上别的了,都冲着李弥叫:"自虚,你怎样了?"

李弥迷迷糊糊地盯着崔淼看了一会儿,绽开纯真的笑容:"哥哥,你总算回来了,我等了你好久。"

崔淼只得含糊应道:"是,自虚,你还好吗?"看来李弥的神志还没完全清醒,把崔淼当作哥哥长吉了。不过他能醒过来就说明问题不大,裴玄静长出了一口气。

"我很好,哥,这回你就别再走了……"李弥把头往崔淼的臂弯里面一靠,心满意足地合上了眼睛。

崔淼对裴玄静说:"先把他弄回屋吧。我想想怎么帮他解毒。"

两人合力把李弥扶到屋中榻上。怪香已经淡了不少,崔淼解释,刚才他是先把灶上的香火扑灭了,才到屋后去找裴玄静他们的。门窗大敞,再加茅屋本来就四面漏风,不一会儿香味就散尽了。

李弥始终半昏半醒的样子,叫几声哥哥又闭上眼睛,就是右手死死拽着崔淼,不肯放他离开。

见此情景,裴玄静便道:"崔郎方才也中毒不浅,且歇一歇吧。"

崔淼点点头,在李弥身边躺下。

裴玄静端来清水,先给李弥喂了几口,然后崔淼也喝了半碗。两人死灰般的脸终于恢复了点亮色。但经这么一通折腾,负伤外加中毒,崔淼也实在撑不住了,合拢双目养神。裴玄静便悄悄退了出来。

她又来到屋后。

鲜血基本都凝结了,在日照下渐渐弥散出一股腥臭的味道。裴玄静又将地上的尸体翻过来，让那张半边血红的脸暴露在天光之下。干透了的血好像在他脸上盖了半个面具。裴玄静很容易地揭开了他的络腮胡须，下巴上的疤痕清晰地出现在她的眼前。

没错，就是他：疤脸人—络腮胡子—尹少卿—金缕瓶。

除了胸口致命的刀伤之外，尹少卿背上和腿上还有两处包扎过的伤口，猜想就是与聂隐娘争斗中所受的伤。他被聂隐娘重伤后，很可能没有跑远，而是躲藏在附近的某个地方。今天早上又潜回昌谷，但仍处于垂危的状态，所以在与裴玄静狭路相逢之时，都不敢暴露真实面目，可见他虚弱得对裴玄静这么个弱女子都怕了。

他为什么非要赶来昌谷杀人？

裴玄静愣愣地盯着尹少卿的脸——用血染红的半张脸。这一定也是有缘故的。当尹少卿被刺中要害剩下最后一口气时，掩盖身份对他还有什么意义呢？

这应该是尹少卿试图留下的最后信息。那么这个遗言，他是打算留给谁的？

绝不会是崔淼。尹少卿返回昌谷的目的就是要杀死他！所以便只有裴玄静了。

"静娘……"崔淼的叫声从茅屋里传过来。

裴玄静答应一声："来了！"她把尹少卿的尸体往院墙下靠了靠，将假胡子重新粘上，再用斗笠盖住他的脸，才匆匆转回前院，并用井水仔细地洗去了手上的血迹。

崔淼坐起来问："你去哪儿了？"

"我去把匕首捡回来。"裴玄静见李弥仍像先前那样紧闭双目，嘴里嘟嘟囔囔地说着胡话，便问，"自虚怎么还没醒？"

崔淼皱眉道："我也觉得奇怪。按说这种毒香只要不再吸入，隔一段时间就会恢复神志，何况他中毒的程度比我轻多了。像这样半醒不醒的状况，我还从没见过。暂时也不敢给他乱用药，先灌些清水再看情形吧。"说着用左手举起瓷碗，给李弥送了两口水下去，他的右手仍然被李弥牢牢地握着。

裴玄静心酸地说："他还真把你当长吉了，一刻也不肯放开。"

崔淼没有吭声。

裴玄静说："我去做饭吧，总不能饿着你们。"她在内心深处已经了然，那令自己无限陶醉的家常感觉，总共持续不到十二个时辰，就将永远地逝去了。

崔淼叮嘱道："记得先洒上水，把最上面的一层灰铲掉，然后再添新火，就不会有毒烟残留了。"

裴玄静并不起身。

"静娘？还有什么事吗？"她听出他话语中隐约的怯意，太罕见了。

裴玄静问："崔郎对这种毒香很熟悉吗？此前也碰到过吗？"

"所谓毒香，无非是在香料中掺杂了致人迷幻乃至窒息昏厥的药物粉末。这类药粉大多产自西域诸国，我以前行医时了解过一些。"

"你自己碰到过吗？"裴玄静不依不饶地追问。

崔淼把心一横，扭头道："当然没有。"

"可我却记得遇到过一次相似的——就在我们初遇的那天夜晚。"

"你是指贾昌老丈的屋子里？"

"对，那间屋子里也有一股怪香，比今天这种香味要淡，我想可能是消散掉一部分的原因，也可能原先放的剂量就没这么大。"

"但是贾昌老丈死了。"

裴玄静说："贾老丈毕竟是年近百岁的老人家了，再轻的剂量只怕也承担不起，所以才会在毒香引起的幻觉中猝亡。"

崔淼冷冰冰地评价道："有道理。"仿佛置身事外。

裴玄静不放过他，接着又问："崔郎中，那夜你也在场，你是怎么认为的？"

"我说过了，毒香的主要成分是来自西域的致幻药草，万变不离其宗，所以你硬要说是同一种，我也不能反驳你。"

"致幻？"裴玄静苦涩地说，"难怪那夜我把你当成了长吉……今天，自虚又把你当成了哥哥……"

"静娘！"崔淼厉声打断她。裴玄静清楚地看见他眼中泄露的痛楚，下一刻又被掩饰得干干净净，了无痕迹。她情不自禁地想，也许这一切真的都是幻觉，是从春明门外的那夜开始就连绵至今的一场大梦。

崔淼回复了平和的语气："我在伙房看见有新鲜的百合果，正适合解毒的，请静娘去煮点儿百合果水来，可以给自虚喝了试试。"

"好。"裴玄静去了伙房。

百合果水给李弥灌下去，也没见什么动静。谁都没有胃口，所以裴玄静新煮的粥几乎原封不动地剩在锅里。

似乎再没什么可说可做的，他们便各自沉默着。日上三竿，外面的世界早已热闹起来，这个家却寂然深锁在幽谷之中。

崔淼突然叫起来："自虚！自虚！"

裴玄静从神思恍惚中猛醒过来，扑到榻前问："自虚怎么了？"

"不知道，怎么就发起高烧来了？"崔淼也很紧张，"我从没见过这种情况，难道是毒物侵入五脏？那可就太糟了，会危及性命的啊！"

裴玄静惊呆了。

2

裴度在遇刺重伤的一个月后，重新走进了大明宫。

按照御医的说法，他还应该再休养一段时间，但是帝国新任的宰相早就躺不住了。野心和责任感都能激发出人的潜能，在政治领域中，这两者又常常难分彼此。

大明宫就是最好的见证。百年沧桑，大明宫目睹了无数才智的挥洒、欲望的张扬，也见识了太多梦想的破灭、道德的沦丧。然而不管得意、失落甚至毁灭，旧人刚刚离去，新人就急着登场了。

　　元和十年的七月初一日，当裴度站在大明宫门前，倾听晨钟一如既往地奏出肃穆祥和的曲调时，他的眼睛禁不住湿润了。眼前的重重宫阙依旧金碧辉煌。从表面上看，百年的橡木似乎能够不朽，就像钟声中所蕴含的贤明、安定、宽宏和富足，那便是从太宗皇帝开始建立的伟大基业，传承至今，仍然是全天下最值得为之肝脑涂地的事业，也是裴度此生唯一的事业。

　　天子特意下诏，因为裴度刚刚痊愈，免去紫宸殿常朝，允其直入延英殿召对。

　　时隔月余，君臣再见都很激动。皇帝说宰相瘦了不少，而宰相嘴里赞叹着皇帝英睿更胜以往，目光却离不开皇帝鬓边新添的白发——还不到四十岁的天子衰老得太快了。为了大唐中兴，他的的确确是在呕心沥血。

　　心惊之余是不忍，不忍之后是激昂。裴度本来准备了满肚子的话要对皇帝说，这时却一个字也说不出来了——没有语言能够表达他此时此刻的心情。

　　皇帝倒是喜上眉梢地讲开了。

　　他说："宰相回来得正是时候，朕这几日真是否极泰来，数喜临门啊。"

　　皇帝说的这些喜事包括：挫败东都暴动的阴谋，贼人悉数落网；平卢派出的杀手服诛，武元衡宰相的血海深仇终于得报；当然，最最让皇帝开心的还是裴度宰相的回朝。

　　皇帝说："阴霾散尽，朕决心继续削藩。不令天下诸藩彻底臣服，朕誓不退兵！裴爱卿，你会支持朕的，对吗？"

　　"臣定当肝脑涂地，死而后已。"

　　皇帝欣慰地点头，又叹息道："朕与武爱卿曾订过一个凌烟阁之约——待天下藩镇悉数归顺朝廷之时，朕便携手诸卿同上凌烟阁欢庆！可惜他看不到那一天了……所以今日，朕欲与裴爱卿续订此约，爱卿意下如何？"

"臣荣幸之至。"

皇帝遂把话题引向具体策略："淮西之战打得艰难，河阴仓内囤积的军饷粮草付之一炬，朕虽痛彻肺腑，但绝不因此退缩。而今复战……还需设法为前线筹集钱粮。"

"这……"裴度不由得皱起眉头，李纯登基十年，就打了差不多十年的仗。早已羸弱的大唐国力为支撑旷日持久的战争，确实已经到了油尽灯枯的境地。这次河阴仓的损失巨大，空虚的国库不可能再划拨出任何多余的钱粮。想要筹集的话，无非就是增加苛捐杂税，令早已困苦的民生陷入更加不堪的境地。这也是朝中反战派最有力的理由。

裴度绝对支持天子削藩，但是继续增加百姓的负担却使他深感不安。

"请陛下允许臣好好想一想。"裴度说，"臣一定找个两全其美的法子出来。"对根本没有把握的事情做出许诺，裴度确实豁出去了。但凡有一点儿私心的臣子，就不可能说出这样的话。

皇帝目光炯炯地看着自己的这位爱相，自己所需要的不就是这样的臣子吗？光明磊落、忠诚浩荡，无条件地将自身的荣辱和帝国的兴衰绑在一起，与大唐同进退共生死。作为一个君主，自己还能要求什么呢？

他对裴度微笑道："爱卿不必为难，朕已经想好了，就用宫中私库的钱粮先充了淮西军饷吧。"

"陛下！"裴度惊得不知该如何回答。

皇帝摆了摆手："皇帝以天下为宅，以四海为家，故禁中称朕为宅家。既然是宅家，朕的钱粮也就是天下的钱粮，当用则用。宰相替朕妥为安排即可。"

"臣遵旨。"裴度居然省去了在这种场合必然登场的歌功颂德，他本能地觉得，那些话反而会成为亵渎。

皇帝的脸上依旧挂着淡淡的微笑："昨夜朕做此决定的时候，回想起贞元年间，德宗皇帝用尽手段敛财，充实私库，着实遭到天下臣民的诟病。但实际上，这些钱并没有多少用在皇家，储蓄至今终有善果。可惜……人们往往只记住腹诽和责难，却忘记了无奈与艰辛。朕念及此，不胜酸楚。"

裴度毫不犹豫地回答："陛下以天下为家，自然最懂什么是值得的。而为臣子者，虽不才，也敢以死效命。"

君臣四目相对，他们都懂这一刻的毫无保留有多么难得。在今后必将到来的猜疑、非难甚至背叛面前，唯有此刻的记忆将成为彼此的救赎。

继武元衡之后，皇帝李纯终于找到了另一座君臣相得的高峰。

裴度在延英殿中一直待到日落，皇帝还未谈得尽兴，但君臣二人的衣服都被汗水湿透了，皇帝才不得不放走了裴度。

亢奋过去，虚弱感便加倍袭来。延英殿前日影长斜，像一道金灿灿的伤口。皇帝呆呆地盯着看了很久。他悲哀地认识到，不论怎么努力，怎样付出，心中的空洞只会日复一日年复一年地扩大，哪怕用整整一个帝国也填补不了。

"……大家。"

"嗯，你来了。"这种时候皇帝不愿意见任何人——除了他，因为他是唯一不会给皇帝增加压力的人。

吐突承璀一副风尘仆仆的样子，应是刚刚从洛阳赶回，就直接进宫了。皇帝上下打量他一番，戏谑道："你也不先回府换身衣服，就急着来邀功？"

"奴是惦记大家啊。"吐突承璀辩白，"况且奴也没什么功可邀。"

李纯笑了笑："此次洛阳剿匪大获全胜。你是朕的特使，当然居功至伟。"

"可是……人家权留守好像不这么看。"

"他敢！"

吐突承璀低头不语。

"你和权德舆的奏表朕都读过了，出入不大。"李纯说，"既然当时你人在洛阳，功劳就逃不了你的。这也算是意外的收获吧。"

吐突承璀愤愤不平地说："大家，这次权德舆的行动如有神助，奴实在想不通他是怎么办到的。据他自己说是得到了贼人内部的线报，可问他线人的身份，又死活不肯透露分毫。"

"难得能有一个鼓舞人心的捷报，"李纯微合起双目，"其他的就不要追究了。"

"是。"吐突承璀懂得李纯的心情。洛阳的胜利是皇帝期盼了太长时间的，比久旱逢甘霖还要珍贵，所以即使胜利来自郭派的权德舆，皇帝也得欣然接受，并隆重嘉奖。郭贵妃一族的气焰由此更甚，亦是无可奈何的事情。值得庆幸的是，吐突承璀阴差阳错地参与其中，算是给皇帝挽回了一点面子。不管怎么说，天下人只知道洛阳剿匪之时，东都留守和皇帝特使均在当地指挥，至于内情究竟为何，又有谁真的感兴趣呢。

现在，吐突承璀该谈一谈自己的真实任务了——不能在奏报中提及的部分。

他迟疑着开口："大家，奴总有点怀疑，裴……她是不是和权德舆暗中勾结？"

李纯连眼睛都没睁开："裴什么，你说说清楚。"

"裴大娘子。"

"她？和权德舆？"李纯把眼睛睁开了，哂笑道："你啊你，朕允许你这样胡思乱想了吗？不着边际！"

"那权留守为什么要处处维护她？还把她给偷偷放跑了？"

"应当是不想与裴度结怨吧，再说了，你本来就不该关押人家。"李纯嗔怪道，"我是让你去监控她的行动，又不是让你去逮人的！"

"奴明白。可是这位裴娘子像条蛇一样滑，看起来挺柔弱，一不小心就不知跑哪儿去了。奴还真没对付过这号人物……况且有大家的吩咐，又不能对她来硬的。"

皇帝连连摇头："罢了罢了，看来朕是不能再用你了。"

"大家！"吐突承璀急得脸通红。

皇帝确实有些强人所难，吐突承璀和裴玄静在河阴仓大火中撞上，颇有冤家路窄的意思，按着吐突承璀的脾气，就想简单粗暴地把她关押起来，狠狠折磨她一顿，哪怕泄泄愤也好。当然还有借机公报私仇，为难裴度的意思。万万没想到，裴玄静居然从他的眼皮底下溜了！

吐突承璀认定是权德舆捣鬼，又拿不出证据来，况且在人家的地盘上，只能干瞪眼。之后权德舆抓获藩镇刺客立下大功，吐突承璀就更不便追究了。皇帝的诏书紧跟而至，要他即刻返京汇报洛阳案情，吐突承璀只得再赶往长安。直到此刻站在延英殿上，吐突承璀还是一头雾水，觉得自己就像只没头苍蝇似的到处乱撞，始终不得要领。

其实吐突承璀一直在暗暗猜测，皇帝对裴玄静的兴趣是否来自武元衡。但皇帝自己不挑明此中奥秘的话，吐突承璀是断断不敢贸然发问的。和皇帝打了这么多年交道，吐突承璀比任何人都更清楚哪些问题是可以问的，哪些甚至连想一想都不应该。

他只能眼巴巴地等着皇帝下指示。

李纯终于说话了："你再去盯住裴玄静。"

"啊……"吐突承璀满嘴发苦，鼓足勇气问，"奴请大家示下，到底要奴看着裴玄静的什么。要不然，奴实在是无的放矢啊。"

皇帝沉吟良久，道："朕想知道，武元衡让她去做什么。"

吐突承璀说："要不奴干脆去把裴大娘子逮回来？不怕她不说实话。"

"你想得太简单了。"

吐突承璀迟疑地问："大家是不是顾忌到裴相公……"

皇帝冷笑一声："朕是说你把裴玄静想得太简单了。"又疲惫地摆了摆手，"去吧，去盯着她就是了。"

吐突承璀退出殿外，如同行走在五里雾中一般。

3

就在尹少卿死于裴玄静后院的那天，正午时分，一队来自洛阳的金吾卫人马喧阗，冲破了昌谷那世外桃源般的安宁。他们是奉东都留守之命来追捕逃犯的。

权德舆一直在追踪漏网的尹少卿，发现他潜来昌谷的踪迹后，担忧裴玄静的安危，便派重兵追赶而至。把尹少卿的尸体搬上马背后，领头的将领为难地对裴玄静说："此人乃朝廷钦犯，如今死在娘子的院中，恐怕还得请娘子去东都走一趟。"

崔淼上前道："人是我杀的，我跟你们去东都过堂吧。"

"这……恐怕不行吧……"将领显得更为难了。

裴玄静轻轻一拽崔淼的衣襟："崔郎不能走。你走了，自虚怎么办？"一个上午过去，李弥的病情急转直下，烧得越来越厉害，完全人事不知了。

崔淼说："若想给自虚解毒，就必须去洛阳找药材。再待在昌谷只怕耽误了。所以我的意思是，你们也一起去洛阳。"

裴玄静愣住了。真是太不可思议了，事到如今她仍然必须相信他依靠他，似乎在这个世上除了他，她已别无选择——究竟是怎么走到这一步的？

"行吗，静娘？"崔淼温柔得让她心痛，"等自虚好了，我再送你们回来。"

裴玄静缓缓地点了点头。

一行人是在当天夜里到达洛阳的。和长安一样，东都洛阳也实行宵禁制度，但维护城市治安的金吾卫可以通行无阻。洛阳城中水系交织，街道无法像长安城那么横平竖直，却别具一种江南水乡般的旖旎风情。马蹄在寂静的街道上嘚嘚踏过，夹杂着低回的水声，显得比长安的夜晚更加幽深。

马车七拐八弯地走了好久，但是不管进入哪个街坊，只要朝车窗外一望，便能看见城郭北方那座朦胧起伏的山脉，山头上悬着一轮孤月。

许久不发一语的崔淼在裴玄静的耳旁说："那就是北邙山。"昏迷的李弥就躺在他们俩对面，仍然死死攥着崔淼的右手。

"帝非帝，王非王，千乘万骑上北邙。"崔淼低低地吟了一句，"静娘，你有没有听过这句话，'生于苏杭，死葬北邙'？"

裴玄静摇了摇头。

"邙，亡人之乡也。北邙山上无卧牛之地，只有累累看不到头的墓冢。很久以前，当我第一次来到北邙山下，就曾想将来我死的时候，不知有没有人送我上邙山。"

裴玄静垂下眼睑，感到一些不忍。崔淼说起话来一向真假莫辨，可是每当他试图袒露胸襟之时，裴玄静就会体验到一种强烈的悲凉。仿佛在这个变幻多端又魅力十足的身体里，还住着另外一个无比孤独的灵魂。她至今仍在犹豫，要不要去深入这个灵魂。

裴玄静拿起覆在李弥额头上的湿手巾，换了一个面重新搭上去。换过来的那面已经热得烫手了。裴玄静心中的忧虑又添了一分。

"静娘，我想来想去，自虚现在的情况不应该是中毒引起的。"

"怎么说？"

崔淼沉吟道："毒香是点在伙房灶上的，所以中毒最深的是我，自虚只是被波及，当时还有力气追杀尹少卿，可见他中的毒并不厉害。"

"那他为什么醒不过来呢？"

"除非……他自己不想醒来。"

"他自己不想醒来？"这种说法令裴玄静十分意外，"为什么？"

"因为幻觉。"崔淼长长地吁了口气，"静娘，这种毒香的效应是分两个层次的。在一定的剂量之内，不会致死但会产生强烈的幻觉。中毒者会见到内心深处最渴望的人或者事，从而进入如痴如醉的状态。我猜想，自虚一定是在幻觉中见到了死去的哥哥。"

"没错，他还把你当作了长吉。"

"是的。他知道哥哥死了，但当他发现在幻觉中能够和哥哥重逢时，便情愿沉溺其中。他不肯放开我的手，是为了让幻觉更具有真实感。其实毒香的效力早就没有了，但是自虚的执念太深，所以才会无缘无故地发烧昏迷，就为了能够让自己继续陷在幻觉之中，不要醒来。你也知道，自虚在心智上其实还是个儿童，所以会做出这种只有儿童才有的行为。"

崔淼的话是有道理的，裴玄静问："那该怎么办呢？怎样才能让自虚醒来？"

"静娘，你让我想想，好好想想。"崔淼看起来疲倦极了。

金吾卫队将他们直接送入了东都留守府中的一所独立小院。这次的待遇相比在河阴县时有了天壤之别，小院环境清幽，庭院中翠竹若许，藤萝攀绕。三开间的正房，一应家什齐全，布置得温馨典雅，还有仆人殷勤侍奉。与昌谷的破茅屋相比，这里倒更像一个真正的家。

仆人传话，权留守请诸位先休息，有什么话明天再说也不迟。

崔淼却道："还请向留守大人通报一声，崔某有要事相告，等不到明天。"

因为崔淼的表情太严肃，仆人勉强应了一声，退出去。

迎着裴玄静困惑而忧虑的目光，崔淼淡淡一笑："静娘，我和这位东都留守打过一次交道后，发现他有一个最大的好处——他不像一个官僚，更像一个商人。你可知有何道理？"

"商人可以谈条件。"

"对。什么都可以买卖，只要你敢出价。"

"崔郎这次想和权留守谈什么买卖？"

"我会要他连夜去找致幻草药。"

"致幻草药？"

"对。据我所知，在洛阳的胡人药铺中就有相应的药材。只要权留守派出金吾卫，拿着我开的方子去索买，谅也不成问题。"

"买来之后呢？"

崔淼慢吞吞地说："为自虚再点一次毒香。"

"再点一次？"

"他不是想进入幻觉吗？"

"我不明白。"

"别问了，都交给我吧，静娘。"崔淼说，"就信我这一次。"

裴玄静沉思片刻，又问："你打算用什么条件去和权留守交换？"

"还没想好……见机行事吧。"

"就用'真兰亭现'的谜题吧。"

"这怎么可以！"

"自虚这样下去会有性命之虞。"裴玄静坚决地说，"我想，现在除了'真兰亭现'之谜，再没有更能吊权德舆胃口的了。反正先救自虚要紧，其他的以后再说。"

崔淼蹙起眉头端详裴玄静，重重地点了点头。

权德舆果然召崔淼去前堂问话了。裴玄静留在屋中，一边照顾李弥一边等待。天气尚有些闷热，她将屋门敞开，夜风吹得烛火摇曳不住，她总担心蜡烛会突然熄灭，它却流着泪坚持了下来。直到更漏连响两下，裴玄静才听见那声——"静娘，我回来了。"

崔淼告诉裴玄静，他和权留守都谈妥了。权德舆已经派出金吾卫去胡人药商处按方抓药，估计不要半个时辰即能返回。

听完他兴致勃勃的一番叙述，裴玄静问："他对'真兰亭现'的兴趣大吗？"

"看不出来，他说帮我们出于善意。今后要不要把谜底告诉他，任凭我们定夺。"

"老狐狸。"

不到半个时辰，仆人就把所需的药材送来了。崔淼还要了杵臼、锤和瓷钵等工具。东西一齐，他便挽起袖子开工，麻利地把药草切碎再碾磨成粉末状。裴玄静插不上手，只好在一旁看着。崔淼在工作时的熟练和自信深深地打动了她。他的神秘更加强烈地吸引她，也更加使她害怕了。

终于都准备好了。崔淼说："静娘，现在请你出去等吧。"见裴玄静迟疑，他疲倦地笑了笑，"你不会也想再中一次毒吧？"

裴玄静盯着他："你呢？你怎么办？"

崔淼从仆人送来的那堆东西里挑出一颗小小的黑色药丸，举起来给她看："这种鸡舌香丸虽普通，含在嘴里也能顶上一小阵子，以保神志清醒。当然，时间久了肯定不行，我会速战速决的。"

裴玄静说："也给我一颗。"

"不，你就在屋外等着。一炷香燃尽时，如果我还没有动静，你就开门通风，再把我们弄出去。"崔淼说，"静娘，你的作用才是最重要的。中毒过量必死无疑，我和自虚的命都在你手里了。"

房门关得严严实实。裴玄静站在院子里，全身冰凉地盯着窗上晃动的影子。

点在廊上的香还剩下近一半，裴玄静突然听到屋中传来几声巨响，紧接着便是崔淼的嘶声大喊："静娘，快来啊！"

裴玄静用力打开房门。

浓郁的怪香直冲上脑门，她这才想起攥在手心的鸡舌香丸，忙以袖遮面，把已经捏得发软的药丸含入口中，同时将房门开到最大。

屋里像遭了强盗洗劫似的，屏风歪倒，架几移位，悬在榻上的帐幔扯下来大半幅，只有竖立在屋角的黄铜烛台纹丝未动，香烛刚刚熄灭，青烟正在迅速散开。烛台下面的地上，崔淼倚墙而坐，李弥扑在他的怀中，号啕大哭。

裴玄静怎么也没想到会是这番情景，惊问："你们这是怎么了？崔郎，自虚他……"

崔淼有气无力地回答："我们没事……自虚醒了，让他痛快哭一场也好。"裴玄静诧异地发现，他的脸上似乎也有泪痕。

李弥的哭声更响了，嘴里还在不停嘟囔："哥哥，你不要走……"

"他不是醒了吗？怎么还这样？"

崔淼拍了拍李弥的肩膀，哄孩子似的说："自虚，你不是都明白了吗？长吉哥哥死了，你看到的其实是我，是幻觉……所以你不可能替他的……懂了吗？"

李弥"呜呜"地哭得更伤心了。

崔淼这才向裴玄静解释："我们原以为他使自己发烧昏迷，是为了在幻觉中重新见到死去的哥哥，其实我们都猜错了。咳！原来这傻孩子是想自己死，把剩下的阳寿转给长吉，让哥哥活下去。"

裴玄静又惊又痛地问："他怎么会有这种傻念头？"

"大概是在长吉病重的时候，曾有人随口这么一说，却被自虚记住了，便信以为真。长吉之死，我想他刚开始也是懵懵懂懂的，直到你为长吉收殓，停灵到寺庙中之后，他才意识到哥哥真的死了，从此再也见不到哥哥了，但为时已晚。直到那次中毒后产生了幻觉，他把我当成了长吉，以为长吉又活过来了。结果……"说到这里，崔淼的眼圈发红，平静了一下才继续道，"结果他便要使自己生病，最好立即病死，把剩下的寿命转给哥哥，他以为只要这样做了，长吉就能活过来。他一直拉着我的手不肯松开，也是他想当然地觉得，通过这种方式就能把寿命转给我。"

天底下竟有这样荒唐的事吗？

但是裴玄静不能用"愚蠢"二字来评价李弥。或者说，她认为自己不配评价他。她所能做的，只是伸出手轻抚李弥瘦削的脊背，劝慰他："自虚，别哭了。你这样子，哥哥在九泉之下也会难过的。"

她的安慰很有效，李弥的抽泣声慢慢低落下去。

裴玄静轻声问崔淼："你是如何让他明白过来的呢？"

"很简单——再现幻觉。我在他的幻觉里是长吉的替身，便由我在他的幻觉中亲口告诉他真相，让他幡然醒转，打消傻念头。除此之外，没有别的办法。"

"你怎么说的？"

崔淼没有直接回答裴玄静，而是握住李弥的肩膀，一本正经地说："我说自虚啊，你的长吉哥哥已经死啦，现在就算你要把命给我，延长的也是你这个不争气的三水哥哥的寿。我虽然很感谢你，可真的不想活得太长，所以还是算了吧。"

裴玄静含泪笑出来："三水哥哥，你这算字还是号？"

"尊称。而且是自虚专用，好不好？"

李弥亦破涕为笑。

崔淼正色对裴玄静说："我告诉你啊，除了自虚谁也不准那么叫，尤其是你！"

出屋时毒香早已散尽。裴玄静默默地向月祈祷，但愿永远不要有再点燃此香的那一天。

4

檐下的竹马和着更漏声，响了整个夜晚。夏末秋初的清晨，空气格外清冽，草木香虽然幽淡，却能醒人肺腑。裴玄静起身步出东阁。青苔沾满露水，走下台阶时，湿意便轻轻拂上裙裾，她感到了许久不曾有的闲情。

"静娘。"

果如她所料，崔淼也早早地站在了庭院中。经过一夜的休息，他的气色好了很多，因只穿了件白色中衣，褐色的圆领长袍披在肩上，若再除簪散发，便是一派天然的落拓风姿，浑如魏晋名士再临。

裴玄静不禁冲着他莞尔，此人倒不辱没了"真兰亭现"这个谜——看来不解开这个谜，是不可能让他罢休的。

崔淼还了她一笑，问："你笑什么？"

裴玄静反问："自虚怎么样了？"昨夜崔淼和李弥同榻而眠，睡在西厢。

"他很好，还在熟睡。"

裴玄静欣慰地点头，方道："昨夜我决定了一件事。崔郎，我想我们一起去会稽，把'真兰亭现'的谜题彻底解开吧。"

"当真？"崔淼不敢相信地问，"能告诉我你突然改变主意的原因吗？"

裴玄静答非所问："尹少卿的尸首运来洛阳了？"

"金吾卫一起带回来的，静娘不是都看见了。"

"崔郎有所不知，我在他的尸体上做了手脚。"裴玄静淡淡地说，"他死前用血抹红了半张脸，我……都替他擦干净了。"

崔淼等着裴玄静说下去。他在她的目光中，看到了一种久违的智慧和自信。在裴度遇刺后独自应对时，在地下水渠中找寻出路时，在奔赴昌谷的途中一再遇阻时，在灵空寺里破解离合诗时……他都曾见到过这种独一无二的眼神——"女神探"的眼神。

裴玄静开始说了，却是从武元衡的离合诗讲起的。

"崔郎应该记得'真兰亭现'中的典故，我们还有几则没来得及讨论，其中一联'仃伶金楼子，江陵只一人'。从字面上分析并不难，这一联讲的正是梁元帝萧绎的往事。崔郎，你在昌谷时也曾对我提起过这个人，记得吗？"

"记得。就是他一把火焚毁了古今图书十四万卷，还有梁朝积蓄的所有'二王'真迹一万五千纸，称得上千古罪人了。"

裴玄静道："梁元帝萧绎史称'才子皇帝'，自小博览群书，学问非常高。他还曾亲自动手搜集材料，历时数十年撰写了一部子书——《金楼子》。江陵城破时，萧绎亲手烧毁了包括《金楼子》在内的全部藏书，自己也被俘杀害。所以现在世上已经找不到《金楼子》这本书了。"裴玄静做出结论，"我以为这句'仃伶金楼子'，说的就是萧绎独立完成一部子书的故事。"

"那么'江陵只一人'呢？"

"萧绎在写《金楼子》的时期，也正是他剪除兄弟子侄的时期。他以文人彬彬之外表，做出极端残忍之举动，将对他登极皇位可能构成威胁的兄弟子侄一一诛杀。父子兄弟的亲情到了萧绎这边，可谓绝矣。而他自己最后也只落得孤家寡人的下场，所以称为'江陵只一人'。"

"有道理。"崔淼表示认同，"但是……"

"崔郎先听我说完。史载这位梁元帝萧绎还是个独眼，他幼时得过一场大病，病后便瞎了一只眼睛。也正由于他有残疾，内心十分自卑，所以才更要发奋苦读，著书以'成一家之言'始终是他的抱负，因此才会有《金楼子》一书的诞生。可叹的是，萧绎尽管一度当了皇帝，也确实写成了《金楼子》，却始终无法得到结发妻子徐昭佩的真心爱慕。那徐昭佩貌美出众，'徐娘半老，风韵犹存'说的就是她。然而这对夫妻的关系并不和睦。萧绎即位后，后位一直空着，也不肯立徐昭佩为皇后。徐昭佩便酗酒泄愤，大醉后还常常吐在萧绎的衣服上。她甚至特意给自己画'半面妆'，借以取笑萧绎的独眼。天下后妃之中能像徐昭佩这么疏狂的，也算绝无仅有了。"

崔淼脱口而出："半面妆？"

裴玄静微微一笑："崔郎和我想到一起去了。尹少卿临死涂花了自己的半张脸，所指的应该就是'半面妆'，也就是说，他在最后时刻想留下的讯息，是关于梁元帝萧绎的。那么，尹少卿和梁元帝萧绎又有什么关系呢？"她望着崔淼道，"我只想到了一种可能：

尹少卿是萧绎的后人。"

崔淼皱起眉头："尹少卿是梁元帝的后人？那他为什么不姓萧？"

"尹少卿曾用一只金缕瓶向武元衡相公行贿。我记得阎立本的画作《萧翼赚兰亭》中，描绘了太宗皇帝派监察御史萧翼去向辩才骗取《兰亭序》的故事。事成之后，太宗皇帝给了萧翼很多赏赐，其中就包括一只金缕瓶。"

崔淼的眼睛一亮："静娘的意思是说，尹少卿拿去行贿武元衡的，就是太宗皇帝赏赐给萧翼的金缕瓶？"

"我猜是这样的。并且，这个骗取《兰亭序》的萧翼正是梁元帝萧绎的重孙！"

崔淼右手握拳，重重击在了左手掌心："这就全联系上了。梁元帝—萧翼—兰亭序—半面妆—尹少卿—金缕瓶。所以尹少卿濒死之时想留下的，是自己真实的身份。金缕瓶是尹少卿祖传之物！难怪他不惜一切代价要将它夺回！"

裴玄静说："我想，很可能这个秘密只有他自己知道，将死之时别无他法，只能选择用这个方式留下讯息。"

两人又都沉默了，仿佛在品味这一连串真相中的况味。

"嫂子，三水哥哥。"李弥揉着眼睛从屋里走出来。

二人一起应道："自虚，你好些了吗？"

他回答："嫂子，我饿了。"

听到这么一句，裴玄静和崔淼都如释重负地笑起来。

"我去找吃的。"裴玄静话音刚落，就有青衣侍者不知从哪个角落里突然冒出来，"娘子，早饭已经在预备了，马上就送过来。"

裴玄静吓了一跳，随即镇定下来，应道："多谢。"她转身看了看崔淼，两人的目光里都是同一个意思——权德舆盯得够紧的。

看来东都留守表面上对"真兰亭现"的谜不以为然，实际抻长了脖子瞄着呢。

为了解开这个谜题，一路行来倍加艰辛，接下去肯定还有更多的急流险滩。确实有必要找一个同盟军、支持者。眼下尽量吊起权德舆的胃口，让他提供协助是正确的。

崔淼和李弥聊得热火朝天，经过毒香事件，现在李弥对他比对裴玄静还要亲热。

"说什么呢这么起劲？"裴玄静笑道，"自虚，早饭马上就来了。你再等一等。"

崔淼说："我正在问自虚，他是从哪里听说'转阳寿'的。"

"哥哥病重，郎中们都说没救了。后来有一天家里来了个道长，说是……韩什么夫子请来的？"

"肯定是韩愈。"崔淼说。

"我也不知道是不是他。"李弥说，"反正那个道长讲，人快死的时候，如果有别人愿意把阳寿转给他，他就可以活下去。可是哥哥听了后，骂道士在胡说八道，把他赶跑了。"

裴玄静的心一阵刺痛。她不敢想象当时的情景，又控制不住地要想……

"静娘，你想到了什么？"

她回过神来，道："天师道确实有这种说法。昨夜我就一直在想这个。"她看着崔淼问，"'真兰亭现'这首诗的最后一联，你还记得吗？"

"琳琅太尉府，昆玉满竹林。"

裴玄静嫣然一笑："还请崔郎解之。"

"好。"崔淼胸有成竹地道，"典出《世说新语》。有人去拜访太尉王衍，遇到了王戎、王敦和王导在座，在另一个屋子，又见到王诩和王澄。出来后，他对别人说：'今日太尉府一行，触目所见，无不是琳琅美玉。'所以这联易解，就是赞美琅琊王氏的。静娘，王羲之不就是出自琅琊王氏吗？此典中的王衍、王导都是王羲之的族人啊。"

"那么崔郎一定也知道王羲之好道，从的就是天师道。"

"静娘是指……"

"所谓转移阳寿的说法，最有名的故事发生在王羲之之子王献之和王徽之之间。"

"果有此事？"崔淼莫名惊诧，"不可能是真的吧？"

"当然不是真的转寿成功，但确是一个兄弟情深的悲伤传说。"裴玄静娓娓道来，"王徽之、王献之同为王羲之之后，无论气质高下、官职高低，还是书法造诣，七弟献之都要胜过哥哥徽之一筹。但是，徽之、献之兄弟从不在意这些外人的评价，兄弟俩的感情就如陈年的美酒，愈久愈醇。那一年，五十岁的徽之和四十三岁的献之兄弟相继病危。因天师道有转阳寿之说，徽之便请来了一位术士，在病榻之上挣扎着恳求那位术士说：'我的才能、官职都不及弟弟献之，今天就请大师用我的阳寿为弟弟献之续命吧。'不料术士回答：'要替他人续命，自己得先有未尽的阳寿。如今你兄弟二人大限都到了，谈何续命呢？'徽之听罢，仰头长叹晕死过去。几天后，弟弟献之先去了。徽之不顾家人反对，强撑病体去为弟弟献之奔丧。他对着献之的遗体，抱着弟弟心爱的琴却并不弹奏，痛哭道：'子敬，你的琴也与你一同仙去了。'此后不到一个月，徽之便也随着弟弟去了。所以，这个转阳寿的故事说的其实是徽之与献之的兄弟情深，正如……长吉和自虚的手足之情一样，难能可贵，令人动容。"

李弥垂下了头，裴玄静知他又在想念哥哥，便轻唤一声："自虚。"

"嫂子。"

崔淼突然说："静娘，我们一鼓作气把诗中的典故都解了吧！"

"好。"

有了之前的经验，剩下两联各自迎刃而解。

"亮瑾分二主，不效仲谋儿。"前一句说的是诸葛亮和诸葛瑾兄弟，分别投靠刘备和孙权两家。尽管各为其主，他们的兄弟之情一直不变，至死也没有因公废私、兄弟相争。后一句则说的是孙权继承江东后，幽禁大嫂和侄子。晚年又杀掉自己的几个儿子。这样心狠手辣之人，反因其权术被曹操赞为"生子当如孙仲谋"。总之，诸葛亮位极人臣，尚且能全兄友弟恭之义。而孙权称王，则家不成家，父子不是父子，兄弟不是兄弟了。

"觐呈盛德颂，豫章金堇堇"则引用了东晋时期豫章王司马炽遭刘聪讥讽的典故，指出晋朝皇室骨肉相残何其多，虽然司马炽明哲保身，不参与兄弟相残。但当自己登上皇位时，仍然被拖累到亡国身死。

——都清楚了。

这首离合诗中引用了诸多史料和典故，无非指出两个道理：其一，自古皇家无亲情，同室操戈自相残杀之例数不胜数；其二，世间仍存在真正的慈爱、孝悌，为了亲人手足不惜牺牲自我的例子同样不胜枚举。

那么，武元衡究竟想说明什么？

裴玄静说："离合诗的最高境界在于谜面和谜题的契合。昨夜我想来想去，只能得出一个结论：当《兰亭序》真迹现世之时，便能同时证明皇权争夺的残忍与手足亲情。"

"我不明白，如何证明？"崔淼思忖道，"况且这两者相互矛盾，怎么可能同时证明呢？"

"我也不明白。所以我们要一起去找出真相来。"裴玄静说，"不仅仅是为了武相公的谜题，也是为了千古一帖《兰亭序》，更是为了见证亲情与人伦永存世间。"她将最温柔的目光投向李弥，"就像长吉与自虚，证实了徽之与献之的传说，那才是人间最可贵的真情，值得为之付出一切。"

裴玄静转而望着崔淼："崔郎，我们到萧翼骗取《兰亭序》的永欣寺走一趟吧。"

5

秦望山下会稽湖畔，古刹永欣寺的香火已经旺盛了数百年。

正逢江南梅雨时节，隔着古刹如墙的烟火向南眺望，雨雾笼罩中的秦望山比平日更显云蒸霞蔚、气韵缥缈。寺里的墨池水涨高到了池沿，淅淅沥沥的雨水仍然不停地在池面上打出涟漪，碧水眼看就要泛溢而出，与长满池周的青苔融为一体。

古刹宝殿的每一面粉墙都是湿的，草席在地上铺一会儿，潮气就渗上来。即使对于土生土长的人来说，这个季节也挺难熬的，更别说来自北方的旅人。所以梅雨季中的永欣寺要比平常清静些。

无嗔方丈在清晨的细雨中漫步，尽情享受着古刹中的宁静和惬意。当他看见围在墨池前的三人时，便从他们略显狼狈的模样中看出，肯定是来自北方的香客。

方丈心想，来得真早啊，可见心诚，于是主动上前一步，招呼道："施主早啊，老衲这厢有礼了。"

这二男一女连忙向方丈还礼致意。他们的清秀模样和脱俗气质立即引起了无嗔的好感。

寒暄几句后，方丈证实了自己的判断。三人果然是刚从洛阳来的，那个叫崔淼的郎中忍不住抱怨了几句江南梅雨的闷热潮湿，但兴致显然未受影响。

无嗔笑道："几位施主若是来观光的，现在这个时节实为最佳，否则是见不到此墨池满溢之景的。"

"原来这叫墨池？是因为池水发黑才得此名吗？"

"不不不，这池其实叫作'洗砚池'，但只在梅雨时节池水漫溢时才会呈现墨色，故而又称为墨池，传说是王献之洗砚而成的。"

"王献之？"崔淼望了一眼裴玄静，追问道，"王献之也曾在此寺中居住过吗？"

"施主不知道吗？此处本来就是王家旧宅啊。王献之曾长期隐居于此地练字，所以方有'洗砚池'嘛。某夜，王献之忽然见到屋顶出现五彩祥云，于是上表给晋安帝，愿将此宅献出，晋安帝遂下诏建寺的。"

裴玄静忍不住插嘴道："晋安帝下诏建的不是云门寺吗？"

无嗔方丈大笑起来："女施主只知其一。没错，王献之旧宅建成的是云门寺，而云门寺就是永欣寺的旧称啊。"

崔淼和裴玄静恍然大悟地相互看了看。

崔淼赶紧又问："为什么要改名？什么时候改的呢？"

无嗔反问："二位听说过智永和尚吧？"

"就是写成《真草千字文》的智永和尚吗？当然听说过啊，他是大书法家王羲之的第七代孙，也是其最重要的书法传人。"

"施主说得没错。那智永禅师便是在本寺出家。他历时四十余载写成八百本《真草千字文》，之后将寺庙托付给弟弟智欣大师，自己用车载了八百本《千字文》，云游天下，把字帖送入每座寺庙，借助佛门的力量护持王氏书法的万代传承。在本寺后院还有智永禅师留下的秃笔冢呢，施主有兴趣的话可以去看看。"

崔淼说："我们当然要去看，不过方丈还没告诉我们寺院为什么改名呢。"

无嗔笑得有点狡黠："老衲方才提到谁了？智永……智欣……"

"永……欣……寺！"裴玄静说，"是以这二位兄弟禅师的法号命名？"

方丈点头道："女施主猜得不错。当时梁武帝特别赞赏二位禅师的德行和功绩，所以从二师的法号中各择一字，赐本寺新额为'永欣寺'，还御提了寺名，就挂在本寺门前。"

"难怪，"崔淼说，"我们向路人打听云门寺，他们直接就把我们指来这里。我还在跟娘子说呢，怎么搞错了。"

"阿弥陀佛。"方丈合十微笑。

裴玄静说:"听说,智永禅师的徒弟辩才和尚也是在此修行?"

"辩才法师吗?"无嗔不动声色地回答,"已故去多年了。"

"辩才和尚是在丢失《兰亭序》之后,抑郁而亡的吧?"

这一次,方丈没有回答。

崔淼突然向朦胧雨雾中指去:"娘子,你看那座白塔!"

虽然烟雨蒙蒙,水汽蒸腾,寺后那座白塔的孤寞身形,还是让裴玄静立即回想起了贾昌院后的白塔——两座塔简直是一模一样的。

无嗔淡淡道:"二位听说过辩才塔吗?这就是辩才和尚受骗后,用太宗皇帝赏赐的钱粮造起的塔。"

崔淼道:"听说太宗皇帝得到《兰亭序》的真迹后,因萧翼智取《兰亭序》有功,特提升他为员外郎,加五品,并赏赐给他金缕瓶、银瓶和玛瑙碗各一只及珍珠等。又赐给他宫内御马两匹,宅院与庄园各一座。"

"不义之财只会带来无妄之灾。"无嗔的语调变得阴森,"那些赏赐上都依附着诅咒!所以辩才将钱粮造了这座塔,以消其祸。"

裴玄静和崔淼不由得互相看了一眼。

裴玄静问:"方丈,我们可以去看看辩才塔吗?"

"不可。"无嗔冷若冰霜地说,"辩才塔年久失修,早就废弃了。登塔会有危险的。再说塔中空空如也,没什么可看的。"

"就只是去看一看嘛。"崔淼说,"也不行吗?"

"不行。塔锁住了,你们上不去的。"

李弥扯了扯裴玄静的衣袖:"嫂子,我们走吧。"

裴玄静安抚地拍了拍他的手背,转首对无嗔说:"方丈,我这里有样东西,想拿来祭奠辩才师父。"

"什么东西?"

"金缕瓶。"

崔淼惊道:"娘子你……"

裴玄静朝他微微摇头，他便不再吭声了。

无嗔冷冷地问："什么金缕瓶？"

"方丈心里清楚。"

无嗔沉默片刻，道："今晚，把东西带到辩才塔。"说罢转身离去。

走出永欣寺一段路后，崔淼才问裴玄静："娘子，金缕瓶还在你身上吗？你怎么没告诉我？"

裴玄静摇了摇头："不，金缕瓶已经被尹少卿夺走了。"

"那你？"

"我是想试着和方丈聊一聊，他肯定知道什么。"

"好吧。"崔淼说，"晚上我和你一起去。"

"但你不能现身，到时就我一个人去见方丈。"

"那我怎么保护你？万一他……"

裴玄静笑了："我看那位方丈也是有修行的人，放心吧。我们没有金缕瓶，更要示出诚意，否则怎么让人家信赖呢？"

雨好像永远下不停似的。

裴玄静确实从没见过这样的天气，她觉得自己全身都包裹在水中。浸泡了雨的夜是灰色的，比北方干涩的夜更加混沌而神秘。

辩才塔底的门虚掩着，一推就开了。

霉浊之气扑鼻而来，从塔顶投下一线幽暗的黄光，萤虫在阴影中环绕飞舞。裴玄静到底有些害怕，正犹豫间，头上有人在说："施主请上来吧，老衲已等待多时了。"

裴玄静紧握栏杆，拾级而上。

每踏上一步，灰尘、霉味和飞虫就在她的身旁轰然而起。裴玄静听见自己的心跳，和着脚步声的节奏，在空旷的塔中回响。

塔并不高，她很快就爬到塔顶。塔顶才有一个几步见方的六角形空间。无嗔方丈盘腿坐在正中间，身旁的地上点着一支白色的蜡烛。

裴玄静在方丈的对面坐下。

"女施主从哪儿来？"

"长安。"

"长安……"无嗔冷笑，"那可不是一个好地方。每次从那里来人，都会带来死亡。"

"方丈可知为何？"

"因为那儿来的人都太贪婪了。"无嗔说，"我等这一天很久了，施主请把东西拿出来吧。"

裴玄静说："对不起方丈，我没有金缕瓶。"

"那你来干什么？"

"我想请方丈告诉我《兰亭序》的秘密。"

无嗔反问："《兰亭序》哪有什么秘密？"

"方丈，我听说《兰亭序》的真迹还存于世上，是这样吗？"

无嗔的眼睛陡然精光暴射："你说什么？"

"我说……也许还能找到《兰亭序》的真迹……"裴玄静的声音有些颤抖。

无嗔死盯着她看了好一会儿，突然仰天大笑，举手一挥道："你是说这个《兰亭序》吗？！"

就在他挥手的瞬间，只见一幅巨大的尺牍从塔顶直贯而下。

裴玄静瞠目结舌地说："这、这是……"她当然知道这不可能是《兰亭序》的真迹，但制作者的水平令人咋舌，每一个足有半个桌面大的字看起来也能以假乱真。

"此乃辩才师父在最后的日子里的呕心沥血之作，亦是他的控诉！"无嗔用如泣如诉的声音道，"世上哪有什么《兰亭序》的真迹！有的只是无穷无尽的欲望和花样翻新的欺骗——假的！全都是假的！"他一指裴玄静，"你不是也在骗人吗？你说的金缕瓶在哪里？拿出来啊！就用它来了结一切恩怨吧！"

裴玄静吓得全身发抖："我已经说过了，我没有……"

"没有就滚啊！"

裴玄静跳起来，向塔下狂奔而去。无嗔癫狂的吼叫声紧随着她，就在裴玄静连滚带爬冲下最后一级台阶时，顶楼唯一的烛火突然熄灭。整座塔内瞬间漆黑，裴玄静不由自主地抬头望去——从塔顶悬垂而下的巨幅尺牍彻底没入黑暗，只有两个硕大的字像鬼火一般燃烧着："俯""仰"。

裴玄静完全吓呆了。

从暗如地狱的塔顶传来无嗔的狂笑，裴玄静惊叫着逃出塔门。

"静娘！"崔淼迎上来，他按照计划一直守在塔外。裴玄静一头扎入他的怀中，全身还在不停地颤抖。崔淼急问："你没事吧？"

裴玄静牙齿打着战说："走、走……快、快离开这儿……"

辩才塔上，无嗔狂笑不止。直到塔中重新被烛火照亮，有人从暗中出来，劈手打在无嗔的头顶。无嗔顿时血流如注，但还是在笑。

吐突承璀吼道："别笑啦！你怎么回事？到底在搞什么名堂！"

无嗔笑得上气不接下气："中贵人不是、吩咐贫僧、套、套那女施主的话吗……我都照办啦……哈哈哈……"

"放屁！"吐突承璀又用尽全力扇了一个耳光过去，"你给我老实交代，这座塔里到底藏着什么！"

"中贵人不是都看见了吗？藏着……《兰亭序》啊……"

"不肯说是吧？没关系，我会让你开口的！"

无嗔抬起头，古怪地看着吐突承璀："我真的全都说啦，再没别的可说了……"

说话间，士卒哄叫起来："着火了！着火了！"吐突承璀伸头一看，只见自"俯""仰"二字燃起的火苗已经烧遍了整幅绢帛，如一只硕大的火炬在辩才塔的中央熊熊燃起。

他大吼："还愣着干什么！快救火啊！"

突然身边一声巨响，原来是无嗔乘着众人不备，扑向栏杆，直接翻摔出去。

在他下坠的过程中，身躯先撞到燃烧着的巨幅丝绢，随后重重地砸在地上。

被扯得四分五裂的尺牍纷纷飘下，像片片火蝶覆盖在无嗔血污四溅的尸体上。

在这个时节，长安城里还趴着一个秋老虎。但当这只秋老虎来到丰陵时，就变得格外驯顺而温柔了。

除了正午的太阳尚有夏日的余威，其他时候都需要穿上夹衣了。尤其入夜以后，冷月清光下的整个陵园都透着森森寒意。

广寒在此，幽冥亦在此，唯独寻不到半点儿人世的气象。

陈弘志自午后来到丰陵，就一直在等候陵台令李忠言的召见。等着等着天都黑了，月亮升起来。陈弘志感到全身凉飕飕的，他将生平头一次在陵园中过夜了。

他倒没有特别害怕的感觉。唯一的体会就是周遭异乎寻常的宁静。大明宫里的夜晚也是极其静谧的，但还是和这里不一样。陈弘志觉得，丰陵的宁静无边无际，好像能一直延伸到天地洪荒的尽头。

他想象不出在这里待上一辈子的话，自己会变成什么样子。

——会变成李忠言这样吗？

整个下午，丰陵台令李忠言就坐在陈弘志的面前，却没有抬起头看过他一眼，更没有和他说上一句话。李忠言很忙，忙着——练字。

若非亲眼所见，陈弘志无论如何都不敢相信，丰陵台令竟会沉迷于书法。他暗暗地想，也许守陵的生活实在太无聊寂寞了吧，总要找些什么来消遣。

李忠言一直在临摹案上的一幅字。临了一遍又一遍，始终心无旁骛、兴致盎然。陈弘志看不到字帖的内容，心中着实好奇，究竟是什么字帖能如此吸引人。

宫人来掌灯了。

李忠言搁下笔，无奈地叹了口气道："眼睛不行了。如今一到晚上，就算点上灯也没法写字了。"

他抬起头来，好像刚刚才看到陈弘志："嗳，来得正好，看看我这幅字临得怎样？"

陈弘志迟疑。

"过来啊！"

陈弘志赶紧凑到案前，见白纸上的墨汁尚且淋漓——

　　当其时也，余与欣安于所遇，暂得于己，快然自足，不知老之将至。及其所之既倦，情随事迁，感慨系之矣。及弟欣先去，向之居游动静，于今水枯烟飞。俯仰之间，已为陈迹，犹不能不以之兴怀。况修短随化，终期于尽。古人云："死生亦大矣。"岂不痛哉！每览昔人兴感之由，若合一契，未尝不临文嗟悼，不能喻之于怀。固知一死生为虚诞，齐彭殇为妄作。后之视今，亦犹今之视昔。良可悲也！

陈弘志看得云里雾里。

李忠言说："唉！越写越觉得奥秘无穷，太难把握了。你看，尤其是这两个字——'俯''仰'最最难写。唔，你觉得如何？"

"我……觉得挺好的……"

李忠言看了陈弘志一眼，突然冷笑起来："你懂吗？"

陈弘志吓得一个激灵："我不懂！"

"不懂就好。"李忠言将案上的字纸收拢到一起，随即"唰啦唰啦"地撕起来。陈弘志还没反应过来呢，李忠言就把自己辛苦一下午的成果统统销毁，扔进了旁边的篓子里。"烧了去吧。"他吩咐宫人。

陈弘志看呆了。

李忠言又神秘兮兮地对他说："来，再给你开开眼。"招手示意陈弘志再靠近些。

陈弘志硬着头皮往前凑了凑。

此时，书案上只剩下一幅卷轴了，也就是李忠言整个下午所临摹的范本。

"看得出来是谁的真迹吗？"李忠言在陈弘志的耳边问。

陈弘志哪里懂这些，勉强猜道："唔……是不是王、王羲之？"

李忠言神色一凛："你还说你不懂？"

"我、我是挑名气最大的说啊。"陈弘志嘟囔，"其实我总共就知道这么一位。"

"小子，难怪他们说你挺机灵。"李忠言笑了，"哼，什么王羲之。这就是所谓的假作真时，真真假假，以假乱真，亦真亦假。"他至为爱惜地收起卷轴，瞥了一眼完全听迷糊了的陈弘志，道："你今天有福啦，这可是先皇的墨迹，我只习先皇的字。"

"先皇不是写隶书的吗？这看着像行书啊。"

"你连这也知道？"李忠言上下打量一番陈弘志，好像直到此时才对他产生了真正的兴趣，"进宫多久了？今年多大岁数？"

"回李公公话，我进宫两年了，今年十五岁。"

"十三岁进宫？倒是和我当初一样。"李忠言的兴趣似又增添了几分，"你在大明宫里干得好好的，为什么要来守陵？"

"我、我想侍奉先皇……"

"屁话！"李忠言断然道，"你连先皇的影子都没见到过，谈什么侍奉？"

陈弘志低头不语。

李忠言道："我这里不能收你，你还是回长安宫里去吧。"

"求李公公收留！"

"不行，你走吧。"

陈弘志愣了愣，突然连连叩起响头来："李公公开恩呐！我真的不想再回大明宫去了，求求您了！"

"为什么？"

"……"

李忠言阴森地道："要么说实话，要么就滚回去。"

陈弘志匍匐在地上，少顷抬起头来，仍显稚嫩的脸上泪水纵横："我不想死。"

"是吗？"

"这两个月来，已经活活打死了三个了。"陈弘志的声音里充满了恐惧，"就在三天前，我哥……也、也给打死了……"他终于悲难自抑，放声痛哭起来。

李忠言等他哭声渐落，才问："为什么要打死你哥？"

"……他、他总是睡不好、做了噩梦就发脾气，这时候不管是谁在身边，不管什么原因，他都会往死里打的！"

李忠言皱起眉头，皇帝的脾气竟然变得如此糟糕了吗？他素来刚烈易怒，但也不至于……

"圣上因为什么睡不好？做的是什么噩梦？御医难道就没有办法？"

"好像是没有任何办法。我们不知道他做的是什么噩梦，圣上并不提起。可是……"

"可是什么？"

"有一次我哥对我说，他值夜时听到圣上在梦中惊呼，不要杀我！谁知没过几天，我哥就被活活地鞭笞而亡了……"

李忠言沉思片刻，问："那把刀子找到了吗？"

"刀子？什么刀子？我没听说过……"

李忠言又沉默了，许久方道："那我也不能留你。"

"啊？"陈弘志向前猛扑过去，抱住李忠言的双腿，"李公公救命啊！您不救我，我早晚得走我哥的老路！可是我真的不想死啊！"

"所以你就来守陵？"李忠言摇头道，"打算在这里过一辈子，哼，和死又有什么区别？"

"可我也受不了一天到晚提心吊胆的，不知哪天突然就……"

陈弘志绝望地饮泣着，就是不肯放开李忠言的腿。也不知过了多久，才听到李忠言在问："你恨他吗？"

陈弘志抬起模糊的泪眼："恨？你说谁……啊！"他突然明白过来，吓得全身脱力，瞬间瘫倒在地上。

李忠言俯视着陈弘志，渐渐露出笑容，他说："也罢，我就给你指一条活路出来。"

6

他们刚回到客栈，李弥就迎上来："嫂子，三水哥哥，你们怎么才回来啊！咦？嫂子你没事吧？"

裴玄静笑答："我好好的呀。"她越来越发现，李弥其实比绝大部分人都敏锐，在他身上有种晶莹剔透的直觉，就像阳光下的露珠一样夺目。她问他："自虚在做什么？"

"写哥哥的诗。"自从裴玄静给李弥安排了这项任务以后，他一直在努力完成着。李弥会写的字不多，虽然能一字不差地背诵，却往往连一首诗都写不完整。所以他写下来的诗都漏着一个个窟窿，得等裴玄静和他一起反复念诵，再把缺失的字填进去。对于裴玄静来说，那真是掺杂着心酸和甜蜜的奇妙过程，每每都令她深陷其中。崔淼很能体会她的心情，所以从不参与，但又总是在她难以自拔的节骨眼上，用个什么借口来打断两人的工作。

从昌谷到洛阳再到会稽，他们三人已经相处得浑如亲人了——无法定义又相当融洽的一家人。

夜很深了，裴玄静让李弥先去睡下。崔淼看她坐到自己对面，才微笑着问："嫂子没事吧？"

"你说呢？"

崔淼叹息道："我要是自虚就好了。"

裴玄静微笑着摇头："你太聪明了，做不了他。"

"那……我就做你的一个谜题。"

"什么意思？"

"那样你就会锲而不舍地盯着我啊。"

裴玄静不动声色地回答："我也曾放弃过。"

"那不是真的你。寻根究底决不罢休，才是你的本性。"

"行啦……"裴玄静说，"你想到了什么？告诉我。"

"是，静娘。"崔淼正襟危坐，开始陈述他的想法，"我们已经知道，云门寺就是永欣寺，最初是王献之的旧宅。而因千字文闻名于世的智永和尚，乃王羲之的第七世孙，实为王徽之的后人。说来有趣，智永起初学习书法时，跟随的是梁朝的大书法家萧子云。而萧子云正是咱们之前谈到过的梁元帝萧绎的布衣之交，他们都出自于兰陵萧氏，所以关系非常好。"

裴玄静补充："萧子云是智永的师父，智永是王羲之的后代。萧子云又是萧绎的好友，萧绎焚毁了王羲之真迹万纸……"

崔淼接着说："辩才是智永的徒弟，所以辩才藏有的《兰亭序》，肯定是从智永手中继承的，而智永的《兰亭序》，则很可能是萧子云从梁元帝萧绎那里保护下来的真迹。智永自己没有后代，就把《兰亭序》传给了徒弟辩才。结果呢，又让萧绎的曾孙萧翼给骗走了。"说到这里，他自己也忍不住笑了，"瞧瞧这些人，绕了多大的圈子啊。"

"我们现在当轶事来谈当然轻松，对于身在其中者就未必了……"

崔淼说："静娘，你在辩才塔中到底看见了什么？"从裴玄静惊慌失措地冲出辩才塔后，他就一直在等待时机提出这个问题。

裴玄静微微合起双目，那火焰般的两个字又在漆黑一片中燃烧起来——"俯""仰"。

"什么？"

"崔郎，你记得在《兰亭序》出现过'俯'和'仰'二字吗？"

"当然有啊。"崔淼拿起纸笔就写，"'夫人之相与，俯仰一世，或取诸怀抱，悟言一室之内'，这是一句。接下来还有一句是——'向之所欣，俯仰之间，已为陈迹，犹不能不以之兴怀'。应该没别的了……"他愣住了。崔淼看裴玄静，裴玄静也在看他。两人的脸上都露出微妙而凝重的表情。还是崔淼先问道："静娘，你还记不记得贾昌老丈死时，他的墙上……"

"他的墙上有字，是非常类似王羲之的行书笔墨。"裴玄静说，"但我当时已经神志不清，所以记不得内容。"

"我记得啊！"崔淼郑重地提起笔来，"那时只是觉得奇怪，贾昌怎么会写那样一段奇怪的文字在墙上。真没想到，原来一切需待今日……"

他写完了。两人都沉默地看着这段文字：

　　夫人之相与，俯仰一世，或取诸怀抱，晤言一室之内；或因寄所托，放浪形骸之外。虽取舍万殊，静躁不同。秦望山上，洗砚一池水墨；会稽湖中，乘兴几度往来。仰观宇宙之大，俯察品类之盛。居足以品参悟之乐，游足以极视听之娱。

　　当其时也，余与欣安于所遇，暂得于己，快然自足，不知老之将至。及其所之既倦，情随事迁，感慨系之矣。

　　及弟欣先去，向之居游动静，于今水枯烟飞。俯仰之间，已为陈迹，犹不能不以之兴怀。况修短随化，终期于尽。古人云："死生亦大矣。"岂不痛哉！每览昔人兴感之由，若合一契，未尝不临文嗟悼，不能喻之于怀。固知一死生为虚诞，齐彭殇为妄作。后之视今，亦犹今之视昔。良可悲也！

　　虽世殊事异，所以兴怀，其致一也。后之览者，亦将有感于斯文。

过了许久，崔淼才说："秦望山、洗砚池、会稽湖……原来是指这些。"又问，"乘兴几度往来，是不是也有个典故？"

"有。据说王徽之在某个大雪之夜驾着一叶扁舟，前往阴山拜访好友戴逵，天明方至戴家门前，却又折身返回。人问何故，徽之曰：乘兴而来，兴尽而返，见不见戴逵又有何妨？"

崔淼摇头叹道："果然真性情。只是……贾昌在墙上写这段话干吗？"

"崔郎还没看出来吗？"裴玄静说，"这段文字当出自智永和尚。"

"何以见得？"

"秦望山、洗砚池、会稽湖这些永欣寺周围的景物，作者若非智永，又会是谁呢？"

崔淼狡黠地笑道："也可能是智欣和尚啊？"

"崔郎考我呢。"裴玄静温柔地回答，"再请看这句——'当其时也，余与欣安于所遇，暂得于己，快然自足，不知老之将至'。还有'及弟欣先去，向之居游动静，于今水枯烟飞'。说明此文恰恰是智永和尚为了追念其弟智欣所作。"

崔淼向裴玄静一拱手："在下佩服得五体投地！"

裴玄静不理他："但是，智永的文中怎么会出现《兰亭序》里的句子呢？"

"就是这句'俯仰之间'吗？不奇怪啊。智永在追悼兄弟的文章中引用其先祖王羲之的名篇名句，不是很自然的事吗？"

"是很自然，也很贴切。但是，这样一篇文字竟然出现在贾昌的屋子里，就令人困惑了。贾昌老丈是位有德行的好人，但是他与王羲之、智永兄弟没有丝毫关系啊。"

崔淼思忖着说："贾昌不是好佛吗？会不会视智永为大德高僧，所以抄一篇智永的文字在墙上膜拜？"说到这里自己也觉得有些荒诞不经，便住了口，只呆呆地看着裴玄静。

裴玄静却在凝视崔淼写下的文字，突然道："二百五十八。"

崔淼没听明白："什么二百五十八？"

"这段文章，一共是二百五十八个字。"

"当然咯。"

裴玄静看着崔淼："什么当然咯？"

崔淼道："哎呀，禾娘告诉过我，那贾老丈每天都要数好几遍墙上的字。二百五十八、二百五十八地来回念叨。禾娘还说呢，这墙上的字又不会自己跑掉，也不明白贾老丈在操什么心。这篇文章本来就是二百五十八个字，所以我说当然咯。"

"可是那天在辩才塔里，无嗔用手指在地上的尘土里写了三个字——二五八！"

"二五八——二百五十八？"

裴玄静点头："除此，还有别的解释吗？"

崔淼寻思道："莫非无嗔也知道智永的这篇文章？"

"这并不奇怪。奇怪的是，当时我正在向他询问《兰亭序》的真迹，他嘴上拒绝，还赶我走，却悄悄地写下这个数字，又是想告诉我什么呢？"

崔淼冥思苦想了半晌，摇着头道："我想不出来。"随即又振奋起来，"不管怎么说，反正我觉得'真兰亭现'的谜底已经离得不远了！你说呢静娘？"这次裴玄静没有摇头，而笑容越发清润。

崔淼不觉看得痴了，神思恍惚地嘟囔："其实……还是解不开才好……"他蓦地又清醒过来，赶紧移开目光，突然绷紧的侧脸略显凄怆，带着不可言传的失落。

裴玄静也有些慌乱，便随手拿起李弥写的诗来。他有个习惯，每天只写一首李贺的诗，接连写好多遍，每一遍都空着同样的字，看起来既滑稽又执着。

"崔郎！"裴玄静叫起来，"你快看自虚写的这首诗？"

崔淼接过来一看，只见写的是："野粉□壁黄，湿萤满梁殿。台城应教人，秋□梦铜□。吴霜点归□，身与塘蒲晚。脉脉辞金鱼，□臣守逸贱。”

他又惊又喜地问："《还自会稽歌》，是你让他写的？"

"我从不规定他写长吉的哪首诗，他想写什么就写什么。"

"我明白了，因为咱们到了会稽嘛，自虚就想起了这首诗。"

"崔郎，你还记得吗？你曾在长安西市宋清药铺的后院，给我念过这首诗。"

崔淼笑了："当然记得，还有你对河东先生的狂热崇拜，都令我印象深刻。"

裴玄静说："这首诗是长吉慨叹永贞年间'二王八司马'的，我恍惚记得王叔文先生祖籍便是会稽。"

"是啊，所以长吉才作此诗嘛。"

"要不……咱们明日去祭奠一下叔文先生吧？"

崔淼挑起眉毛："娘子可是当真的？"永贞虽然已经过去整整十年，所谓的"二王八司马"死了一多半，仅存的几位包括刘禹锡、柳宗元尚在贬谪中挣扎，苦苦期盼着当今皇帝开恩赦免，让他们能重见天日。这些往事和这些人，至今仍是相当敏感的话题。

裴玄静说："既然来了，机会难得。我是不怕的，崔郎若是怕了，就不要去。"

"娘子什么时候见崔某怕过？"

7

第二天一大早，他们就出发了。

雨依旧下个不停。自从来到会稽，雨水就不离不弃地伴随着他们。相对而言，裴玄静比较能接受烟雨迷蒙的江南的早晨，处处景物都像洗刷过几遍似的，色泽清新，姿态动人，潮湿也不那么令人烦恼了。

然而寻访的过程却不顺利。他们一路打听，要么根本没听说过，偶然遇上一两个知道的，却又都是讳莫如深的样子。直到中午才大致找到王叔文故宅的方位，裴玄静意识到，自己还是把某些事情想得太简单了。

　　皇权终究是皇权，是至高无上的权威。即使她自己能保持思维的独立，世间的绝大部分人只能遵从既有的规范，既没有能力更没有意愿去突破它。

　　眼前的景象也证实了她的想法。从王家祠堂的规模来看，当初必是大户。顺宗皇帝在位的八个月中，王叔文一度飞黄腾达，时间虽短却皇恩极隆，连其母过世也有柳宗元为之撰写墓志。然而今天看去，却已然是断壁残垣、杂草丛生的破败景象。尤其让他们不解的是，偌大的王家族院，居然像遭到洗劫似的，空空如也，连一个活人都找不到。

　　这光景实比李贺在《还自会稽歌》中所描写的还要凄凉一百倍。

　　好不容易才找到一个上年纪的邻人，崔淼祭出他的花言巧语，总算赢得了对方些许信任。老人家才肯告诉他们，王家原先确是本地的一个大族。王叔文出事以后，先是被贬去渝州，紧跟着皇帝又派使者去赐死。王叔文饮毒酒而亡，遗体由族人运回本地，安葬在后山的祖坟中。本朝早就不兴株连之罪，所以大家认为这事儿也就了了，族人们仍然该怎么过就怎么过。

　　不想一年之后，朝廷又来了人。不由分说就砸烂了王家的祠堂，还掘了王家的祖坟，把王叔文的棺材从地下挖出来，将尸骸暴露于荒野。这下可把王家族人吓了个魂飞魄散。皇帝对王叔文竟然仇恨到这个地步，族人们觉得太不安全了。谁知道皇帝哪天心情一糟，干脆就给王家来个灭门也说不定。于是族人们才痛定思痛，下定决心抛弃祖产，举族南迁了。

　　老人家叹着气说："他们走得惶恐，怎么还敢留下踪迹。等去到异乡后，肯定也会隐姓埋名的。所以现在再无人知道王家人的下落咯。"

事已至此，他们也只能对着残破的遗址默默祝祷了。

临走时，裴玄静发现祠堂门楣上尚有残留的墨迹，像是曾经题写的对联，后来被专门抹去了。估计是太过匆忙了，最后的两三个字和题名仍旧依稀可辨。

她招呼崔淼一起来看："崔郎你看，这个题名是不是王伾？"

崔淼点头："没错！"王伾是顺宗皇帝的书法老师，永贞期间与王叔文同时得到重用，并称"二王"。王叔文以棋待诏，王伾以书法获宠。两人一起在东宫侍奉顺宗皇帝十多年，交情莫逆。所以王伾给王叔文的祖居题写门联，是理所应当的事情。不过，王伾的结局和王叔文同样悲惨。顺宗禅让之后，他们迅速失势。王伾遭贬谪前已经得了重病，还没到贬地就病死了。

裴玄静端详着那残余的字迹，喃喃自语道："我听说先皇最擅长隶书，怎么他的书法老师写的却是一笔行书？"

崔淼不太肯定地回答："这个……书法都是相通的吧。"

返回的路上，裴玄静一直在沉思。

崔淼实在耐不住了，问她："接下去怎么办？咱们还去哪儿？"

裴玄静看着他，突然一笑道："崔郎不是最有主意的吗？怎么倒问起我来了？"

"我还不是都听你的……"他有点儿不高兴的样子，也不知是真是假。

"长安。"

"什么？"

裴玄静说："我想我们该回长安了。"

"你当真？"

"崔郎，你想不想再去一次贾昌老丈的院子？"裴玄静直视着崔淼的眼睛说，"一切都是从那里开始的。"

崔淼也目不转睛地看着她："只要和静娘一起，哪里我都愿意去。"

裴玄静问李弥："自虚呢？想不想跟嫂子去长安？"

"长安？是哥哥去过的长安吗？"

"对。你的长吉哥哥在那里做过几年奉礼郎呢。"

"好啊，我要去！"

崔淼低声问："你真的要带自虚？"

"那怎么办？从今往后不管我去哪里，都要带着他的。"

崔淼不吭声了。

裴玄静吩咐车夫转向永欣寺。

"我想再去看一次辩才塔。"她对崔淼解释道。

"这次让我陪吗？"

"不，你陪自虚。"

崔淼深深地叹了口气："你说什么就是什么吧。不过你确定没有危险？"

"昨晚都没出事，现在青天白日的能出什么事？"

马车停在永欣寺门前。崔淼带着李弥在寺庙里逛，裴玄静独自一人向后院而来。洗砚池水比昨天涨得更高了，但就是神奇地不溢出来。洗砚池旁也站着一位禅师，却不是无嗔。

裴玄静上前打听无嗔方丈。

"无嗔？"陌生禅师合掌道，"鄙寺从未有过一位法号无嗔的方丈啊。"

虽然多少有些思想准备，裴玄静的心头仍然一紧。想了想，她又问："我曾听过辩才塔的故事，不知可否入塔一谒？"

禅师连连摇头："辩才塔已经封闭多年了，入不得也不得入也。"

裴玄静刚想争辩，却听头顶传来凄厉的鸦鸣，漫天雨雾中，一只黑色的大鸟在辩才塔顶不停地盘旋。

"阿弥陀佛。"禅师劝道，"女施主请回吧。为了您好，这里真的没有什么可看的。"

她听出了禅师语气中的哀求，也看清了禅师目光中的恐惧。她明白了，自己很可能已经充当了头顶那只报丧鸟的角色。正是在自己的不懈努力下，危机逐渐成形，化成真正的杀人利器。曾经若隐若现的血腥味道，越来越浓烈了。

裴玄静道谢退出。

重新坐回马车里，崔淼似乎打定了主意，只等她先开口。

裴玄静说："崔郎，会稽也应该有磨镜的铺子吧？"

"想来会有。怎么？"

裴玄静把聂隐娘相赠的小铜镜拿出来，不禁微笑起来："又要麻烦你了。不过……这次我相信你不会再被关到地底下了。"

崔淼接过铜镜："你想找聂隐娘？"

"我觉得咱们有危险了。"裴玄静郑重地说，"此去长安，最好能有隐娘夫妇相陪。她答应过我的，见信必会出手相助。"

"行，我去找找。"

"事不宜迟，崔郎现在就去吧。"裴玄静道，"我带自虚回客栈等你。"

崔淼答应："正好，我也去打听打听，韩湘子有没有留什么消息给我们。"

马车停在十字街头。崔淼跳下车，裴玄静赶紧把伞递过去："别淋着。"

他朝她笑一笑："回去等着，我就来。"打起伞走入雨中。

裴玄静望着他的背影融入淅淅沥沥的天地间。原先她并不知道，这温柔的江南细雨真能使人断魂。

回到客栈后，裴玄静先把李弥送回房，便立即到柜台打听上房的情况。

掌柜的回答："店里最好的上房都被包下了。"

"掌柜的知道是哪位客人包下的吗？"

"这个嘛……不便透露。"

裴玄静干脆地说："行，我自己去看。"

掌柜刚想阻拦，有个差役模样的人过来说："主人有请，娘子跟我来吧。"

她进去时，吐突承璀正在品茶，看见她便招呼："娘子来得正好，尝尝这江南的新茶如何？"

裴玄静坐下来。吐突承璀见她碰都不碰茶盏，便叹道："娘子在会稽忙得很啊。"

"中贵人比我更忙。"

"哈！"吐突承璀将脸一沉，"娘子找我何事？不妨直说吧。你我都是忙人，耽搁不起。"

"妾要回长安，想请中贵人同行。"

"哦？你不是有人相陪吗？"

"那人是奸细。"裴玄静镇定地回答，"妾刚刚设计甩掉他。"

吐突承璀不慌不忙地问："奸细？什么奸细？"

"崔淼是权留守的人。"

"权德舆？"

"最早是藩镇的人，刺杀案他也有份，但见刺杀未成就反水投靠了权留守，告密以求自保。现在，他又奉了权留守的命，潜在妾的身边探听机密。"

"是什么样的机密呢？娘子？"吐突承璀的语气太温柔，简直都不像一个阉人了。

"我不能告诉你。"

"呦，那让我怎么帮你，相信你？"

裴玄静只沉默了一瞬，便直视着吐突承璀，问："'李公子'可好？"

"他很好。"吐突承璀毕竟没料到裴玄静如此直截了当，犹豫了一下才回答，"就是操心的事情太多。"

"幸而有中贵人替他分忧。"

"哪里哪里，还有娘子的叔父嘛。"

"是。离开长安一晃都快两个月了，我也很惦念叔父大人。"

"好吧。"唇枪舌剑到此为止，吐突承璀终于应道，"那我就陪娘子走这一遭了。"

"请中贵人即刻启程。我不想再见到那个奸细了。"

吐突承璀大笑起来："娘子还真是步步紧逼啊。也好，就让他滚回权德舆那里哭诉吧。咱们走！"

8

又一次来到春明门外。

和两个多月前相比，长安的天空好像整个地抬高了。碧玉般的蔚蓝色中透出隐隐秋意，几缕薄若无形的云丝慵懒地飘在极远方。这座城池和它所依附的天地，都似乎下定了决心，要在这个季节展露出最干净、安宁和包容的面目来。

途经镇国寺时，裴玄静不由自主地朝寺后张望过去。

吐突承璀恰到时机地凑上来："大娘子别看了，贾昌的院子已经拆了。"

"拆了？"

"就是上回娘子见过'李公子'后拆的。"吐突承璀说，"什么都没有了。哦，那座塔还留着。娘子想去看看吗？"

"中贵人允许我去看吗？"

吐突承璀哈哈大笑："倒是可以。不过本将劝娘子还是别去了，真没什么可看的，里面就老和尚和贾昌的两具骸骨，怪瘆人的。还不及辩才塔呢。"

"你们把无嗔禅师怎么了？"

"他死了。"吐突承璀拖长声音道，"从辩才塔上跳下来，摔死了。"

"你们！"

"我们？我们怎么了？"

裴玄静咬了咬牙："是你们把人逼死了。"

"哟，大娘子这话说得。要不是你千里迢迢跑到永欣寺去，无嗔法师今天肯定还好好地念着经呢。"吐突承璀的目光像毒蛇一般舔上裴玄静的面孔，"叫我说啊，逼死老和尚的正是大娘子你呢。"

裴玄静不由自主地握紧拳头。

吐突承璀却漫不经心地调转目光。从城门内迎出来一小支马队，看服饰正是他管辖的神策军。

果然，这批神策军疾奔到他们面前便翻身落马，为首者向吐突承璀行礼道："圣上有口谕——命吐突中尉即刻送裴大娘子回府。"说完，又在吐突承璀耳边低语了几句。

"知道了。"吐突承璀笑容可掬地向裴玄静示意，"大娘子请吧。"

快到兴化坊时，吐突承璀才低声对裴玄静说："'李公子'让我转告娘子，娘子若是想见他，可立即送信给我，他随时……等着你。"

把裴玄静送到裴府门口，吐突承璀便拨转马头扬长而去了。

裴玄静就这样回来了。在会稽出发时，她给叔父裴度写了一封短信，只说李贺已故，自己决定返回长安叔父家中。至于会稽，则只字未提。

吐突承璀派专人快骑把信送回长安，因而裴度早些天就得到消息了。

在裴府门口分手时，吐突承璀仍不忘提醒："想必大娘子明白，见到裴相公后应该怎么说。"

"我不会给叔父招惹是非的。"

"那就好。"

绝不能给裴度招惹是非，进而带来无妄之灾。在返回长安的途中，裴玄静一直这样告诫自己。但是除了回到叔父府中，眼下她确实没有其他选择。她知道，一切都取决于自己能否解开、何时能解开"真兰亭现"之谜——那位隐身在大明宫琼楼玉宇中的"李公子"，还在等待她的答案。

她只能暗暗祈祷，这个答案将不至于是无法挽回的。

裴度慈爱而平和地重新接纳了裴玄静，甚至没有多盘问几句，吐突承璀怎么会与裴玄静尽弃前嫌。

裴玄静再一次叹服于叔父的深邃智慧。如今吐突承璀的再三出现，已经表明了背后之人的身份。时机未到，多问也是无益。为了自己和李弥，也为了叔父乃至全家的安全，裴玄静回到裴府就自我禁足，真正当上了大门不出二门不迈的侯府千金。大家都很喜欢李弥，但因他第一次离开家乡，又刚刚失去相依为命的哥哥，怎么都不太自在。只有裴玄静能够安抚他的情绪，于是便安排他住在裴玄静的隔壁，便于照料。

除了每天默写一首李贺的诗之外，裴玄静想给李弥找些别的事情干干，最好的选择当然就是——练书法。

李弥认字不多，但他的模仿能力非常强。任何一个字，他只要看见一种写法，就能立刻默记下来。往往这个字的意思他并不明白，写法倒是背了好几种。就同他记忆李贺的诗一样，完全是不明就里的强记。赖得他心地清明，如同一张白纸，可以毫无杂念地刻印下任何内容。

裴玄静请裴度找来《兰亭序》的不同摹本和怀仁和尚《集王圣教序》的印本。她给李弥讲了讲《兰亭序》的内容，发现他根本听不懂，也就不为难他了。李弥仍然按照他自己习惯的方式，像画画似的临摹起了王羲之。

裴玄静陪在他的身边，倾听窗外竹叶在秋风拂动下的窸窣声，往往不经意中就过去了整个下午。她知道这种宁静是难得的，却也是暂时的。

与此同时，权德舆在长安的府邸中也过得十分平静。

在河阴仓案和洛阳暴动案立下大功之后，皇帝下诏将权德舆召回京城，大为嘉奖，复拜太常卿兼刑部尚书。权德舆重返朝廷中枢，每日除了上朝办公之外，对前来拜访巴结的大小官吏一律闭门谢客。

但是这天傍晚，权德舆却破例在书房接待了一名来者。

仍然是那一身白衣素巾，今天的崔淼看起来却相当憔悴，神色也有些焦虑，不复往常的潇洒落拓。

他是来向权尚书汇报这段时间的调查成果的。

根据他和裴玄静在会稽发现的线索，来到长安后，崔淼便围绕着前朝书法家王伾展开调查。先皇喜好围棋和书法，居东宫二十余年，围棋国手王叔文和书法家王伾一直侍奉在他身边，深得宠信。先皇登基之后，由于重病瘫痪无法理政，便将政务全权委托给了最信任的东宫旧人。其中，王叔文是当之无愧的领导者，在翰林院中负责起草各项诏书。而王伾则负责将诏书送入内廷，交给顺宗皇帝身边的内侍李忠言。李忠言把顺宗皇帝的意见告诉王伾，再由王伾传递给外朝的王叔文他们。正是这个复杂而脆弱的上传下达的程序，后来遭到群臣的极大反弹。众人皆指，"二王"和李忠言几乎等同于挟持了顺宗皇帝，皇帝的所有谕旨都经由他们的口来发布，其他臣子压根无法与皇帝召对，又怎么能知道那些旨意是否出自皇帝的本意呢？

喧嚣一时的永贞革新派在李纯登基后就彻底垮台了。相对而言，王伾并不像王叔文那样直接介入政治，他充其量只是一个受到特别信任的传令官而已。所以他没有像王叔文那样被赐死，而是因病死于贬所了。

然而吊诡的是，王伾却是永贞派中第一个死掉的。

崔淼说："我查到了王伾的家史，发现了他的书法渊源。很有意思……他是则天皇后时期的大书法家王綝的后代。而王綝，正是王羲之的九世堂孙。"

"王綝？就是那个献上《万岁通天帖》的王綝吗？"

"权尚书记得没错。"

武则天的《万岁通天帖》，说来也算一段趣史。当年武则天称帝之后，也曾有样学样，像太宗皇帝那样下旨寻访王羲之的真迹。可是经过梁元帝焚书和太宗集帖，天下几乎再无王羲之的真迹可寻。最后还是王綝献出家中世代珍藏的王羲之真迹，令武则天大喜过望。她下令将这些真迹刻拓成帖，便是流传后世的《万岁通天帖》。之后武则天又将真迹装于名贵的宝匣中还给王綝，使其后代可以将祖宗之遗继续传承下去。

崔淼说："王伾以书法待诏，流传在外的作品却非常少。大家都知道先皇擅隶书，所以想当然以为王伾所习为隶书。其实从我找到的线索来看，王伾写得一手祖传的王家行书。"

权德舆听得很专注。

崔淼往下说："王綝除了献《万岁通天帖》之外，还做过一件大事，与贞观名臣魏徵有关。他买下了魏徵在劝善坊中的旧宅。当年太宗皇帝见魏徵的宅邸太朴素简陋，特命将修建皇宫剩下的材料替魏徵建了正堂，所以这座宅邸的意义非凡，乃太宗皇帝与魏徵君臣相得的证明。然而，恰恰是这座旧宅揭露了君臣二人关系中的另一面。"

魏徵死时，太宗皇帝亲自撰写碑文，立于其墓前，可说魏徵享受到了为臣子的最高荣誉。然而这一切很快便发生了戏剧性的大逆转。

有人向太宗密报，说魏徵每次向皇帝上奏章时都留有副本，还将这些谏辞拿给当时的史官褚遂良看，说明魏徵在内心里根本不信任太宗皇帝，认定他会篡改历史。太宗皇帝闻言盛怒，下令推倒了自己亲书的墓碑。

权德舆含讥带讽地说："你知道得还真不少嘛。"

崔淼不理他，继续道："直到数年后王綝买下魏徵的旧宅，在其中的密室里果真发现了这些奏章的副本，并将它们编纂成书以传后世。所以……"

"够了！"权德舆打断崔淼，"你跟我说这些不相关的事干什么？"

"怎么不相干？"崔淼正色道，"虽然王琳将魏徵的奏章印成书并公之于众，可谁知道他是不是匿下若干篇目？其中会不会就有与《兰亭序》真迹有关的内容？王琳是王羲之的后人，如果他见到了与其先祖有关的秘密，他会怎么做？还有，王伓不像王叔文，没什么政治才能，因何能得到先皇特别的宠信？又为什么在先皇内禅后第一个暴卒？据我所知，在'二王八司马'中，王伓是唯一一个在先皇驾崩前就死去的人！所有这些事情之间，难道就一点关联都没有吗？"

"我现在就可以告诉你，没有！"权德舆斩钉截铁地说，"所谓'真兰亭现'的谜别再查下去了！再查也是浪费时间，还会误入歧途。"

崔淼咬牙："怎么是歧途……"但他强自按下怒火，隐忍地说，"权尚书，我敢保证这个调查方向没有错。只是……我需要和裴大娘子见个面，此谜即能水落石出。但我现在进不去裴府，所以还需求权尚书帮忙。"

"不可能，我不会帮你的，你就死了这份心吧。"

"权尚书！吐突承璀三番五次企图阻拦，说明此谜事关重大啊。权尚书难道愿意拱手相让吗……"

"住口！"权德舆目露凶光，一改平时中庸通达的大儒模样，咬牙切齿地说，"你是个什么东西！居然敢挑拨朝廷重臣之间的关系，还对先皇甚至太宗皇帝的德行妄加揣测，是不想活了吗？当初在河阴仓，若非裴大娘子事先为你巧做安排，你早就死定了！今日我且看在她的面子上，留下你一条狗命，你即刻滚出我的府邸，永远不要让我再见到你。滚！"

崔淼的脸色突然变得煞白："裴玄静在河阴仓为我做了什么安排？"

权德舆重复："滚！"

崔淼眼里几乎冒出火来："小人！懦夫！"终于，他抛下这两个词，转身阔步而出。

权德舆正冲着他的背影运气，却觉屏风后香气拂动，一个人影转了出来。

权德舆及时收敛起怒容，向来人拱手道："贵妃，您都看见了。"

郭念云穿着宫中女官的服饰，头上的帷帽也未除下。只将面纱撩开一片，可见她除了权德舆之外，不想对任何人露出真容。

对郭念云来说，即使有胆量私自出宫会见权臣，也必须将掩人耳目做到极致。毕竟，她要对付的人精明冷酷，还握有至高无上的权力。郭念云从不敢自比则天皇后，她的丈夫更不是唐高宗。

所以她的企图心才更加迫切而又忐忑。

"权尚书，你为什么要赶他走呢？"郭念云焦急地问，"他所说的秘密分明是极有价值的呀！原来这些日子，吐突承璀东奔西跑就是在忙这个！"

"微臣自是明白这一点。可是……"

"可是什么？"

权德舆犹豫地说："您不觉得应该尽量回避吗？毕竟，吐突承璀的背后是……"

"那又怎么样？"郭念云反唇相讥道，"你没听见他刚才提到了魏徵吗？世人皆以为魏徵死后太宗恩断，是因为所谓的奏章副本。但其实他们李家人心里都明白，太宗和魏徵在李承乾太子废立之事上已经彻底反目，只因当时魏徵病重，太宗皇帝为了维持好不容易营造起来的君臣典范，才一直隐忍到其死后，借着奏章案一并发作的。权尚书不会不知道，魏徵最早是隐太子李建成的门客，玄武门之变后无奈跟随了太宗皇帝。后来太宗皇帝又命他辅佐太子李承乾，魏徵就曾表示过，不希望自己辅佐的两任太子都遭到噩运。结果偏偏一语成谶。所以，魏徵在他留下的奏章中很可能提及太子废立，以及对江山社稷的影响。这些内容会不会真的被王伾隐匿下来了？方才那个崔淼说得很有道理，吐突承璀为什么也盯得这么紧，说不定真的和立储有关！"

权德舆摇头道："贵妃所说的都是朝廷机密，他崔淼区区一个百姓绝不可能知道！无非都是些想当然的胡说八道，怎能取信……"

"不！就算是胡说八道，我也要去弄清楚。太子之事再也耽搁不得了。这回宥儿若是再落了空，我母子前途危殆矣。"郭念云直视权德舆道，"权尚书害怕引火烧身，自可躲得远远的。我反正是没有退路的！"

"唉……"权德舆无奈地长叹。

郭念云走了。权德舆在书房中坐立不安，越想越害怕。他仍然认为，最终皇帝会将李宥立为太子，所以不能得罪郭家，但眼下的局势又确实太微妙，存在满盘皆输的可能性。

只有拿最薄弱的环节开刀了。权德舆唤来心腹手下，吩咐他立刻去杀一个人——崔淼。

对崔淼这种不自量力非要掌握核心机密，甚至想借机兴风作浪的小人物来说，死亡是唯一的归宿。

9

这天裴玄静正陪着李弥练字，阿灵拿给她一封信。说是韩愈府中刚差人送来的。

裴玄静展开一看，不禁惊喜地笑起来——这个韩湘子，倒没忘记自己的任务。

他果真把在南诏国看到的《兰亭序》录了下来。韩湘在信中说，不敢肯定自己的记忆完全正确，但应该差不太多。

内容如下：

　　永和九年，岁在癸丑，暮春之初，会于会稽山阴之兰亭，
　　修禊事也。群贤毕至，少长咸集。此地有崇山峻岭，茂林修竹，

又有清流急湍，映带左右。引以为流觞曲水，列坐其次。
是日也，天朗气清，惠风和畅，娱目骋怀，信可乐也。

虽无丝竹管弦之盛，一觞一咏亦足以畅叙幽情矣。故
列叙时人，录其所述。右将军司马太原孙丞公等二十六人，
赋诗如左。前余姚令会稽谢胜等十五人，不能赋诗，罚酒
各三斗。

确实如韩湘所说，从"信可乐也"这四字之后的内容，都与众
所熟知的《兰亭序》不同。记叙的仍是兰亭集会的过程，而非普遍
版本《兰亭序》中对人生的感喟。

光凭内容，无法判断孰真孰假。

"嫂子，"李弥在叫她，"这几个字没有。"

裴玄静不明白他的意思，再看李弥在纸上临摹的《兰亭序》，
空了好几个字，就像他默写李贺的诗一样，总有那么些许残缺。

"为什么空着几个字不写？"

"这几个字找不到，没有……"李弥嘟着嘴说。

裴玄静更糊涂了："你不是在临摹《兰亭序》吗？按样写就行了
啊，怎么会没有？"

李弥把《兰亭序》扯到裴玄静面前，又指给她《集王圣教序》看，
说："这里面的字，和那里面的字好多是一样的，所以我就把一样的
字照着写下来。"

裴玄静笑道："我的傻自虚，《集王圣教序》本来就是用王羲之
的字集成的。所以呢，里面不少字取自《兰亭序》，当然是一样的咯。"

"可就是有几个字找不到呀。"李弥连忙道，"你看，比如这
个'致''览''亦''殊事'，还有'视听之娱'，还有……咦？嫂子，
你在听我说话吗？"

裴玄静回过神来，忙问："自虚你说，还有什么？"

"还有，这里怎么又多出一个字呢？"

"哪里？"裴玄静顺着李弥手指的方向看去——果真，就在他临写的《兰亭序》摹本上，"当其欣与所遇"这句话里的"欣"字旁，还有一个小小的"僧"字。这个"僧"字显然不属于正文，更像是一个注解，所以极易被忽视。

裴玄静惊讶地发现，李弥所临的这一幅正是欧阳询的《兰亭序》摹本，也就是武元衡遇刺前所临写的那个摹本！

她飞快地取过另外几个《兰亭序》摹本，逐一翻看过来。褚遂良、冯承素、虞世南的这些摹本上，都没有这个"僧"字！

好像遭到当头一棒，裴玄静从未经历过如此幡然醒悟的刹那，以至于在激动的眩晕之余，只剩下痛感了。

她终于看见了真相。

今天裴度回来得比平常都早，裴玄静立即过去请安。

她看出裴度的神色不对："叔父，出什么事了吗？"

反常地提前下朝，裴度的心事重重肯定和朝堂有关，按理裴玄静不该问，裴度更不该答。但是今天这叔侄二人约好了似的，双双破例了。

裴度叹道："今天，我说错了一句话。"

"是对圣上吗？"

裴玄静问得太直接，使裴度会心一笑："是啊。"弦外之音似乎是：还说你冲动，我这个当叔父的也好不到哪里去……

事情是由刘禹锡和柳宗元再度被贬引起的。

本来将二人召回时，皇帝确有重新启用他们的想法。偏偏刘禹锡性格旷达，天生就不是个安分守己的主儿。阔别长安十年，一回来他就跑去玄都观观赏桃花，信笔写下一首《元和十年自朗州至京戏赠看花诸君子》："紫陌红尘拂面来，无人不道看花回。玄都观里桃千树，尽是刘郎去后栽。"

连傻子都能看出诗中的辛辣讽刺，更别说那些被调侃的对象了。

刘禹锡和柳宗元一样，虽仕途飘零，却文名鼎盛。他们笔下的每首诗、每篇文都会自动地流传开来。

政敌们感到了深深的冒犯，于是将诗呈给皇帝陛下，谓之"诗语讥怨"，并且暗示皇帝，玄都观中的种桃人恰好也姓"李"。

皇帝很快下诏，将刘禹锡再贬播州，柳宗元贬至柳州。

播州位于大唐西南最边境，穷山恶水、人烟稀少。刘禹锡有一位八十多岁的老母亲，如果随行的话，到了那种地方必死无疑。危急时刻，刘禹锡的好友柳宗元挺身而出，连夜上表请求和刘禹锡对换，自己愿去死地播州，让刘禹锡去条件相对好些的柳州。

今天在延英殿中，裴度就向皇帝提出此事。他知道陛下对刘、柳二人憎恨极深，便试图从尽孝的角度来劝说皇帝。

可是皇帝反驳道："你劝朕顾及刘禹锡八十岁的老母亲，但他自己写诗的时候，为什么就不想一想他的母亲和柳宗元这干朋友们？朕不会帮这种人成全他的孝道！"

见皇帝心意已决，裴度一急之下，脱口而出道："如果这次陛下饶恕了刘禹锡，天下人都会知道，陛下是不忍令其母子永隔。陛下此举，绝不仅仅成全刘禹锡的孝道，也是成全了陛下自己的孝道啊！"

此言即出，皇帝便不肯再和裴度说一个字。

裴度对裴玄静叹道："我太想帮梦得和子厚，却伤到了圣上的心，是我的错啊。"

"怎么会伤到圣上的心？"

"玄静，你读过《春秋》中'郑伯克段于鄢'一则吧？"

"读过。"裴玄静的心狂跳起来。"郑伯克段于鄢"不正是"真兰亭现"诗谜中的第一个典故吗？

"郑庄公怨恨母亲偏心，曾发下毒誓'不及黄泉，无相见也'。可是很少人知道，当今圣上也已经整整十年没见过母亲王皇太后了。"

裴玄静惊讶地问："为什么？"她听说王皇太后长居兴庆宫，从大明宫到兴庆宫仅隔着两个里坊的距离，就算每天看望都是可以办到的。

裴度的语调变得异常凝重："因为十年前，王皇太后在先皇的柩前对圣上发誓，'不及黄泉，无相见也'。所以，即使圣上与母亲近在咫尺，却至死不能相见。"

"王皇太后怎会发下这样的毒誓？"

一位母亲誓言终身不见自己的儿子，裴玄静完全想象不出其中蕴藏着怎样强烈的爱憎。

裴度摇了摇头，却道："总之，对当今圣上提及'孝'这个字，必须慎之又慎。我只担心，今天怕是给梦得和子厚帮倒忙了。"他忽然想起来，"玄静，你找我有事吗？"

"哦，没事，叔父。"

"真的没事？"裴度上下打量裴玄静。

"真的没有。"她确实没有要对叔父说的话了。

裴玄静决定了，这些话只能说给一个人听。

10

香与香是多么不同。

两种香气都令人闻之难忘，又留下截然相反的印象。致人幻觉的毒香，味道浓郁沉积，吸入一口就会使人昏眩恶心，随即进入腾云驾雾般的迷醉感，沉溺其中无法自拔。而龙涎香缥缈淡雅，似乎难以捉摸，又在不知不觉中侵入肺腑，这一身肉体凡胎仿佛也得到了净化，只剩下一颗虔诚之心，回应来自浩瀚天宇的圣洁与悲悯。

裴玄静想，难怪称龙涎为天子之香，确实唯天子才配用此香。

天子正从绘着王母瑶池盛宴的屏风后走出来。他说："整座大明宫中朕最爱两殿，一是延英殿，即朕常与你叔父召对的所在；另外一处就是此殿——清思殿。"他一直走到裴玄静的跟前问，"你知道朕为什么喜欢这座清思殿吗？"

"妾不知。"

"猜一猜嘛。"皇帝和蔼地说，"随便猜，猜错了也没关系。"

"一切判断都要基于对事实的了解。妾既不了解大明宫、清思殿，更不了解陛下，如何判断呢？所以只能瞎猜，这不是对与错的问题。"

皇帝一哂："有那么严重吗？况且，朕觉得你知道得已经够多了。"

她知道他一定会这么说的，便送上早已准备好的回答："妾只知道陛下所允许的那些。"

"那就说一说吧。"

"是。"

她从武元衡所赠的半部《兰亭序》开始，将金缕瓶、离合诗、永欣寺和辩才塔一一道来。皇帝听得很专注，始终没有打断她。直到裴玄静讲完，他才说："你方才所说的前半段，裴爱卿都已上书给朕了。据他说，你在离开长安时，就决定放下武爱卿留给你的谜题。朕想知道，后来……你怎么又捡起来了？"

裴玄静毕恭毕敬地回答："是的。妾在离开长安前，就将一切都告诉了叔父。但叔父立即就看出，妾在大雁塔上得到的那只金缕瓶是假的。"说着，从腰带上解下荷包，取出其中的金缕瓶，双手高高捧起。

皇帝稍微瞥了一眼，便兴味索然地摇了摇头。

裴玄静只得将金缕瓶重新收好，道："叔父与妾都无法判断，究竟是藩镇送了个假的金缕瓶讹诈武相公，还是武相公自己将金缕瓶掉了包。但既然不是真品，叔父便让妾带着它上路了。叔父说，虽然妾不能继续解武相公留下的谜题，他的馈赠妾还是应该珍藏在身边。可谁知道，刚出了长安城，妾就发现自己被人跟踪了。而且，来人显然是要找妾身上的什么东西。妾立即就想到了金缕瓶。"

皇帝点头道："跟踪你的人是成德武卒尹少卿吧？"

"正是。当妾意识到有人在找金缕瓶时，就决定用妾身上的这只赝品为诱饵，引蛇出洞。因为寻找金缕瓶的人，很可能就是刺杀武相公的人！"

少顷，皇帝淡淡地说："你很勇敢。"

裴玄静低头不语。

又过了片刻，皇帝才说："刺杀武爱卿的元凶——授首，无有漏网，你也算对得起武爱卿的信任了。金缕瓶的事就该到此为止。可是，你怎么又跑到会稽去了？"

裴玄静抬起头："陛下，那是因为妾发现尹少卿是梁元帝的后人，同时还是贞观时候帮太宗皇帝谋取《兰亭序》真迹的萧翼的后人。于是妾突然认识到，一切又回到了《兰亭序》上。妾曾经相信，武相公留给我的谜题是关于刺杀案的真相，却没想到，这个谜题仍然是关于《兰亭序》本身的。而这时，长吉已逝，妾再无牵挂，便决心还是要将这个谜题解下去。"

"解开了吗？"

裴玄静说："陛下，在武相公留给妾的谜中，最关键是要解开'真兰亭现'的含义。世人皆知《兰亭序》真迹已被太宗皇帝带入昭陵陪葬，所以妾只能从两个角度来推测：或者真迹并未陪葬，或者真迹被人盗出。直到前些日子，韩湘向妾提到南诏国收藏的另一版本《兰亭序》时，妾才想到还存在一种可能性。"

"什么？"

"'真兰亭现'并不是说真迹再现，恰恰相反，这四个字要指出的是，世人所认为的《兰亭序》，也就是以各种摹本流传于世的《兰亭序》，并不是真的。"

皇帝注视着裴玄静："你是说，南诏国的《兰亭序》才是真的？"

"许玄作为王羲之的好友，是有可能将《兰亭序》真迹直接带往南诏国，但这也只是推测，妾并没有证据证明彼真此假。不过，从韩湘录下的南诏国所藏《兰亭序》来看，至少能够推断出《兰亭序》

的上半部分，也就是直到'信可乐也'这四字的部分，肯定是真的。"
顿了顿，裴玄静补充说，"武相公临给我的半部《兰亭序》也说明了同样的意思。据武府家人说，武相公赠予我的半部《兰亭序》，所临的是欧阳询的摹本。而妾查到高祖皇帝时欧阳询编纂的《艺文类聚》，卷四就录有《兰亭诗序》的文章，恰恰也只到'信可乐也'便结束了。"

"哦？但是现存于世的《兰亭序》欧阳询摹本，是完整的呀？"

裴玄静颔首："没错。或者可以这样解释，当欧阳询编写《艺文类聚》时，太宗皇帝还没有拿到《兰亭序》真迹。世人所知道的《兰亭序》的内容都仅限于上半部分。直到贞观十七年，太宗皇帝从永欣寺辩才和尚的手中取得《兰亭序》真迹，再命人临摹时，才增加了后半部分。"

"嗯，这也算合理。"

"并不合理。"

皇帝的目光凌厉地投向裴玄静："什么意思？"

裴玄静道："既然欧阳询在贞观十七年见到并临摹了《兰亭序》的真迹，他为何不修订《艺文类聚》中的明显疏漏呢？据妾所知，欧阳询一直到去世之前，都在不断修订这部书，他完全有机会也有时间，把后半部分《兰亭序》增添进去。"

皇帝皱起眉头，少顷才道："所以你认为呢？"

"陛下，太宗皇帝是从辩才和尚的手中取得《兰亭序》真迹的。那么，辩才又是从哪里得到《兰亭序》的呢？世人都知道，辩才其实是智永和尚的徒弟，而智永和尚正是王羲之的后代，所以有理由认为，辩才的《兰亭序》应该是从智永和尚处继承而来的。智永和尚的书法造诣之深，直追其先祖王羲之，很多人都曾把智永的笔墨误认是王羲之的。甚至有人说，在怀仁和尚《集王圣教序》中的许多字，本来就是智永所书。因其形神兼备，以假乱真，就连怀仁和尚亦不能分辨。在太宗皇帝取得辩才手中的真迹前，世间所知的《兰亭序》就只有上半部分。也就是说，下半部分的《兰亭序》只来自辩才。那么，有没有一种可能，王羲之所书的《兰亭序》的确到'信可乐也'就为止了。而后半部分的内容，根本不是王羲之所作，而是……出自于智永之手。"

皇帝情不自禁地瞪大眼睛，盯着裴玄静看了许久。清思殿中一片寂静，只有两人的呼吸声此起彼伏。裴玄静低着头，承受皇帝质询的目光，心中并不慌张。

终于，皇帝又开口了："你的意思是，有人将智永所书的文字和王羲之所作的上半部《兰亭序》合二为一了？"

裴玄静点头道："是的，陛下。妾在欧阳询《兰亭序》摹本的后半部分，'当其欣与所遇'这句话的'欣'字旁边，还发现了一个小小的'僧'字。妾认为，这很可能是欧阳询留下的标志，暗示这后半部《兰亭序》出自僧人智永之手。"

皇帝喃喃自语："王羲之在前，智永在后，两者相隔数百年。智永为什么要做这种事？抑或是……辩才所为？用伪造的《兰亭序》骗取太宗皇帝的赏赐？"

"如果是这样，那为何太宗皇帝多次向辩才谋求均不能得，以至于要派出萧翼智取呢？辩才的行为，说不通啊。"

皇帝审视着裴玄静："你究竟想说什么？"

终于要讲到最关键的部分了。

裴玄静的手心里全是汗。实际上，今天她敢于来到大明宫中，是带着明确的结论而来的。她的结论不仅基于已经谈到的所有推理，更基于贾昌墙上的二百五十八个行书大字。但问题是，她在第一次面见皇帝的时候就撒了谎，说自己不曾进入过贾昌的屋子，也就意味着，不曾看见过墙上的二百五十八个字。这个秘密，除了她自己、禾娘和崔淼之外，世上再无一人知晓。如今看来，正是当初几乎本能的反应给了她回旋的余地，更给了他们三人一线生机。

裴玄静整理心情，重新开始叙述。

"陛下，妾为了寻求《兰亭序》的真相前往永欣寺，曾与永欣寺的方丈无嗔在辩才塔中一晤。当时，无嗔在塔中悬下一幅巨大的尺牍，妾勉为其难，记住了那幅字的内容。"

皇帝微微挑起剑眉："裴大娘子还有过目不忘的能为？很好，那幅字是什么内容？"

裴玄静道："是一篇类似于《兰亭序》的文章。"

"类似于《兰亭序》的文章？"皇帝指着御案，"写下来。"

她立即认出这种混着金屑的麻纸。回想起来，皇帝本人临摹的王羲之也是很不错的。

裴玄静定了定神，一笔一画地写起来：

夫人之相与，俯仰一世，或取诸怀抱，晤言一室之内；或因寄所托，放浪形骸之外。虽取舍万殊，静躁不同。秦望山上，洗砚一池水墨；会稽湖中，乘兴几度往来。仰观宇宙之大，俯察品类之盛。居足以品参悟之乐，游足以极视听之娱。

当其时也，余与欣安于所遇，暂得于己，快然自足，不知老之将至。及其所之既倦，情随事迁，感慨系之矣。

及弟欣先去，向之居游动静，于今水枯烟飞。俯仰之间，已为陈迹，犹不能不以之兴怀。况修短随化，终期于尽。古人云："死生亦大矣。"岂不痛哉！每览昔人兴感之由，若合一契，未尝不临文嗟悼，不能喻之于怀。固知一死生为虚诞，齐彭殇为妄作。后之视今，亦犹今之视昔。良可悲也！

虽世殊事异，所以兴怀，其致一也。后之览者，亦将有感于斯文。

写完了，趁着皇帝御览之际，她又从旁悄悄地数了一遍：没错，正好二百五十八个字。

皇帝也读完了："这是什么？"从他平淡的语气中既听不出褒贬，也听不出喜怒。

"妾把它叫作《俯仰帖》。"

"《俯仰帖》？"

"那天在辩才塔里，这幅写在巨大绢帛上的字中有两个会发光，那两个字就是'俯''仰'。"

皇帝又看了一眼御案上的字："这幅字里倒是掺杂了不少《兰亭序》中的句子，但又似是而非。"

"是的，或者说，《俯仰帖》里的大部分内容和《兰亭序》的下半部分是重叠的。"

"你方才说过，《兰亭序》的下半部分可能出自智永和尚的手笔。难道说，这幅所谓的《俯仰帖》也是智永所写的？"

裴玄静深深地吸了一口气，道："陛下，妾以为当年太宗皇帝派萧翼从辩才那里获取的，恰恰就是这幅《俯仰帖》，而根本不是王羲之的《兰亭序》！"

11

第二次，清思殿中出现了长久的寂静，静得能听得彼此的呼吸，甚至能感到龙涎香悠悠浮动时空气的细微波动，不可捉摸，却又沁人肺腑。

再度开口时，皇帝的声音依旧波澜不惊："那么你能不能向朕解释一下，为什么《俯仰帖》最后却变成了《兰亭序》呢？"

裴玄静抬起头，脸色煞白却口齿清晰地回答："请陛下恕妾斗胆，妾以为……正是太宗皇帝使智永和尚的《俯仰帖》变成了王羲之的《兰亭序》！"

"哦？太宗皇帝为什么要这样做？"

"妾不知道为什么。"

"你不知道？"皇帝突然变得声色俱厉，"不知道，你就敢肆意诋毁太宗皇帝？"

"请陛下恕罪！"裴玄静长跪稽首。

良久，皇帝稍稍平息了怒气，用略微平缓的语气道："好吧，就算世上的确有一幅《俯仰贴》，就算《俯仰贴》中的不少字和《兰亭序》的下半部分重叠，你方才的推断仍然不能令人信服。朕也可以反过来说，《俯仰贴》恰恰是智永根据《兰亭序》撰写的。你有理由反驳吗？"

"妾有。"

"说。"

"首先，在贞观十七年之前，世上所存各种文献中记载的《兰亭序》，包括流传到南诏国的《兰亭序》，都只有上半部分。可恰恰在贞观十七年，发生了萧翼赚兰亭的事件之后，《兰亭序》才变成了世人今天所见到样子。"迟疑了一下，裴玄静才坚定地说道，"其次，便是太宗皇帝自己的行为，佐证了妾的猜测。"

皇帝冷笑着问："太宗皇帝的什么行为？"

"陛下，太宗皇帝是千古一帝，大唐的开国明君，像他这样的一位君主，必然是非常爱惜自己的声誉的。可是偏偏在《兰亭序》的事上却一反常态，竟将自己派萧翼巧取豪夺辩才传家宝的过程，命阎立本画成画作，广为流传，实在让人费解。其实太宗皇帝完全没必要这样做，对吗？如果不是阎立本的这幅画作，世人又怎么会了解到永欣寺中所发生的一切？所以妾觉得，太宗皇帝的做法实在不可思议。"

少顷，皇帝问："就这个？"

"还有。太宗皇帝自从拿到《兰亭序》以后，从不将真迹示人，而仅仅是让人临摹后，将摹本拿给朝臣和皇族赏看，这是又一个疑点。姑且相信，太宗皇帝是太过珍爱《兰亭序》了，但从不将真迹示人还是让人非常困惑。只是摆在那里给大家看一看，会有什么问题呢？最后，便是太宗皇帝的遗命了。《兰亭序》的真迹陪葬入昭陵，从此更没人有幸一睹风姿。所以，从头至尾，太宗皇帝所取到的《兰亭序》真迹除了他自己之外，竟然只有萧翼和几位临摹者见到过。"顿了顿，裴玄静抬头望着皇帝，"陛下真的不觉得可疑吗？"

皇帝没有再次勃然大怒，也没有直接回答她的问题，却反问："假设如你所说，萧翼和褚遂良等临摹者知道所谓的《兰亭序》的真相，他们为何都保持了沉默？"

"萧翼因此事获得了许多赏赐，还升了官，他又怎会冒天下之大不韪呢？况且，曾经毁掉王羲之墨宝的梁元帝，正是他的祖先。萧翼绝对不敢再在《兰亭序》的真假上多嘴了。至于那几位临摹者，本来就是太宗皇帝的亲信宠臣，他们当然懂得要守口如瓶。不过——欧阳询是个例外。他不仅在《艺文类聚》中保持了《兰亭序》的原貌，还特意在他的摹本上加了一个小小的'僧'，妾以为，这正是他的良知所在。"

"够了！"皇帝申斥道，"朕就不该纵容你妄议先帝，你还越来越放肆了。"顿了顿，他转用奇怪的语调问，"这些话，你对裴爱卿说过吗？"

"没有。"裴玄静立即回答，"自离开长安后，妾的所作所为都是自己的一意孤行，叔父均一无所知。回来之后，妾也什么都没对他说。"

"但是你却全都对朕说了，为什么？"

裴玄静抬起头，看着皇帝没有表情的脸："因为，妾仍然回答不了那个最关键的问题。"

"什么问题？"

"动机。陛下，妾无论如何都想不通，为什么太宗皇帝要伪造《兰亭序》。找不出动机的话，妾的所有推断终究是无根之水。"

皇帝冷冰冰地道："于是你就跑来诋毁朕的先祖，大唐的开国明君？哼，朕现在就可以将你凌迟处死。”

极度的恐惧令裴玄静的头脑一片空白，但她随即聚拢意识，倔强地回答："不，妾没有诋毁任何人。妾只是在寻求真相。并且，迄今为止妾所说的都是根据线索得出的推论。妾并没有说那就一定是事实。"

皇帝一字一句地问："你不怕死吗？"这张脸上的标致和残忍又一次达到惊人的和谐，裴玄静垂下双眸，不愿再看。

她承认："妾怕。妾也想过放弃。当妾越是接近谜底的时候，恐惧感就越是鲜明，几乎令妾难以承受。"

"但你还是来了，为什么？"

"因为妾想知道谜底。而且妾相信，没有陛下的帮助，妾永远也解不开这个谜。"

皇帝冷嘲："你还真是……执拗。"

"妾是。"裴玄静抬起头来，"所以陛下，妾的推测没错，对吗？现存于世的《兰亭序》的确是太宗皇帝一手炮制的。王羲之的《兰亭序》原文在宫中应该有摹本或者拓本，而真迹说不定就是韩湘在南诏看到的那一幅。太宗皇帝就以王羲之《兰亭序》的原文作为前半部分，再拼合了从辩才手中得到的智永《俯仰帖》的内容，让虞世南等人制成摹本，并使之广为流传。陛下，太宗皇帝为什么要这么做？这个原因才是真正的谜底，这个谜底只有陛下才能回答。"

皇帝沉默了许久。午后的日影投在大殿上，温暖绚丽，仿佛能看见其中舞动的灰尘。不知怎么的，裴玄静想起刘禹锡的诗句："旧时王谢堂前燕，飞入寻常百姓家。"

多么清明多么美好的——尘世。

她想，平等无处不在。大明宫中的灰尘和昌谷破茅屋中的灰尘没有区别。即使面前的人贵为天子，随时可以夺取自己的生命，但并不意味着自己比他卑微。实际上，她是可以和他谈一谈的。

从辩才和尚开始蒙受的冤屈，即使她没有能力大白于天下，但至少可以直对着那至高无上者的眼睛，说出来。她不是不懂，就算说出来，真相也走不出这座清思殿。可她就是固执地相信，真相有存在的理由，即使只在两个人之间。

皇帝终于开口了："不。朕不会告诉你谜底，因为朕现在还不想要你死。"

"陛下！"

"朕说了到此为止。"皇帝摇头制止她，"从今日起，娘子便是进过大明宫，见过朕的人了。现在朕要和娘子谈一谈，你今后的安排。"

她明白了，他决定留下她的性命，但是有条件的。

裴玄静欠身拜倒，叩头道："妾已发愿入道观修行，还求陛下恩准。"

"入道观？"

"是的，陛下，父亲亡故后妾即入道观，只因与李长吉早有婚约，才出观待嫁。如今长吉已逝，玄静对红尘再无留恋，愿从此入观修道，永不再涉凡尘。"

皇帝盯住她，片刻方道："这么说，你确实早都想好了。"

"否则妾怎敢来见陛下。"

皇帝点了点头："修道嘛，很好。朕倒是没有意见，只是你叔父会不会……"

"妾本就是从道观出来的，况且我意已决，叔父必不会阻拦。"

"那就说定了？"皇帝的口气中竟有了些迟疑，"不过朕还需要你这个女神探。如果你专心求道，一味不问俗务的话，似乎也太可惜了……"

"陛下还要妾做什么？"

"朕想要你追查金缕瓶的下落。此外，'真兰亭现'的离合诗并非出自武元衡之手，而是神不知鬼不觉地出现在朕的案头的，朕仍然要找到答案。"

裴玄静太惊讶了："离合诗是……"

"是的，正是朕委派武爱卿追查。然而刺杀案事发太突然，武爱卿没来得及把他的安排告知朕，但他却为朕挑选了你。目下看来，唯娘子能担此任。"

裴玄静想了想，郑重回答："妾愿担此任。"

皇帝再度流露出不确定的神色："你当真吗？是不是因为惧怕朕……"

"陛下！"裴玄静说，"陛下是天子，是大唐的皇帝，永远不需要问这样的问题。"

他回望着她，鄙薄的神色中有了一丝难以捉摸的温柔，仿佛寒冰在悄悄融化。

终于，皇帝说："天色不早，娘子可以退下了。"

"是。"

"等等。刚进殿时朕问你，能否猜出朕为什么喜欢这座清思殿。现在朕就告诉你。"皇帝兴致勃勃地向裴玄静招手，引她转到屏风后面，"看见了吗？"

偌大的玉石条案上，摆放着一座精工细作的楼阁模型。

"娘子一定听说过凌烟阁吧？"

"当然听说过，凌烟阁不是在太极宫里吗？"

"是啊，所以朕让人仿制了这座模型，置于清思殿中。这样便天天都能看到。"皇帝饱含深情地说，"朕发誓剿平藩镇，中兴大唐。等胜利到来的那一天，朕将在凌烟阁中宴请所有的有功之臣。朕曾经对武爱卿说过这话，可惜他等不到了……朕也和裴爱卿说了同样的话，朕相信那一天终将到来。"

裴玄静没有说话。她注视着这座无上精美的楼阁，即使它只是一个微缩的模型，也足够令她心潮澎湃。

她想起了武元衡的话："长吉诗中有真意。"

原来，武元衡所指的那句诗就是："请君暂上凌烟阁，若个书生万户侯。"

12

裴玄静退出了清思殿，皇帝却仍然沉浸在思绪中。

半年前的某一天，皇帝突然从御案上发现了一首诗，夹在一堆奏表中。诗的内容晦涩难测，起初皇帝未太在意，但自己的案头上莫名其妙地出现一样来历不明的东西，还是令他感到非常不安。当时吐突承璀尚未回京，皇帝便命内侍省暗查了几个月，始终没有结果。不得已之下，皇帝将诗交给了武元衡，希望他能有所突破。

武元衡接下了这个任务，与皇帝约法三章，在破案期间皇帝不得干预不可催促。皇帝允诺了。时间一天天过去，淮西战事吃紧，就在皇帝几乎要把此事彻底抛到脑后时，王承宗诉武元衡受贿的奏章递到皇帝手中。其中提到的金缕瓶引起了皇帝的注意。他隐约感到其中存在某种关联。皇帝没有询问武元衡，一则答应过不多加干涉；二则也不愿流露出对武元衡的怀疑。皇帝将最大的信任给予了武元衡，等待他有朝一日送来谜底。然而，他等来的却是武元衡的死讯。

不过今天看来，武元衡还是替皇帝找了一位绝佳的解谜人。

皇帝反复咀嚼着与裴玄静的谈话，只觉余味杂陈。他的脑海中回荡着裴玄静的那句话："陛下，太宗皇帝为什么要这么做？这个原因才是真正的谜底，这个谜底只有陛下才能回答。"

在回答这个谜底之前，也许他应该先明确另外一件事——贾昌墙上为什么会有那二百五十八个行书大字。

裴玄静给那篇文章起了一个可笑的名字：《俯仰贴》，但皇帝却笑不出来，因为他知道，正是先皇将《俯仰贴》写在了贾昌房中的墙上。

先皇为什么要这样做？

一定是王伾，还有王叔文！

只要一想到这两个人，皇帝就恨得咬牙切齿。王伾是书法大家，王叔文又出身会稽，这两个人凑在一起，完全有可能洞察到《兰亭序》背后的秘密。况且，谁又能保证，智永当年所作的这幅《俯仰贴》不曾流传出去呢？他在民间的声望并不亚于王羲之。不，由于他推广书法的行为，对于广大老百姓来说，智永的名声甚至超过王羲之。

所以太宗皇帝才要用拼合而成的《兰亭序》来取代《俯仰贴》。因为《俯仰贴》确实已经流入民间，没有可能彻底销毁。但当糅杂了《俯仰贴》的《兰亭序》横空出世之后，借助皇家的力量，《兰亭序》成了千古一贴，拥有了无可撼动的至高地位。那么即使有人拿出《俯仰贴》来，也会被认为是从《兰亭序》中剥离出的伪作。

于是，假的就变成真的，真的却永远成为假的。

为了达到这个目的，太宗皇帝才不惜自毁名声吧。至于他为什么不能容下《俯仰贴》，那就是另外一个故事了。

皇帝的嘴被冷笑扭歪了，如果裴玄静看到此刻的他，定然会震惊地发现，这张脸上的狰狞超出了她的想象。

皇帝在回味十年前。

那年的正月祖父驾崩，二月父亲继位。惊心动魄的八个月之后，李纯登上皇位，又过了四个月，父亲在太上皇的位置上升遐。

前后整整十二个月，便是李纯永远不愿再去回顾，却总也逃避不了的永贞元年。

回想贞元年间，朝野传闻祖父德宗皇帝对父亲不满，一直想废掉他的太子，将嗣位交给更得宠的叔叔舒王。当初李纯也曾惴惴不安，深恐父亲不能继皇帝位，自己这个未来的继承人也将落空，他还甚至为此极度怨恨过父亲。李纯觉得，都是父亲的软弱和多病，逼得自己不得不提前走上风口浪尖，为争夺那个本该属于自己的皇位而殊死搏杀。

在父亲那漫长的二十五年的太子生涯中，李纯从他身上看见的

354

最大特征就是——疲倦。这也恰恰是李纯最不能认同的地方。所以，当初在位仅仅二百日的父亲禅位于自己，李纯并没有感到丝毫内疚。父亲重病无法施政，理所应当将皇位交出来。因为李纯深信，列祖列宗和天下臣民都不能接受一位无所作为的皇帝。

"二十五年"和"二百日"，这组时间对比中的残忍意味，他一直刻意回避着，以此来摆脱良心的折磨。可是近来，这种折磨似乎正从他的身体深处苏醒。

只要想到十年前，病得又瘫又哑的父亲硬是从祖父手中接过皇位，然后交给了自己。对于父亲，皇帝确实产生了些许理解、同情、感激甚至敬意。

苍天可鉴，皇帝是打算在内心与死去十年的父亲和解的。

可是今天，《兰亭序》的谜底使他彻底改变了主意。

皇家之中，没有和解。就像高祖皇帝和太宗皇帝，就像则天女皇和中宗、睿宗皇帝，就像玄宗和肃宗皇帝！在他们李家的父子甚至母子之间，永远不存在和解，更不存在宽恕。

吐突承璀有些醉了。

秽气绝不许入陵园，李忠言便在陵园外的更衣殿中和他见面。吐突承璀也明白自己的行为失当，老老实实灌下几盅热茶，头脑清醒了不少，心情却仍然无法平复。

若非满腔郁结需要发泄，他也不会如此狼狈地来找李忠言。

在掌握了太多皇家机密之后，吐突承璀已经找不到一个活人能倾吐衷肠了。唯有李忠言，虽然活着，却等同于死者，于是连吐突承璀自己也没想到，丰陵竟然变成了他安抚灵魂的地方。而沉默的李忠言，更成为他在这个世上不可或缺的"朋友"。

今天他实在有些话不吐不快。

"圣上竟然向郭贵妃低头了！"吐突承璀恨恨地说。

"不就是立了三皇子为太子么。"李忠言不以为然，"三皇子本来就是嫡子，立为太子也没什么奇怪的。"

"可是这下让郭家遂了愿！郭贵妃也满意了。"

"那不是挺好的。"

"哼！"吐突承璀说，"为把事情办得体面，圣上还让我帮澧王拟了奏表，自请以三弟为太子，简直是……"

李忠言淡淡地说："那是效仿当年玄宗皇帝的长兄宁王，上表让出太子位吧。这样做澧王今后的日子才能好过，圣上想得很周到嘛。"

"反正我不服！"

"你？要不服也轮不到你。"李忠言露出不屑的笑容，"对了，圣上怎么突然想通的？"

吐突承璀的眼睛骤然亮起来，他凑到李忠言的耳边说："这可是件天大的秘密！你还记得我上回带给你的先皇笔墨吗？"

"当然，先皇又怎么了？"

吐突承璀长叹一声，这话说起来还真够长的。

竟要远溯到太宗皇帝的贞观十六年。在太宗皇帝的一再坚持下，魏徵同意辅佐太子李承乾。对魏徵来说，这是一件伤感的任务。因为多年前，他曾经竭力辅助的上一位太子李建成，正是死在太宗皇帝李世民的手中。李世民从哥哥的手中篡夺了继承人的位置，为树立一代明君的典范，又把李建成曾经的辅臣魏徵纳于麾下。

到魏徵接任李承乾的太子太师之职时，将要垂范千古的贞观之治已进入第十六个年头。大唐国力蒸蒸日上，海晏河清，君是明君，臣为良臣，血腥肮脏的往事早已如烟，偶尔在魏徵心头泛起的，也是一种后怕与庆幸兼而有之的情绪吧。

然而宿命的循环似乎躲不过去。当太子李承乾一再失德，魏王李泰却声望日隆时，魏徵仿佛眼睁睁看着自己辅佐的第二位太子，即将重蹈当年李建成的覆辙。他预感到，假如这次太宗皇帝处理不好立储的问题，皇权争夺将成为李唐王朝永远绕不去的坎，一代一代靠宫廷政变的血腥残杀来解决问题。这太可怕了。

于公于私魏徵都要力保李承乾的太子位，问题是他已病重，时日不多，办法更少。

恰在此时，魏徵得到了一份智永和尚悼念其弟智欣的《俯仰帖》。篇中感物伤人，以昔怀今，比照祖先王徽之和王献之的兄弟之情，来悼念弟弟智欣。

太宗皇帝本人酷爱书法。作为战乱后休养生息的国策，更是鼓励全民学书法。他尤其推崇王羲之，一手将其捧上"书圣"的位置。魏徵得到《俯仰帖》后，灵机一动，决定借题发挥，将《俯仰帖》广为刻印，向天下宣扬"手足亲情，天地钟之"的理念，进一步确立正统的"立嫡以长不以贤"的皇位继承规则，防止当年的玄武门之变重演。他甚至策划了一个周游全国各地发放《俯仰帖》的活动，比照当年智永周游全国寺院发放《真草千字文》的壮举，以造声势。

然而魏徵还没来得及实施这个计划，就溘然长逝了。

太宗皇帝还是发现了他的计划，并且下决心废掉了李承乾。太宗皇帝太痛心了，痛心到找借口推倒了亲手为魏徵写下的墓碑。因为他终于发现，尽管他们携手共创了君臣相得的范版，魏徵始终没有在内心认可他当年的行为。经历了这么多年的风风雨雨，魏徵仍然对"手足情深"耿耿于怀。也就是说，他至死把太宗皇帝看作一个谋杀亲兄弟的凶手。如果《俯仰帖》流传出去的话，这是对太宗皇帝杀兄弑弟罪行的绝佳讽刺。

最让太宗皇帝无法接受的是，魏徵居然恨了他一辈子。

究竟是谁给太宗皇帝出了这个计策，现在已无从考证。总之，太宗皇帝决定将《俯仰帖》和《兰亭序》拼贴起来，成为一部新的《兰亭序》，并且让虞世南等人制成摹本，分发给诸皇子们。

让真相湮灭的最好方式不一定是毁灭它，也可以用另外一个更加美好的假象来取代它。

全新的《兰亭序》横空出世，立刻以其超凡脱俗的完美征服了天下人。再加上太宗皇帝推波助澜，亲自编写《晋书》中有关王羲之的部分，赞扬王羲之的书法"烟霏露结，状若断而还连；凤翥龙蟠，势如斜而反正"，总之夸得尽善尽美。

《俯仰帖》原文中缅怀手足的含义被扭曲成了"今人所为，后人同感"。太宗皇帝对王羲之的溢美之词"势如斜而反正"才是他想要表达的真正思想。

就连萧翼骗取《兰亭序》真迹的过程也由阎立本绘成图卷，由丑闻变为美谈。最终人们记下了《兰亭序》的美和太宗皇帝的智，辩才的悲剧下场反而成了陪衬。任何胜利都需要牺牲品，关键是我们自己要站在正确的那一方。

李忠言不耐烦地打断吐突承璀的长篇故事："你说的这些和先皇有什么关系？"

"你想想嘛，当初先皇立圣上为太子时，不就是凭着'立嫡以长'这四个字嘛。先皇自己能当上太子，凭的也是'立嫡以长'这四个字。所以永贞元年时，王叔文和王伾那帮人拼命阻挠先皇立太子，担心大权旁落，就曾想用《兰亭序》的真相来做文章！"

"他们知道《兰亭序》的真相？"

"好像王伾知道，先皇肯定也知道。"

李忠言点头道："我明白了。所以当今圣上登基后，头一个除掉的人就是王伾。"

"对。但是先皇不肯将全部实情告知圣上，所以圣上心里一直有个疙瘩……"

"你又不是不知道，先皇那会儿病得那么重，你让他怎么说！"李忠言少有地激动起来。

吐突承璀嘟囔："真想说，还是可以说的嘛。"他始终有些惧怕李忠言，尤其在谈到先皇的时候，李忠言所表现出的忠诚总令他在敬畏之余，更有许多共鸣。

李忠言之于先皇，正如吐突承璀之于当今圣上。

李忠言又问："难道《兰亭序》的真相最近暴露出去了？"

"差点儿。所以圣上才下决心把立储的问题彻底解决了，以免夜长梦多，再引起无谓的流血争斗。"

"早该如此。"

吐突承璀兀自皱着眉头，满脸不悦地说："我还是想不通，即使《兰亭序》的真相泄露出去，又能怎么样呢？且不说太宗皇帝的威名放在那里，有几个人会相信他伪造了《兰亭序》呢？再说，就算是太宗皇帝造了一个《兰亭序》，咱大唐都是太宗皇帝缔造的，区区一幅字帖，算什么！"

李忠言看了他一会儿，忽然笑道："你这两个问题啊，我试着来回答一下。"

"嗯，你说。"

"首先，你说得没错，把《兰亭序》捧上天去，它也就是一幅字帖。它既不能攻城，又不能略地，搁在家里也就能看着。所以，它是真是假，这事儿本身并不大，老百姓也不在乎。可问题恰恰在你说的那句话。"

"哪句话？"

"咱大唐都是太宗皇帝缔造，区区一幅字帖，他就不能生造出来吗？"

"嗯，有错吗？"

李忠言一笑："咱大唐都是太宗皇帝缔造的，所以区区一幅字帖，他可以生造出来；和魏徵的君臣相得，他也能生造出来；甚至连贞观之治，他当然更能生造出来。"

"快住口！"吐突承璀吓得脸色煞白，下意识地往旁边看了看。更衣殿中空空荡荡，除了他和李忠言二人之位，只有一个小太监远远跪在茶炉前，看着火候。吐突承璀这才松了口气，压低声音道："你活腻味啦？这种大逆不道的话也敢说。"

"我只是在为吐突中尉解惑而已。"

"罢了，罢了。"吐突承璀连连摆手，过了一会儿，还是按捺不住地向李忠言凑过去，"还有吗？"

"当然。"

"你说。"

李忠言慢条斯理地道："还有，老百姓不在乎《兰亭序》的真假，可是朝中那些进士出身、饱读诗书的重臣就不同了。他们不仅在乎一幅字帖，还会像魏徵一样，想出拿字帖来大做文章的馊主意。他们自以为懂了些圣贤的道理，就想让圣上按他们的意思办事。哪天违背了他们的心意，一项昏君的帽子便压下来。圣上明明更喜欢二殿下，却不得不立三殿下为太子，才不是因为一幅《兰亭序》的真假，而恰恰是因为这些人的嘴脸！当年的魏徵，如今的武元衡、权德舆、裴度，哦，还有那个韩愈，真假《兰亭序》里的关键症结，其实是这些士人重臣！"

吐突承璀听得目瞪口呆，许久没有回过神来。

李忠言却只管坐着。他的目的已经达到了，所以心情格外平静。因为他确信，吐突承璀会将自己的这番话添油加醋、改头换面地搬去给皇帝听。只要有机会诋毁朝中重臣，吐突承璀绝对是不遗余力的。武元衡虽然死了，但其他人还活着。经过这次《兰亭序》的风波，皇帝对朝臣的信任肯定会大打折扣。魏徵都是上了凌烟阁的人，最后不也落得那般下场，更何况那些人呢？

吐突承璀道："我得走了。"

李忠言问："放下立储这块心病，圣上的心情是不是大有好转？"

"不见得。"

李忠言微笑道："你把此人给圣上带去吧，保管令他龙颜大悦。"

"谁？"

李忠言一指跪在旁边的陈弘志："他。"

"他？"

"今日之茶，你喝得可痛快？"

"当然了，你的手艺嘛。"

"不是我的手艺，是他的。"

吐突承璀瞪大眼睛："你教会他了？"

李忠言含笑点头。

"哈哈，好啊！"吐突承璀乐得直拍大腿，"这敢情好！圣上定会欢喜非常的！"

13

中秋那一天，西市和东市都有杂戏演出。午饭过后，裴玄静就让观中的炼师带李弥出去玩，她自己则留在观中，美其名曰：看家。

其实，金仙女观大概是全长安最安全的道观，常年有金吾卫把守着，哪里需要裴玄静一介女子来看门。她只是不便外出而已。

皇帝亲自指定裴玄静入这座皇家道观修道，她自然得从命。从第一次见到皇帝起，她就成了他的囚徒，并且还将一直持续下去。这就是《兰亭序》带给她的后果，裴玄静对此安之若素。

既然不能改变，那么就接受吧。

才入金仙观不久，她就听说了好几件事：皇三子李宥被正式册立为皇太子；裴度全面担当起了削藩重任，负责同时对淮西和成德兴兵作战；皇帝撤回了将刘禹锡贬至播州的命令，改播州为连州，柳宗元仍然贬赴柳州。在绝大多数人看来，这几件事情都是独立的，彼此之间并无关联，只有极少数的几个人能察觉到其中千丝万缕的联系。

"玄静，你真的想清楚了吗？"叔父在她入观前曾这样问。

叔父眼中的痛惜她看得清清楚楚。裴玄静回答："父亲自小教诲玄静，巾帼不让须眉。女子可以探究真相，亦可为国家效力。叔父也曾教导过玄静，竭力去做，将结果交给上苍。所以玄静便按自己的想法去做了，当结果来临时，自会甘之如饴。"

叔父再没有说什么,他首先是现实的政治家,是大唐皇帝的宰相,然后才是她的叔父。对于这个次序,他们都不会搞错。

李弥跟着裴玄静来到金仙观,只要不离开嫂子,对他来说哪里都是一样的。

在金仙观的这段日子里,他们过得很不错。每天都在享受安宁。心地纯净,没有欲望,自然不会寂寞。

直到这个中秋节日的午后,裴玄静才开始思考皇帝派给自己的任务:追查离合诗的来历和金缕瓶的去向。太宗皇帝希图以"真迹陪葬"来掩盖真相,被"真兰亭现"巧妙揭开。那悄然挑起整个事件的神秘力量究竟是什么?所针对的是当今圣上、太宗皇帝还是大唐帝国?

她尚且毫无头绪,但清楚一点:追踪下去势必将开启更深层的罪恶渊薮……

突然,裴玄静听见门口有响动,回头便见到一个鼻梁上涂着白粉的丑角儿。

裴玄静笑了:"自虚啊,你是去看戏的,怎么也学着扮起来了?"

"看戏哪有演戏来得尽兴。"

"是你?"她不由自主地站起来。

阔别一个多月,崔淼又出现在玄静的面前,穿着李弥的衣服。"是我。"他变戏法似的在鼻子上一抹,那块白色就脱落了。

"自虚呢?"

"在宋清药铺后院里藏着呢,你就放心吧。等我离开,自会换他回来。"

裴玄静含笑点头:"他很听三水哥哥的话。"又细细打量他一番道,"崔郎……你瘦了。"

崔淼确实黑瘦不少:"娘子太客气,崔某而今的样子是落魄。"他一笑,笑容中的神采却丝毫未减,又对裴玄静拱手道,"让娘子见笑了。"

"如果崔郎这样也算落魄，那普天下落魄者直如过江之鲫也。"

"但被追杀成我这样的，一定寥寥无几。"

"追杀？"裴玄静深深地望着崔淼，"崔郎没事吧？"

"多亏娘子想得周到，让我用铜镜送出了消息。幸有隐娘出手相助，崔某才算死里逃生了。"

"崔郎不应该来长安。"

"娘子忘记了吗？你我约好了要一起解开'真兰亭现'之谜的。不来长安，不见娘子，怎能解谜？"

裴玄静垂下眼睑："谜题已经解开，崔郎不必再挂念。"

"哦？那真是太好了，谜底是什么？娘子可否透露一二？"

"不可以。"她回答得十分干脆，她感到崔淼的目光执着地盯在身上，"崔郎……"

崔淼立即打断她："娘子不说也没关系，在下倒有些推论，想请娘子听一听，不论对或错，今天对娘子说过了，在下也算了结一件心事。"

裴玄静不听也得听了。

崔淼说得十分缓慢，仿佛在边说边整理思路，但是裴玄静立刻就听出来，这些内容他已经在内心酝酿了无数遍。

他说："在下以为，当今流传之《兰亭序》是假的。"

"崔郎找到真的了？"

"没有，而且我相信也不可能找得到。"崔淼淡淡一笑，"娘子，我们之前围绕《兰亭序》做了很多查访和分析，但自从会稽一别，我就放弃了对《兰亭序》真迹的追查。因为有人要杀我，我便更换了一个思路——从这个谜题引发的一系列后果来推测。结果我发现，凡是接触过这个谜题的人都死了，甚至包括先皇当年的书法老师王伾，其死因好像也能联系到王羲之的书法渊源上面去。所以我想来想去，只能得出一个结论：《兰亭序》是伪造的。因为只有这个谜底，才值得那么多人去追查围堵封杀。真迹现世，不过是无价之宝的争夺。而伪造败露，才会动摇到某些至高的权威，后患无穷，必将除之而后快！"

裴玄静竭力作出波澜不惊的外表，但她相信是徒劳的。崔淼实在太聪明了，他既然能在那么多环节缺失的情况下，依然凭借直觉切入问题的核心，难道就看不穿她那拙劣的演技吗？

她只能干涩地应道："崔郎，你……想多了。"

"是吗？"崔淼仍然洒脱地笑着，"娘子说什么就是什么吧。我都认。然则我还多想了一点，今日在此不吐不快。在下以为，假如《兰亭序》确系伪作，那么始作俑者非太宗皇帝莫属。"

这回裴玄静没能控制好自己，脱口问道："何以见得？"

崔淼一字一顿地回答："因为《兰亭序》是完美的书法，太宗皇帝是完美的明君，贞观之治更是亘古未有的清明政治。他们都有一个共同的特征——完美得如同一场幻觉。"

"不，你说得不对。"裴玄静必须反驳了，她坚决地说，"他们都是真实的，并且都有瑕疵，是世人将'完美'这个词强加给了他们。如果说真有幻觉，那也是别有用心之人将他们塑造成了幻觉。"顿了顿，她说，"就像崔郎的致幻药草，那才是真正的元凶。"

崔淼的脸上现出痛楚之色，她终于把他的气焰打击下去了，却也不得不撕开他们两人中间最后那层朦胧的薄纱。裸陈相对，原来是这么无奈这么伤人的。

沉默良久，崔淼问："娘子从什么时候开始怀疑我的？"

"在叔父府中第一次见到崔郎中，你以幻觉之词搪塞，我就起了疑心。但是后来，我们二人在东市磨镜铺中的经历，和你对王羲之死的解释，又让我暂时打消了疑虑。不过我始终无法相信，你认不出郎闪儿是女扮男装。"

崔淼笑道："是啊，崔郎中靠两件法宝行走江湖：第一是致幻香，人人闻之忘形；第二是迷魂药，只对女子奏效。很可惜……这两样法宝对娘子都失灵了。"

"后来我又见到尹少卿，也就是疤脸人，再次对你产生了怀疑。偏巧那次在宋清药铺后院，你以对河东先生的关心爱戴重获我的信任，我才将写有'真兰亭现'的黑布展示于你。但你的信用已经岌岌可危。等我在去昌谷的路上，再遇以络腮胡子掩盖疤痕的尹少卿时，我已经基本能断定，你对贾昌院中的解释全都是谎言了。我想，你之所以敢再三搪塞于我，有两个最主要的原因。第一，王义已死，他无法为自己辩解；第二，禾娘一心爱慕于你，对你言听计从，同样不可能戳穿你。"她看着崔淼说，"崔郎，以女儿要挟王义的人，正是你。对吗？"

崔淼坦然回望着裴玄静，用沉默代替回答。

裴玄静强压心痛，继续道："王义想带着女儿远走高飞，偏偏禾娘不听话。王义在绝望中想到了找聂隐娘帮忙。而当你发现贾昌暴卒、禾娘失踪后，也只得放弃以贾昌院子为藏身之处的计划，独闯裴府探听情况。之后，你根据铜镜的线索找到聂隐娘……还设法取得了她的支持。"

崔淼说："静娘高看崔某了。聂隐娘出身于藩镇，本来就对朝廷没有半点好感。她的立场向来如此，非是崔某能影响得了的。"

裴玄静问："我仅有一事不明。那夜，尹少卿为何要假装瘟疫而死？谁都无法未卜先知，你们当时全无必要装给我看。"

"本来就不是装给你看的，是给那满院子的穷苦百姓看的。"崔淼平静地回答，"我先投靠的是淮西节度使，想在其麾下效力。哼，可是人家看不上我这个江湖郎中。我便主动请缨，为刺杀朝廷重臣效力，于是被派往长安提前踩点。贾昌的院子是我物色到的，我还成功地迷惑了禾娘。原计划在刺杀得手后，刺客不再回镇国寺，而是到贾昌的院中暂避。禾娘明确告诉我，贾昌院子受到皇家特别保护，无人敢于擅入。但我们面临一个问题：如何处理住了满院子的穷苦百姓。"说到这里，崔淼的语气越发自嘲起来，"说出来不怕娘子笑话，崔某行事有个原则，那就是绝不祸及无辜。所以我才定下以瘟疫吓散百姓之策，还说动了尹少卿配合装死人。那个雨夜，不论娘子有没有进院避雨，我们都将按计行事。我还让禾娘去给贾昌老丈点了毒香，以免他察觉坏事。不想这丫头没掌握好分量，香烧过了头。而那贾昌老人又过于年老体衰，竟在幻觉中狂喜而亡了。结果，正是贾昌老人的死彻底破坏了我们的计划……但是不管怎样，院子里的百姓确实无一伤及，都平平安安地离开了。总之，贾昌之死纯属意外，那时候不论我还是禾娘，都未留意过他墙上的字，而尹少卿根本没有进过那间屋子。"

裴玄静点头道："那个雨夜的另一个意外，就是我了。我现在懂了，为什么禾娘那么反感你把我放入院中，还一口咬定是我把一切都破坏了。从她的立场，这么说也有她的道理。"

"有道理吗？也许吧……"崔淼显得十分惆怅，"当我发现你的身份时，最初的想法是正好可以利用，就让尹少卿死在你的面前，再经由你的口说出去，以你裴度侄女的身份来做旁证，不是更具有说服力吗？"他赧然一笑，"现在必须承认，这些理由都是我找出来说服自己的。其实从遇到你的第一刻起，我就输了，静娘。"

裴玄静亦只能沉默。

又不知过了多久，他说："所以，从长安到昌谷再到会稽的一路上，静娘都一边利用着崔某，一边在看崔某的笑话。"

"没有崔郎，我走不了那么远。"

"到会稽时，静娘发现我没有利用价值了，便又甩了我。任由我自生自灭，静娘真是好计谋。"话虽说得切齿，他的神态和语气中却没有半分怨恨，只有不尽的感伤。

"你走吧，崔郎。速速离开长安，这里不安全。"

崔淼注视着她，问："静娘，我该怎么理解这句话？是怜悯、是关心，还是别的什么？不，请你不要回答，就让我保留一些幻想吧。"

"快走吧。"她又说了一遍。

崔淼却摇了摇头，道："静娘，你可知这世上有两类人。在面对威权的时候，一类人永远说是，这类人人数众多。还有一类人却更喜欢说不，人数很少。在我看来，前者是懦夫，而后者是叛夫。懦夫活得未必好，但能活得长久。叛夫嘛，虽遭千夫所指，却有一个快意人生……不凑巧的是，崔某正属此列。"

"但也不应该为叛而叛。"裴玄静轻声说。

"为叛而叛？说得好！"崔淼目光炯炯地说，"所以说，即使在目睹那么多不公和谎言之后，静娘仍然愿意为皇帝效忠，对吗？哈，我明白了。静娘是当朝宰相的侄女嘛，终归要维护正统的。"

裴玄静正色道："崔郎，身为大唐的子民，我知道大唐的荣光从来不是幻觉。我相信，并且愿意用生命去维护它。"

"用生命去维护谎言？这真不像一个女神探所说的话。"

"天下苍生的福祉，远比这些重要得多。"

崔淼用沙哑的嗓音说："所以你可以接受其他人的谎言，却不能原谅我的。"

"崔郎。"裴玄静说，"你骗的人……是我。"

崔淼的脸上失去了所有血色，他默默地肃立片刻，转身离去。

崔淼离开后不久，李弥就顶着个白鼻梁回来了。

"嫂子，你看我这样子好不好玩？"他还在为帮上崔淼的忙而兴奋不已。

裴玄静爱怜地说："好玩，也好看。"

李弥也像刚才崔淼那样，在鼻梁上一抹，白色就脱落了，然后摊开手掌，裴玄静看到一个薄薄的玉片，不禁轻呼："怎么是这个？"

这竟然就是她在贾昌尸体旁捡到的玉片，连敲坏的一角也还是原来那样。当时完全看不出做什么用的，没想到是夹在鼻梁上做丑角打扮的。

"三水哥哥说是什么皇帝的东西。"

"皇帝？"

"是啊，他说过去有个皇帝在梨园串戏时，喜欢扮演丑角，又怕有辱一国之君的尊严,便在鼻梁上覆盖一个玉片,让别人认不出自己来。后来流传到了民间,丑角都在鼻梁上画一块白色了。"

"我知道了,那是玄宗皇帝。"裴玄静拿起玉片,这很可能是当年玄宗皇帝随手赐给贾昌老人的。而在那个雨夜,在毒香燃起的幻觉里,贾昌老人回到了梨园,与皇帝贵妃相逢扮戏,终于死在了旧梦重温的狂喜中。

"嫂子,我今天在药铺里还见到禾娘姐姐了。"李弥又喜滋滋地道,"她打扮得像个波斯人,以为我认不出来。其实我早看出来了,可我没说。"

"为什么不说?"

"她装着头一次见到我似的,我也不知道该怎么说。哦,对了,她还向我打听,你是不是有一把刀子?"

"刀子?"

"对,她给我看了图样。我一下就认出是哥哥的那把,就说我们有啊。"

裴玄静愣了愣:"她怎么说?"

"她说波斯人要找这把刀子,还问我卖不卖,我说这得问嫂子。嫂子,你会卖吗?"

裴玄静没有回答李弥的问题,她失了神,连手中的玉片落地都未察觉。

"哎呀!"李弥从地上捡起玉片,"嫂子,玉碎了!"

她愣愣地望着裂成几块的白玉。这是他在对她说:宁为玉碎,不为瓦全吗?

崔淼曾经说过要做她的谜题,所以今天特意戴着这个玉片而来。他怎么会对玄宗皇帝的宫帏之乐了如指掌?他就是要她对他这个人产生锲而不舍的好奇。

崔淼实在是她见过的最矛盾的人,聪明至极,又愚蠢至极。他真的读不透她的苦心吗?

试问，有谁会在意一个谜题的安全？甚至为了保他平安，而抛出了自己。

不，她觉得他什么都懂，偏偏不肯承认。

"三水哥哥还让我给你带句话，四个字的。"李弥认认真真地念出来，"他说——戏假情真。"

她明白了。崔淼不会走，更不会放弃。裴玄静注定要和他一直纠缠下去。

更多精彩，敬请期待《大唐悬疑录 2：璇玑图密码》

《大唐悬疑录2：璇玑图密码》即将出版，精彩预告：

前秦才女苏蕙为挽回丈夫心意，用五色丝线在八寸见方的锦缎上，绣出由840字排成的"文字方阵"，上下、左右、里外，各种角度，均能成诗，奇巧绝伦，名为《璇玑图》。到了唐代，女帝武则天亲自作序《织锦回文记》，令《璇玑图》风行天下，大放异彩。但就是这样一件代表着美好爱情的闺阁刺绣，却让大唐后宫陷入重重危机。

两个月以来，命案连连，大唐后宫被《璇玑图》搅得天翻地覆。裴玄静在皇帝的授意下查办此案，费尽周折却毫无进展。而随着志怪小说鼻祖段成式、名妓杜秋娘、大诗人白居易等人的卷入，案情更加复杂迷离。直到与一幅被劫的《璇玑图》不期而遇，裴玄静心头才有了一丝光亮……

扫描紫焰二维码，并回复"大唐2"
抢先试读《大唐悬疑录2：璇玑图密码》！